NAÇÃO PROZAC

ELIZABETH WURTZEL

NAÇÃO PROZAC

Tradução de Maria de Almeida

FICHA TÉCNICA

Título original: *Prozac Nation*
Autora: *Elizabeth Wurtzel*
Copyright © 1994, 1995 by Elizabeth Wurtzel
Obra originalmente publicada por Houghton Mifflin. Todos os direitos reservados, incluindo os direitos de reprodução integral ou parcial sob qualquer forma.
Tradução © Editorial Presença, Lisboa, 2003
Tradução: *Maria de Almeida*
Capa: *Fotografia Getty Images/ImageOne/Ryan McVay, com arranjo gráfico de Lupa Design*
Fotocomposição, impressão e acabamento: *Multitipo — Artes Gráficas, Lda.*
1.ª edição, Lisboa, Abril, 2003
Depósito legal n.º 192 833/03

Reservados todos os direitos
para Portugal à
EDITORIAL PRESENÇA
Estrada das Palmeiras, 59
Queluz de Baixo
2745-578 BARCARENA
Email: info@editpresenca.pt
Internet: http://www.editpresenca.pt

Para a minha mãe
com amor

Muito cedo na minha vida era já demasiado tarde.

MARGUERITE DURAS, *O Amante*

ÍNDICE

PRÓLOGO: ODEIO-ME A MIM MESMA E QUERO MORRER 13

1. MUITO PROMISSORA 33

2. VIDA SECRETA 54

3. O AMOR MATA 75

4. FRAGMENTADA 100

5. ONDA NEGRA 114

6. ALEGRES COMPRIMIDOS 138

7. BEBER EM DALLAS 155

8. ESPAÇO, TEMPO E MOVIMENTO 183

9. BEM LÁ NO FUNDO 204

10. RAPARIGA VAZIA 224

11. BOM-DIA CORAÇÃO DESPEDAÇADO 239

12. O BROCHE ACIDENTAL 262

13. ACORDEI ESTA MANHÃ COM MEDO DE CONTINUAR A VIVER ... 285

14. PENSA EM COISAS BONITAS 307

EPÍLOGO: NAÇÃO PROZAC 325

POSFÁCIO (1995) 343

AGRADECIMENTOS 352

PRÓLOGO: ODEIO-ME A MIM MESMA E QUERO MORRER

Começo a pensar que alguma coisa está mesmo errada. É como se todas as drogas juntas (o lítio, o Prozac, a desipramina e a Trazodona, que tomo à noite para dormir) já não conseguissem combater aquilo que, em mim, tem estado errado desde o início. Sinto-me uma peça com defeito, como se eu tivesse saído da linha de montagem completamente lixada e os meus pais devessem ter-me levado a reparar antes de a garantia acabar. Mas isso foi há tanto tempo...

Começo a pensar que não há, efectivamente, cura para a depressão, que a felicidade é uma batalha constante e interrogo-me se essa não será uma batalha que eu terei que travar continuamente enquanto viver. Será que vale a pena?

Começo a sentir-me como se já não fosse capaz de manter as aparências, como se o verniz estivesse prestes a estalar. E quem me dera saber o que é que está errado.

Talvez tenha alguma coisa a ver com a estupidez a que se resume toda a minha vida. Não sei.

Os meus sonhos são ensombrados pela paralisia. Tenho, regularmente, visões nocturnas nas quais as minhas pernas, embora presas ao meu corpo, têm dificuldade em mover-se. Tento deslocar-me para qualquer lado (ir à mercearia ou à farmácia, nada de especial, apenas deslocações de rotina) e, simplesmente, não o consigo fazer. Não consigo subir escadas, não consigo caminhar no chão plano. Estou exausta no sonho e fico ainda mais exausta durante o sono, se é que isso é possível. Acordo cansada, espantada, até, por conseguir sair da cama. Porém, muitas vezes, não consigo. Normalmente durmo dez horas por noite, mas, frequentemente, durmo muitas mais. Estou encarcerada no meu corpo como nunca tinha estado antes. Estou permanentemente anestesiada.

Certa noite, chego mesmo a sonhar que estou na cama, congelada, colada aos lençóis, como se fosse um insecto que tivesse sido esmagado por uma sola de sapato. Simplesmente, não consigo sair da cama. Estou a ter um esgotamento nervoso e não me consigo mexer. A minha mãe está especada ao lado da minha cama, dizendo, insistentemente, que eu me poderia levantar se realmente quisesse e parece não haver forma de a fazer compreender que eu, literalmente, não me consigo mexer.

Sonho que estou em apuros, completamente paralisada e que ninguém acredita em mim.

Durante o tempo em que estou acordada, sinto-me quase tão cansada como quando estou a dormir. As pessoas dizem: «Talvez seja o vírus Epstein-Barr.» Mas eu sei que é o lítio, o sal milagroso que estabilizou o meu estado de espírito, mas que está a esgotar o meu organismo.

E quero sair desta vida sob o efeito de drogas.

Estou petrificada no meu sonho e estou petrificada na realidade, porque é como se o meu sonho fosse realidade e eu esteja com um esgotamento nervoso e não tenha ninguém a quem recorrer. Ninguém. A minha mãe, sinto-o, já mais ou menos desistiu de mim, decidiu que não sabe bem como é que educou esta... bem... esta coisa, esta rapariga obcecada com o rock & roll que violou o seu corpo com uma tatuagem e um brinco no nariz. Embora ela me ame muito, já não quer ser a pessoa a quem eu recorro. O meu pai nunca foi pessoa a quem eu recorresse. A última vez que falámos foi já há uns dois anos. Nem sequer sei onde é que ele está. Depois, há os meus amigos e eles têm as suas próprias vidas. Embora eles gostem muito de conversar acerca dos meus problemas, de os analisar e de avançar hipóteses, do que eu realmente preciso, do que eu realmente estou à procura, não é de nenhuma pessoa que eu consiga descrever com palavras. É algo de não-verbal: preciso de amor. Preciso daquilo que acontece quando o nosso cérebro deixa de funcionar e o coração assume o comando.

Sei que esse algo está à minha volta, algures, mas não o consigo sentir.

O que eu sinto, na verdade, é o medo de ser adulta, medo de estar sozinha neste apartamento enorme com tantos CDs, sacos de plástico, revistas, pares de meias sujas e pratos sujos no chão, que eu mal consigo ver onde ponho os pés. Tenho a certeza de que não tenho ninguém a quem recorrer, de que nem sequer consigo caminhar para lado nenhum sem *tropeçar e cair no caminho, e sei que quero sair desta confusão. Quero livrar-me disto. Ninguém me vai amar, viverei e morrerei sozinha, tão depressa não vou sair disto, serei um nada. Nada vai funcionar. A promessa de que, no outro lado da depressão, está uma vida bela, uma vida pela qual vale a pena sobreviver ao suicídio, não será cumprida. Será tudo um grande logro.*

É sábado à noite, estamos naquela altura exacta em que começa a ser domingo de manhã e eu estou enrolada em posição fetal no chão da minha casa de banho. O contraste entre o *chiffon* preto do meu vestido e o branco puro dos mosaicos deve fazer-me parecer uma poça de lama. Não consigo parar de chorar. As cerca de vinte pessoas que ainda estão sentadas na sala de estar parecem não estar de todo perturbadas com o que se está a passar comigo aqui dentro, se é que reparam nalguma coisa, entre um golo de vinho tinto e uma passa num charro que alguém tinha enrolado ou enquanto emborcam uma cerveja Becks ou uma Rolling Rock. Decidimos (eu e o Jason, com quem eu divido esta casa) fazer uma festa hoje à noite, mas acho que não estávamos à espera de que aparecessem duzentas pessoas. Ou, se calhar, estávamos. Não sei. Talvez ainda sejamos os marrões que éramos no liceu, que se divertem tanto só com a possibilidade de serem populares, que, na verdade, precipitámos este acontecimento.

Não sei.

Parece que tudo deu para o torto. Em primeiro lugar, Jason abriu a porta de incêndio, muito embora estivéssemos a meio de Janeiro, porque a casa tinha ficado demasiado quente com o aglomerado de corpos e o meu gato decidiu descer em voo os seis andares até ao pátio, onde ficou sem saber onde estava, confuso, começou a miar que nem um louco. Eu estava sem sapatos mas estava preocupada com ele, por isso desci as escadas descalça. Estava um gelo e foi um choque quando voltei para dentro de casa e ver lá tantas pessoas a quem tive de dizer: «Olá, tudo bem?», pessoas que não sabiam que eu tinha um gato pelo qual sou simplesmente louca. Durante um tempo, eu e o Zap ficámos escondidos no meu quarto. Ele enrolou-se na minha almofada e olhou para mim como se eu tivesse a culpa de tudo. Mais tarde, o meu amigo Jethro, vendo que eu estava assustada com esta gente toda, ofereceu-se para ir num pulo à Rua 168 buscar cocaína, o que talvez me deixasse mais bem-disposta.

Sob o efeito de tantas drogas psicoactivas, não me costumo meter com outro tipo de substâncias. Mas quando o Jethro se ofereceu para ir buscar alguma coisa que tivesse a possibilidade de alterar o meu estado o suficiente para eu não querer esconder-me na cama, pensei: «Claro, por que não?»

E ainda há mais: parte da razão pela qual estou tão vulnerável é que deixei de tomar lítio há umas semanas atrás. Não é que eu queira morrer e não é que eu fosse o Axl Rose e pensasse que o lítio faz com que eu fique menos masculina (diz-se que ele deixou de tomar lítio quando a mulher lhe disse que a pila dele já não estava tão dura quanto antes e que o sexo com ele era uma porcaria; como não possuo tal equipamento, não estou na posição indicada para me importar com isso). Mas fizeram-me análises ao sangue num laboratório há cerca de um mês e eu tinha uma concentração anormalmente alta de hormona estimuladora da tiróide (TSH), cerca de dez vezes a quantidade normal, o que significa que o lítio está a dar cabo das minhas glândulas, o que significa que eu posso ficar em muito mau estado físico. A doença de Graves, que é um estado de hipertiroidismo, é comum na minha família e o tratamento para essa doença faz-nos engordar, dá-nos uns olhos esbugalhados e monstruosos e cria toda uma série de sintomas que eu acho que ainda me tornariam mais deprimida do que estou sem o lítio. Por isso, parei de o tomar. O psicofarmacologista (gosto de chamar ao seu consultório «A Casa de Craque da Quinta Avenida», porque ele se limita a passar receitas e a distribuir comprimidos) disse-me que eu não devia parar. Disse-me que, a ter algum efeito, o lítio podia deixar-me num estado que é exactamente o oposto ao da doença de Graves.

— O que é que isso significa? — perguntei eu. — Será que os meus olhos vão encolher e ficar que nem duas pequenas passas encarquilhadas?

Mas não confio nele. Ele é um traficante e tem todo o interesse em continuar a ver-me a tomar estas porcarias.

Porém, ele tinha razão. Sem lítio, eu estava a ir-me abaixo rapidamente. Havia dias em que me sentava com o Jason na sala de estar a ler o *Times* e que não me calava um minuto sequer, presenteando-o com todas as minhas teorias acerca de, por exemplo, a deterioração da família americana no final do século XX e a forma como isso está relacionado com o declínio da sociedade agrária. E o Jason limitava-se a ficar ali sentado, concentrado no jornal, a desejar que eu me calasse. No entanto, na maior parte dos dias, eu estava pura e simplesmente em baixo, sem funcionar, outra vez a ficar vazia.

Precisava mesmo do meu lítio. Mas estava determinada a cortar com ele de um dia para o outro. Se a cocaína ajuda, venha ela. A coca pode fazer mal de todas as maneiras possíveis e imaginárias, mas nunca me iria provocar uma doença na tiróide, transformando-me, consequentemente, numa versão mais nova da minha histérica, exausta e agitada mãe. Por isso, snifei umas quantas linhas na casa de banho com o Jethro, cortando-as em cima de um CD dos Pogues. Menos de cinco minutos depois daquela porcaria começar a flutuar no meu cérebro, senti-me muito melhor. Saí e convivi com as pessoas. Fui ter com desconhecidos e perguntei-lhes se se estavam a divertir. Quando chegavam mais convidados, saudava-os com dois beijos na cara, à moda europeia. Ofereci-me para ir buscar cerveja ou preparar um *screwdriver*[1], mostrar-lhes o apartamento ou indicar-lhes onde podiam colocar os casacos. Dizia coisas do tipo: Está ali uma pessoa que *tens* mesmo de conhecer. Ou, agarrando uma miúda qualquer pela mão e puxando-a para a outra ponta da sala: Encontrei o homem ideal *para ti*. Estava magnânima, muito sociável e essa porcaria toda.

E depois, cerca de duas horas mais tarde, comecei a ficar em baixo. Como não bebo, não tinha álcool no meu organismo para conseguir aproveitar o que estava a acontecer. Porém, de repente, pareceu-me tudo feio, grotesco. Hologramas assustadores cobriam as paredes, como *flashbacks* sob o efeito de ácido, sem cor, sem o assombro ou sem quaisquer outras características redentoras. Fiquei em pânico, como se houvesse coisas que eu precisava de fazer

---

[1] *Screwdriver* — bebida alcoólica preparada com vodca e sumo de laranja e servida com gelo. *(NT)*

enquanto a coca ainda estava a fazer efeito e era melhor fazê-las antes que caísse totalmente para o lado. Havia um rapaz com quem eu passei uma malfadada noite que disse que ia telefonar e nunca telefonou, mas veio à festa, de qualquer forma, e sentia-me preparada para entrar em confronto. Havia o meu pai, a quem me apetecia mesmo telefonar naquela altura, só para lhe lembrar de que ainda me estava a dever a mesada dos quatro anos no liceu, durante os quais não o consegui encontrar. Havia milhares de outras coisas para fazer, mas não me conseguia lembrar delas. Só sabia que queria mais alguns minutos para viver neste estado extasiado, encantado e passado. Só queria mais um tempinho a sentir-me livre, descontraída e solta antes de regressar à minha depressão. MAIS! COCA! AGORA! Comecei a olhar em volta da casa de banho para ver se ainda restavam alguns pedacinhos de pó para eu poder continuar pedrada.

Enquanto andava a tactear o lavatório e a vasculhar o chão, tive a sensação estranha de que este tipo de comportamento talvez tivesse razão de ser nos anos 80, mas agora, neste momento, parecia estúpido, completamente ultrapassado nos ascéticos e adultos anos 90. Depois, lembrei-me a mim mesma de que a vida não é uma moda gerada pelos *media*, nem morta vou negar-me esse prazer só por causa do Len Bias, do Richard Pryor ou de quem quer que seja.

Por isso, estou a preparar-me para ir pedir ao Jethro que vá ao Harlem Hispânico para arranjar mais daquele produto. Estou a fazer planos e a ter pensamentos grandiosos, estou a fazer uma lista das pessoas a quem vou telefonar assim que estiver pedrada novamente e tenha a coragem para o fazer. Estou a decidir passar a noite toda a escrever um estudo épico marxisto-feminista acerca das vilãs bíblicas, no qual ando a pensar há anos. Ou talvez me limite a encontrar uma livraria aberta 24 horas por dia para comprar um exemplar do *Gray's Anatomy*[2] e memorizá-lo nas próximas horas, candidatar-me à faculdade de Medicina, tornar-me médica e resolver todos os meus problemas, bem como os das outras pessoas. Já pensei em tudo: *Vai ficar tudo bem.*

---

[2] Peter Williams, *Gray's Anatomy*, Churchill Livingstone, 1989. *(NT)*

Mas antes de tudo isto acontecer, enrolo-me na minha cama e começo a chorar descontroladamente.

Christine, a minha melhor amiga, entra e pergunta-me o que se passa. Outras pessoas entram no quarto para irem buscar os seus casacos espalhados em cima da minha cama e começo a gritar com elas, a mandá-las dali para fora. Começo a dizer aos berros à Christine que quero o meu quarto de volta, quero a minha vida de volta. Como se fosse a sua deixa, Zap começa a vomitar num casaco que parece pertencer a um tal de Roland, o que parece ser a recompensa adequada por ter vindo à minha festa e ter feito parte da minha noite terrível.

Tenho uma sensação palpável e absoluta de que estou a passar-me, de que, realmente, não há qualquer razão que justifique isto e que (ainda pior) não há nada que eu possa fazer quanto a isso. O que está, efectivamente, a incomodar-me, enquanto ali estou enrolada, é aquilo que a cena que eu estou a desempenhar me faz lembrar: faz-me lembrar de toda a minha vida.

Do lado de fora das portas com vidrinhos que dão para o meu quarto, Christine, Jason e mais uns quantos amigos (Larissa, Julian e Ron) estão a conferenciar. Consigo ouvi-los, os murmúrios de uma discussão, mas eles não parecem estar tão preocupados ou a conspirar contra mim como podiam ter feito há alguns anos atrás. Já me viram assim antes, muitas vezes. Sabem que eu passo por isto, sobrevivo, continuo, pode ser síndroma pré-menstrual muito forte, pode ser (e, neste caso, provavelmente é) depressão motivada pelo consumo de cocaína. Pode não ser nada.

«A Elizabeth está a ter uma das suas crises», imagino o Jason a dizer.

«Está a passar-se outra vez», imagino a Christine a dizer.

Consigo imaginá-los todos a pensar que isto não passa de um desequilíbrio químico, que se eu, simplesmente, tomasse o meu lítio como uma menina bonita, nada disto teria acontecido.

Na altura em que vou, a cambalear, até à casa de banho, fecho ambas as portas e enrolo-me no chão, tenho a certeza de que de modo algum eles irão perceber os fundamentos filosóficos do estado em que me encontro. Tenho a consciência de que quando ando a tomar lítio, me sinto bem e consigo lidar com o vaivém da vida, consigo lidar com as contrariedades com confiança, consigo ser uma boa companhia. Porém, quando não estou sob o efeito de químicos, quando a minha cabeça está limpa e livre de todo este emaranhado de razão e racionalidade, o que estou a pensar, na maior parte das vezes, é: «Porquê? Porquê lidar com isto como um adulto? Porquê ser madura? Porquê aceitar a adversidade? Porquê entregar de bandeja as extravagâncias da juventude? Porquê aturar esta gaita toda?»

Não quero parecer uma menina mimada. Sei que em cada vida solarenga têm de cair uns pingos de chuva, mas, no meu caso, uma crise de histeria é um assunto demasiado batido. As vozes na minha cabeça, que antes eu pensava estarem apenas de passagem, parecem ter vindo para ficar. Há anos que tomo estes malditos comprimidos. No início, a ideia era fazer com que eu continuasse a viver, de forma a conseguir responder à terapia pela fala, mas agora parece-me bastante claro que o meu estado é crónico, que vou andar a tomar químicos para sempre se quiser manter-me, pelo menos, funcional. Só o Prozac não chega. Há menos de um mês que não tomo lítio e já estou mentalmente instável de todo. Começo a pensar se não serei uma daquelas pessoas como a Anne Sexton ou a Sylvia Plath, que ficaram muito melhor mortas; pessoas que conseguem viver de uma forma ténue, mínima, durante um dado número de anos, podendo até casar, ter filhos, criar alguma espécie de legado artístico, podendo ser bonitas e encantadoras em certos momentos, como ambas, supostamente, foram. Mas, no final das contas, as coisas boas não chegaram nem aos calcanhares da dor lancinante, persistente e suicida. Talvez eu, também, vá morrer jovem e triste, um cadáver com a cabeça dentro do forno. Amochada, a chorar aqui, num sábado à noite, não vejo outra saída.

Quer dizer, não sei se existem estatísticas para isto, mas quanto tempo é suposto viver uma pessoa que anda a tomar drogas psicotrópicas? Quanto tempo demora até que o cérebro, para já não falar em todo o resto do organismo, comece a ficar esponjoso e a deteriorar-se? Acho que os psicóticos crónicos não têm tendência a chegar àquela fase da vida em que vão para um lar de idosos na Florida. Ou será que sim? O que será pior: viver tanto tempo assim neste estado ou morrer jovem e permanecer bonita?

Levanto-me para retirar as minhas lentes de contacto, que, de qualquer forma, estão mesmo a cair, deixando para trás um lago de lágrimas. O par de lentes que trago hoje é verde, é um conjunto extra que eu recebi numa promoção «pague um, leve dois» e que eu uso quando me apetece esconder-me por detrás de um falso e sinistro par de olhos. Dão-me uma aparência inanimada, como se eu estivesse assustada, como se fosse de outro planeta, ou uma *Stepford Wife*[3] sem vida, que cozinha, limpa e fornica com um sorriso tolo e angélico. Como as lentes já estão a saltar das minhas pupilas, parece que tenho dois pares de olhos, uma reviravolta doentia no conceito de visão dupla, e, à medida que me escorregam dos olhos, pareço uma boneca animada, um robô num filme de terror, cujos olhos caíram das órbitas.

Depois, volto ao chão.

Jason entra após toda a gente se ter ido embora e insiste em que eu vá para a cama, diz qualquer coisa do tipo: vai tudo parecer muito melhor amanhã de manhã. E eu respondo: «Gaita, seu parvo! Eu não quero que pareça tudo melhor amanhã de manhã! Quero lidar com o problema e fazer com que as coisas melhorem, ou então quero morrer agora mesmo.»

Senta-se ao meu lado, mas eu sei que ele preferia estar com a Emily, a sua namorada, ou noutro sítio qualquer. Sei que ele preferia estar a lavar pratos na cozinha, a varrer o chão ou a juntar latas e garrafas para reciclar nos respectivos caixotes. Sei que estou tão horrível neste momento, que fazer limpezas seria muito mais atraente do que estar sentado ao meu lado.

— Jason, há quanto tempo nos conhecemos? — pergunto-lhe.
— Há pelo menos uns cinco anos, desde o primeiro ano da faculdade, não?

Ele anui com a cabeça.

— E quantas vezes já me viste assim? Quantas vezes me encontraste aos gritos no chão num sítio qualquer? Quantas vezes foste dar comigo a espetar uma pequena faca no pulso, a gritar que quero morrer?

---

[3] Termo cunhado no filme *Stepford Wives* de 1975, no qual as esposas da pequena localidade de Stepford eram donas de casa exemplares, mas sem vida própria. *(NT)*

Ele não responde. Não quer dizer: «Demasiadas vezes.»

— Jase, já se passaram vinte e cinco anos, toda a minha vida. De vez em quando há uma fase melhor, como quando o Nathan e eu nos apaixonámos ou quando comecei a escrever para o *The New Yorker*. Mas, depois, o entorpecimento do dia-a-dia aparece e eu fico maluca.

Ele diz qualquer coisa sobre quando eu estou a tomar lítio, que pareço estar bem. Como se isso fizesse com que tudo ficasse bem novamente.

Começo a chorar desalmadamente, com a respiração entrecortada pelo pânico e quando finalmente consigo falar, é só para dizer que não quero viver esta vida.

Não paro de chorar e o Jason limita-se a deixar-me ali.

Julian, que parece ir passar a noite cá em casa porque perdeu as chaves de casa dele, entra a seguir. Eu podia ser a Elizabeth Taylor no filme *Cleópatra* a receber suplicantes no chão da casa de banho.

Julian diz coisas do tipo: «A felicidade é uma escolha, tens de trabalhar para a atingir.» Diz aquilo como se fosse uma verdade profunda ou qualquer coisa assim.

— Tens de acreditar — encoraja-me ele. — Vá lá! Anima-te, rapariga! Arriba lá!

Não posso acreditar em que tudo isto é trivial. Por uns momentos, quero sair de mim mesma para lhe poder ensinar algumas coisas sobre o relacionamento interpessoal, para o ajudar a aprender a aparentar um pouco mais de sensibilidade, de empatia que isto.

Mas não consigo parar de chorar.

Por fim, levanta-me, murmurando qualquer coisa como isto não é nada que uma boa noite de sono não cure, dizendo alguma coisa acerca de como vamos arranjar lítio de manhã, sem conseguir compreender que eu não me quero sentir melhor de manhã, que esta forma de vida está a esgotar-me, que o que eu realmente quero é, na verdade, não me sentir desta forma. Não paro de me tentar libertar dele, exigindo que ele me coloque no chão. Estou, literalmente, a fazer aquilo que as pessoas querem dizer quando dizem «Lá foi ela a espernear». Pobre Julian. Começo a espetar-lhe os dedos nos olhos para ele me pousar no chão, porque foi isso que aprendi num curso de defesa pessoal para mulheres.

Jason ouve-me a gritar, entra no quarto e os dois acabam por forçar-me a entrar na cama. Naquela altura acho que, se não fizesse o que eles diziam, se calhar, os homens de bata branca podiam aparecer com um colete de forças e levar-me, um pensamento que é, por momentos, reconfortante e depois, como tudo o resto, horrorizante.

A primeira vez que tive uma *overdose* foi num campo de férias. Deve ter sido em 1979, no ano em que fiz doze anos de idade, quando tinha coxas magras, olhos grandes, peitos firmes, pele bronzeada e a beleza característica do início da adolescência que fazia com que todos pensassem que tudo ia correr bem. Até que, um dia, durante a hora da sesta, fiquei sentada na cama debaixo de um beliche, enquanto a minha amiga Lisanne dormia uma soneca na cama de cima e comecei a ler um livro, cuja epígrafe era de Heraclito: «De que forma é que nos podemos esconder daquilo que não desaparece?»

Não me lembro do nome do livro, de qualquer dos seus personagens ou do seu conteúdo, mas a citação é indelével, não sai com a lavagem, tem estado dentro da minha mente desde então. Independentemente da quantidade de químicos que eu já utilizei para desinfectar ou lixar o meu cérebro, agora sei, demasiado bem, que nunca podemos fugir de nós próprios, porque nunca desaparecemos.

A não ser que morramos. Claro que eu não estava, realmente, a tentar matar-me naquele Verão. Não sei o que eu estava a tentar fazer. A tentar não pensar em nada ou algo do género. A tentar não ser eu mesma durante algum tempo.

Por isso, engoli cerca de cinco ou dez cápsulas de Atarax, um medicamento que eu tomava contra a febre dos fenos. Aquela droga, como a maioria dos anti-histamínicos, era altamente soporífera, por isso, adormeci durante muito tempo, durante o tempo suficiente para perder as aulas de natação no lago e as orações da manhã junto ao mastro da bandeira, até ao final da semana, o que era, afinal, o que eu pretendia. De qualquer forma, não conseguia perceber por que é que me estavam a coagir a fazer todas aquelas actividades (a rotação mecânica de Newcomb, *kickball*[4], futebol, nadar de bruços, aprender a dar nós), toda uma série de actividades regimentadas que pareciam ter sido concebidas para passarmos mais algum tempo à medida que nos dirigimos, inexoravelmente, para a morte. Mesmo nessa altura, tinha a certeza, na minha mente com quase doze anos de idade, de que a vida era uma longa distracção do inevitável.

Observava as outras raparigas na minha camarata, enquanto secavam o cabelo com um secador, preparando-se para as actividades nocturnas, aprendendo a colocar sombra azul nos olhos, enquanto se preparavam para se tornarem adolescentes, enquanto pensavam em problemas relacionados com rapazes, como por exemplo: «Achas que ele gosta de mim?» Via-as a melhorar os seus serviços no ténis e a aprender as técnicas básicas de primeiros--socorros, a espremerem-se para dentro de calças de ganga da Sasson muito justas e a cobrirem-se com casacos de cetim aos quadrados cor-de-rosa e lilás e não conseguia deixar de pensar em quem elas estariam a tentar enganar. Será que não viam que tudo isto era um processo — processo, processo, processo — tudo para nada.

É tudo de plástico, vamos morrer mais cedo ou mais tarde, por isso, o que é que importa? Era este o meu lema.

Na verdade, quando tomei o Atarax no campo de férias, adormeci tão abençoadamente que ninguém pareceu reparar que havia alguma coisa de errado. Finalmente, de facto, não havia *nada* de errado. Eu estava, como aquele verso no álbum dos Pink Floyd que não conseguia parar de ouvir naquele ano, *comfortably numb*[5]. Acho que devo ter estado adoentada, de qualquer forma, nada mais grave do que uma gripe ou uma constipação e tinha estado muito tempo de cama. Não me apetecia muito voltar para a enfermaria, onde o xarope Dimetapp com sabor a uva era universalmente reconhecido como a cura para todas as doenças. Talvez toda a gente pensasse que eu estava a recuperar de uma constipação de Verão ou de algo do género. Ou talvez achassem que o meu estado normal era estar presa a uma cama, tal como os meus colegas na escola já não me esperavam à hora de almoço, já tinham aceite que eu estaria escon-

---

[4] Desporto semelhante ao basebol. *(NT)*
[5] «Confortavelmente indiferente», em português. *(NT)*

dida nos vestiários a cortar as pernas com uma lâmina, a brincar com o meu próprio sangue, como se isso fosse o que toda a gente costumava fazer entre as 12h15 e as 13h00. Sempre que um dos monitores me tentava arrancar da cama, eu estava demasiado passada e, provavelmente, pensaram que seria mais fácil deixarem-me simplesmente em paz. Eu também não era a preferida de ninguém.

Por fim, acho que talvez a Lisanne tenha ficado preocupada. O volume do meu corpo sob os cobertores de lã tinha-se tornado um adorno estranho no quarto. Após alguns dias, a monitora encarregada veio ver-me na minha pequena cama, acho que para encorajar-me a consultar um médico. Pensei em dizer-lhe que não haveria nada de que eu gostasse mais do que receber atenção médica (qualquer tipo de atenção seria óptimo para mim), mas estava demasiado fraca para me mover.

— Então, como é que nos estamos a sentir hoje? — perguntou quando se sentou aos meus pés, pousando ao seu lado uma pasta que continha os horários das actividades.

Por entre a névoa que me cobria os olhos, olhei para as pernas dela, cheias de varizes. Tinha calçados uns ténis *Keds*, imaculadamente brancos, como se nunca tivessem sido usados antes.

— Estou bem.

— Parece-te que gostarias de jogar voleibol com o teu grupo esta manhã?

Será que eu tinha *ar* de quem queria jogar voleibol, ali deitada e a tremer sob um cobertor de lã como os do exército no meio de Julho?

— Bem — continuou ela, como se fosse tudo muito normal.

— Então devias ser vista por uma enfermeira, para tentarmos descobrir o que se passa contigo. Sentes febre? — perguntou, colocando a mão na minha testa, o que a minha mãe me disse não ser uma previsão de confiança do que quer que fosse, mas apenas um gesto de autoridade maternal. — Não, não — abanou a cabeça. — Parece-me é que estás bastante fria. Deve ser por causa disso que não andas a comer nada.

Fiquei a pensar quanto saberia ela acerca de mim, se teria andado a espiolhar a minha ficha ou mesmo se haveria fichas individuais nos campos de férias. Será que ela sabia que não era

25

suposto eu estar ali? Será que ela percebia que eu estava ali porque a minha mãe, que era mãe solteira, precisava de um intervalo de oito semanas? Será que ela tinha consciência de que nós não tínhamos dinheiro, de que eu estava aqui por uma espécie de caridade, de que eles me tinham recebido aqui porque a minha mãe trabalhava de mais, recebia de menos e não sabia o que fazer comigo assim que a escola acabava? Será que ela compreendia que tudo isto era um grande erro?

— Olhe, na verdade eu não estou doente — argumentei com ela. Tinha a esperança de que, se lhe contasse o que se passava realmente comigo, ela insistiria para que a minha mãe me viesse buscar imediatamente. — O meu problema é ter alergias, alergias muito graves e há dias tomei os meus comprimidos, mas devo ter tomado demasiados porque não me tenho conseguido mexer desde então.

— Que comprimidos eram?

Procurei no compartimento que tinha ao lado da cama, onde estavam guardadas as minhas cassetes, os meus livros e os meus comprimidos e exibi o frasco quase vazio à frente dela, abanando-o como uma roca de criança. — Atarax. Foi o que o meu médico me receitou.

— Estou a ver. — Uma vez que eu ainda nem doze anos tinha, ela não podia pôr as culpas na rebeldia adolescente. Na verdade, não podia pôr as culpas em nada de nada. E eu também não.

Dei por mim a ansiar explicar tudo a esta mulher de meia-idade com um corte de cabelo a que se chamaria um belo penteado, que a obrigava a colocar rolos todas as noites, que se chamava algo como Agnes ou Harriet, um nome ainda anterior à geração da minha mãe. Queria abrir o frasco e mostrar-lhe o Atarax, queria que ela visse que esta tampinha branca à prova de crianças não enganava esta criança aqui. Queria mostrar-lhe os comprimidos muito pretos e o quão bonitos eles eram. Tinham o aspecto que eu imaginava ser o dos cavalos negros. Eram tão tentadores, a aparência deles era tão subversiva, que me era praticamente impossível tomar apenas um. Estes pequenos anjos da morte negros eram desenhados para nos matar. Não interessava nada o facto de serem apenas anti-histamínicos, talvez não mais fortes do que os medicamentos que se podem obter sem receita médica. Não interessava para nada o facto de a pessoa que os receitou tê-lo feito apenas a pensar no pólen que me estava a fazer inchar os olhos e a entupir as fossas nasais. Isso não interessava para nada.

Não havia maneira nenhuma de conseguir explicar o meu enfado crónico à monitora encarregada, não havia maneira de lhe dizer que eu já tinha alienado a maior parte das minhas companheiras de quarto, que gostavam da Donna Summer e das Sister Sledge e discutiam quem iria desempenhar o papel do John Travolta e quem iria desempenhar o da Olívia Newton-John nas representações que faziam em *playback* do *Grease*, ao ouvir Velvet Underground no meu pequeno e ranhoso gravador de cassetes pela noite dentro. Como é que elas poderiam compreender que para mim não fazia qualquer sentido ouvir música *disco* e dançar pelo quarto todo, quando podia estar deitada no chão de cimento, apenas com a pequena lâmpada da casa de banho acesa, enquanto a voz de Lou Reed me atraía para uma vida de niilismo?

Não havia a mínima hipótese de a monitora encarregada ou de qualquer outra pessoa compreender que eu não gostava de ser assim. Os ciúmes que eu tinha das outras raparigas que eram doidas por rapazes, que falavam alto e que eram divertidas. Como eu queria mexer no meu cabelo, meter conversa com um rapaz e ser atrevida, mas, de certa forma, simplesmente *não conseguia* tentar mais, nem sequer me atrevia a fazê-lo. Como seria horrível para mim quando, dentro de umas duas semanas, fosse o meu dia de aniversário, com um bolo com cobertura de açúcar servido ao jantar. Como seria horrível quando todos começassem a cantar e eu soprasse as velas e, durante o tempo todo, toda a gente saber que isto era uma atitude elaborada de piedade ou de decência, que não tinha nada a ver com o facto de alguma delas ser minha amiga. Não havia maneira nenhuma de as fazer entender, nem a elas, nem à monitora encarregada, nem a qualquer outra pessoa aqui que não me conhecesse antes, de as fazer acreditar que as coisas não haviam sido sempre assim, que eu tinha convencido todas as raparigas da minha turma na primeira classe que era a chefe delas (foi uma vigarice simples, uma burla básica: se uma colega não concordasse em aceitar-me como chefe, nenhuma das pessoas que eu já tinha conseguido convencer poderia ser amiga dela), que a professora teve de juntar a turma toda para lhes explicar que eram todas livres, que não havia chefe nenhum e, mesmo assim, as minhas amigas não me recusaram enquanto líder. Como é que a conseguiria fazer perceber que eu já tinha sido a rufia da turma, tinha sido popular, tinha feito um anúncio a fraldas quando tinha apenas seis meses, tinha feito anúncios para a Hi-C e para a Starburst mais tarde, tinha escrito uma série de livros sobre o tratamento de animais de estimação aos seis anos, tinha adaptado *Os Crimes da Rua Morgue*[6] para teatro aos sete, tinha transformado cartolina, marcadores e tinta num pequeno livro ilustrado chamado *Penny, o Pinguim*, aos oito, que ninguém no seu juízo perfeito iria acreditar que eu tinha chegado a isto: onze anos e quase desaparecida.

A minha mãe tinha atribuído as minhas alterações à menstruação, como se o sangue menstrual deixasse toda a gente maluca, como se isto fosse apenas uma fase e que eu ainda podia ir para um campo de férias, como se, afinal, eu estivesse bem. Se a minha mãe não conseguia perceber o que se estava a passar, não havia a mínima hipótese de eu poder fazer confidências a esta monitora encarregada antediluviana, que parecia ter chegado à feliz conclusão de que eu tinha tomado mais comprimidos do que devia, de que, talvez, a chuva incessante me estivesse a provocar uma febre dos fenos tão grave que eu tivesse ficado um pouco fora de mim.

— Sabes que tens de entregar toda a medicação que te for receitada à enfermeira, não sabes? — disse ela, como se ainda servisse de alguma coisa. — É suposto fazeres isso no início das férias. Ela teria sido capaz de te administrar os comprimidos correctamente.

Eu devia ter dito, *Acha que eu me importo minimamente em ter os meus comprimidos administrados de forma correcta? Acha?*

A minha curta conversa com a monitora encarregada não chegou a lado nenhum. Vi-a a sussurrar algo às minhas monitoras

---

[6] Edgar Allan Poe, *Os Crimes da Rua Morgue*, Relógio d'Água, Lisboa, 1988. *(NT)*

acerca do motivo que me tinha levado a dormir tanto e, no dia seguinte, uma enfermeira qualificada veio ver-me, mas a vida continuou como dantes.

Os meus pais não chegaram a correr às Montanhas Pocono para me trazerem de regresso a casa. De facto, pela forma como a monitora encarregada olhou para o frasco de Atarax, seríamos levados a pensar que aqueles comprimidos representavam um perigo para mim e não, como era o caso, que eu representava um perigo para mim mesma. Assim que regressei a casa, a minha mãe nunca me mencionou o incidente do Atarax. O meu pai, num dos nossos encontros ao sábado à tarde, que já não passavam de um ou dois por mês, conseguiu mostrar alguma preocupação. Mas acho que toda a gente pensou que aquilo era apenas um engano, uma criancinha brinca com fósforos e acaba com uma queimadura, uma rapariga na fase da pré-adolescência tem acesso a algumas ferramentas mais complexas, toma demasiados comprimidos, adormece durante demasiado tempo. Acontece.

Na segunda-feira de manhã, dois dias após a festa, estou de volta à Casa de Craque da Quinta Avenida, também conhecida por Consultório do Dr. Ira. Na verdade, são já umas três da tarde, mas isso é cedo para mim.

O Dr. Ira está a chatear-me por ter deixado o lítio sem primeiro discutir essa opção com ele. Explico-lhe que entrei em pânico, com a doença de Graves e tudo o resto. Ele explica-me que as análises ao sangue que faço de dois em dois meses servem para me vigiar de forma tão apertada que, caso houvesse realmente um problema, teríamos conhecimento dele muito antes de ficar fora de controlo, que eu poderia tomar os passos necessários para fazer frente a uma emergência desse tipo. O que ele diz faz sentido. Não o consigo contradizer e, por isso, não o faço. Além disso, diz-me ainda que os resultados de um segundo conjunto de análises ao sangue vieram perfeitamente normais. Ele acha que o erro estava todo numa vírgula separadora de casas decimais, um erro informático que transformou 1,4 em 14. Neste momento, o nível de TSH está a 1,38, perfeitamente dentro da média.

Obviamente não faço a mínima ideia do que é que estes números significam, nem me apetece nada perguntar. Mas não consigo afastar uma suspeita irritante de que este caso não possa ser assim tão simples. É assim: o Prozac tem efeitos secundários de pouca importância, o lítio tem mais alguns, mas, basicamente, este par de medicamentos consegue manter-me a funcionar como um ser humano mentalmente são, pelo menos durante a maior parte do tempo. Não consigo deixar de pensar que algo que funciona de forma tão eficaz, que me transforma desta maneira, tem de me estar a prejudicar em algum lado; talvez isso se venha a notar apenas muito mais tarde.

Consigo ouvir as palavras *tumor maligno cerebral não operável* a serem-me ditas em surdina por algum médico daqui a uns vinte anos.

Quer dizer, a lei da conservação diz que nem a matéria nem a energia são destruídas, convertem-se apenas noutra coisa qualquer e eu ainda não consigo dizer exactamente de que forma a minha depressão me metamorfoseou. Acho que ainda está às voltas na minha cabeça, a fazer-me um mal desgraçado às minhas células cinzentas ou, pior ainda, que está apenas à espera de que o tempo do Prozac se esgote de forma a poder atacar novamente, enviar-me mais uma vez para um estado de catatonia, como aqueles personagens do filme *Despertares* que regressam ao seu torpor pré-L-Dopa após apenas alguns meses.

De todas as vezes que cá venho à consulta, transmito as minhas reservas ao Dr. Ira. Digo algo como: «Vá lá, seja sincero comigo, qualquer coisa que funcione assim tão bem tem de ter alguma desvantagem desconhecida.»

Ou, tentando mais uma vez: «Bem, vamos lá ver as coisas como elas são, fui uma das primeiras pessoas a quem o Prozac foi receitado após a FDA[7] o aprovar. Quem é que me garante que eu não serei a cobaia que prova que aquela substância provoca, bem, digamos... *um tumor maligno cerebral não operável?*»

---

[7] FDA — *Food and Drug Administration*, entidade que regula os medicamentos vendidos nos Estados Unidos. *(NT)*

Profere uma série de palavras para me deixar mais descansada, explica novamente a forma cuidadosa como me anda a vigiar, mesmo assim, admite que a psicofarmacologia é mais uma arte do que uma ciência, que tanto ele quanto os seus colegas estão, basicamente, a dar tiros no escuro. E age como se houvesse um milhão de médicos que ocultam das mulheres o mesmo tipo de coisa acerca da Pílula do dia seguinte, do DIU, ou ainda acerca dos implantes mamários de silicone, como se eles, em tempos, não tivessem afirmado que o Valium era um tranquilizante que não viciava e que o Halcion era um comprimido maravilha para dormir. Como se os casos em tribunal contra as farmacêuticas não fossem já quase uma questão de rotina.

Mesmo assim, estou de saída para Miami no dia seguinte. Estou suficientemente farta de me estar a sentir infeliz para tomar dois pequenos comprimidos verdes e brancos de Prozac quando saio do seu consultório e, obedientemente, volto a tomar a minha dose dupla diária de lítio, engolindo também vinte miligramas de Inderal todos os dias, um betabloqueante normalmente usado para baixar a tensão arterial, porque preciso de algo que contrarie os tremores nas mãos e noutros membros, um dos efeitos secundários do lítio. Tomar medicamentos conduz necessariamente a tomar ainda mais medicamentos.

Não consigo acreditar, ao ver-me no espelho, ao ver aquilo que, aos olhos de todos, parece ser uma jovem de vinte e cinco anos saudável, com a pele corada e bíceps visíveis, não acredito que alguém, no seu juízo perfeito, conseguisse negar que tomo demasiados comprimidos.

1
MUITO PROMISSORA

And suddenly, as he noted the fine shades of manner by which she harmonized herself with her surroundings, it flashed on him that, to need such adroit handling, the situation must indeed be desperate.

(E, de repente, quando ele reparou nas requintadas maneiras com que ela se ia habituando ao que a rodeava, percebeu que, para necessitar de tantos cuidados, a situação devia ser mesmo desesperada.)

EDITH WHARTON, *The House of Mirth*

Algumas situações catastróficas convidam à clareza, explodem em milésimos de segundo: partimos um vidro com uma mão e, em seguida, há sangue e estilhaços manchados de vermelho por todo o lado; caímos de uma janela, partimos alguns ossos e ficamos com alguns arranhões. Pontos, gesso, ligaduras e anti-séptico resolvem e curam as feridas. Mas a depressão não é um desastre repentino. É mais como um cancro: a princípio, o tumor ainda não se deixa ver a olho nu, até que, um dia, bam!, temos um caroço enorme de três quilos no cérebro, no estômago ou na omoplata e esta coisa que o nosso corpo tem estado a produzir está, efectivamente, a tentar matar-nos. A depressão é muito desse género: devagarinho, ao longo dos anos, os dados acumulam-se dentro dos nossos corações e das nossas mentes, um programa de computador que visa implementar a negatividade total começará a ser integrado no nosso sistema, fazendo com que a vida se torne cada vez mais insuportável. Mas nem sequer nos apercebemos de que se está a aproximar, pensando que, estranhamente, aquilo é normal, que aquilo deve estar relacionado com o envelhecimento, com fazer oito, doze ou quinze anos, até que, um dia percebemos que toda a nossa vida é tão horrível que não vale a pena viver, um horror e uma mancha negra no terreno imaculado da existência humana. Certa manhã, acordamos com medo de continuar a viver.

No meu caso, eu não estava nem um pouco assustada com a ideia de que poderia continuar a viver, porque estava certa, estava mesmo convencida, de que já estava morta. A parte de morrer em si, o definhar do meu corpo físico, era uma mera formalidade. O meu espírito, o meu ser emocional, o que quer que chamemos a todo aquele tumulto interior que não tem nada a ver com a existência física, há muito que tinha morrido, estava morto e enterrado, era apenas uma massa contendo a porcaria da dor mais excruciante que se possa imaginar, como se um par de tenazes a ferver agarradas com toda a força à minha espinha e a pressionar todos os meus nervos tivesse sido deixado no seu lugar.

Isto é o que eu quero deixar claro em relação à depressão: não tem nada a ver com a vida. No decurso da vida, há tristeza, dor e mágoa, as quais, no seu tempo e momento correctos, são normais, desagradáveis, mas normais. A depressão é um campo totalmente diferente porque envolve uma ausência total: ausência de afecto, ausência de sentimentos, ausência de resposta, ausência de interesse. A dor sentida no decurso de uma grave depressão clínica é uma tentativa por parte da natureza (a natureza, afinal, abomina o vácuo) de encher o espaço vazio. Mas, para todos os efeitos, aqueles que padecem de uma depressão grave são apenas uns mortos vivos.

E o que assusta ainda mais é que se perguntarmos a alguém que esteja a passar por uma depressão como é que ali foi parar, se lhe pedirmos que aponte o ponto de viragem, nunca nos saberá responder. Há um momento clássico no *Fiesta*[8] quando alguém pergunta

---

[8] Hernest Hemingway, *Fiesta — O Sol Nasce Sempre*, Livros do Brasil, Lisboa, 1996. *(NT)*

ao Mike Campbell como é que ele tinha ido à falência, e tudo o que ele consegue dizer em jeito de resposta é: «Gradualmente e, depois, de repente.» Quando alguém me pergunta como é que eu perdi a cabeça isso é também tudo o que eu consigo dizer.

Parece-me que eu tinha uns onze anos quando tudo aconteceu. Talvez tivesse dez ou talvez tivesse doze, mas foi algures durante a minha pré-adolescência. Por outras palavras, visto a puberdade ainda não ter chegado, ninguém estava à espera daquilo.

Lembro-me do dia exacto: 5 de Dezembro de 1978. Tinha eu onze anos e reparei numas manchas acastanhadas secas que eram, indubitavelmente, sangue, nas minhas cuequinhas de algodão brancas. Encontrei-me com a minha mãe no Bloomingdale's naquela noite. O Bloomingdale's para dar uma vista de olhos, o Alexander's para comprar, era esse o nosso lema. Andávamos à procura de um casaco para o Inverno e eu contei-lhe acerca das nódoas nas minhas cuecas, disse-lhe que achava que talvez me tivesse vindo o período (eu sabia tudo acerca da menstruação por ter lido os livros da *Lifecycle* com a Lisanne na escola primária, onde eu ainda andava naquela altura), tudo o que ela conseguiu dizer foi: «Oh, não.» Talvez depois ela tivesse dito algo como: «Valha-me Deus, os problemas mal começaram.» Mas o que quer que fosse que ela disse deixou-me com a forte e nítida impressão de que, de repente, eu ia tornar-me difícil e taciturna, o que já parecia estar a acontecer.

Quando tento perceber onde é que segui pelo caminho errado, como é que, estupidamente, optei pela estrada errada na encruzilhada da vida, não consigo afastar a sensação de ter nascido precisamente a meio do Verão do Amor (31 de Julho de 1967), com a confluência de revoluções sociais, desde divórcios de comum acordo ao feminismo e ao amor livre, ao Vietname e à sua eventual substituição pelo *punk rock* e pela política económica de Regan. Acho que tudo teve a ver com isso. Odeio pensar que o desenvolvimento pessoal, com o seu modelo de idiossincrasias, pode ser reduzido a explicações tão simples quanto «sinal dos tempos», mas a contracultura dos anos 70 — juntamente com o seu *alter ego*, a ganância dos anos 80 — tinha deixado em mim marcas profundas.

Mesmo assim, não fui educada por pais drogados e malucos, hippies que fumavam erva no Central Park enquanto me passeavam dentro de um carrinho de bebé desbotado, que me levaram para Woodstock quando eu tinha dois anos e, em virtude da sua irresponsabilidade negligente da pós-adolescência, conseguiram dar-me cabo dos miolos. Nada podia estar mais longe da verdade. A minha mãe era uma republicana convicta que votou três vezes no Nixon, que queria que aumentassem os esforços de guerra no Vietname e que foi ouvir o William F. Buckley discursar quando andava a tirar o curso em Cornell no início dos anos 70. De acordo com a versão dela, apareceram tão poucos alunos na faculdade liberal em que ela tinha aulas para ouvirem a palestra que ela espalhou o casaco por diversos lugares, para fazer parecer que estavam mais pessoas para chegar. (A minha mãe, já agora, é a única pessoa que eu conheço neste momento que acha que o Oliver North foi um herói). O meu pai era apolítico, não tinha quaisquer aspirações profissionais e trabalhava como empregado de segunda categoria numa grande empresa. Tinha o cabelo curto e usava óculos à parolo do tipo do Buddy Holly, lia Isaac Asimov e ouvia Tony Bennet. O mais perto que tivemos de uma discussão sobre política foi uma vez quando eu tinha uns oito anos e ele me disse que era mau da parte do Presidente Ford perdoar o Nixon, porque mentir estava errado. Basicamente, os meus pais não tinham quaisquer tendências pouco convencionais, embora ocasionalmente comprassem álbuns da Mary Travers.

Os meus pais, tal como todos os progenitores da maioria das pessoas com a minha idade, não foram daqueles espíritos livres e rebeldes, amantes da dança e de muitos filhos, que fizeram os anos 60 acontecer. Eram um pouco velhotes para isso, nascidos em 1939 e 1940, em vez de 1944 e 1945 (numa cultura em aceleração, cinco anos fazem uma diferença brutal). Na sua maioria, os pais dos meus contemporâneos tinha já acabado a faculdade e ingressado no mundo do trabalho no início dos anos 60, vários anos antes das revoltas nas universidades, do activismo antibélico e da emergência da cultura de sexo, drogas e *rock and roll*, como uma força subtil.

Na altura em que os radicais anos 60 chegaram, nós, os miúdos, já tínhamos nascido e os nossos pais deram consigo mesmos encurralados entre uma crença entrincheirada de que as crianças precisavam de ser educadas em lares tradicionais e a sensação nova de que tudo era possível, de que o estilo de vida alternativo estava ali mesmo à mão de semear. Ali estavam eles, presos a casamentos que antes consideravam uma necessidade e com filhos que tinham tido quase por acidente num mundo que, de repente, tinha começado a dizer: *Não há necessidades! Não há acidentes! Deixem tudo!* Demasiado velhos para se aproveitarem totalmente da revolução cultural, os nossos pais ficaram apenas com destroços. A liberdade tocou-lhes oblíqua e invejosamente, em vez de lhes ter acertado em cheio. Em vez de esperarem mais tempo para se casarem, os nossos pais divorciaram-se; em vez de se tornarem feministas, as nossas mães abandonaram-se ao papel de donas de casa inadaptadas. Muitas situações desagradáveis foram desfeitas por pessoas que não eram assim tão novas e livres (leia-se: sem filhos) para começarem tudo de novo. O descontentamento deles, o seu conformismo, foi desempenhado como um papel para os filhos. Partilhar filhos com uma pessoa que começámos a desprezar deve ser um pouco como deixar-se envolver num grave desastre de viação e depois ser obrigada a passar o resto da vida a visitar o paraplégico que ia no outro veículo: não nos deixam esquecer o nosso erro.

Os meus pais são o caso exemplar por excelência. Só Deus sabe o que os levou a casarem-se. Deve ter tido alguma coisa a ver com o facto de a minha mãe ter sido criada com muitos dos seus primos direitos e, como todos se estavam a casar, pareceu-lhe a atitude correcta a tomar. Do ponto de vista dela, no início dos anos 60, o casamento era a única forma de ela conseguir deixar a casa dos seus pais. Tinha ido para Cornell para se formar em Arquitectura, mas a mãe tinha-lhe dito que tudo o que ela poderia ser era *secretária* de um arquitecto, por isso, licenciou-se em História de Arte com esse objectivo em mente. Tinha passado um ano a estudar na Sorbonne e fez todas aquelas coisas boas e estudadamente aventurosas que uma rapariga judia de Long Island pode fazer em Paris: alugou uma moto, usou uma capa preta, andou com um tipo qualquer da nobreza. Porém, assim que saiu da universidade, voltou para casa e todos estavam à espera de que ela ali ficasse até se mudar para casa do seu marido. (Havia, certamente, mulheres mais audazes que desafiavam estas expectativas, que alugavam apartamentos mobilados exíguos com as amigas no centro da cidade e apartamentos nos quais para se chegar a um quarto tinha de se passar por outro, que trabalhavam e saíam com rapazes, que iam às estreias no teatro e a conferências, mas a minha mãe não fazia parte desse grupo.) Começou a trabalhar no programa de formação para executivos no Macy's e, um dia, quando subia nas escadas rolantes para o primeiro andar, passou pelo meu pai, que se dirigia para baixo. Casaram em menos de um ano.

Os meus pais fizeram coisas estranhas depois de casarem. O meu pai conseguiu um emprego na IBM e mudaram-se para Poughkeepsie, onde a minha mãe deu em louca com o tédio e comprou um macaco de estimação ao qual chamou Percy. Por fim, acabou por ficar grávida de mim, decidiu que um bebé era melhor do que um macaco e mudou-se para Nova Iorque porque já não conseguia aguentar nem mais um dia numa cidade que era metade Faculdade de Vassar e metade IBM. O meu pai seguiu-a, eu nasci, eles brigaram, eram infelizes, ele recusou-se a tirar uma licenciatura, brigaram mais um pouco, até que, um dia, eu não consegui parar de chorar. A minha mãe telefonou para o emprego do meu pai para lhe dizer que, se ele não viesse para casa imediatamente e descobrisse uma forma de me acalmar, ela iria atirar-me pela janela. O que quer que fosse que o meu pai fez quando chegou a casa deve ter funcionado, porque ainda estou viva hoje, mas acho que aquele momento marcou o final do casamento deles. Pouco tempo depois daquele incidente, os meus pais estavam a tentar pendurar um quadro em casa e a minha mãe simplesmente recusou-se a segurar no prego enquanto o meu pai o martelava na parede, ela tinha a certeza de que ele ia errar a pontaria e bater nos dedos dela e que ela iria acabar por ficar dorida e magoada. Depois disso, foram a um conselheiro matrimonial, acerca do qual tinham lido qualquer coisa na revista *Time*, que os pôs a brincar com comboios em miniatura para ver como a relação de ambos funcionava. Alguma coisa na forma como eles colocaram juntos as peças nos carris fez o conselheiro perceber que eram um caso perdido. A minha mãe pôs o meu pai fora de casa e ele foi para junto da sua mãe e do seu pai alcoólico e diabético no complexo de apartamentos forrado a tijoleira em Brighton Beach, e aquilo foi o fim.

Este casamento poderia simplesmente ter deixado de existir um belo dia, aceitando-se que não tinha passado de um erro, que tinham sido apenas duas crianças tolas a brincar às casinhas. O problema foi que tinham uma filha e, durante muitos anos após a separação, eu tornei-me no campo de batalha no qual todas as diferenças ideológicas entre ambos eram expostas. Estávamos na cidade de Nova Iorque no final dos anos 60: Harlem tinha ardido, a Universidade de Columbia tinha sido encerrada, o Central Park tinha-se tornado num centro internacional para amantes, desocupados e drogados e a minha mãe estava petrificada com o facto de ser mãe solteira com um ex-marido inútil. Mandou-me para a creche da sinagoga, pensando que isso me iria dar um sentimento de comunidade e estabilidade, enquanto o meu pai, que aparecia para me ver uma vez por semana, tentava converter-me ao ateísmo, insistindo para eu comer lagosta, fiambre e outras comidas não aprovadas pela lei judaica, que me ensinavam na escola que não podia comer. Viciado em Valium, o meu pai passava a maior parte das visitas de sábado à tarde a dormir, deixando-me ver televisão, pintar com aguarelas ou telefonar à minha mãe a dizer: «O papá não se mexe, acho que ele está morto.» (Houve uma vez em que fomos ver *A Última Valsa* e ele adormeceu que nem uma pedra. Não consegui fazer com que ele se movesse, por isso ficámos sentados a ver o filme três vezes; acho que isto pode explicar a minha sofrida paixoneta pelo Robbie Robertson.)

Durante anos, a minha mãe lutou para me tentar dar uma educação sólida e tradicional da classe média, enquanto o meu pai me dizia que eu deveria ser artista, poetisa ou, simplesmente, viver da terra, ou algo do género. Mas independentemente do quão artísticas e expansivas as suas ideias me podiam ter soado, a atitude e lassidão do meu pai não estavam radicadas em nenhuma espécie de filosofia boémia universitária dos anos 60 que visam viver e deixar viver: ele vinha de um *background* que era mais de operários imigrantes do que de outra coisa qualquer. Em vez da faculdade, tinha passado algum tempo no exército norte-americano. Não era fixe ou popular de todo, era simplesmente um falhado. Por isso, enquanto a minha mãe, lutando com o seu rendimento a tempo parcial e tentando tomar conta de mim, andava desesperada por manter pelo menos a pontinha do pé na burguesia, o meu pai fazia horas extraordinárias (embora, na verdade, o emprego não lhe rendesse muito, de todo) para poder falar mal daquilo tudo. Isto continuou assim, para trás e para a frente, durante anos, até que se tornou claro que nós os três tínhamos sido apanhados no fogo cruzado dos tempos de mudança e que as poucas bases que os meus pais poderiam dar-me foram destruídas e destroçadas pelo conflito.

Não duvido de que poderia ter sido horrível na mesma, embora de outra forma qualquer, se eu tivesse nascido de um casal de drogados hippies ou de pessoas envolvidas na política (tenho a certeza de que os miúdos uns aninhos mais novos do que eu têm a sua própria lista de queixas), mas estou convencida de que foi pior crescer em tempos revolucionários, no meio de uma cidade selvaticamente electrizante como Nova Iorque e ser educada por pessoas que não estavam realmente envolvidas ou integradas na cultura. Será que alguém quer ser um pau de cabeleira numa orgia? A minha mãe estava desesperada por me proteger daquilo que ela via como pura loucura e o meu pai, que começou a empanturrar-se de tranquilizantes pouco tempo depois do divórcio, era simplesmente indiferente. Na verdade, acredito que se qualquer um deles tivesse tido quaisquer convicções ou valores fortes para me transmitir, a minha visão do mundo poderia ter emergido mais sanguínea do que sanguinária. Em vez disso, tudo o que eles tinham para me oferecer era o seu medo: a minha mãe temia o mundo lá fora e o meu pai temia-me a mim e à minha mãe; vivíamos num lar paranóico, no qual toda a gente definia os seus próprios inimigos e, em pouco tempo, estávamos todos envolvidos.

Um belo dia, devia eu ter uns dez anos, o meu pai disse-me que nunca quisera ter tido um filho com a minha mãe, que o casamento deles não prestava para nada e que ele pensava que uma criança seria uma má ideia. Mas assim que ela engravidou, acrescentou ele, ficou mais do que muito satisfeito. Contou-me que a minha mãe pretendera fazer um aborto, que tinham mesmo chegado a ir ao consultório do ginecologista e que já estava tudo preparado para fazer um aborto e que ele a impediu fisicamente de levar a ideia em diante. Mais tarde, quando eu contei esta conversa à minha mãe, ela começou a chorar e disse que o que se tinha passado era exactamente o contrário: ela queria-me e ele *não*. Dado que foi ela que ficou com a minha custódia, que tomou conta de mim e me deu amor enquanto ele dormiu durante a maior parte da minha infância e fugiu sem deixar rasto quando eu tinha quinze anos, presumo que ela me contou a verdade. Mas o que é que isso importa? Algumas pessoas são filhas de mães solteiras e tudo acaba por ficar bem. Acho que não interessa a quantidade de figuras parentais que temos, desde que aqueles que estão à nossa volta marquem a sua presença de uma forma positiva. Mas eu tive duas figuras parentais que estavam permanentemente de candeias às avessas e tudo o que me deram foi uma base oca que cortou ao meio o meu eu vazio e angustiado.

Eles estavam separados e divorciados antes de eu completar dois anos.

A única memória que tenho do meu pai a viver no mesmo local do que eu: sou, obviamente, apenas um bebé. Ando pelo quarto dos meus pais e dou com o meu pai ainda ali deitado na cama enorme sob as cobertas, com os óculos empoleirados na ponta do nariz de uma forma um pouco tortuosa, a cabeça tombada para um dos lados, como que de esguelha. Olha na minha direcção mas não me vê. Ou talvez nem sequer olhe na minha direcção. Tenho uma chucha enfiada na boca, uma das cerca de trinta que tenho e às quais dou nome, enquanto estou deitada com os joelhos dobrados nas cobertas que formam um castelo. O meu pai ainda está meio a dormir, a esforçar-se por ficar acordado porque a Mamã já se levantou, já está a fazer omeletas e café com leite. Os lençóis da cama são cor-de-rosa com riscas castanhas e brancas de várias grossuras, era certamente moda na altura e era suposto parecerem-se um pouco com um quadro de Frank Stella ou um corte de cabelo geométrico do Vidal Sassoon. As riscas são tão direitas e sólidas e o meu pai é tão retorcido e gelatinoso.

Na parede há um póster popular no final dos anos 60 de um coração partido preso simplesmente por um penso rápido, como se as coisas pudessem ser arranjadas de uma forma tão simples (ou talvez fosse para gozar com essa noção). De qualquer forma, o meu pai, ainda sem barba nesta altura, está a levantar-se suportando o seu peso com as mãos para se sentar contra a cabeceira antiga de ferro forjado pintado a preto.

Esta é a minha única memória do Papá em casa. Em todas as minhas memórias mais antigas dele, ele está a dormir, a acabar de acordar ou quase a adormecer. Frequentemente, durante as nossas visitas de sábado depois da separação, o meu pai levava-me a um restaurante chinês e depois recolhíamo-nos ao seu estúdio, ligávamos a televisão e eu ficava a ver enquanto ele dormia. Normalmente, aos fins-de-semana à tarde tudo o que estava a dar era desporto universitário — lembro-me de muitos campeonatos da NCAA—, o que não me interessava nada, e reposições do Caminho das Estrelas, que me confundiam (o meu pai, por outro lado, é um fã sem salvação possível, mas, de qualquer forma, esteve sempre a dormir). Por vezes, havia um filme acerca do Donner Party ou de outro qualquer acontecimento histórico sanguinário. Por vezes, ele arranjava-me um avião ou um carro para construir e pintar com verniz cinzento metalizado e as insígnias bélicas dos Aliados ou dos países do Eixo. Sou a única rapariga que conheço que construiu veículos de brincar porque aquilo é tudo o que ele me dá enquanto dorme. Por vezes, toco nele e tento fazer que me ajude a colocar uma asa no sítio certo ou a pintar uma fenda apertada num pára-choques prateado, mas ele nem se mexe.

Não levo a mal que o meu pai esteja a dormir durante as nossas visitas. Afinal, o que teria ele realmente a dizer a uma criancinha, além de que, provavelmente, já teríamos falado acerca de tudo durante o almoço. Mais tarde, quando eu já tenho idade para perceber estas coisas, digo à minha mãe que acho que ele é narcoléptico e ela afirma que todos os homens são assim, que o exército ensina os homens a conseguirem dormir em qualquer lado e é isso que eles depois fazem. Quando já tenho idade para questionar o meu pai acerca disso, quando me ponho a pensar por que motivo dorme durante o curto espaço de tempo de qualidade que passamos juntos, ele limita-se a falar dos nervos — dos nervos e do Valium. Librium e Aniolax e mais umas quantas coisas.

Quando já tenho três anos, a minha mãe vai para Israel durante três semanas, claramente para ver se podia ir viver para lá. Embora não sejamos particularmente religiosas, ela acha que talvez o Médio Oriente, onde as zonas de guerra são na sua maioria fora de casa, seja um local mais adequado para criar uma criança. O meu pai diz-me que ela se foi embora porque está a perder a cabeça, mas, fosse qual fosse a razão, o Papá vem ficar comigo durante aquele tempo. Acho que este arranjinho é óptimo porque isso significa que eu nunca chego ao infantário a tempo: o meu pai dorme a manhã toda.

Fica a dormir no sofá-cama verde na sala de estar (aparentemente é demasiado desagradável ficar no quarto que antigamente partilhava com a mamã) e todas as manhãs acordo ao nascer da alvorada, fico a brincar com os meus livros para colorir ou a ler o Dr. Seuss ou a andar no meu cavalo de pau e a ver o Captain Kangaroo, *à espera de que ele se levante e me faça o pequeno-almoço. Passam-se horas. Por fim, parecem já ser horas de almoço e eu tenho tanta fome que entro nas pontinhas dos pés na sala de estar e fico ali parada a olhar para ele, na esperança de que o poder do meu olhar o acorde. Nunca acordou.*

Por fim, chego-me à cama, naquela parte onde jaz a cara dele e as molas ligam o colchão ao sofá, elevo os meus pequenos dedos e, com cuidado, abro-lhe os olhos como se fosse um polícia a examinar um cadáver na cena de um crime. No início, exponho apenas a parte branca, mas, por fim, a íris e a pupila ficam à vista e eu, por minha vez, apareço-lhe à frente. Ele parece estar um pouco espantado, como se isto não fosse exactamente aquilo de que estava à espera, como se se estivesse a perguntar quem é esta estranha criatura a pairar sobre a sua face ou como se talvez estivesse a conduzir durante muito tempo e tivesse, de alguma forma, dado boleia à pessoa errada.

E eu digo: «Papá, sou eu.»

Durante três semanas seguidas, chego à escola pelo menos com três horas de atraso e, sempre que isso acontece, Patti, a professora, limita-se a rir. O meu pai faz a sua imitação do Pato Donald para mim e para as outras crianças e desaparece.

Da primeira vez que vejo um psicólogo — e já houve tantas primeiras vezes — há certas perguntas rotineiras que temos de atravessar. Há o habitual questionário médico: é alérgica à penicilina? Quem devemos contactar em caso de emergência? Está a tomar alguma medicação? E depois há aquelas coisas todas acerca da família: não a parte anedótica que é o grosso da terapia, mas, sim, coisas do género: há alguma história de depressão na sua família? No início, esqueço-me sempre das outras pessoas, dos meus primos que se tentaram matar, da minha bisavó que morreu num manicómio, do meu avô, o alcoólico, da minha avó com a sua terrível melancolia e do meu pai, que era obviamente transtornado — esqueço-me sempre destas pessoas todas e digo: «Sou a única.»

Não estou a fazer teatro. Só que, com toda a honestidade, não penso nestas pessoas como familiares meus porque são todos do lado do meu pai e eu mal sinto que ele faça parte da minha família.

Pamela, a minha prima direita, tentou acabar com tudo cortando os pulsos ou, pelo menos, assim reza a história. Lembro-me de ouvir falar no sangue e na porcaria toda, mas isso foi muitos anos antes de o meu pai me falar naquela tentativa de suicídio, acrescentando que o irmão dela também tentou, mas com drogas, acho eu, e nessa altura a impressão indelével que eu tinha dos meus primos como crianças louras insípidas e bastante comuns estava encrostada há demasiado tempo para eu conseguir registar aquela informação. Além disso, quase nada do que o meu pai alguma vez me contou ficou cá dentro, porque estava convencida de que ele próprio era maluco.

Considerava, naturalmente, que o facto de a minha avó ter morrido num hospício era insignificante. Afinal, naquela altura costumavam internar as mulheres por quererem trabalhar para ganhar a vida ou por pedirem o divórcio. Ou, além disso, ela podia ter tido tuberculose ou febre tifóide. Era difícil perceber que havia alguma coisa errada com o meu avô para além de ser velho e adoentado porque, na altura em que nasci, era assim que ele estava. Foi só quando morreu e nós não fomos ao seu funeral que o meu pai me disse que ele era um bêbado inveterado, que batia na minha avó e que uma certa noite o meu pai lhe tinha partido as costelas quando o tentava matar (quem sabe se alguma coisa disto é verdade). Para mim, o Avô Saul era apenas um velhote simpático e a Avó Dorothy, bem, ela deve mesmo ter tido uma vida horrível, mas só a conheci como a velhota que me fazia canja de galinha nas poucas ocasiões em que o meu pai me levava a visitá-la (ele, claro está, passava o tempo a dormir num cadeirão em frente ao televisor) no seu pequeno apartamento cheio de mobília em contraplacado, um grosso tapete de lã, papel de parede impressionista, com uma vista da montanha russa Cyclone, em Coney Island. A minha avó sempre me pareceu como qualquer outra mãe judia demasiado solícita e excessivamente carinhosa.

E o meu pai — eu pensava que ele estava apenas cansado.

Nunca me passou pela cabeça que todas estas coisas pudessem ser um problema.

Mas agora, anos mais tarde, tenho de admitir que a infelicidade nos corre no sangue, já houve tantas gerações de infelicidade no lado do meu pai que eu por vezes penso por que é que alguém — não sei como — não põe um fim a isto. Não sei por que é que alguém não nos dá simplesmente um grande chapéu-de-chuva preto e nos tira a todos da chuva.

Por isso, menciono a história da depressão na família a cada novo psicólogo quando, por fim, me lembro dela e eles sentem-se sempre obrigados a frisar a componente genética das doenças mentais. Mas nessa altura, falo-lhes um pouco acerca do meu passado familiar mais imediato e, mais cedo ou mais tarde, à medida que a narrativa avança, eles dirão, concretamente, algo como: «Não admira que esteja tão deprimida», como se essa fosse a reacção óbvia. Agem como se a minha situação familiar fosse particularmente alarmante e problemática, ao contrário do que, na verdade, se pode dizer nos tempos que correm, ou seja, é uma situação perfeitamente normal. Quero dizer, reflectindo acerca do meu desenvolvimento pessoal, sinto-me um elemento de uma estatística ou alguma espécie de caso-estudo acerca da natureza da família americana em constante mutação no final do século XX. Os meus pais são divorciados, cresci num lar dominado por uma figura matriarcal, a minha mãe estava sempre desempregada ou empregada de forma precária, o meu pai esteve sempre ausente ou precariamente envolvido na minha vida. Nunca havia dinheiro suficiente para nada, a minha mãe teve de processar o meu pai pela falta de pagamento da pensão de alimentos e das contas médicas, o meu pai, por fim, acabou por desaparecer. Mas toda esta informação não é nada de mais extraordinário do que o enredo de um romance de Ann Beattie. Ou talvez não chegue a ser tão interessante.

Na faculdade, lembro-me de estar sentada no meu dormitório e dos cafés que tomava à noite durante o meu primeiro ano, enquanto comparava histórias de horror familiar com os meus novos amigos. Chegávamos a ser competitivos querendo ter o pai menos responsável (a Jordana queixava-se sempre por o pai ter dinheiro suficiente para gastar em vinhos finos e num apartamento em Park Avenue, mas nem sequer a levar a jantar fora), ou reclamando ter a mãe mais destroçada, histérica ou simplesmente fora de si por estar sobrecarregada com obrigações parentais (eu ganhava sempre este concurso). Era sempre interessante ver quem é que conseguia manter o recorde de falta de comunicação com a figura parental que não tinha a custódia (quase sempre o pai), quer porque ele voltara a casar e se mudara para San Diego ou porque era simplesmente um merdas de terceira categoria que tinha desaparecido do mapa por nenhuma razão em particular.

Quanto mais conheço filhos de pais divorciados ao longo dos anos, tanto mais comum e trivial a minha própria história familiar me parece. Acabo sempre por me sentir estúpida ali sentada no consultório de um terapeuta qualquer a falar acerca dos meus problemas, porque, Meu Deus, e depois?? Não posso equacionar a quantidade de dor, infelicidade e desespero que tenho sofrido e aguentado devido à minha depressão com os acontecimentos da minha vida, que parecem simplesmente comuns. A minha reacção tem sido incaracteristicamente forte, mas, na verdade, parece-me errado deitar as culpas para cima de um facto estatístico da vida.

Quando tomamos em consideração a natureza disseminada da depressão — especialmente em pessoas da minha idade — torna-se tudo completamente dormente, como a pressão exercida sobre um membro rígido paralisado, que fica negro mas já não o sentimos. As razões em particular que levaram uma pessoa qualquer ao Zoloft, ao Paxil ou ao Prozac ou as razões que levam outra pessoa qualquer a acreditar que está a sofrer de uma grande depressão parecem ser menos significativas do que o simples facto de existirem. Perguntar a qualquer pessoa como é que foi parar a um estado tal de desespero envolve sempre novas variações da mesma combinação diversificada de histórias familiares. Está lá sempre o divórcio, a morte, o alcoolismo, a droga e seja lá mais o que for nas suas mais variadas formas. Quero dizer, será que existe alguém que *não considere* a sua família disfuncional?

Porém, na realidade, o meu pai não pode ter dormido durante todas as visitas que me fez. Afinal, ele era um ávido fotógrafo, adorava a sua Nikon *e eu era o seu tema preferido. A única forma segura para o manter acordado era passar-lhe para as mãos uma máquina fotográfica. As fotografias que me tirou na pré-primária são as melhores: uma miudinha* com dois anos a perseguir um esquilo no Central Park; a beber água de uma fonte no jardim zoológico; sentada à secretária no escritório da minha mãe, com o vestido inadvertidamente subido de tal forma que se viam as cuecas; com os sapatos da mãe calçados e com óculos escuros a passear pela casa; a dar um passeio com o cão. Até há uma fotografia na qual estou sentada num banco do parque com as pernas cruzadas, vestida com uns calções de licra e uma T-shirt branca, tinha dois totós presos por grossos elásticos, missangas à volta do pescoço e uma expressão enigmática e pensativa. Tenho uma das bochechas insuflada, como se estivesse aborrecida ou confusa. Toda a gente achava que aquela fotografia era tão gira que acabou por ir parar a um cartão de boas-festas com uns dizeres semelhantes à poética Haiku: «As pessoas como eu gostam de pessoas como tu[9].» Parece que vendeu muito bem na Califórnia.

Um belo dia, estava ele a tirar-me fotografias no jardim zoológico do Central Park (eu devia ter apenas uns dois ou três anos), quando perguntei ao meu pai quando é que ele voltava para casa.

— Querida, não vou voltar — respondeu ele.

Lembro-me de estar a olhar para o chão nesta altura porque me lembro da tijoleira cinzenta hexagonal do jardim zoológico.

— Mas a Mamã diz que tu vais voltar — protestei eu.

— Tenho a certeza de que a Mamã não disse nada disso. — Fez uma pausa, parecia estar exausto, como se fosse desmaiar. — A Mamã e eu vamos viver separados a partir de agora e nós já tentámos explicar-te isso. — Para finalizar, acrescentou: — O que não quer dizer que eu goste menos de ti.

— Mas, Papá — insisti eu. — A Mamã disse-me para te dizer que se tu quiseres voltar, ela quer que tu voltes.

— Tenho a certeza de que isso não é verdade.

Obviamente, não era mesmo verdade.

Por volta daquela mesma altura — pouco tempo depois da separação, quando ainda faziam valentes esforços por manterem o civismo — o meu pai às vezes ficava a tomar conta de mim à noite quando a minha mãe ia sair. Por vezes trazia a namorada, que viria a ser a minha madrasta, Elinor, e eu ficava a brincar com os enormes lenços coloridos Pucci que ela

---

[9] «*People like me like people like you*», no original. Trocadilho com o par homónimo *like* («gostar», em português) e *like* («como», em português). *(NT)*

usava com as camisolas de gola alta, vendando-me a mim própria ou acariciando a seda suave. A nossa casa tinha um corredor forrado com um armário bastante comprido e estreito e uma das minhas actividades preferidas era andar em cima dos pés do meu pai, enquanto ele me segurava pelos braços para eu me equilibrar e andávamos pelo corredor em cima dos sapatos dele, comigo, literalmente, a dar as suas pegadas. Quando já era altura de eu ir dormir, fazia o meu pai deixar aqueles mesmos sapatos, botins castanho cor de ferrugem, no corredor à porta do meu quarto. Queria que eles ali estivessem para eu os poder ver e saber que o meu pai ainda lá estava. Era como se eu soubesse que ele estava a planear abandonar-me daí a pouco tempo.

Antes de eu ir para a cama, costumava perguntar sempre ao meu pai e à Elinor quando é que eles se casavam. Às vezes, dizia-lhes que os ia despedir aos dois se eles não se despachassem. Sem ter nenhuma ideia de como uma família normal era, achava giro o meu pai ir casar-se e eu poder ir a um casamento a sério — ao contrário do casamento que eu tinha arranjado para a minha Barbie e para o Ken ou da cerimónia que tinha tido com Mark Cooper no infantário, quando ele disse que eu podia ser a Catwoman se ele fosse o Batman, o que basicamente queria dizer que eu não iria fazer queixinhas dele sempre que ele me tentasse bater durante o recreio. Depois de todos estes casamentos a fingir, penso que estava à espera de ser uma dama de honor e de ter um vestido novo. Acho que nunca me ocorreu que ele e a Elinor iriam esconder de mim o seu casamento: a cerimónia, a recepção, o jantar mais tarde. A Mamã disse que o Papá deve ter pensado que estava a fazer o melhor. Mas eu só tinha cinco anos e sabia que havia uma festa para a qual não tinha sido convidada.

Acho que foi por altura do segundo casamento do meu pai que eu comecei a ter a sensação de que as pessoas desapareciam.

Eu e a minha mãe mudámo-nos para a parte ocidental da cidade e eu comecei a fazer parte de uma raça totalmente diferente — ou, pelo menos, de uma espécie totalmente nova — de crianças que pareciam ter emergido de uma piscina genética colectiva mais ou menos pela mesma altura. Enquanto aquela parte de Manhattan tem, desde então, vindo a tornar-se num porto de abrigo para *yuppies* e recém-licenciados, quando eu era pequena estava cheia de mães solteiras, judeus fervorosos, bailarinas, tipos intelectuais que víamos nos filmes do Woody Allen e um ou outro artista. O parque infantil em Central Park estava cheio de donas de casa hippies que usavam sandálias e calças de ganga, sentadas a observar os filhos que, em regra, sabiam muito mais do que os outros, crianças que não tinham lar mas eram sofisticadas, usando missangas, calças da *Danskin*, versões de retalhos de pequenos seres bem informados e com estilo, que eram desbocados e espertos e que não sabiam, na verdade, o que era o sexo ou de onde vinham os bebés, mas, ainda assim, usavam palavras como *sexy* ou vai-te lixar com as vozes sabedoras de crianças que imitavam tudo o que ouviam, porque passavam demasiado tempo ao pé dos adultos.

Acho que este tipo de gente tem como epítome a filha no filme *Não há dois sem três*. Ela é muito mais dotada de senso comum e mais razoável do que a sua mãe dançarina, que está a tentar conciliar ao mesmo tempo o romance, a renda da casa, a carreira e as costas que lhe doem, tudo com um certo humor imperturbável que parece sempre prestes a dar lugar a um completo esgotamento emocional. É suposto Marsha Mason parecer, sem dúvida, uma mãe boa e responsável; na verdade, ela é claramente louca pela filha e não tem quaisquer tendências de negligência ou de abuso mas ela sente, basicamente, que a situação está a escapar ao seu controlo. Era assim que a minha mãe era: estranhamente, as contas apareciam sempre pagas, a ama recebia sempre, as bolsas para eu poder andar num colégio particular apareciam sempre e ela encontrava sempre um trabalhito extra aqui e outro ali para nos alimentar e vestir. Mas era tudo tão precário. Eu sempre tive a vaga sensação de que estávamos a apenas um único recibo de vencimento, a um único homem ou a um único emprego de viver da segurança social. Lembro-me de estar numa fila com a minha mãe para receber o subsídio de desemprego e lembro-me de a ouvir suplicar ao meu pai que me levasse a um médico *a sério*, que ela não ia, de forma alguma, levar-me a uma clínica, mesmo que ele pensasse que já era suficientemente bom. O dinheiro, ou a ausência dele, invadia a casa da forma como apenas algo que não está onde devia estar pode fazer.

Porém, no seio deste lar estranho e inseguro, eu e a minha mãe, à semelhança de mãe e filha na série *Não há dois sem três*, conseguíamos divertir-nos imenso, sermos melhores como amigas do que alguma vez fomos como mãe e filha. Uma vez que eu andava numa escola judia onde a taxa de divórcio entre os pais era relativamente baixa (foi exactamente por essa razão que a minha mãe me enviou para lá), visitava as casas dos meus amigos e ficava espantada com a forma como tudo parecia tão carrancudo quando comparado com a vida no nosso apartamento. Os pais pareciam sempre tão velhos e tão distantes e inabordáveis, que apareciam de fato e gravata no quarto dos filhos apenas para administrar disciplina ou para ajudar nos trabalhos de casa. Já estavam a ficar com cabelos brancos e com barriga e normalmente cheiravam mal, daquela forma que os pais cheiram; as mães, simplesmente, não tinham estilo nenhum, eram desleixadas e autoritárias e também costumavam cheirar mal. Não tinham piada nenhuma e nunca pareciam ser daquele tipo de pessoas a quem pudéssemos tratar pelo primeiro nome, independentemente da nossa idade. A pura alegria de ter filhos parecia ter-lhes passado completamente ao lado. Eles não tinham percebido nada da paternidade. A minha mãe, por outro lado, passava muito tempo ao pé de mim quando estava em casa, ajudando a preencher com marcadores fluorescentes, molhando bolachas *Oreo* no leite ou a dançar pela sala de estar enquanto o programa para crianças *Free to Be You and Me* estava a dar na televisão.

Sozinha com amas uma boa parte do tempo, eu tornava-me muitas vezes amiga das adolescentes que vinham tomar conta de mim enquanto a minha mãe ia trabalhar. Todas elas pareciam gostar de fazer tranças no meu cabelo muito comprido ou de me ensinar a desenhar com carvão ou pastéis e não apenas com marcadores. Eu fazia-lhes perguntas acerca dos namorados e tentava convencê-las a convidarem-nos para lá irem a casa para eu os poder ver. Uma das minhas amas tinha um pai que era alcoólico e que nos deixou trancadas no apartamento num estado de terror supremo durante várias horas, enquanto ele dava murros à porta e ameaçava matar-nos às duas. Outra das amas tinha um irmão mais velho que estava a estudar para ser padre. Anos mais tarde, vim a saber que ela tinha ficado viciada em craque e que tinha tido dois filhos fora do casamento.

Mas não importava muito a quem cabia a tarefa de tomar conta de mim durante algumas horas entre o final das aulas e a altura em que a minha mãe regressava do emprego, porque eu ficava sempre perfeitamente contente por ser deixada sozinha com os meus muitos projectos estranhos, quer fosse fazer criação de gafanhotos, que eu tinha trazido para casa depois de uma visita de estudo, a escrever uma colecção de livros ilustrados acerca de diferentes espécies de animais ou simplesmente ficar ali sentada com os meus livros de exercícios de Matemática, a avançar na matéria com as multiplicações e divisões, enquanto todos os outros alunos do primeiro ano ainda estavam a aprender a somar e a subtrair. Os meus recursos interiores eram tão minuciosos e completos que eu muitas vezes não fazia a mínima ideia do que havia de fazer com outras crianças. Pareciam-me todas tão infantis, principalmente quando comparadas com a minha mãe e com as minhas amas como a Nelsa, a Kristina e a Cynthia, que já andavam na escola secundária e usavam calças de ganga à boca de sino com aplicações de flores pintadas nos bolsos e nas coxas.

Sabem, é que até ao momento em que eu me vim abaixo pela primeira vez quando tinha onze anos, era uma rapariga de ouro, apesar de tudo. É verdade que os meus pais se tinham passado um pouco e que andavam sempre às turras um com o outro, mas eu tinha mais do que compensado esse facto ao ser adorável e encantadora da forma que as garotinhas preciosas o são, ao portar-me tão bem na escola, ao ser teimosa e dominadora, ao ser tão persistente.

Apesar de não termos um livro de cozinha judaica em casa, ainda assim consegui ganhar a *Abelha Brochos* da escola, o equivalente judeu a um prémio por saber soletrar, durante cinco anos seguidos. Em vez de soletrar palavras, tinha de saber quais os adjectivos a utilizar para elogiar diferentes pratos de comida. Reformei-me desta competição bastante estranha depois de ter ganho o concurso nacional, contra rapazes com cachos nos cabelos e raparigas que andavam de mangas compridas e *collants* grossos em Junho. Para as minhas aulas de catequese, ganhava pontos extra ao aprender de cor diversas passagens da Bíblia em Hebreu e recitá-las nas aulas. Os professores ficavam sempre espantados por ninguém conseguir falar ou escrever hebreu em minha casa, por eu parecer ser autodidacta (por fim, a minha mãe sentiu-se excluída e foi aprender a língua); os educadores pareciam incapazes de abarcar a sensação avassaladora de invencibilidade que eu possuía. Ninguém podia alguma vez ter imaginado que, em criança, eu estava convencida de que poderia fazer qualquer coisa que me apetecesse no mundo. Na altura em que andava no sétimo ano, criaram uma turma especial para mim, para a minha amiga Dinah e para uma imigrante russa chamada Viola, para podermos aprender as disciplinas com o nosso professor especial ao nosso próprio ritmo.

E isso não era só no campo das conquistas académicas. Aprendi sozinha a jogar ténis, batendo com uma bola na parede do nosso prédio durante algumas horas todos os dias. O nosso bairro era uma mistura de raças que não estavam, efectivamente, integradas e a zona de lazer no topo da *Food City*, em frente ao nosso prédio, estava cheia de crianças brancas acompanhadas pelas mães durante o dia, enquanto ficava na posse de adolescentes negros que tomavam conta daquilo à noite. Durante aquelas horas do entardecer em que aquela zona começava a mudar de identidade, fiquei amiga de um adolescente chamado Paul com quem jogava com regularidade uma versão de *squash*. O facto de ele ser muito mais forte ajudou-me muito a melhorar a minha táctica. Mas, quando a minha mãe soube do Paul — que era, como ela reparou, um *adolescente negro* e, portanto, possivelmente drogado — acabou por conseguir desencantar o dinheiro para pagar-me aulas de ténis na escola. Depois disso, acabaram-se as tardes na rua. Só quando me enviaram para o campo de férias e eu me defrontei, pela primeira vez, com as raparigas frívolas de Long Island, que tinham tido horas de aulas privadas de ténis, eram membros de clubes selectivos e tinham cortes de ténis nas traseiras, é que comecei a duvidar de que alguma vez iria ser a Chris Evert.

É difícil lembrar-me de uma vida que era tão perfeita, tão livre de dúvidas, tão pura na sua certeza. Como é que toda aquela energia vital se transformou tão completamente num desejo de morte? Com que rapidez o meu superego bem desenvolvido se conseguiu dissolver em montes de id transbordando desordenamente.

Sabem, até eu realmente me passar, quando tinha dez, onze ou doze anos ou lá quando foi, ter-me-iam, com toda a certeza, descrito como, bem, *muito promissora*. Agora, essa expressão está, para mim, carregada de ironia porque eu sei o quão falsa essa aparência de promessa é. Eu sei quanto descontentamento latente e infelicidade a determinação visível consegue mascarar, mas ainda assim estou certa de que a uma dada altura houve um rubor nas minhas bochechas, uma excitação radiante nos meus olhos que sugeria essa tal possibilidade. Eu era uma astronauta que ia voar tão alto, tão para além da Lua, tão para além do mundo todo.

Mas, afinal, nunca tive de me preocupar com as aterragens, porque não cheguei a levantar voo.

2
VIDA SECRETA

It was like sawdust, the unhappiness: it infiltrated everything, everything was a problem, everything made her cry — school, homework, boyfriends, the future, the lack of future, the uncertainty of future, fear of future, fear in general — but it was so hard to say exactly what the problem was in the first place.

(Era como serradura, a infelicidade: infiltrava-se em tudo, tudo era um problema, tudo a fazia chorar — a escola, os trabalhos de casa, os namorados, o futuro, a falta de um futuro, a incerteza de um futuro, o medo do futuro, o medo em geral — mas era tão difícil dizer qual era exactamente o problema.)

MELANIE THERNSTROM, *The Dead Girl*

Desloco-me ao consultório do Dr. Isaac duas vezes por semana, o que, se eu fosse uma criança normal de onze anos, deveria detestar e abominar, mas, sendo quem sou, é uma situação que não me incomoda minimamente. Ele faz-me uma série de perguntas acerca de mim própria e da minha vida e, como adoro falar, principalmente acerca dos meus problemas, acho tudo aquilo um grande divertimento. Não consigo imaginar que estejamos, de facto, a conseguir fazer alguma coisa de produtivo durante estas sessões. Quer dizer, realmente acredito que poderíamos ter chegado à raiz dos problemas se tal raiz existisse, mas a minha infelicidade é simplesmente demasiado aleatória. O Dr. Isaac por vezes fazia algum comentário que parecia sensato. Ele diria algo como: «Uma vez que os teus pais se divorciaram quando eras tão nova e que seguiram por caminhos de vida com sistemas de valores conflituantes de tal maneira, as tuas bases estão divididas, és uma pessoa fragmentada.» Ou então, algo como: «És muito precoce e muito sensível e, por causa disso mesmo, estavas perfeitamente consciente de todas as coisas horríveis que se passavam à tua volta quando eras pequenina, por isso todos os estragos estão agora a vir à superfície.» Tudo o que ele diz parece-me perfeitamente plausível, mas, na minha perspectiva, resume-se tudo a um grande *e depois, qual é o mal?* Eu já sabia tudo isto. Para mim, o problema é o que fazer com tudo isto.

O Dr. Isaac é o psiquiatra que a psicóloga da escola recomendou à minha mãe quando eu comecei a passar mais tempo no consultório dela do que na sala de aulas. Ou talvez o tenha recomendado depois daquele dia em que a Dr.ª Edelman, a professora de Matemática, que também era treinadora da equipa de basquetebol feminino, foi dar comigo nos vestiários a cortar as pernas com uma lâmina, ao som de *Horses* de Patti Smith no meu leitor de cassetes. Sem sequer se preocupar em perguntar-me o que eu estava a fazer (embora me tenha perguntado o que é que eu estava a ouvir), a Dr.ª Edelman levou-me para o piso de cima, na direcção do consultório da psicóloga, arrastando-me literalmente pelo chão, puxando-me pelo braço até chegarmos ao elevador que era reservado apenas para os professores — o que me fez sentir especial — e depositou-me no consultório, apontando para mim, como se quisesse dizer, *Olha-me bem para isto*, como se fosse uma advogada e eu fosse a prova A, a prova necessária de que ela precisava para expor o seu caso. E no fundo, o que ela queria dizer era: «Esta criança precisa de ajuda profissional.»

Acho que em troca de ter jurado solenemente que nunca mais me iria cortar, consegui convencer a psicóloga, que se chamava Doutora Bender, apesar de ter apenas o Mestrado, a não contar à minha mãe o que se estava a passar comigo. A não contar nada acerca das lâminas.

* * *

Tenho a sensação de que os cortes começaram quando comecei a passar o meu intervalo do almoço no vestiário das raparigas, a morrer de medo de toda a gente à minha volta. Levava o meu Panasonic preto e cinzento, que era suposto servir para gravar voz e não para tocar música e ficava a ouvir atentamente o som arranhado das cassetes que eu tinha vindo a acumular, na sua maioria grupos de hard rock, como os Foreigner, que, apesar de serem bastante maus, me pareciam uma espécie de libertação. Ficava ali sentada com o meu gravador de cassetes, a comer queijo flamengo e ananás de um termo resistente que eu trazia de casa (por esta altura eu também estava convencida de que era gorda) e tudo aquilo era um alívio calmante do stresse de ter de aturar as outras pessoas, quer fossem professores, quer fossem amigas.

De vez em quando, sentava-me no chão do vestiário, encostada à parede de cimento, com o leitor de cassetes pousado no banco e ficava a imaginar como seria voltar a ser a pessoa que eu sempre tinha sido. A transformação inversa não seria, certamente, um salto assim tão grande. Podia simplesmente tentar falar com pessoas novamente. Podia apagar o ar espantado do meu rosto, como se os meus olhos tivessem sido expostos a um brilho terrível. Podia rir um pouco.

Ficava a imaginar-me a fazer as coisas que em tempos fazia, como jogar ténis. De vez em quando, tomava a decisão, logo de manhãzinha assim que saía da porta do autocarro da escola, de que, durante aquele dia, eu iria ser uma rapariga de bom humor e enérgica; seria amistosa, riria, levantaria o braço na aula de Matemática de tempos a tempos. Lembro-me desses dias porque conseguia ver um olhar de alívio estampado no rosto das minhas amigas. Caminhava na direcção delas, reunidas a sussurrar no hall forrado com uma carpete azul, do lado de fora da sala de aulas e elas ficavam mais ou menos à espera de que eu dissesse alguma coisa como: «É tudo de plástico, vamos todos morrer...» Mas, em vez disso, dizia simplesmente: «Bom dia.» E, de repente, os corpos delas ficavam menos tensos, os ombros descaíam confortavelmente e, por vezes, até diziam: «Oh, Uau, voltaste a ser a velha Lizzie», mais ou menos como um pai que finalmente aceitou que o seu filho mais velho se tenha tornado muçulmano xiita e que se vai mudar para o Irão quando, de repente, o rapaz regressa a casa e anuncia que, afinal, quer ir estudar Direito. As minhas amigas, e a minha mãe também, ficavam aliviadas por descobrir que eu era mais o eu que elas queriam que eu fosse.

O problema era que pensava que esta personagem alternativa que tinha adoptado era apenas isso mesmo: um embuste, uma forma de chamar a atenção, uma maneira de ser diferente. E talvez quando comecei a andar pela escola a falar do plástico e da morte, talvez nessa altura isso fosse uma experiência. Mas, depois de algum tempo, o eu alternativo tornou-se no verdadeiro eu. Aqueles dias em que eu tentava ser a rapariguinha que, supostamente, deveria ser deixavam-me esgotada. Ia para casa à noite e chorava durante horas porque o facto de tanta gente na minha vida estar à espera de que eu fosse de determinada maneira pressionava-me demasiado, como se eu tivesse sido encostada a uma parede e interrogada durante horas, como se me tivessem feito perguntas a que eu já não conseguia responder.

Lembro-me de um dia em que entrei em pânico na escola quando me apercebi de que já nem conseguia fingir ser a velha Lizzie. Na verdade, tinha-me metamorfoseado numa rapariga infeliz e niilista. Tal e qual o Gregor Samsa acordar e descobrir que se tinha tornado numa barata de um metro e oitenta de comprimento, só que, no meu caso, fui eu quem inventou o monstro e agora ele estava a tomar posse de mim. Era este o ponto a que eu tinha chegado. Era isto que eu seria para o resto da minha vida. As coisas agora já eram más e iriam ficar ainda piores. Iam mesmo piorar. Ainda não tinha ouvido a palavra depressão, e só muito mais tarde é que a viria a ouvir, mas sentia que estava algo de muito errado a passar-se comigo. De facto, sentia que eu estava errada — o meu cabelo estava errado, a minha cara estava errada, a minha personalidade estava errada — Meu Deus, a minha escolha de sabores quando parava numa loja da Häagen-Dazs, depois das aulas, estava errada! Como é que podia andar pelo mundo com uma pele tão descorada e pálida, com os olhos tão negros e melancólicos, com o cabelo tão escorrido e anémico, com as ancas tão rotundas e com uma cintura tão estreita? Como é que podia deixar alguém ver-me neste estado? <u>Como é que podia expor os outros à minha pessoa, uma tal desgraça para o mundo? Toda eu era um grande erro.</u>

E assim, sentada no vestiário, petrificada por estar destinada a passar o resto da minha vida a esconder-me das pessoas desta maneira, tirava as minhas chaves da mochila. No porta-chaves estava um corta-unhas afiado que trazia uma lima agarrada. Baixava as meias que me chegavam aos joelhos (era obrigatório andarmos de saia na escola) e ficava a olhar para as minhas pernas brancas e nuas. Ainda não me tinha começado a rapar, só de vez em quando, porque a minha mãe achava que era demasiado nova, *e ficava a olhar para a penugem delicada, ainda suave e sem manutenção. Uma tela perfeita e limpa. Depois, tirava a lima para fora, encontrava a ponta afiada e percorria com ela as canelas, ficando a olhar para o fio de sangue que surgia na minha pele. Ficava sempre espantada com a rectidão do fio que escorria e da facilidade com que me magoava desta forma. Chegava quase a ser divertido. Sempre fui do tipo de pessoa que arranca as crostas e retira dos ombros a pele queimada pelo sol que estava prestes a cair, sempre a meter-me com o meu corpo. Este era o passo seguinte. E era tão mais gratificante dar cabo do meu próprio corpo do que apenas confiar nos mosquitos e nos passeios pelo campo por entre os arbustos espinhosos que faziam o trabalho por mim. Fiz mais alguns arranhões, alternando entre uma perna e outra, desta vez mais rapidamente, com menos cuidado.*

Não sei se estão a perceber, mas eu não me queria matar. Pelo menos, não naquela altura. Porém, queria saber que, caso houvesse necessidade, se o desespero alguma vez se tornasse demasiado insuportável, podia infligir dor ao meu próprio corpo. De facto, percebi que era perfeitamente capaz de o fazer. Saber isto deu-me uma sensação de paz e de poder, por isso, comecei a cortar as pernas constantemente. Esconder as cicatrizes da minha mãe tornou-se num passatempo. Coleccionava lâminas de barbear, comprei um canivete suíço, comecei a ficar fascinada com as diferentes espécies de extremidades cortantes e com as diferentes sensações que os vários tipos de corte provocavam. Tentei formatos diferentes — quadrados, triângulos, pentágonos e até um coração tosco, com uma facada no centro, para ver se doía como um verdadeiro coração partido poderia doer. Fiquei muito espantada e satisfeita por saber que, afinal, não é a mesma coisa.

Entra o Dr. Isaac.

O seu consultório fica no cruzamento da 40.ª Rua com a Segunda Avenida, o que implica uma longa viagem pela M104 desde a escola; por isso, frequentemente tenho de sair mais cedo das aulas, o que é, para mim, uma grande vantagem: eu odeio a escola. Por vezes, marco as consultas com ele a meio do dia, dizendo à minha mãe que ele não tinha mais nenhuma hora disponível, depois saio da escola e não me dou ao trabalho de regressar. O Dr. Isaac faz-me perguntas acerca disto: «Não andas a faltar muito às aulas, Elizabeth?» Às vezes minto-lhe e digo-lhe que não tive aulas naquele dia, que era o aniversário de um rabi qualquer do século XV ou alguma coisa do género, mas, ao fim de algum tempo, chego a uma conclusão — quer dizer, ele *é* o meu psiquiatra — posso dizer-lhe que me ando a cortar. A cortar-me às aulas, claro está.

As minhas faltas estão a começar a dar nas vistas. As minhas notas vêm para valores abaixo do 4. Eu costumava quase autoflagelar-me por ter qualquer coisa abaixo de um 5 (um 5– era causa para alarme) e agora simplesmente não me importava com nada. Os professores chamavam-me à parte para me perguntarem o que se estava a passar. Colocavam-se à minha disposição, diziam coisas do género: «Se alguma vez precisares de conversar com alguém, estarei aqui à tua espera.» Dizem-me que sabem que eu posso fazer melhor do que aquilo. O meu professor de Talmude, o Rabi Gold, tira-me o exemplar encadernado a couro do *Alice do Outro Lado do Espelho*[10], que ando a ler por baixo da secretária durante a aula, em vez de tentar seguir uma conturbada discussão rabínica acerca do tamanho que uma gota de leite tem de ter para tornar uma panela de carne imprópria para o consumo dos judeus (60% da totalidade é a conclusão, mas algumas pessoas discordantes afirmam que é 69%). Depois das aulas, ele tenta falar comigo, embora eu me mostre distraída. Ouço-o balbuciar algumas palavras na sua voz de lenga-lenga vagamente litúrgica, algo como: «Quando uma das minhas alunas mais brilhantes nem sequer me consegue dizer qual o tema da aula de hoje, sei que se está a passar algo de errado», mas eu simplesmente não quero saber. Sinto-me mal por ter insultado este homem simpático com a minha indiferença àquilo que ele está a ensinar, mas não vejo o que é que posso fazer quanto a isso. Não me importo de não me importar, mas talvez me preocupe um bocadinho por não me preocupar (se é que conseguem seguir este raciocínio intricado) — mas talvez eu fique com pena de todas as pessoas simpáticas cujos esforços se perdem num caso sem solução como o meu. Tudo isto piora um pouco mais a doença: para além de me sentir triste, também me sinto culpada.

Explico a mesma coisa a toda a gente: tudo parece sem razão já que todos vamos acabar por morrer um dia. Para quê fazer alguma

---

[10] Lewis Carrol, *Alice do Outro Lado do Espelho*, Publicações D. Quixote, Lisboa, 1988. *(NT)*

coisa — para quê lavar o cabelo, para quê ler *A Baleia Branca*[11], para quê apaixonarmo-nos, para quê ficar sentada seis horas a ver *Nicholas Nickelby*, para quê importar-me com a intervenção americana na América Central, para quê desperdiçar tempo a tentar entrar nas escolas certas, para quê dançar ao som da música e dentro do ritmo quando todos nós estamos apenas a caminhar desleixadamente em direcção à mesma conclusão inevitável? A brevidade da vida, não me canso de dizer, faz que tudo pareça não ter qualquer razão quando penso na eternidade da morte. Quando olho para a frente, tudo o que eu consigo ver é a minha morte. E eles dizem algo como: «Mas talvez não seja antes de setenta ou oitenta anos», ao que eu respondo: «Talvez para si, mas para mim, eu já desapareci.»

Ninguém parece disposto a perguntar-me o que é que eu quero dizer com aquilo, o que é bom, porque eu não faço a mínima ideia. Não é que eu tenha marcado uma data para morrer dentro de pouco tempo, mas o meu espírito parece já se ter retirado para o mundo dos mortos, e eu penso: «Olhe lá, quanto tempo mais será que o meu corpo ainda tem?» As pessoas falam acerca da forma como os espíritos incorpóreos vagueiam pelo mundo sem encontrarem um local onde repousar, mas tudo o que eu consigo pensar é que eu sou um corpo sem espírito, e tenho a certeza de que há muitas outras conchas humanas a vaguearem por aí, à espera de que uma qualquer alma as preencha. De qualquer forma, não chego a explicar o que eu quero dizer quando me ponho a falar da morte, mas estou consciente de estar a assustar muitíssimo toda a gente e apercebo-me de que este é o único pequeno prazer de que agora desfruto: saber que os outros se preocupam, vê-los a ficarem com aquele ar triste e desencorajado estampado nos rostos, como se estivessem a pensar: «Merda, tragam os profissionais da saúde mental.» Sinto prazer na dor que provoco nos outros: a minha vida tornou-se num filme patético, mas estou satisfeita por estar a obter o efeito desejado.

A minha mãe desata a chorar quando lê o relatório da escola.

---

[11] Herman Melville, *Moby Dick. A Baleia Branca*, Relógio d'Água, Lisboa, 1989. *(NT)*

— Ellie, o que se está a passar contigo? — pergunta ela e chora mais um pouco. — A minha filhota! O que aconteceu ao meu bebé?

Telefona ao Dr. Isaac e pergunta-lhe porque é que ele não me consegue curar mais depressa. Vai falar com ele e em breve fica de tal forma perturbada, por ter de lidar comigo, que se torna também sua paciente.

Por esta altura, tenho já toda uma vida secreta que a minha mãe desconhece ou não quer conhecer: vários dias por mês acordo de manhã e visto-me para ir para a escola, mas em vez disso, pego na minha mochila e dirijo-me ao McDonald's do bairro, bebo chá e como um queque ao pequeno-almoço, espero até que a minha mãe tenha saído de casa para o trabalho às 9h00, depois volto de novo para casa e fico na cama o resto do dia. Às vezes vou à Biblioteca Pública de Nova Iorque, que fica na 42.ª Rua, e fico a ler velhos artigos em microfilme acerca do Bruce Springsteen. Sinto-me particularmente orgulhosa por encontrar as histórias daquela semana de 5 de Outubro de 1975, quando o Bruce apareceu nas capas da *Time* e da *Newsweek* em simultâneo. Mas, normalmente, deixo-me ficar a ver a série de telenovelas que passam no canal ABC, desde *All My Children*, até *Serviço de Urgências (General Hospital)*, passando por *One Life to Live*, sempre deitada calmamente sob as cobertas da cama da minha mãe.

Às vezes fico deitada na minha cama a ouvir música durante horas. Sempre Bruce Springsteen, o que é estranho, tenho de admitir, porque estou a tornar-me numa adolescente *punk* urbana e ele é mais ou menos o porta-voz dos subúrbios, da desgrenhada classe operária. Mas eu identifico-me com ele tão completamente que começo a desejar ser um rapaz em Nova Jérsia. Tento convencer a minha mãe da necessidade de nos mudarmos para lá, que ela podia trabalhar numa fábrica ou então ser empregada de mesa numa cafetaria à beira da estrada ou uma secretária numa mediadora de seguros. Quero tanto que as circunstâncias da minha vida sejam iguais à opressão que sinto cá dentro. Começa tudo a parecer-me ridículo: no final das contas, as canções de Springsteen falam em escapar à monotonia de Nova Jérsia e aqui estou eu a tentar convencer a minha mãe a entrarmos nessa mesma monotonia. Penso que se conseguir tornar-me num pedaço de lixo branco, se conseguir entrar em contacto com a tristeza que afecta a classe operária, então terei alguma razão para me sentir desta maneira. Serei uma operária marxista falhada, alienada dos frutos do meu trabalho. A minha infelicidade começará então a fazer sentido.

E isso é tudo o que eu quero na vida: que esta dor ganhe algum sentido.

A ideia de que uma rapariga que anda num colégio particular em Manhattan possa ter problemas que mereçam este tipo de complicações parecia-me impossível. O conceito do desespero vago da classe média com estudos nunca me ocorreu e ouvir *rock and roll* o dia todo não era, provavelmente, a melhor maneira de o descobrir. Ainda não conhecia Joni Mitchell, Djuna Barnes, Virginia Wolf ou Frida Kahlo. Não sabia que havia um orgulhoso legado de mulheres que tinham transformado a depressão avassaladora numa arte prodigiosa. Para mim só existia o Bruce — e os Clash, os Who, os Jam, os Sex Pistols e todas aquelas bandas *punk* que falavam em derrubar o sistema no Reino Unido, o que não tinha nada a ver com uma pessoa sentir-se tão sozinha nos EUA que podia chegar a morrer.

Talvez pudesse ter pegado numa guitarra e escrito alguns gritos de revolta da minha própria autoria, mas, estranhamente, a parte ocidental de Manhattan como metáfora de uma juventude perdida e azeda não era de modo algum tão soante como as canções de Springsteen que falavam de pessoas a esconderem-se nos becos e vielas, a andarem no carrossel, ou do som de um teclado a ecoar na costa de Jérsia. Nada acerca da minha vida parecia ser digno da arte, da literatura ou simplesmente da vida. Parecia tudo tão estúpido, tão infantil, tão classe média. Tudo o que me restou foi desligar-me e entrar no mundo do Bruce Springsteen, da música que fala em pessoas de outro lado qualquer, destinada a pessoas que estão a fazer outra coisa qualquer, isso teria simplesmente de servir, porque, naquele momento, não havia mais nada que eu pudesse fazer.

Fico a pensar para mim mesma: por fim tornei-me tão impossível e desagradável que terão mesmo de fazer alguma coisa para eu melhorar.

E depois apercebo-me de que eles pensam que estão a fazer tudo o que podem e que não está a funcionar. Não fazem a mínima ideia do poço de infelicidade sem fundo em que estou. Terão de se esforçar mais e mais. Acham que o psiquiatra devia chegar, acham que aquela espécie de esforços precipitados que qualquer pai ou mãe faz quando o filho lhes está a escapar será o suficiente, mas não fazem ideia da dimensão da minha necessidade. Não sabem o quanto eu irei exigir deles antes de sequer pensar em melhorar. Não sabem que isto não se trata de uma simulação de incêndio destinada a prepará-los para o verdadeiro inferno, porque a realidade está a acontecer agora. All the bells say: too late[12]. *É demasiado tarde e tenho a certeza absoluta de que eles não estão a prestar-lhe atenção. Ainda não sabem que precisam de se esforçar muito mais, precisam de tentar chegar a mim, ao ponto de não dormirem mais, não comerem mais ou não respirarem ar puro durante dias, precisam de continuar a tentar até terem morrido por mim. Têm de sofrer da forma que eu sofri. E mesmo depois de terem feito tudo isso, ainda haverá mais. Terão de rearranjar a ordem do cosmos, terão de terminar a guerra fria, terão de fingir que são dois adultos que se amam e se preocupam um com o outro, terão de saciar a fome na Etiópia e o interminável tráfico de carne humana na Tailândia e pôr um fim à tortura na Argentina. Terão de fazer mais do que alguma vez pensaram que seriam capazes se quiserem manter-me viva. Não fazem ideia de quanta energia e quanto desespero eu estou disposta a arrancar deles até me sentir melhor. Esprêmê-los-ei e afogá-los-ei até saberem o pouco que de mim sobrou depois de ter tomado tudo o que tinham para me dar porque os odeio por não saberem.*

Enquanto estou a tentar deixar, vagarosa e entediantemente, o formato de uma bola de fios emaranhados — que tem sido arranhada, enrolada e deformada por uma série de gatos assanhados — a minha mãe está mais ou menos a recusar-se a admitir que estas coisas estão a acontecer. Manda-me ao psiquiatra e isso tudo, mas ainda me leva com ela para os acontecimentos familiares, como jogos de basebol no Dia do Pai; ainda me envia para o campo de férias no Verão, com *overdose* de comprimidos ou sem *overdose*; ainda

---

[12] «Todos os sinos tocam a rebate, anunciando que já é demasiado tarde», em português. Frase retirada de um poema de John Berryman. *(NT)*

espera que eu me porte bem à mesa à hora do jantar; ainda me trata como o seu acessório portátil preferido. Qualquer outra pessoa consegue ver perfeitamente que era melhor se eu estivesse fechada num hospital, nalgum sítio onde não fosse estranho eu sair a meio do *Fast Times at Ridgemont High* para escortanhar as pernas, nalgum sítio onde ninguém achasse estranho de vez em quando eu sair da sala a gritar num estado de histeria enquanto as pessoas normais fingem que nada está a acontecer.

Fazendo uma retrospectiva, talvez a minha mãe tenha tido a atitude correcta: ao tratar-me como uma criança normal, a sua bebé perfeita, talvez tivesse impedido que eu caísse ainda mais no fundo. Afinal, ao forçar-me a participar na vida real, ela pode ter impedido que eu penetrasse e me atolasse cada vez mais numa depressão que podia ter sido ainda mais profunda e intratável do que aquela pela qual eu estava a passar. Não tenho maneira de saber o que poderia ter acontecido se ela tivesse visto a situação de forma diferente. Nunca saberei. Ela era daquela espécie de mãe que acredita em tirar um penso rápido subitamente, ultrapassando a dor num instante; mas parecia conformada em deixar esta depressão arrastar-se durante anos, deixar que este penso rápido em particular demorasse anos a desprender-se. Claro está que nunca via as coisas desta forma: ela queria que a dor passasse muito depressa também neste caso, mas parecia pensar que ignorá-la faria que ela desaparecesse (os pensos rápidos às vezes caem sozinhos). Por isso, do que eu me lembro melhor é de ter uma sensação irritante a corroer-me porque queria que ela me deixasse estar tão mal quanto eu estava. Queria que ela me deixasse afundar nas profundezas à sua frente, que deixasse escorregar a necessidade de manter as aparências por tempo suficiente para eu bater no fundo, voltar para cima e encontrar a espécie de ajuda que o Dr. Isaac nunca me daria. Era como se as minhas sessões de psicoterapia com o médico fossem uma grande zona de amortecimento, um paliativo anestesiante que me mantinha a flutuar mas que nunca me iria alguma vez permitir aterrar na profundeza do meu desespero. E eu estava a começar a querer saber o pior, queria saber até que ponto o meu estado se poderia deteriorar.

Mas ela queria manter as coisas tão boas quanto possível. Sempre tínhamos sido uma equipa, sempre tínhamos sido muito unidas, eu sempre tinha sido o par dela naquela espécie de ocasiões em que as outras mulheres traziam os maridos, sempre tinha sido a sua melhor amiga — e parecia que, por me ter passado da cabeça, a estava a desiludir. Estava a deixá-la ficar mal. Sempre tive um sentimento de responsabilidade em relação a ela — muitas vezes senti-me como o filho mais velho de uma mulher que tinha enviuvado recentemente e que é incapaz de, por exemplo, programar sozinha o vídeo — e isso fez-me sentir extremamente restringida na gama de emoções negativas que eu era capaz de exprimir. Podia faltar às aulas, podia ter notas péssimas, podia esconder-me no vestiário das raparigas durante horas, mas não podia simplesmente desaparecer de todo, não podia perder a cabeça ao ponto de terem de me internar num manicómio ou noutro local qualquer para delinquentes juvenis porque *a minha mãe não seria capaz de sobreviver a tal colapso pessoal.* Ela mal queria saber a dimensão do desespero por que eu estava a passar. «Devias dizer isto ao Dr. Isaac», dizia ela de todas a vezes que eu tentava falar com ela acerca da minha depressão. Não é que ela fosse insensível — às vezes até tentava mesmo falar comigo para saber por que é que eu estava como estava — mas ela não conseguia suportar quando eu lhe explicava que não havia nada de errado em particular, que o problema era tudo. Ela queria que eu fosse mais específica: «É por causa de eu e o teu pai não nos darmos?» Queria que eu lhe atirasse algum problema para o qual ela conseguisse encontrar uma solução. Ela parecia pensar que eu era uma equação, mas a falta de uma tarefa clara e discernível para desempenhar deixava-a demasiado fora de si.

Uma certa noite, muito tarde, entrou no meu quarto e encontrou-me deitada de cabeça para baixo em cima do meu tapete fofinho com um par de auscultadores com duas grandes esponjas, a ouvir uma gravação ao vivo de uma música do Bruce Springsteen chamada *The Promise*; eu estava aos berros porque toda a desolação da canção parecia terrivelmente real (o último verso dizia algo como «We're gonna take it all, and throw it all away»[13]). Ela começou a gritar comigo, a dizer-me que não conseguia aguentar

---

[13] «Vamos pegar em tudo e deitar tudo fora», literalmente. *(NT)*

mais esta loucura, a exigir que eu lhe explicasse exactamente naquele instante o que estava errado. *O quê? O quê? O quê?* Eu limitei-me a ficar ali sentada, a chorar, vazia, sem nada para dizer, ela continuou a exigir que eu lhe dissesse alguma coisa e acho que no meio da frustração sou capaz de ter dito algo como: «Oh, Mãe, estás a olhar para as grandes árvores e eu nem sequer estou na floresta.» E nessa altura ela foi para o quarto dela, fumou um cigarro, viu o noticiário das onze, adormeceu com a luz azulada da televisão ainda ligada, a sentir-se completamente impotente.

Algum tempo depois, era sempre assim: eu estava deitada desamparada no meu quarto e ela estaria deitada desamparada no dela, não havia nada que pudéssemos fazer para deixar a outra a sentir-se melhor e todo o apartamento parecia preso num ambiente de reconciliação improvável.

Será que tudo isto faz sentido? Será possível que eu não tenha tido um colapso, que não tenha ficado incapacitada, um caso de não funcionamento mental do tipo catatónico, porque *a minha mãe não deixou?* Quer dizer, quando as pessoas simplesmente se passam, quando ficam naquele estado em que pensam que estão a falar com anjos e dormem descalças no parque no meio do Inverno, não é porque alguém lhes *deu permissão* para estarem assim. Estão assim porque não conseguem deixar de estar assim. Se eu tivesse continuado, também lá teria chegado. Não é?

Talvez sim. Talvez não. A medida da nossa atenção, a pedra-de--toque para avaliar a sanidade neste mundo, é o nosso nível de produtividade, a nossa atenção à responsabilidade, a nossa capacidade de simplesmente mantermos um emprego. Se ainda estivermos naquele ponto em que vamos dando aqueles passos básicos (a aparecer no emprego, a pagar as contas), ainda estamos bem, ou, pelo menos, suficientemente bem. Um desejo de não reconhecer uma depressão em nós mesmos ou naqueles que nos são próximos — mais conhecido hoje em dia como *recusa*, é uma vontade tão forte que muita gente prefere pensar que, até ao momento em que estamos prestes a atirarmo-nos de uma janela, não temos qualquer problema. Mas isto não tem em consideração os factores socioeconómicos, a existência da culpa, de uma consciência moral disciplinada ou, no meu caso, de uma percepção da natureza precária e delicada da minha mãe — o que colocou limites definidos na dimensão da corda com a qual eu me podia enforcar. A minha mãe e eu tínhamos trocado de papéis com tanta frequência — eu ajudei-a a escolher namorados depois do divórcio, mergulhava cigarros dentro de água para ela não os poder fumar, ou dizia-lhe, enquanto ela estava sentada aos berros na cozinha, porque tinha acabado de perder o emprego e estava com imenso medo de ficarmos sem tostão, que eu tinha a certeza de que tudo ia ficar bem — e eu tinha medo de abandonar a responsabilidade parental que sentia por ela. Conhecia os limites das pessoas que me eram próximas, e nos meus momentos mais difíceis, ainda tinha mais consciência desses limites. A depressão deu-me uma perspicácia extrema; em vez de pele, era como se eu tivesse apenas finas gazes a protegerem-me de tudo o que eu via.

A minha depressão não ocorreu num vazio e também não erradicou a minha vontade e o meu desejo de melhorar se houvesse alguma forma neste mundo de isso acontecer. Enquanto a minha mente parecia estar a escapar lentamente ao meu controlo, eu ainda era capaz de controlar parte das perdas, usando a disciplina de aluna marrona de cincos que eu tinha cultivado ao longo dos anos. Consegui manter tudo no campo de alguma coisa que está a acontecer a uma rapariga que ainda consegue usar calças de ganga de marca, que ainda se interessa em colocar rímel roxo e *eyeliner* turquesa antes de sair de casa de manhã. Esforçava-me por estar apresentável todos os dias no caso de o homem dos meus sonhos estar, por acaso, à minha espera no passeio do lado de fora da Escola Diurna de Manhattan, todo preparado para me arrebatar à minha depressão, mais ou menos da maneira como o Sam Shepard leva a Jessica Lang no início do filme *Frances*, ou da forma como ele continua apaixonado por ela ao fim de trinta anos, depois de ela ter sido submetida a uma lobotomia frontal completa.

E assim, aos doze anos, com maior ou menor frequência, dava por mim sentada no McDonald's de manhã a comer o meu queque, a fixar atentamente aqueles casos de fraca sorte sentados por perto nos bancos cor-de-laranja e vermelhos, a murmurarem para si mesmos, com roupas sujas, a cheirar mal por terem dormido nos passeios e a beberem demasiada *Colt 45*, e contemplei a diferença e a distância entre eles e mim. Até aonde teria de ir antes de eu, ou de alguém como eu, cair num local tão abandonado e desumanizado? Será preciso sobrevivermos à guerra do Vietname (tantos dos pedintes no Metro parecem ser veteranos), será precisa pobreza, dependência química, uma doença mental grave e muitos anos em instituições estatais? Nunca chegaria a saber.

Devo ter compreendido que as minhas circunstâncias materiais eram de tal ordem que só eu conseguia impedir-me a mim mesma de cair. Quer dizer, se fosse uma rapariga rica com pais estáveis e auto-suficientes em quem pudesse confiar para tomarem conta deles mesmos e de mim e estivesse a dirigir-me para um colapso mental, eu podia sentir-me à vontade para me deixar cair em queda livre, sabendo que outra pessoa qualquer me daria um ponto de apoio a partir do qual eu pudesse finalmente levantar-me. Mas e se nós formos o único ponto de descanso que conhecemos? E se formos um zero absoluto? E se só nos temos a nós próprios?

O Prof. Grubman, aquele estranho professor de ciências que usa barrete e camisolas de gola alta todos os dias como um *beatnik*, quer falar comigo depois das aulas acabarem porque o meu comportamento é perturbador. Eu não consigo imaginar o que ele quer dizer com aquilo: não sou um daqueles miúdos que libertam todos os sapos antes de os podermos dissecar, e, de qualquer forma, o que estamos a fazer nas aulas é, sobretudo, espremer leite azedo através de um pano de algodão como forma de nos fazer compreender os fenómenos da vida do dia-a-dia. Ele é simplesmente o mais recente numa longa série de professores de ciências, talvez o quarto este ano, por isso é-me difícil levá-lo a sério. Provavelmente ele não será aquele que me vai dar a nota no final do ano porque também ele será seguramente substituído e, de qualquer forma, as notas já não me importam porque não há qualquer futuro.

Ainda assim, o Prof. Grubman não parece estar disposto a falar comigo acerca de muita coisa, diz simplesmente: «Parece que talvez sejas demasiado intensa para este mundo», e eu fico a pensar de onde é que ele está a tirar aquelas coisas. Ele mal me conhece. Parece que ele está a sugerir que eu me mate.

Mantém-me no laboratório de ciências durante horas. Perco uma série de aulas e até chego a comer o meu almoço de queijo flamengo com ananás num termo, como de costume, dentro do laboratório. Ao fim de algum tempo, não faço a mínima ideia do que é que ele quererá de mim, só me sinto satisfeita por não ter de ir a Matemática e a Inglês ou jogar *kickball* durante a aula de Educação Física, porque ele me mantém aqui dentro como castigo. Faz-me uma série de perguntas para as quais eu desconheço as respostas. Pergunta-me: «Então, és daquelas raparigas que gosta de rapazes rápidos com carros rápidos?»

Não lhe digo o que estou a pensar realmente, que é que eu só tenho doze anos e, por isso, eu não sei, e, além disso, em Nova Iorque ninguém conduz mesmo. Em vez disso, limito-me a dizer: «Sim, gosto.»

Parece ser a resposta acertada.

Os rapazes são um dos meus interesses sempre constantes, mas de pouco me vale. Nenhum dos rapazes da minha aula repara em mim. Eu nem sequer estou nas suas listas de alternativas depois das raparigas com nomes como Jennifer, Alison e Nicole não funcionarem. Não é que eu não seja atraente — acho que talvez até seja bonita, mas a minha aparência parece atrair um grupo demográfico totalmente diferente. Eu tenho cultivado uma certa palidez desgrenhada, tenho aquele olhar alcoolizado e ferido *à la* Chrissie Hynde, por isso acabo por atrair rapazes mais velhos que estão habituados a mulheres que não são inteligentes e joviais. Ou então atraio homens do tipo roqueiro, como o rapaz da banda de *heavy metal* que trabalha numa loja chamada World Impact no Centro Comercial Bergen, onde eu às vezes vou quando falto às aulas. Ou o homem que me deu o seu cartão no meio de uma confusão num concerto dos Clash e que me leva a almoçar de vez em quando. Ou o filho de vinte e três anos do dono do Camp Tagola que anda na faculdade de Direito e é muito certinho e decente, mas ainda se sente tão atraído por mim que se torna uma espécie de escândalo no campo de férias, e o monitor encarregado diz-nos a ambos que temos de parar de dar passeios juntos ou de estarmos sentados um ao lado do outro enquanto vemos o filme *O Inferno na Terra*. Mas nunca acontece nada de especial com estes homens. Tudo não passa de almoços, passeios e conversas, porque eu sou tão nova e eles são tão velhos que se sentem estúpidos. Eu dou por mim a rezar, a desejar, a esperar que Deus me dê aquilo que torna as raparigas atraentes aos olhos dos rapazes da minha idade.

Até que um dia conheço o irmão mais velho de uma amiga minha, um fã do Springsteen que está no último ano da secundária. Falamos acerca do Bruce o tempo todo, e ele acha espantoso não ser como as outras amigas da irmã, que gostam de Shaun Cassidy e Andy Gibb. Fico com uma tremenda paixoneta por ele — chama--se Abel — e, passado algum tempo, vou a casa da minha amiga, mais para o ver do que para a ver a ela. Sinto uma afinidade estranha, como se talvez ele seja como eu, e uma noite, quando estamos a ver televisão na pequena sala com a família toda — é noite de terça-feira, por isso aposto que estava a dar *Happy Days* ou *Laverne and Shirley* — e eu estou sentada sob uma manta afegã para me aquecer, e sinto a mão dele debaixo do cobertor a subir-me pelas penas acima, a entrar nas minhas cuecas. Não o tento impedir, não faço nada, limito-me a ficar ali sentada e a apreciar a sensação porque sabe muito bem, é a única coisa que me soube bem em tantos meses, talvez até anos. Nunca tinha sentido nada assim antes, nem sequer tinha chegado perto da electricidade estranha que parece estar a rodopiar no meu estômago e depois um pouco mais abaixo. Não consigo imaginar o que terei feito para merecer algo assim tão bom.

Sinto-me abençoada. Sinto que se Deus me deu esta capacidade para o prazer, então é porque há esperança. Por isso, começo a esgueirar-me para o quarto do Abel a meio da noite, sempre que lá durmo em casa, começo a desejar que ele me faça aquilo que ele me faz sempre, porque nunca me tinha apercebido de que o meu corpo tinha tal capacidade para o prazer. Aprendo também a tocar-lhe. Com os dedos e com as mãos, com a boca. Fico surpreendida por descobrir que tenho a facilidade, em toda a minha tristeza, não só de receber mas também de dar um pouco desta força anímica.

Este contacto físico traz-me uma tal felicidade que me apetece contar a toda a gente acerca dele, quero chegar-me ao pé das mulheres na rua e contar-lhes acerca desta coisa que eu descobri, como se só eu a conhecesse. Quero fazer broches a rapazes que vejo aqui e ali, imaginando se eles terão a mesma resposta que o Abel, ou se aquilo é algo apenas dele. Quero que o Dr. Isaac saiba este meu segredo, mas não posso dizer uma palavra a absolutamente ninguém. Toda a gente vai pensar que é doentio, toda a gente vai pensar que ele está a abusar de mim porque ele tem dezassete anos e eu só tenho doze. Ninguém vai acreditar que isto é a única coisa boa na minha vida.

Por isso, quando o Prof. Grubman me incomoda com aquelas perguntas — as suas perguntas estranhas e devassas — penso para mim mesma que talvez devesse contar-lhe o meu segredo. Mas depois acabo por não o fazer, não me atrevo. De certo modo tenho medo da sua estranheza, medo de que ele me denuncie e depois me mande embora, que me prenda numa prisão para raparigas que não são castas. Tenho medo de que me coloquem numa instituição não por estar deprimida e precisar de ajuda, mas porque sou uma rapariga, uma boa rapariga, à minha própria maneira, e ainda sou capaz de tal luxúria louca.

Naquele Verão, acabo de fazer treze anos, tudo é uma porcaria e estou presa no campo de férias a pensar nas Olimpíadas. Um dia, após um período de limpezas, após as nossas camas terem sido inspeccionadas para verificarem se os cantos estão perfeitos e os nossos compartimentos vasculhados para se certificarem de que todos os livros de quadradinhos do Archie estão lindamente empilhados, fico sentada no alpendre da minha camarata a ouvir o primeiro álbum do Bruce Springsteen. Paris, uma miúda que também anda na minha escola, aparece e senta-se ao meu lado. Paris é, acho eu, aquilo a que poderíamos chamar uma amiga. Já a conheço desde o jardim de infância e como todas as outras pessoas que se mantêm na minha vida há já algum tempo, ela está mais ou menos à espera de que eu saia deste torpor para nos podermos encontrar para brincar e pintar as unhas com verniz cor-de-rosa bebé, como costumávamos fazer quando tínhamos sete anos. Ela mora do outro lado da rua e por isso vamos para casa juntas depois das aulas, o que não pode ter piada nenhuma para ela porque eu só quero falar do apocalipse que se aproxima no meu cérebro.

Paris tenta ser compreensiva. Graças a mim, isso não é fácil para ninguém. Após semanas de tentar convencer as raparigas na minha camarata acerca do génio de Bruce Springsteen, quando elas por fim me dizem que estão a começar a gostar dele, quando me pedem cassetes emprestadas ou me pedem para ouvir «Born to Run», começo a gritar que não passam de um bando de macaquinhas de imitação e que o Bruce pertence-me e a mais ninguém. Faço-as jurar que se alguma vez conhecerem alguém novo que lhes diga que gosta de alguma canção do Springsteen, elas se lembrem de me informar. E todas elas levam os braços ao ar e dizem: «Olha, nós estamos a tentar.» Por isso, a Paris vem sentar-se ao pé de mim e eu deixo-a um pouco nervosa quando lhe digo que tem de ouvir uma música chamada «For You». Tem medo de que eu fique chateada se ela não gostar, ou, pior ainda, que eu fique furiosa se ela, de facto, gostar. Explico-lhe que aquela canção é acerca de uma rapariga como eu que se quer matar. Ouvimos o primeiro verso, as linhas crípticas acerca da presença desvanecente de uma rapariga, «barroom eyes shine vacancy[14]», acerca de alguém que está presa à vida por um fio tão ténue que para a vermos temos de nos esforçar muito.

«Essa sou eu», digo à Paris. Eu sou a rapariga que está perdida no espaço, a rapariga que está sempre a desaparecer, sempre a despegar-se e a afastar-se cada vez mais até desaparecer no pano de fundo. Tal como o gato de Cheshire, um dia eu desapareço de repente, mas o calor artificial do meu sorriso, aquela curva falsa apalhaçada, daquela espécie que vemos nas pessoas tristes e infelizes e nos vilões dos filmes da Disney, ficará para trás como um resquício irónico. Sou aquela rapariga que vêem na fotografia de uma festa qualquer ou nalgum piquenique no parque, aquela que parece estar a vibrar e a brilhar intensamente, mas que, de facto, não falta muito para desaparecer. Quando olhamos novamente para aquela fotografia, deixem-me garantir-vos, *Eu já não vou lá estar.* terei sido apagada da história, como um traidor na União Soviética. Porque a cada dia que passa, sinto que me estou a tornar cada vez mais invisível, a ficar cada vez mais densamente coberta por uma

---

[14] «Os olhos embriagados brilham vagos», em português. Verso da música «For You» de Bruce Springsteen. *(NT)*

escuridão, capas e capas de escuridão que me vão sufocar no calor abrasador do sol do Verão, de tal forma que eu já nem sequer consigo ver embora ainda o sinta a queimar-me.

Sugiro a Paris que imagine que só sabe que o Sol está a brilhar porque sente a dor do seu calor abrasador e não por conhecer a delícia da sua luz; que imagine estar sempre na escuridão.

Não paro de dizer estas coisas à Paris, que ainda se sente pouco à vontade, e não sabe muito bem o que há-de responder. E continuo a dizer-lhe que eu seria tal e qual a rapariga da canção se não fosse por uma coisa. Uma única coisa. Ele diz que ela é tudo aquilo que ele sempre desejou. Ele ama-a loucamente. Toda a canção é acerca da forma como ele a levou para o hospital, para a salvar do suicídio.

Começo, como se fosse a minha deixa, a chorar. Fico tão envolvida na ideia de que ninguém iria, de facto, tentar salvar-me se eu cortasse os pulsos ou se me pendurasse numa das traves do dormitório. Não acredito que alguém pudesse importar-se o suficiente comigo para me tentar manter viva. E depois apercebo-me de que sim, claro, que o fariam, mas só por ser a atitude correcta a tomar. Não se trata de preocupação verdadeira, mas sim de não querer viver com a culpa, o insulto, a desagradável certeza de que houve um suicídio e que não fizemos nada. Assim que eu fizer um gesto suicida, nessa altura, certamente virão todos a correr porque os meus problemas abandonam o reino restrito de uma matéria quotidiana difícil, que é tema de conversa, e torno-me numa verdadeira emergência médica. Serei um caso passível de cobertura pela Aetna ou pela MetLife ou por seja qual for o seguro de que eu seja beneficiária. Far-me-ão uma lavagem ao estômago, coser-me-ão os pulsos, aplicarão panos frios nas nódoas negras do meu pescoço, farão o que for necessário para me manter viva — e depois os verdadeiros profissionais da saúde mental tomarão conta do meu caso.

Dia após dia de uma depressão, daquela espécie que não parece merecer arrastarem-me para um hospital, mas que me permite ficar para aqui sentada neste alpendre no campo de férias, como se fosse anormal, dia após dia a desgastar toda a gente que se aproxima de mim. O meu comportamento parece não ser, estranhamente, suficientemente grave para eles saberem o que hão-de fazer comigo, embora eu já esteja num estado demasiado complicado para deixar toda a gente à minha volta louca.

Choro mais um pouco e continuo, sem parar, a falar de como deve ser bom ter alguém tão apaixonado por nós que faça uma canção acerca do dia em que morremos. A Paris abre a boca, provavelmente para dizer alguma coisa acerca de como as pessoas gostariam de ajudar, as pessoas gostariam de me dizer que se preocupam, só que não sabem o que fazer, mas eu faço-a calar. Não me apetece nada estar agora a ouvir aquelas frases feitas. E se alguém alguma vez me amar o suficiente para escrever uma canção assim tão bonita acerca de mim, digo que não me mataria. No final, tenho de pensar que a rapariga em «For You» é totalmente louca porque decidiu morrer quando havia tanto amor à espera dela aqui na terra.

A Paris concorda, falando comigo apenas para me oferecer o conforto de uma voz humana e não para dizer alguma coisa que possa alterar seja o que for. «Estou a ver o que queres dizer com isso.»

Continuo a chorar e queixo-me a Paris de que nunca ninguém me irá amar daquela forma porque eu sou tão horrível e tudo o que sei fazer é chorar e estar deprimida.

E continuo a falar, dizendo que se fosse outra pessoa, *eu mesma* não iria conseguir aturar-me. É tudo tão desesperante. Eu quero sair desta vida. Quero mesmo. Não paro de pensar que se eu conseguisse tomar de novo as rédeas da minha vida, iria ficar bem novamente. Não deixo de pensar que me estou a levar à loucura, mas juro, juro a Deus, que não tenho nenhum controlo. E ninguém acredita em mim. Toda a gente acha que eu podia ficar melhor se quisesse. Mas eu já não consigo ser a velha Lizzy. Quero dizer, na verdade, estou a ser eu mesma agora e é simplesmente horrível.

A Paris limita-se a colocar-me os braços à volta dos ombros e a abraçar-me. «Lizzy, toda a gente gosta de ti como tu és.» Porque isto é aquilo que é suposto dizer-se numa altura destas.

Fico ali sentada com a cara entre as mãos como se estivesse a agarrar a cabeça, para impedir que ela caia e rebole pelos dormitórios como se fosse uma bola de futebol a quem alguém deu um pontapé sem querer.

3
O AMOR MATA

When I think of all the things he did because he loved me — what people visit on each other out of something like love. It's enough for all the world's woe. You don't even need hate to have a perfectly miserable time.

(Quando penso em todas as coisas que ele fez porque me amava — aquilo que as pessoas têm de fazer por amor. Vale por toda a mágoa do mundo. Nem sequer precisamos do ódio para sermos completamente infelizes.)

RICHARD BAUSCH, *Mr. Field's Daughter*[15]

Quando chego ao oitavo ano, os meus pais já estão a pontos de se matarem um ao outro. Pela primeira vez após o divórcio, têm de conversar com regularidade para discutirem o que fazer comigo. Não há dúvida de que estas eram conversas desesperadas e frustrantes, porque a mais pequena coisa parecia fazer-me ficar ainda pior. Era como um guisado que já tem demasiados temperos, e os chefes continuam a acrescentar-lhe os seus condimentos particulares, o que o está a tornar ainda mais turvo, mais impreciso e pior.

Além de que os meus pais eram um par desastroso para conseguirem fazer fosse o que fosse. Aqui estavam duas pessoas que mal se

---

[15] Richard Bausch, *Mr. Field's Daughter,* Linden Press/Simon & Schuster, Nova Iorque, 1989. *(NT)*

tinham falado durante dez anos, que se limitavam a passar um pelo outro nos vestíbulos enquanto me passavam para trás e para a frente e agora, de repente, tinham de estar em permanente contacto, na maior parte das vezes a gritar e a discutir violentamente ao telefone a altas horas da noite. Eu ouvia a voz da minha mãe enquanto estava deitada sem conseguir dormir, sem sequer tentar dormir, no meu quarto. E, às vezes, quando me encontrava num torpor profundo, o som deles a gritarem no outro quarto invadia os meus sonhos como se fosse um exército inimigo. A parte da minha mãe aparecia alta e nítida, enquanto o lado do meu pai era deixado ao fértil reino da minha imaginação. Eles discutiam se o Dr. Isaac seria o indicado para mim, quem deveria pagar aquelas contas e, acima de tudo, de quem era a culpa por eu ser tão destrambelhada. Desenterravam controvérsias antigas e era nítido que, se os seus problemas tinham sido enterrados, tinha sido numa sepultura com pouca profundidade e já muito degradada. A mesquinhez era horrível: o meu pai queixava-se de que quando eu precisei de usar aparelho nos dentes a minha mãe conseguiu escolher o dentista mais caro, desonesto e desprezível; a minha mãe retorquia que o seguro dele cobria noventa por cento de qualquer forma, por isso, para que é que ele se estava a chatear? Ele acusou-a de querer sempre gastar mais do que qualquer deles alguma vez tivera para eu poder ir para um colégio particular e usar roupas bonitas; ela gritava que se ele preferisse, eu podia perfeitamente ir para uma escola pública em Queens, onde ele vivia naquela altura, e andar com crianças que mal sabiam falar e nunca iam a recitais de Bach ou a exposições no Metropolitan Museum of Art. Por fim, tudo o que ela conseguia dizer era que eu tinha muita sorte por ter sido ela a ficar com a minha custódia; dizia que ele vivia num mundo da fantasia.

Embora eu não pudesse ouvir as suas palavras exactas, sei que ele a deve ter acusado de ser uma péssima mãe, o que só podia desencadear ainda mais gritaria da parte dela; esta alegação era o mesmo que dizer à minha mãe que toda a vida dela tinha sido sem sentido, que ela nem sequer era boa na única coisa que era suposto saber fazer bem. A resposta dela era sempre a mesma: «Donald», gritava ela, «tive de criar a nossa filha sozinha, quase sem a tua ajuda. Sou uma santa. É verdade, sou mesmo. Nunca a levaste de férias. Nunca a levaste a passar um fim-de-semana fora. Ficou tudo a meu cargo e acho que fiz um bom trabalho, mas não graças a ti.»

Nessa altura, o telefone era desligado com toda a força e haveria silêncio seguido pelo choro dela. O som do seu pranto era tão assustador como se ela fizesse parte do coro numa tragédia grega e esta fosse a grande cena do funeral — e, nessa altura, eu pensava: Eu não valho todo o trabalho que dou.

A beligerância entre os dois chegou com cerca de uma década de atraso. O processo da separação e divórcio tinha sido relativamente pacífico: havia tão pouco dinheiro e tão poucos bens para dividir, excepto algumas peças de porcelana boas e alguns discos maus do Jose Feliciano, que nem sequer se deram ao trabalho de contratar advogados separados; pediram apenas ao primo da minha mãe, que é advogado, que lhes redigisse os papéis. A minha mãe ficou com a custódia, o meu pai nem sequer quis fazer uso total dos seus direitos de visita e a quantia combinada que ele tinha de pagar pela pensão de alimentos e apoio financeiro era fixa semanalmente em menos de setenta e cinco dólares. Tiveram uma relação tão simples e incomplexa durante tantos anos, ou pelo menos assim o parecia, que era surpreendente ver como a minha depressão se tornou num catalisador que os obrigou a lidar com toda a raiva mútua que tinham vindo a sublimar.

Quando começaram a zaragatear noite após noite, lembro-me de pensar que havia mesmo alguma coisa de errado, porque da última vez que eu tinha pensado no assunto, *eu* é que devia estar com problemas. Eles andavam ostensivamente a discutir acerca de qual seria o melhor método de tratamento para mim, mas, entretanto, enquanto ficavam para lá a gritar, eu escondia-me no meu quarto abatida num estado cada vez mais taciturno. Ocasionalmente, num esforço para irritar a minha mãe, o meu pai recusava-se a processar as contas do psiquiatra através do seu seguro de saúde, sem se aperceber de que não era ela que iria sofrer sem terapia, mas sim *eu*. Estava tudo tremendamente distorcido. Em vez de me sentir como uma criança cujos pais *estavam* divorciados, eu sentia-me uma criança cujos pais se *deviam* divorciar.

Aqui estava aquela coisa chamada depressão que não era identificável de uma forma concreta (seria maior do que uma caixa para o pão? mais pequena do que um armário? seria animal, vegetal ou mineral?) que tinha simplesmente assentado arraiais na minha cabeça — uma miragem, uma visão, uma alucinação — e, no entanto, estava a penetrar as vidas de todos os que me eram próximos, deixando todos eles tão destroçados como eu própria. Se eu fosse uma praga, como as baratas que costumavam rastejar pela cozinha do nosso apartamento, podíamos ter chamado um exterminador; se fosse um incêndio, podíamos ter tratado do assunto com um extintor; Meu Deus, mesmo se fosse alguma coisa simples como ter problemas para resolver equações nas aulas de Álgebra, havia explicadores que me podiam ter ensinado quanto era 2ab ou 3^2 ou como misturar números e letras de forma a ficarem todos correctos. Mas isto era simplesmente loucura. Quer dizer, eu não era alcoólica, anoréctica, bulímica nem drogada. Não podíamos deitar as culpas de tudo isto para cima da bebida, da comida, do vomitado, da pouca espessura das agulhas e de todos os estragos que já tinham sido feitos. Os meus pais discutiam pela noite dentro acerca do que fazer com *isto* — esta coisa — mas estavam basicamente a discutir acerca de alguma coisa que em termos mensuráveis não existia.

Dei por mim a *desejar* sofrer de uma doença real, dei por mim a desejar ser uma drogada ou viciada ou qualquer coisa dessas — qualquer coisa real. Se fosse apenas uma questão de me manter afastada dos meus maus hábitos, quão fácil iria ser. Agora sei, claro, que o álcool e as drogas também disfarçam um tipo de depressão que não é muito diferente da minha, mas conseguir ajuda para o abuso de substâncias reduz-se à ilusão simples de *manter-se afastado da droga*. Mas o que significa conseguir ajuda para tratar a depressão? Não seria muitíssimo mais fácil livrarem-se do *Jack Daniel's* do que da Elizabeth Wurtzel?

Mais ou menos naquela altura, John e Mackenzie Philips tinham acabado de sair de uma clínica de reabilitação, onde tinham estado para se livrarem do vício da cocaína e parecia que todas as semanas um ou o outro estava na capa da *People*: a Mackenzie por ter perdido o emprego na série televisiva *One Day at a Time* e por ter casado com o produtor discográfico Peter Asher, que supostamente lhe fornecia cocaína; e o John por estar a pensar em reunir novamente os Mamas and the Papas, agora que já estava sóbrio. Li cuidadosamente acerca das vidas deles como drogados, o que parecia ser muitíssimo melhor do que estar deprimida como eu. Por um lado, as pessoas que faziam coisas autodestrutivas, como embater com um *BMW* numa árvore, recebiam imensa atenção e, por outro, eram finalmente salvos.

Salvos. Era assim que me parecia a mim. Os drogados tinham a muleta de um problema tangível — precisavam de ficar sóbrios — por isso, havia locais para onde podiam ser arrastados para obterem ajuda. Tinham Hazelden, St. Mary, Betty Ford Center e todo o estado do Minnesota para onde ir recuperar. Estranhamente, meti na cabeça que a reabilitação era como uma passadeira rolante em que andávamos durante vinte e oito dias ou vinte meses, ou fosse lá quanto tempo fosse necessário para melhorar. Depois éramos empurrados da linha de montagem todos frescos e novinhos em folha, prontos para começar tudo de novo.

Obviamente, esta é uma forma fantasiosa, típica de um presidiário, de ver a vida de um drogado. Muitas pessoas passam pela reabilitação várias vezes e ainda assim não recuperam, mas era certamente verdade que havia muitas formas de expressão e muitos comportamentos alarmistas que se podiam ter se tivéssemos um sério problema com a droga. Eu, por outro lado, tinha ingerido uma pequena *overdose* de comprimidos, tinha marcado as minhas pernas com lâminas de barbear e, ainda assim, ninguém parecia estar a salvar-me. Porque, no papel, não havia nenhum problema real. Se fosse viciada em heroína, podem apostar que os meus pais me teriam internado mais rapidamente do que demora a um drogado a misturar o sangue numa seringa. Se consumisse outras drogas, ter-me-iam internado num hospital, onde o meu comportamento seria monitorizado a toda a hora por enfermeiros e médicos e onde podia conhecer outros drogados com estilo que estavam a recuperar, por isso nunca me sentiria sozinha. Depois da reabilitação, podia passar o resto da minha vida a ir a reuniões dos Alcoólicos Anónimos ou dos Narcóticos Anónimos e podia andar com outros drogados reabilitados com problemas semelhantes aos meus.

Todas aquelas histórias de celebridades acerca da droga supostamente seriam um senão para a juventude americana, contos moralistas cujo objectivo era meramente ensinarem-nos a «Simplesmente

Dizer que Não». Mas parecia-me que se eu pudesse ficar viciada nalguma droga, tudo era possível. Faria novos amigos. Teria um problema real. Seria capaz de entrar na cave de uma igreja, cheia de comparsas sofredores, e todos eles diriam: «Bem-vinda ao nosso pesadelo! Nós compreendemos! Aqui estão os nossos números de telefone, telefona sempre que sentires que estás a escorregar porque estamos aqui para te apoiar.»

Aqui para te apoiar: não consigo imaginar ninguém a querer estar aqui para me apoiar.

A depressão era simplesmente a coisa mais infeliz do mundo. Não havia meio-termo para os deprimidos, não havia reuniões dos Deprimidos Anónimos que eu conhecesse. Sim, claro, havia manicómios como McLean, Bellevue, Payne Whitney e Menninger Clinic, mas eu não podia ter esperanças de ir parar a um sítio desses a não ser que fizesse uma tentativa de suicídio suficientemente grave para exigir oxigénio, pontos ou uma lavagem ao estômago. Até essa altura, teria de me contentar com tratamento insuficiente ministrado por um psiquiatra de Manhattan que me podia oferecer apenas uma pequena ajuda por entre o caos da minha vida familiar. Costumava desejar — rezar a Deus para ter a coragem e a força — não que eu tivesse ânimo para melhorar, mas de cortar os pulsos e ficar muito pior para poder aterrar numa ala de hospital para malucos, onde a ajuda real talvez fosse possível.

No que dizia respeito à terapia, é-me difícil agora avaliar a competência do Dr. Isaac porque ele passou tanto tempo no canto, como um árbitro, tentando manter os meus pais à distância. Desde então, já tive muitos mais terapeutas — nove até à data — que posso avaliar mais solidamente a forma como chegaram até mim e a sua técnica. A Dr.ª Diana Sterling era a única coisa que ficou entre mim e o suicídio; mais tarde, haveria idiotas como o Doutor Peter Eichman, um psicólogo que eu consultei no meu primeiro ano da faculdade que queria falar mais acerca das horas a que eu chegava à consulta do que acerca do problema que tinha em mãos. Mas o trabalho do Dr. Isaac era tão solidamente baseado na gestão da crise que não há forma de eu conseguir avaliar o trabalho que fizemos juntos. Era um homem estranho, com um ar de casualidade estudada: usava ténis com fato e gravata, mesmo antes da greve ao trânsito em Nova Iorque. Mas naquela sua abordagem de janota maduro, o Dr. Isaac também era um daqueles típicos profissionais de Nova Iorque que se autopromovem e que facilmente se gabaria dos seus muitos clientes famosos. Durante uma das minhas longas divagações acerca do Bruce Springsteen, ou acerca do *rock and roll* como a salvação, ele diria que já tinha tratado Patti Smith, uma cantora que eu idolatrava, quando ela esteve internada num manicómio. Perguntava-me se eu sabia que ele tinha sido o médico que tinha examinado o Mark David Chapman, quando este tinha sido admitido na ala de psiquiatria depois de ter assassinado o John Lennon? Se eu sabia que o recentemente deposto presidente da NBC era um dos seus doentes? E eu costumava pensar para mim mesma que devia estar mesmo passada para ser digna do mesmo terapeuta que a Patti Smith, que, de facto, tinha coabitado com o Sam Shepard e tinha tido o Robert Mapplethorpe a tirar-lhe as fotografias para todos os álbuns. Mas ainda ficava a pensar: «O que há aqui que me sirva? Isto é terapia ou um jantar no Elaine's?»

Quanto às sessões de aconselhamento familiar, qualquer potencial terapêutico das nossas visitas ao Dr. Isaac era descarrilado pelas manipulações de nós os três a tentar fazer com que ele melhorasse o nosso pequeno triângulo desastroso, tornando-o mais equilátero do que isósceles, ou de todo menos um triângulo e mais um círculo feliz. Mas era uma tarefa impossível. Sem um esforço unido e concertado da parte dos pais, uma criança retraída não volta facilmente à superfície e regressa à saúde (embora isso seja um pouco como dizer que a única coisa que odiamos na chuva é o facto de ser húmida, porque as crianças infelizes são muitas vezes o resultado de vidas familiares fragmentadas). Após algum tempo, o Dr. Isaac pareceu conformar-se com a ideia de que não conseguia realmente ajudar-me a ficar melhor, por isso, o melhor que podia fazer era simplesmente impedir-me de me afundar ainda mais. Como tudo o resto na minha vida, as nossas visitas duas vezes por semana eram apenas um penso rápido, uma zona de abrandamento cheia de tagarelice social e de conselhos práticos, mas chegar ao fundo, ao cerne e ao âmago da questão não estava à vista.

* * *

No meio de tudo isto, a minha mãe tinha praticamente tornado o Dr. Isaac no seu guru, por isso não havia qualquer forma de eu poder discutir os meus receios acerca dele com ela, e o meu pai estava incaracteristicamente entusiasmado por encher o vazio de poder deixado pela incapacidade da minha mãe de lidar com a maioria do que estava a acontecer comigo. Ele gostava, quase saboreava, de ler a minha má e depressiva poesia adolescente, muita da qual era do tipo «Eu fui circundada pela luz / À medida que as suas cortinas da escuridão me ferem com os seus fios...» A minha mãe não estava interessada na minha escrita miserável e simplesmente não conseguia olhar para aquilo sem se sentir pessimamente. Enquanto ela era capaz de continuar competentemente como uma mãe em todas as frentes materiais comuns — alimentava-me, dava-me uma cama para eu dormir, teoricamente mandava-me à escola — era completamente opaca em relação à minha vida emocional. Ela simplesmente não queria saber nada desse assunto para nada, já tinha mais ou menos decidido que esta era uma tarefa para profissionais. Por outro lado, o meu pai adorava conversar comigo acerca do quão horrível o mundo era, porque ele basicamente concordava. Depois de algum tempo, ele era o único deles os dois com quem eu conversava, e porque eu estava de tal maneira vulnerável para acreditar em quaisquer teorias loucas que alguém quisesse acenar-me, o meu pai quase me convenceu de que a minha mãe era a única responsável pelas maleitas que me afectavam. Ele dizia-me que ela me mandava para aquelas escolas repressivas judias, que ela o impediu de ser um pai mais activo e, no meu desespero para encontrar um bode expiatório para toda a minha dor, por vezes, eu pensava que ele tinha razão.

Ocasionalmente, a minha mãe queixava-se de que o meu pai e eu estávamos a conspirar contra ela: como daquela vez em que ele me inscreveu nas aulas de viola e lhe disse que era suposto ela pagar essas aulas porque ele lhe dava apoio financeiro para coisas deste tipo, ou da outra em que ele me levou a várias consultas com uma série de possíveis substitutos para o Dr. Isaac sem lhe contar nada. Ela gritava comigo e ficava furiosa e dizia coisas do tipo: «Onde estava ele ao longo de toda a tua infância? Dormiu o tempo todo e agora está a tentar roubar-te. Ele está a fazer-te uma lavagem ao cérebro.»

Depois disto, a minha mãe passava horas a chorar ao telefone com a irmã, que me vinha buscar para casa dela em Long Island durante alguns dias para que a minha mãe e eu pudéssemos arrefecer as ideias. Às vezes admitia à minha tia que sabia que, no fundo, o meu pai só estava a aproveitar-se do meu descontentamento para enraivecer a minha mãe, mas eu ficava satisfeita por aproveitar qualquer lenitivo para a minha depressão que ele quisesse oferecer. Eu não tinha escrúpulos: faria *qualquer coisa* desde que isso significasse sentir-me melhor, mesmo que isso entristecesse a minha mãe.

Claro, para a minha mãe, a parte mais desagradável do renovado interesse do meu pai em mim era o vazio dos seus gestos. Ele até podia, por vezes, ser a pessoa adequada para conversar, mas os seus esforços efectivos para me ajudar resumiam-se a nada. Sempre que eu me apercebia do pouco que ele realmente fazia por mim como pai, da sua enorme indiferença relativamente a todas as coisas que um pai devia fazer como comprar-me roupa, levar-me à escola a horas ou às aulas de dança, a minha infelicidade era agravada. Eu conseguia ver que ele podia ter-me compreendido melhor do que a minha mãe, mas não me amava de forma tão devota. Ele simplesmente gostava mais de mim naquela altura porque eu me tinha, em todo o meu desespero, tornado mais interessante para ele. Enquanto ele descansou, dormitou e dormiu durante toda a minha infância, muito pouco entusiasmado pela minha precocidade verbal aos seis anos, sem se interessar muito pela minha ingénua tolice aos nove, ficou extremamente intrigado com a adolescente deprimida e com tendências suicidas em que eu me tinha tornado.

A minha mãe, por seu turno, não achava nada interessante: queixava-se enquanto me via a tornar-me numa estranha mórbida e deprimida que dormia na mesma cama que a filha dela em tempos ocupara. Uma noite, no meio destas batalhas, lembro-me de ter entrado no quarto da minha mãe para lhe dar um beijinho de boas-noites. Estava deitada sob o seu edredão cor de vinho na sua camisa de dormir de nylon cor-de-rosa-choque, enquanto as notícias num qualquer canal ressoavam na televisão. Aproximei-me e olhei para ela ali deitada, tão pequena e tão gentil. Tinha o cabelo preto estava emaranhado em volta da cabeça, os olhos negros inchados, cheios do óleo para bebé com que costumava retirar a maquilhagem, e a sua pele bronzeada tom de azeitona, que sempre lhe dera o ar de ter ido apanhar sol na Riviera Francesa, espalhava-se pelas suas maçãs do rosto e pelo nariz aquilino como se fosse uma tela pintada. Por que é que eu não tinha herdado o seu aspecto físico, a sua cor mediterrânica, as suas feições fortemente marcadas, os seus grandes olhos negros que tinham a inclinação correcta? Por que é que eu me parecia tanto com a família do meu pai, pálida, carnuda, com olhos descaídos que pareciam sempre preguiçosos, os traços individuais que tendiam a desaparecer e a misturar-se como se fossem tão comprometidos e incertos quanto todas as nossas personalidades? Lembro-me de uma fotografia instantânea da minha mãe, tirada quando ela trabalhava no Macy's, com o seu longo cabelo negro e franja separados por uma larga fita. Ela parecia-me agora tão bonita quanto antes, embora o seu rosto se tivesse endurecido e empedernido. A idade tinha-lhe roubado a pouca frivolidade que os seus traços arqueados possuíam, ela era só suavidade e delicadeza, uma frágil boneca.

Mas eu sabia que ela podia facilmente gritar comigo sem razão nenhuma e o seu olhar podia transformar-se instantaneamente de amável em ríspido. Ela era tão activa, especialmente naquela altura, especialmente desde que não conseguia lidar com a minha depressão. Mas por muito zangada que ela às vezes estivesse, por muito alto que ela conseguisse gritar e por muito irracional que ela conseguisse ser, no final ela era a figura parental com quem eu podia contar. Se eu e ela discutíamos, de tal forma que não falávamos uma com a outra durante dias, eu ainda podia ter a certeza de que o jantar estaria na mesa todas as noites, de que as minhas propinas seriam pagas, de que as minhas roupas estariam passadas a ferro. Ela era a minha mãe e pronto. Eu não podia ter assim tantas certezas em relação ao meu pai. Quando eu fugia de casa e passava uma noite na vivenda geminada e e cheia de tapetes felpudos, para a qual o meu pai e a minha madrasta se tinham mudado em Westchester, bastava usar o sabonete da casa de banho — estamos a falar de uma marca de supermercado como a *Tone*, nada de especial — sem que primeiro pedisse autorização para deixar logo todo aquele lar à beira de uma crise. A minha presença era-lhes estranha.

A nossa vida familiar era como a história do Rei Salomão na Bíblia, com duas mulheres a reivindicarem os direitos de maternidade biológica de uma criança. Como a verdadeira mãe mais depressa abdica dos seus direitos do que deixa o rei cortar a criança ao meio, eu podia estar certa de que a minha mãe podia chorar pela minha vida e dar tudo para me manter inteira, mas o meu pai, bem, não tenho assim tantas certezas. Ele é como eu, sempre a fazer compromissos, sempre a atirar os braços ao ar, sem nunca ter bem a certeza da rectidão da sua causa. Teria sido de esperar que ele exclamasse com um ar cansado: «Partam a criança ao meio», que era exactamente o que se estava a passar de qualquer forma.

O que tornava a minha vida diferente da parábola é que ambos os meus pais, de facto, tinham direito a mim. E para eu permanecer inteira, precisava de ambos, mas isso parecia não ser uma opção viável. Algo dentro de mim não estava apenas deprimido, estava a dividir-se, a partir-se, a rachar-se, por estar a ser puxada para a frente e para trás entre os meus pais, de tal forma que, ocasionalmente, desejava poder atravessar uma janela panorâmica e sentir os cacos afiados a cortarem-me às tiras para finalmente saber como é essa sensação.

Será possível o divórcio funcionar quando há uma criança envolvida? Eu sei que hoje em dia uma pequena indústria de conselheiros matrimoniais terapeutas do divórcio dedicam-se a facilitar o processo da separação parental às crianças e eu sei que todas estas pessoas estão a tentar ajudar, a tentar ordenar as coisas de forma a que enquanto estivermos presos no Alasca, mais vale termos um bom casaco quente para vestir. Mas será que esta situação irá alguma vez estar certa?

Qualquer separação, mesmo após um breve romance, está repleta de potencial para toda a espécie de turbulência emocional. Por isso, como é que podemos ser tão pragmáticos, realistas e misteriosamente, arrepiantemente sãos para pedir a um casal que está a passar por um divórcio que tente verificar os seus sentimentos, que se comportem, cooperem e sejam simpáticos pelo bem das crianças? De todas as exigências estranhas que a vida moderna faz à humanidade, a mais difícil pode ser não a sua insistência em que passemos confortavelmente as nossas vidas de adulto a ir de uma situação de monogamia séria para outra, mas a sua expectativa de nos conseguirmos dar uns com os outros, de mantermos as amizades, partilharmos os deveres parentais e, em alguns casos, chegar mesmo a ir ao segundo e ao terceiro casamento dos ex. Pede-nos que finjamos que um coração partido é uma inconveniência menor que pode ser ultrapassada com a quantidade certa de linguagem psicológica, com apenas algumas repetições do lema pelo bem das crianças.

Ocasionalmente, dou por mim a respeitar os meus pais por não terem montado este espectáculo de civismo, por nem sequer terem encenado uma amizade pelo meu bem nem mesmo nos piores momentos. Eu sei que teria sido melhor para mim se eles tivessem conseguido fazer isso, mas podia ter ficado igualmente perturbada pela hipocrisia, pelos sorrisos falsos, pela amizade fingida.

Muitas vezes, na altura dos meus treze anos, telefonava ao meu pai a altas horas da noite, para divagar lugubremente acerca da negridão de tudo, mas às vezes dizia-lhe que odiava a minha mãe, porque, às vezes, acho que a odiava mesmo. Arrastava o telefone, com a sua longa extensão, do quarto da minha mãe para o corredor estreito que dava para o meu quarto e falava com ele num sussurro acerca da minha vida deprimente. Claro está que isto deixava a minha mãe louca. Por isso, quando largava o telefone, para a deixar sentir-se melhor, dizia-lhe que o Papá não se importava nada comigo. Dizia à minha mãe que odiava o meu pai, o que parecia satisfazê-la durante algum tempo, o tempo suficiente para ela dar sinais de ficar bem até à próxima vez em que me encontrasse a falar com ele, num tom de conspiração, acerca de precisar de me afastar do Dr. Isaac e depois recomeçava novamente a chorar, dizendo-me que a minha lealdade ao meu pai, o facto de eu ser vira-casacas estava a deixá-la tão maldisposta que já estava a ter uma hemorragia interna.

Numa dessas noites, ela ameaçou: «Vou ficar tão doente que vais ter de me levar para as urgências de um hospital por causa do sangue, mas vais estar demasiado ocupada a queixares-te de mim ao teu pai que nem sequer vais reparar, eu vou morrer e depois como é que te vais sentir?»

E depois como é que eu me iria sentir? Não consigo dar uma resposta como deve ser, limito-me a chorar e a abraçá-la e deixo a minha cabeça encostar-se ao seu pescoço e digo: «Não quero isto, eu não queria nada disto, por que é que não podemos todos darmo-nos bem?»

Na maneira característica das mães divorciadas, durante os seus momentos sãos e lúcidos, a minha mãe, claro, dizia que eu devia ter uma *relação com o meu pai. Toda a gente precisa e merece uma mamã e um papá. Na verdade, ela não queria que eu ficasse demasiado chegada a ele. Ela queria tê-lo por perto, mas só no seu devido lugar de sábado à tarde. E quem a podia culpar? Como é que a minha mãe me podia dizer a mim, a quem ela amava mais do que ninguém neste mundo, que queria que eu tivesse uma boa relação com o meu pai, a quem ela odiava mais do que ninguém à face da terra, e não ser descoberta?* Idem *para o meu pai.*

Não é surpresa nenhuma que toda uma geração de crianças, filhas de um divórcio, cresceu num mundo de adolescência prolongada no qual tantos deles dormiram uns com os outros e continuavam amigos, colocaram de parte os conflitos de relacionamentos pelo bem de manterem uma vida coerente. O divórcio ensinou-nos a dormir com amigos, dormir com inimigos e depois agir como se fosse tudo perfeitamente normal de manhã. Às vezes, tenho de admirar os meus pais pela sua incapacidade de serem psicologicamente iluminados, por evitarem os livros de auto-ajuda com títulos do tipo Eu estou bem, Tu estás bem, *por terem escolhido — ou melhor, por não terem escolhido, mas simplesmente agido instintivamente — serem fiéis à sua imaturidade emocional sem regras, livre, irresoluta e não examinada. De vez em quanto, tentavam colocar uma expressão de preocupação mútua, dizendo-me que os seus sentimentos um pelo outro não me deviam afectar, mas sempre me soou a falso, como colocar um elefante no meio de uma sala apertada e com pouca iluminação e tentar sugerir que eu ignore o animal, que ele é domesticado e bem-comportado e que podia viver e trabalhar com ele ali. Admiro o facto de em vez de tentarem fazer o que estava certo numa situação que era tão obviamente errada, eles fizessem aquilo que lhes saiu naturalmente.*

Fomos para o Alasca e morremos de frio.

Fui para o campo de férias cinco anos seguidos, um campo diferente todos os anos, um cenário diferente numa aldeia rural nos Poconos, Catskills, Berkshires ou onde quer que eu me pudesse inscrever com desconto. E o engraçado é que, depois de a minha mãe me enviar para esses sítios que eu pensava serem tão solitários e horríveis, em vez de a odiar por isso, passava todo o Verão cheia de saudades dela. Toda a minha energia, enquanto estava acordada ou a dormir, era devotada a sentir a falta da minha casa minimalista e instável. Começando a 28 de Junho ou em que dia fosse que eu chegasse ao campo de férias, até chegar a casa por volta de 24 de Agosto, dedicava-me completamente à tarefa de regressar a casa, sem sequer conseguir uma breve suspensão da minha pena.

Passava todos os dias horas a escrever cartas à minha mãe, a telefonar-lhe, certificando-me de que ela sabia exactamente onde e quando tinha de me ir buscar ao autocarro quando fosse altura de regressar. Ia à secretaria do campo de férias para me assegurar de que os avisos acerca da minha viagem de regresso eram enviados para a minha mãe para ela saber onde me encontrar. Arrancava-lhe promessas de que ela chegaria uma ou duas horas mais cedo. Até telefonava ao meu pai e fazia-o prometer que ia lá estar pelo menos meia hora antes da hora estimada para a chegada. Falava com o monitor encarregado e exprimia a minha preocupação de que podia ser colocada numa camioneta para Nova Jérsia ou Long Island e que, estranhamente, ia parar ao sítio errado e nunca mais ia encontrar o caminho para casa. Pedia a outras nova-iorquinas no meu dormitório se podia ir para casa com elas se a minha mãe não aparecesse na paragem do autocarro. Telefonava aos avós, tias, tios e amas (sempre a pagar no destino) para saber onde estariam no dia 24 de Agosto, só para o caso de os meus pais não me virem buscar. Em vez de descobrir as virtudes do ténis e do voleibol, de entrançar cordas e de tecer pegas, passava as oito semanas inteiras do meu Verão a planear a minha viagem de regresso de duas horas.

Às vezes, mesmo agora, quando chove no Verão — aquela espécie de enxurrada fria e lúgubre a que se estão sempre a referir nas canções de *blues*, aquela espécie que faz com que pareça Outono ou mesmo Inverno em Julho — tenho uma sensação de *déjà vu*, e sinto a minha cabeça a ficar toda enublada, o meu corpo a ficar tenso, enquanto me lembro dos dias de chuva no campo de férias, daqueles dias escuros e deprimentes em que a chuva vinha como golpes quando eu andava no meu impermeável amarelo a sentir-me fria, magoada e despedaçada, pensando no que eu tinha feito de mal para os meus pais me banirem assim. O que é que eu tinha feito para merecer aquilo e como é que o podia desfazer?

Eu era uma criança tão boa, era mesmo. Não precisava de que ninguém me distraísse, tinha sempre muito para fazer. Se me deixassem sozinha, eu teria provavelmente lido as obras completas de Tolstoi, ou, pelo menos, Tolkien. Podia ter desenhado no meu caderno ou escrito outro livro para crianças acerca de animais como eu começara a fazer regularmente aos cinco anos. Por Deus, eu ficava genuinamente feliz se me deixassem sozinha. O que era, tenho a certeza, exactamente a razão pela qual me enviavam para aquele campo de férias interno forçando-me a dar-me com outras crianças da minha idade: esta era mais uma tentativa de me tornar normal.

Não consigo evitar a suspeita de que correu tudo mal no campo de férias, de que o meu exílio começou naquela altura, de que o meu espírito se quebrou — e voltou a quebrar, a quebrar e a quebrar — mais um pouco a cada Verão que passava. Tudo acabou para mim num campo de férias. Deixei de escrever os meus livros, parei de coleccionar gafanhotos, parei de me sentir bonita, parei de querer saber o que provoca os raios e os arco-íris e os ventos tsunami se não é Deus, parei de querer saber se havia um Deus, parei de fazer perguntas que os adultos, de qualquer forma, estavam demasiado cansados para responder, parei de querer saber fosse o que fosse, sabendo com toda a certeza de que nunca o poderia ter, de que tinha sido expulsa do sítio onde essa possibilidade ainda existia.

Não interessa quantos anos passam, a quanta terapia eu me submeto, o quanto eu tento alcançar aquela coisa esquiva conhecida por perspectiva, que é suposto colocar todas as coisas erradas do passado no seu local correcto diminuto, aquele local feliz onde só se fala de lições aprendidas e de paz interior. Ninguém irá jamais entender a intensidade das minhas memórias, que são tão sólidas e vívidas que eu não preciso que nenhum psiquiatra me diga que me estão a deixar louca. O meu subconsciente não as enterrou, o meu superego não as impediu. Elas estão à frente e ao centro, estão aqui mesmo. E o que eu sinto enquanto penso no campo de férias é totalmente horrível: *quero matar os meus pais por me fazerem isto! Quero cortá-los aos pedaços por causa disto porque eu era a melhor rapariguinha do mundo e, em vez de me fazerem sentir bem como todas as coisas que eram boas em mim, mandaram-me embora e eu nunca mais voltei a encontrar o caminho para casa! Eu era especial! Eu era uma promessa! E, em vez disso, atiraram-me fora e tentaram tornar-me vulgar! Atiraram-me fora com uma série de crianças normais que pensavam que eu era estranha e que me fizeram sentir estranha até eu me tornar estranha! E depois de todos estes anos, ainda os desprezo por me terem feito isto!*

As lágrimas começam a cair, não como chuva, mas como golpes.

As saudades de casa são apenas um estado de espírito para mim. Estou sempre com saudades de alguém, de algum sítio ou de alguma coisa, estou sempre a tentar regressar a um qualquer sítio imaginário. A minha vida tem sido um longo anseio.

Na altura em que vou para o Campo do Lago Séneca no meu quinto e último Verão, está tudo um pandemónio. Só me lembro de pedaços disto e flashes daquele momento caótico. Chorar ao telefone com o meu pai; a minha mãe a chorar no outro quarto na cama dela, a fumar um cigarro; o meu pai a pedir-me para passar o telefone à minha mãe; a minha mãe a recusar e depois a aceder e depois a chorar e a implorar-lhe, perguntando-lhe por que é que ele está a interferir na minha relação com ela. Chora mais um pouco. Choro mais um pouco. A minha mãe e eu, cada uma de nós nos nossos respectivos quartos, a chorar. E a gritar. E a fazer as pazes. E a abraçarmo-nos e a beijarmo-nos e a chorar mais um pouco porque juramos que nunca mais vamos deixar o Papá colocar-se entre nós as duas. E depois, claro está, o Papá coloca-se entre nós enquanto a Mamã não está ocupada a colocar-se entre mim e o Papá. Era mais ou menos assim que as coisas se passavam naqueles dias. Eu estava sempre a trair um deles com o outro. Como se isto fosse um triângulo amoroso. Que, claro está, era mesmo.

A minha mãe começa a gritar e a chorar por tudo o que eu faço. Quando faço um segundo furo na orelha, fica louca e tenho de ficar em casa da irmã dela durante alguns dias. Quando me vê a falar com o meu pai ao telefone naquele tom de conspiração, aquele tom que ela conhece tão bem sem sequer ouvir uma palavra do que eu estou a fazer, refugia-se no seu quarto, com o seu maço de *Gauloises* e passa de indiferente a histérica e de novo à indiferença. Telefona imenso à irmã. Diz-me que a estou a perturbar tanto que a hemorragia interna está a alastrar, que brevemente terei de a conduzir a uma campa prematura. Digo-lhe que não a quero entristecer, que só quero ter um relacionamento com o meu pai e que não quero ter nenhum relacionamento com o Dr. Isaac. Ela diz que o Dr. Isaac me salvou a vida e que o Papá anda a interferir com o processo terapêutico.

E então eu riposto: «Bem, eu não concordo.»

O meu pai recusa-se a pagar as consultas do Dr. Isaac, embora o seguro dele cubra a maior parte dos custos, por isso a minha mãe tem de desencantar dinheiro da miséria que recebe a rever a lista telefónica de um hotel. Quando o dinheiro acaba, o Dr. Isaac diz-me que vai processar o meu pai pelas contas que estão por pagar se ninguém o obrigar a preencher os malditos formulários do seguro. Fico com tanto medo da ira do meu pai que lhe digo que odeio o Dr. Isaac, dando-lhe ainda menos incentivos para pagar o tratamento. Digo à minha mãe que adoro o Dr. Isaac mas que o Papá me anda a tentar virar contra ele. Digo a cada um deles aquilo que eu acho que eles querem ouvir porque esta é a única maneira de garantir que ambos me continuam a amar. Na medida em que existia uma verdade para mim, essa verdade mudava dependendo se eu estava com a minha mãe ou com o meu pai.

Eu só queria dois pais que me amassem.

No meio de todo este pânico doméstico, ir para o campo de férias devia ter sido um alívio. Mas não foi. Por um lado, a Brendan Byrne Arena estava aberta naquele Verão nas Meadowlands e o Springsteen ia lá tocar a primeira parte durante dez noites. Consegui bilhetes para diversas datas, mas o director do campo de férias disse à minha mãe que eu não podia abandonar o local por nada excepto um casamento ou um *bar mitzvah*, nunca por causa do Bruce Springsteen. Nem pensar.

Disse à minha mãe que se eu insistisse, o melhor era não ir para o campo de férias. Nem pensar.

Quando telefonei ao meu pai e lhe implorei que me deixasse ficar em sua casa durante o Verão, ele disse alguma coisa acerca de estar a trabalhar fora o dia todo e que não havia nada para eu fazer sozinha em casa. Assegurei-lhe de que não o ia incomodar nada, que ficaria deitada ao sol colocando iodo e óleo de bebé e a ler Dickens e Daphne du Maurier e que ninguém ia sequer descobrir que eu ali estava, mas ele limitou-se a dar-me um enfático não. Disse que não era possível e não me deu mais explicação nenhuma.

Quando desliguei o telefone, percebi que estava realmente sozinha neste caso. Nenhum dos meus pais parecia reparar que o fim dos meus limites estaria no Lago Séneca, que a pouca fé que eu ainda tinha morreria e que eu me desmoronaria juntamente com ela. E parecia difícil acreditar que estas pessoas que me eram tão próximas não conseguissem ver a profundidade do meu desespero, ou se o conseguissem fazer, não se preocupavam o suficiente para fazer alguma coisa, ou se se importavam o suficiente para fazerem alguma coisa não acreditavam que houvesse alguma coisa que eles pudessem fazer, sem saber — ou sem quererem saber — que a sua crença podia ter sido aquilo que fazia a diferença.

Nunca me senti tão sozinha como naquele dia, quando desliguei o telefone depois de falar com o meu pai, depois de aquele mesmo velho não me dizer tudo o que tinha para dizer.

No final, os meus bilhetes para o Springsteen foram para os filhos do namorado da minha mãe e para os amigos deles, enquanto eu era enviada para o campo de férias. Todavia, quando entrei no autocarro naquele Verão, em vez de dizer à minha mãe o quanto eu iria sentir a falta dela, disse-lhe que me ia vingar dela.

— Mamã, como é que me podes fazer isto? Eu estou tão doente e maluca e num estado de espírito tão precário, e tu sabes bem disso, não acredito que ainda assim me estejas a mandar embora neste estado. Como é que podes fazer isto?

— Ellie, sabes que não há outra opção.

— Mamã, se pudesses ao menos perceber o meu desespero, *encontrarias* outra opção. Dás a ideia de que eu não seria capaz de fazer nada sozinha o Verão todo. Que mal me faria se eu me limitasse a passear, a ler e a ver filmes? Qual era o mal?

— Precisas de estar com outras crianças da tua idade — disse ela, protegendo-se efectivamente. — Seria mau para ti ficares em casa e ficares cada vez mais presa aos teus pensamentos. De qualquer forma, já está tudo pago. Além disso, o Dr. Isaac disse que te faria bem.

— O Dr. Isaac é um tolo. E o facto de tu o teres tornado no teu guru prova que tu ainda és mais tola do que ele. Odeio-te por me estares a fazer isto a mim e, Deus é testemunha, vais pagá-las caras.

Nem sequer a beijo quando me aproximo das escadas da camioneta fretada. Ela tinha na verdade uma máquina fotográfica na mão e estava a tentar que eu pousasse com ela, com os braços à volta uma da outra, enquanto um dos outros pais nos tirava uma fotografia, como se isto fosse perfeitamente normal e eu não estivesse a fazer votos de vingança. Não conseguia compreender por que raio tinha ela de gastar tanta energia a fingir que estava tudo bem quando, obviamente, nada estava bem. Se ela pusesse só um terço do esforço em admitir que havia um problema e a lidar com ele, talvez não houvesse nenhum.

— Se me mandas para o campo de férias, é o mesmo que me estares a enviar para a morte — digo-lhe enquanto eu dou os últimos passos na direcção do autocarro.

— Oh, Ellie, deixa de ser a Sarah Bernhardt, deixa de ser tão dramática. Vais divertir-te. Ao menos dá-lhe uma oportunidade.

— Já dei, há anos que dou. Vais viver para te arrependeres de me estares a mandar embora pela quinta vez. Juro.

E enquanto me sento no autocarro penso: «Todos estes anos. Vais pagar.» Não conseguia pensar que a vida dela era difícil, que ela tinha os seus próprios problemas, que ela precisava de descansar, que havia tantas coisas que eu nunca ia compreender acerca da dificuldade de ser mãe. Acreditava naquela altura que a dor que eu ia sentir durante as próximas oito semanas era maior do que qualquer justificação. Ninguém que nunca tenha estado tão deprimida quanto eu poderia imaginar que a dor pudesse tornar-se tão forte que a morte se tornasse uma estrela que tentamos alcançar, uma fantasia de paz, algum dia, que parecia melhor que qualquer vida com toda aquela confusão na minha cabeça.

Em criança, lembro-me de ser deixada numa série de sítios estranhos, porque a minha mãe tinha de ir trabalhar e o meu pai não estava lá. Fins-de-semana e férias eram muitas vezes passados em casa dos meus avós em Long Island, dias sem aulas eram passados em viagens organizadas a parques de atracções e a museus. Depois de um tempo, na minha imagina-

ção, o campo de férias formava um todo com as tardes que eu passei no Schwartzy's, um local para depois das aulas para onde a minha mãe me levava, onde as outras crianças jogavam monopólio, basquetebol ou flippers enquanto eu ficava sentada num canto pensativa e lia, a única rapariga de saias enquanto todas as outras crianças usavam confortáveis calças de ganga e ténis. As únicas pessoas com quem eu falava no Schwartzy's eram as mulheres que tomavam conta de nós, que ficavam sempre encantadas pelo meu cabelo castanho pela cintura e pela forma como eu ficava sentada como uma adulta, de pernas cruzadas, numa pose adequada. Não conseguia esperar até a mamã me vir buscar. O alívio da sua chegada era tão importante para mim, quase como um asmático com falta de ar a quem, de repente, alguém dá uma bomba: quando a mamã chegava, eu podia voltar a respirar novamente.

E aqui estava eu, no campo de férias, a mesma criança de sempre, presa numa versão do Schwartzy's que durava oito semanas em vez de apenas algumas horas, perdida no isolamento que parecia eterno, como a solidão que nunca desaparece.

No primeiro dia no Campo do Lago Séneca, comecei um ritual de andar no escritório do director a dizer-lhe que se não me expulsasse do campo, ia tomar uma *overdose*. Expliquei ao Irv que eu não queria morrer, mas sabia que podia tomar comprimidos suficientes de forma a ir parar ao hospital, o que significaria que, pelo menos, sairia do campo. Disse-lhe que tinha tomado uma *overdose* de Atarax alguns verões atrás, que toda a gente acreditou que tinha sido um acidente e que eu não lhes tinha tirado essa ilusão, mas agora eu queria deixar-lhe bem claro que, na eventualidade de eu tomar alguma combinação de Motrin e aspirina com talvez uma garrafa de NyQuil para engolir tudo, ele podia ficar descansado que eu estava a agir por vontade própria, de mente e corpo sãos e claros.

Em resposta, o Irv disse: «Vais dar cabo da tua reputação. As pessoas falam. Os rumores espalham-se. Toda a gente nos outros campos vai descobrir e toda a gente na tua escola também.»

Com quem é que ele pensava que estava a falar?

Noutros dias, dizia ao Irv que em vez de me fazer mal com comprimidos, talvez simplesmente arrumasse a mochila com cassetes e livros, uma muda de roupa e um tubo de Clearasil e saísse do acampamento uma bela manhã, em direcção à estação de autocarros. Disse-me que os camponeses nesta remota área rural provavelmente violar-me-iam na estrada.

Depois de várias semanas das nossas conversas quase diárias, eu e o Irv começámos a desenvolver uma estranha relação a que quase se podia chamar afecto. Talvez até, contra a nossa vontade, gostássemos um do outro, mais ou menos da forma que um polícia podia dar consigo a nutrir uma certa ternura de mau gosto pelo suspeito de homicídio que está a interrogar. Após horas e horas de ouvir a história de azar de uma pessoa numa abafada sala de interrogatórios, é natural que se comece a sentir pena do pobre coitado. Um dia, o Irv disse-me simplesmente, num eco de sentimentos que eu já tinha ouvido tantas vezes antes: «Elizabeth, és uma rapariga bonita e és obviamente muito inteligente, então por que é que não tentas simplesmente ser normal? Por que é que não aproveitas aquilo que há no Séneca em vez de estares a lutar tanto contra isto? Não há nenhuma razão para não te integrares.»

Depois daquele comentário, ficou claro para mim que o Irv não fazia a mínima ideia do horror que podia ser ter treze anos. As nossas negociações tinham chegado a um impasse definitivo.

Escrevi ao Dr. Isaac: «Estou sentada à beira da piscina e a olhar para o límpido céu azul. Há uma águia a atravessar o céu e isto deveria ser uma coisa bonita de se ver, mas só me faz pensar no quanto eu quero sentir-me livre dos meus membros humanos para poder voar como aquele pássaro. Sei que se estivesse morta, seria só espírito sem corpo, por isso rezo pela minha própria morte.» Ele respondeu-me com uma série de trivialidades acerca do quanto ele sentia pela minha dor. Respondi-lhe: «Não há necessidade nenhuma de sentir pela minha dor. Limite-se a desaparecer daqui!»

Naquele Verão eu estava tão obstinada com a ideia de sair dali que, após algum tempo, o meu plano de tomar uma *overdose* tomou o tom premeditado de um homicida a sangue-frio que mata sem emoção e mais tarde relembra o acto, lembrando-se dos pormenores e de toda a parafernália, como se estivesse a unir os pontos: e depois, e depois, e depois. De facto, tinha-se operado uma mudança perceptível na minha atitude. Por estar tão irritada com *ambos* os meus pais por me manterem de quarentena neste campo, já não tomava partido (grande escolha, como o criminoso no corredor da morte que tem de escolher entre, digamos, a cadeira eléctrica e a injecção letal) e a minha depressão tornou-se numa raiva militante. A depressão é frequentemente descrita como raiva virada para dentro, por isso eu consigo ver como estar furiosa com os meus pais me permitiu dar-me ao luxo — ou talvez eu devesse dizer, à salvação — de ter, por fim, aquela raiva a fluir para fora. Era como se eu tivesse finalmente encontrado forças novamente no ódio profundo que nutria por ambos. E foi um alívio saber que eu realmente não tinha ninguém, nenhum sítio e nada, que a minha crença de que toda esta coisa da vida era um grande logro tinha sido completamente confirmada. Podia agora afundar-me com segurança na entrega ao pouco que restava, podia sentir o gozo do tempo emprestado e o prazer da queda livre. E assim que decidi que ia cometer um acto de autodestruição, caso fosse necessário, senti-me liberta do azedume da dor: tinha encontrado uma saída. Eles iam mesmo aprender uma lição quando eu saísse do acampamento, não de autocarro, não de carro, mas esticada numa ambulância a caminho das urgências.

Só algum tempo depois do dia da visita é que o meu pai, no que foi o seu primeiro e último acto de autoridade paternal, apareceu com um plano para me resgatar. Este gesto de solidariedade, claro, não envolvia mudar-me para casa dele. Tinha simplesmente conseguido arranjar maneira de eu ficar com a irmã dele, Trixie, que vivia com o marido e dois filhos em Matawan, uma cidade industrial decadente no estado de Nova Jérsia. Eles tinham uma casa com os andares desnivelados e uma piscina acima do solo nas traseiras. Bob, o marido de Trixie, era capataz numa fábrica ou algo do género e era daquele tipo de homem que chegava a casa, agarrava numa cerveja *Pabst Blue Ribbon* ao final do dia e jantava em frente ao televisor. A mobília tinha toda coberturas de plástico, os vegetais eram de lata, *ketchup* era o condimento principal daquele lar, gelatina e pudim instantâneo eram os principais componentes da sobremesa. Por outras palavras, viviam no pesadelo da classe operária dos meus sonhos pateticamente romantizados do Bruce Springsteen. «Finalmente estás a ter aquilo que querias», disse a minha mãe quando lhe telefonei para descrever este cenário.

Claro, não foi lá muito divertido. De facto, foi absolutamente tenebroso, daquela espécie de experiência que me fez perceber por que é que o Springsteen queria tanto sair daquela vida. Tudo o que eu fazia era andar por lá, fumar erva e ver telenovelas com a minha prima Pamela, que ia começar o curso de secretariado naquele Outono. Mas, pelo menos, não tinha de ir às actividades. Fomos a centros comerciais, a salões de jogos sem pedir a autorização de ninguém. Fui ver o Tom Petty ao Capital Theater em Agosto sem a aprovação do Irv. Lia os textos obscuros que me apetecia o dia todo e a noite toda sem ter ninguém a interromper-me para ir fazer limpezas, nadar ou jogar futebol. Ouvia a *Layla* dos Derek and the Dominos, que se tornou o meu álbum de eleição naquele Agosto. Dormia para lá da hora do jantar. Ninguém punha em causa nada do que eu fazia: o meu pai tinha, estranhamente, deixado claro à Trixie que eu estava num mau estado naquele momento, por isso, desde que eu não estivesse a incomodar ninguém, ela devia deixar-me estar.

Eu e a Pamela parecíamos passar grande parte do nosso tempo a ir de carro para a Taco Villa ou Jack in the Box para almoçar, mas às vezes eu ia vê-la jogar basebol com as amigas, e outras ela levava-me à noite a uma daquelas festas nas traseiras de alguma casa, onde se bebe cerveja de barris, onde as pessoas consomem mescalina e outros alucinogénios e ficam enjoadas e vomitam e escorregam no vomitado umas das outras, ouvem Black Sabbath (a quem chamam simplesmente Sabbath) e Motley Crue (a que chamam simplesmente Crue) e fazem toda uma série de coisas que as crianças sofisticadas de Nova Iorque considerariam grosseiras. Gostava mais ou menos daquela parte dos subúrbios: nunca mais estive tão consistentemente pedrada como naquele Verão. Às vezes eu e a Pamela íamos nadar na piscina ou ficávamos sentadas ao sol — na maior parte das vezes ela fazia a primeira e eu a segunda. Às vezes, algumas das amigas dela da secundária apareciam. Todas elas iam para a faculdade estatal tirar o bacharelato em secretariado, tal como a Pamela. Era difícil para mim não me sentir uma convencida com ares superiores naquele ambiente, por isso, para tentar não repelir toda a gente à minha volta, tentava não falar muito.

«Será que haveria algum local neste mundo onde eu me conseguisse encaixar?», não parava eu de pensar. No acampamento é tudo tão «benzoca» e aqui em Matawan não são suficientemente bem. Seria demasiado pedir um ambiente onde eu tivesse *algo* em comum com as pessoas com quem eu partilho o meu espaço? Nada de especial: não tinham de ser fãs do Springsteen. Até mesmo Bob Seger ou John Cougar já serviam. Quer dizer, eu era um pouco estranha relativamente às crianças de treze anos, mas não é que eu tivesse de ser repatriada para outro planeta para me encaixar. Ou se calhar era isso mesmo. Estava a começar a pensar que isso era verdade.

Se eu ao menos tivesse sabido a verdade acerca da Pamela, se eu tivesse sabido que realmente tínhamos algumas coisas em comum. Só anos mais tarde é que vim a saber que a Pamela tinha episódios repetidos de depressão, caindo num estado quase catatónico que deixava a minha tia e o meu tio tão frustrados e desastrados na sua presença que só conseguiam gritar e espicaçá-la nos seus esforços para a fazer ter algum tipo de reacção. Ela tinha sido eficazmente levada ao silêncio por todo aquele ruído, teve uma adolescência marcada por um comportamento suicida. Mas, obviamente, nunca falámos nessas coisas porque quem é que se ia lembrar de trazer esse assunto à baila? Eu não sabia acerca dela, ela não sabia acerca de mim, e no silêncio cabal e na vergonha que parece fazer parte integrante da depressão, ninguém se tinha preocupado em contar-nos. Por isso passámos várias semanas juntas, presas por este anonimato abafado e não articulado que revolvia em torno do General Hospital e do que se estava a passar com o Luke e a Laura e onde podíamos arranjar mais erva.

Até que, uma noite ao telefone em casa da Trixie, o meu pai disse: «Espero que não estejas a tocar a tua música demasiado alta e a deixar toda a gente maluca.» E também disse: «Espero que não estejas a adormecer em frente à televisão como a Tia Trixie diz que estás. Porque a electricidade é cara.»

De repente, tudo em que eu conseguia pensar é que há mais de dez malfadados anos havia um vazio na minha vida onde a figura paternal deveria ter estado, e agora ele estava a dizer-me como agir. Parecia-me que o relógio parou quando eu tinha três anos e como uma Miss Havisham dos tempos modernos eu ainda estava à espera de que o meu papá perfeito acorresse para me salvar, à medida que teias de aranha me cresciam entre os molares, enquanto o bolo branco e rendilhado à minha frente endurecia até ficar pedra. Havia um espaço preenchido com nada a não ser anseio por um papá como o de qualquer outra pessoa. Tinha aprendido a viver com esta horrível sensação de ausência, e agora, depois de todos estes anos, ele estava a dizer-me como é que eu me devia comportar, como se ele fosse realmente o meu pai, e tudo o que eu consegui pensar foi: «Quem é que ele pensa que é para me estar a dizer o que está certo ou o que está errado? Que raio é que ele sabe de ser pai?»

E, pela primeira vez, eu realmente compreendi o quanto deve ter custado à minha mãe vê-lo a interferir com a sua conduta parental. Percebi a intromissão que é ter alguém que simplesmente nunca esteve presente decidir de repente que não vai apenas mudar--se para nossa casa, mas assumir o controlo dela. Assumir o controlo com palavras, não com acções. O seu amor, se eu alguma vez o transformasse em notas, não chegava nem sequer para comprar o jornal, girava tudo em torno de coisas intangíveis que não têm nada a ver com os requisitos do dia-a-dia de ser pai.

Nunca nos cinco verões que eu estive no campo de férias, nem sequer uma vez, naqueles dias sós e cheios de saudades de casa, eu alguma vez desejei a minha mãe tanto quanto naquele momento.

E senti-me tão perturbada: ela era a pessoa que me era mais próxima, a única em quem eu confiava, e nós tínhamos a relação mais distorcida e dependente que existia. Eu estava completamente entregue a uma pessoa que não me conhecia de todo, como um claustrofóbico que prefere viver numa pequena caverna escura, a tentar combater o medo.

4
FRAGMENTADA

If you take someone's thoughts and feelings away, bit by bit, consistently, then they have nothing left, except some gritty, gnawing, shitty little instinct, down there, somewhere, worming round the gut, but so far down, so hidden, it's impossible to find. Imagine, if you will, a worldwide conspiracy to deny the existence of the colour yellow. And whenever you saw yellow, they told you, no, that isn't yellow, what the fuck's yellow? Eventually, whenever you saw yellow, you would say: that isn't yellow, course it isn't, blue or green or purple or... You'd say it, yes it is, it's yellow, and become increasingly hysterical, and then go quite berserk.

(Se retirares os pensamentos e os sentimentos a alguém, pedaço a pedaço, consistentemente, então é que não resta nada, excepto um pequeno instinto determinado e torturante, lá bem no fundo, algures, a rastejar pelas entranhas, mas tão profundo, tão escondido, que é impossível de encontrar. Imaginem, se conseguirem, uma conspiração mundial para negar a existência da cor amarela. E sempre que viam o amarelo, diziam-vos: «Não, isso não é amarelo, mas que raio é amarelo?» Por fim, sempre que viam amarelo, diriam: «Isto não é amarelo, claro que não, azul, verde, roxo, ou...» e tu dirias: «Sim, é, isto é amarelo» e tornar-te-ia cada vez mais histérico até ficares completamente louco.)

DAVID EDGAR, *Mary Barnes*[16]

---

[16] David Edgar, *Mary Barnes*, Eyre Methuen, [s.d.] *(NT)*

Podem pensar em 1980 como o ano em que um mandato conservador e a vontade de querer retirar os reféns do Irão fez que Ronald Regan fosse eleito presidente, ou no ano em que John Lennon foi assassinado a tiro enquanto dava um autógrafo quando ia a entrar no seu edifício ao pé de Central Park West. A chacina teve lugar suficientemente perto de onde eu estava deitada na cama naquela altura, que mais tarde convenci-me de que tinha ouvido os tiros, de que os barulhos ocasionais das bombinhas, de adolescentes a pilharem, de tiroteios anónimos por todo o lado e de janelas e garrafas a partirem-se no bairro social mesmo ao meu lado tinham, na realidade, algum significando e algum sentido, dirigido ao *rock and roll* em geral e a John Lennon em particular. Para mim, foi tudo uma grande tragédia. Foi o ano de vidro fragmentado, de raparigas fragmentadas, da minha identidade fragmentada. Foi por volta dessa altura que o meu pai desapareceu de vez.

Foi nessa altura que o ruído se tornou o mais alto e assustador possível, do patético ao patológico. E parecia que a única coisa que poderia ter acabado com o ruído era a paz, o silêncio, do afastamento do meu pai da situação, deixando-me a mim e à minha mãe sozinhas a chafurdar na lama. Havia tanta mágoa entre eles e como o meu pai era aquele que vivia a vida por defeito, que tinha desistido da sua própria vida em favor de uma nuvem de Valium e do conforto frio da abstracção, só podia mesmo ser ele.

Ele só desapareceu mesmo no final do meu nono ano (eu teria catorze anos, quase a fazer quinze e já me sentia uma menina crescida, que também já não precisava de um pai para nada), mas o início do fim tinha já sido muito tempo antes, talvez tenha mesmo começado no dia em que a minha mãe o pôs fora de casa, era eu ainda uma bebé.

Lembro-me da minha formatura no final do nono ano, o vestido de seda púrpura que envergava e a refeição chinesa de crepes e galinha com limão que a minha mãe preparara naquela noite, convidando a Avó e o Papá, tias, tios e primos para irem lá a casa celebrar. A minha mãe deixou bem claro que ela não iria deixar o meu pai assistir à cerimónia na escola, que ele não podia lá estar para me ver a receber o diploma porque ele não tinha ajudado a pagar os meus estudos, por isso não era ninguém para aparecer agora.

Lembro-me de estar a tentar explicar-lhe isto a ele, tentando dizer-lhe por que motivo ele não podia estar presente, dizendo-lhe qualquer coisa no sentido de não querer perturbar a Mamã, de não ser capaz de dizer às claras: «Se passares para cá as massas, talvez ela te deixe assistir», desejando não ter de ser eu a lidar com aquilo. E lembro-me de pensar que quem me dera que um deles desaparecesse simplesmente, sem imaginar que a pior coisa no mundo é que, às vezes, os nossos desejos tornam-se realidade.

Muito tinha mudado no ano antes de ele partir. Deixou de pagar por completo as consultas do Dr. Isaac e, quando a Mamã ficou sem dinheiro, a minha terapia foi interrompida indefinidamente. A minha mãe processou o meu pai porque, de acordo com o que ficara estabelecido no divórcio, era da responsabilidade dele pagar as minhas contas médicas. Além disso, os seus pagamentos relativos a pensão de alimentos e apoio financeiro estavam precisamente no mesmo valor que em 1969 e ela queria um aumento que reflectisse o aumento do custo de vida. Por isso foram para tribunal.

Havia advogados por toda a parte. Bem, na verdade, havia apenas dois, o da minha mãe e o do meu pai, mas o meu pai não parava de trocar de firma de advogados porque ninguém parecia achar que ele tinha um caso sólido. Por isso, eles multiplicaram-se como o sarampo, e todos os dias havia mais e mais pacotes acumulados dos remetentes de Dr. Fulano e Dr. Sicrano, de Benton, Bowl, Beavis, Butthead e Blá, Blá, Blá, Firma de Advogados. Todos eles diziam: «Elizabeth, não tem de tomar partido, ambos são seus pais, ambos gostam de si» e depois cada um deles se esgueirava sorrateiramente para mim e perguntava: «Será que podia escrever uma carta para o Senhor Juiz a contar-lhe como o seu pai sempre foi horrível?» Ou então: «Acha que quer vir a tribunal testemunhar?» E estou quase sempre a pensar: «Será que isto pode ainda piorar?» E sinto uma indiferença a apoderar-se de mim, tenho a certeza, prior do que nunca. É mais como um gelo profundo, em que a superfície ameaça rachar a qualquer momento, mas por baixo não há água, não há quaisquer fluidos, apenas mais e mais camadas de gelo, gelo e mais gelo — cubos de gelo, icebergues e estátuas de gelo, no lugar em que antes estava uma rapariga.

*　*　*

Nessa altura, eu já era completamente estranha fosse qual fosse o padrão. Este foi o ano das minissaias como as das líderes de claque que a Norma Kamali e a Betsey Johnson tinham imposto às infelizes vítimas da moda entre nós e todas as raparigas na minha escola secundária se enquadravam nessa categoria. Parecia que toda a gente na escola estava na claque, excepto eu, só eu estava presa algures na terra da Stevie Nicks, aparecendo na escola todos os dias com roupas longas e diáfanas que me chegavam aos tornozelos das minhas botas de montar de cabedal, em conjunto com camisas românticas apertadas de forma lassa, que me deixavam o pescoço à mostra. Toda eu era cintos, laços, gravatas e tecido, sempre carregada com tanta *coisa*, e estávamos nós no início da era Regan, do optimismo reinante no início dos anos 80, o tempo de jovialidade e de boas notícias e de cores vivas. Quando todas as outras raparigas se adornavam com brincos de plástico e acessórios em turquesa, amarelo, esverdeado e cor-de-rosa forte, ali estava eu com tudo o que era frio e escuro, prata e lápis-lazúli pendurados nas minhas orelhas como uma velha reminiscência dos anos 60 ou 70, ou talvez de uma época e um local infelizes em que todos à minha volta não se lembravam ou nunca lá tinham estado.

Tentei encaixar-me um pouco. Até comprei com vestido de veludo de festa da Betsey Johnson com um corpete justo de *Lycra* e uma pequena saia de folhos, mas sentia-me simplesmente ridícula ali enfiada, como uma personagem do circo que acidentalmente caíra num filme do Fellini quando na realidade eu pertencia ao desespero nórdico, por exemplo, de *O Sétimo Selo* de Bergman. Percebi, à custa de bastante sofrimento, que a rapariga que eu fora em tempos, aquela que mandava em toda a gente, que podia controlar qualquer situação, simplesmente nunca mais ia voltar. Independentemente de eu conseguir sair desta depressão com vida, ou não, isso não fazia diferença nenhuma, porque já me tinha mudado de forma fundamental. Tinham sido causados estragos permanentes. A minha personalidade taciturna nunca mais desapareceria, porque a depressão era algo congénito em mim. Coloria todos os aspectos da minha pessoa de forma tão abrangente que me conformei com isso.

E, de uma forma estranha, este conformismo permitiu-me estabilizar. É verdade que ainda corria para a casa de banho das raparigas e que tinha ataques de choro, que ainda me enrolava num canto sozinha durante os intervalos com uma dor familiar, mas tinha começado a passar-me pela cabeça que toda esta dor era um simples facto da vida — ou, de qualquer modo, era um facto da *minha vida*. Podia ficar neste estado para sempre. Conseguia fazer uma série de coisas: conseguia fazer os trabalhos de casa, conseguia estudar para os exames, conseguia apresentar trabalhos e usar a norma para uma bibliografia ou notas de rodapé, podia talvez até começar a sair com pessoas que não tivessem o dobro da minha idade ou metade do meu QI. Podia, na verdade, viver a vida de uma rapariga adolescente normal — podia, por Deus, até juntar-me à claque — mas isso não iria mudar o facto de que havia algo que não batia certo. Não iria mudar o facto de que *eu* não batia certo.

Eu era como um alcoólatra recuperado que desiste de beber mas ainda deseja, diariamente e não já de hora a hora, mais um golo de Glenfiddich, de Mogen David ou de Muscadet; eu podia sofrer de depressão latente, uma parasita assintomática para a causa. Mas qual era mesmo a causa? Oh, sim, lembrava-me eu: o meu objectivo é abandonar esta vida, desencantar uma nova identidade num tempo não especificado, num futuro tão breve quanto possível. Talvez eu me possa escudar, recusar a sucumbir aos sintomas (sabendo perfeitamente bem que um é demasiado e mil não é suficiente) durante o tempo suficiente para sair desta rotina de vida podre e conseguir encontrar ajuda de verdade, ajuda a sério, não a ajuda do Dr. Isaac, não a ajuda dos meus pais. Eu podia tornar-me numa máquina adolescente por anos, presa a uma obrigação de ter tudo cincos e de parecer absolutamente perfeita, sem falhas, no papel.

Em vez de pensar que *não* havia futuro, tudo o que eu fazia era planear o futuro, tratando o tempo presente e toda a sua tensão como um longo e trabalhoso preâmbulo da vida real que estava à minha espera algures, em qualquer lado que não este. Eu ainda era a mesma rapariga que passava oito horas a preparar-se para uma viagem de apenas duas horas de volta a casa após o campo de férias, só que agora era para a minha vida adulta que queria escapar, acreditando, como comecei a acreditar na altura, que só se eu conseguisse sair de casa e do fogo cruzado de raiva persistente entre os meus pais, talvez eu tivesse alguma hipótese.

Foi nessa altura que o Zachary apareceu e ele não era mais um tipo qualquer — ele era um aluno do secundário extremamente bonito oriundo de boas famílias. Era o capitão da equipa de ténis e, com todo o direito, deveria andar com uma daquelas raparigas que eram só pernas e vestiam minissaias. Eu sei que não é de todo invulgar no flash deleitoso do primeiro amor pensar como é que fomos tão abençoados, mas, no meu caso, fiquei verdadeiramente espantada. Como um casal, parecíamos tão mal emparelhados quanto o Lyle Lovett e a Julia Roberts.

Aqui estava este rapaz formidável, sociável, encantador e divertido tão bem cotado na lista dos sonhos de qualquer mãe que devia ter BOM PARTIDO estampado na testa. Ele está com, bem, comigo. Toda a gente pensa: «Como é que isto pode ser?» Ouvia as raparigas a falarem de nós na casa de banho da escola onde eu me escondia numa das casinhas. E concordava totalmente com elas: se eu tivesse sido qualquer uma daquelas miúdas, eu teria feito os mesmos comentários desagradáveis, teria pensado que a bruxa do nono ano, com aquele cabelo comprido e com aquelas saias a arrastar tinha agarrado o Zachary apenas porque ela tem relações sexuais com ele, faz-lhe broches ou algo do género. Para mim mesma, eu limitava-me a pensar: «Oh, que bom, olhem lá a minha sorte!» Com o Zachary por perto, senti-me de repente protegida, tão mimada, apaparicada e envolvida em tantas camadas de protecção que tudo o que se estava a passar entre os meus pais deixou de me preocupar. Mas eu não parava de pensar quando é que o boneco ia saltar da caixa e dizer: «Acabou o tempo!»

A minha absorção completa pelo Zachary fez com que fosse bastante fácil eu não reparar que já não via o meu pai. Namorar era uma actividade que me consumia a tempo inteiro: fomos com outro casal a um concerto dos Police (o Go-Go's abriu e eu pintei o meu cabelo de um emaranhado cor-de-rosa vivo); fomos ao casamento do irmão do Zachary (é claro que houve uma festa de noivado antes disso); tivemos de faltar às aulas tardes inteiras para passear no *280ZX* novo do Zachary, como se fôssemos dois adolescentes dos subúrbios; ou escondermo-nos no quarto dele e ficarmos na marmelada com os estores corridos e as luzes apagadas. Parece que durante anos, eu tinha quieta e sub-repticiamente rezado a Deus para Ele me fazer — ou o que quer que fosse em mim que me tornasse assim como *eu* sou — desaparecer, ou metamorfosear-me noutra pessoa qualquer, uma pessoa que não andasse às voltas como uma louca, com uma escuridão invernal a pairar sobre si mesma até nos dias de maior claridade; e depois de todo este tempo, Ele enviou-me o Zachary e deixou-me ficar absorvida numa sobrenatural vida descansada com o namorado perfeito. Por fim, eu tinha desaparecido, e uma outra rapariga, com este namorado de sonho saído de um romance cor-de-rosa, tinha tomado o meu lugar.

No meio deste improvável encantamento de sonhos concretizados, recusei-me a deixar os momentos de tristeza por causa do meu pai estragarem tudo, não o queria ver nem ouvir falar de processos em tribunal ou de dificuldades financeiras. Não queria passar uma hora a regressar das poucas horas por semana que acabávamos por passar juntos, não queria passar tempo no carro aquecido no meio do Inverno com ele e com a minha madrasta a fumar Winstons, às voltas pela Ponte de Throgs Neck com as janelas fechadas, de forma que ficava uma sensação terrível de sufoco, de cancro no pulmão e de uma obscura morte prematura no interior daquele Oldsmobile. Eu estava simplesmente farta de toda aquela história de ter esta relação pouco natural com o meu pai, uma situação estranha que não se tinha alterado mesmo anos depois do divórcio. Em vez de ter relações complementares com ambos os meus pais, eu tinha de viajar entre universos distintos e mutuamente exclusivos para poder passar algum tempo com qualquer um deles. A descontinuidade tinha-me deixado louca há já muito tempo.

Dei por mim, de forma tão tranquila, tão subtil, quase completamente inconsciente, a fazer aquilo que eles me disseram que eu nunca teria de fazer (embora agissem como se desejassem que eu o fizesse): escolher entre eles. E, claro está, não sou nenhuma tola. Era de esperar que eu me colocasse do lado da pessoa que me dava uma casa com um quarto só para mim e que não se importava com que eu usasse o sabonete que estivesse no lavatório da casa de banho. Somos verdadeiras extensões uma da outra, eu e a minha mãe, somos de tal modo duas partes do mesmo ser que tudo o que é dela é meu. É claro que, para o melhor e para o pior, escolhi a minha mãe.

De tempos a tempos eu ainda me dava ao trabalho de ir ter com o meu pai: visitava a mãe dele no complexo habitacional utilitário em Brighton Beach, comia comida chinesa e revelávamos um ao outro o que os bolinhos da sorte diziam. Íamos a alguma nova exposição de design na Cooper-Hewitt, ou visitávamos todos os Rembrandts na Frick Collection. Mas não era todos os sábados. Às vezes nem sequer era sábado sim, sábado não. Às vezes era apenas uma vez por mês, e outras um jantar rápido a meio da semana. Em certas alturas, nem sequer falávamos ao telefone durante bastante tempo. Passavam-se duas semanas e nós nem sequer inventávamos desculpas para quando finalmente telefonávamos, nem sequer dizíamos que tínhamos tentado no outro dia mas que ninguém tinha atendido, porque não havia qualquer motivo para inventar fosse o que fosse quando toda a gente percebia e aceitava tacitamente que era muito mais simples desta forma. É tão mais fácil não ficarmos despedaçados.

Além disso, estar com o Zachary tinha, de facto, melhorado a relação com a minha mãe de uma forma que cinco anos de cinco dias por semana de aconselhamento familiar nunca poderiam ter feito. A minha mãe gostava tanto do Zachary que ela praticamente chegou a planear o casamento. Fazia especialidades de massa quando sabia que eu o ia levar lá a casa para jantar e já tinha decidido que se eu tinha conseguido atrair este cavalheiro então não devia ser assim tão má. Ela não me dizia coisas como: «Durante alguns anos, foi tudo mais ou menos incerto contigo, Ellie. Durante alguns anos eu não sabia que te ias safar, mas agora tens esse rapaz maravilhoso e está tudo óptimo.» Ela não tinha de dizer nada disto porque era demasiado óbvio e eu não tinha a coragem de lhe dizer que não era bem assim, que por baixo eu estava a sentir-me tão desligada e perdida quanto nunca.

Quero renunciar a tudo o que veio antes do Zachary e negar que sequer haveria um depois. Começo a pensar que talvez o Zachary e eu realmente *vamos* estar juntos para sempre e que vai tudo funcionar lindamente. Talvez *eu* me case com ele. Talvez eu *seja* a Cinderela no baile. Talvez catorze anos não seja demasiado cedo para saber o que está certo para nós, principalmente porque nada parecia certo antes do Zachary. Dedico toda a minha energia a pensar em formas de impedir que este relacionamento alguma vez acabe. Penso tanto nisso que, depois de um tempo, já não resta nada naquela relação a não ser os planos para a manter. Quer dizer, para a maior parte das pessoas, os telefonemas, os encontros, o horário criado pelo casal são tudo meios para atingir um fim, uma forma de organizar o tempo de modo a maximizar o prazer da companhia um com o outro. Mas para mim, o tempo que passamos juntos não é nada mais do que a preparação para a próxima vez; em cada encontro há que preparar o próximo encontro, o próximo e o próximo; em cada chamada há que descobrir quando é que ele me telefonará novamente, em que dia, a que horas, a que minuto. Tudo consiste em manter o ideal por medo de alguma vez voltar ao solitário mundo de loucos em que eu antes vivia.

Até que um dia, quando estou a tomar conta do filho dos vizinhos de baixo, o meu pai telefona. A minha Mãe deve ter-lhe dito onde me encontrar, o que eu penso que é uma excelente demonstração de maturidade de ambas as partes, já que eles mal conseguem falar sem a hostilidade vir ao de cima. Há já três semanas que não vejo o meu pai ou que não falo com ele e talvez até a Mamã esteja a pensar que isto já é tempo de mais. Por isso ficamos a conversar. Conto-lhe do Zachary e, por algum motivo, até lhe digo que tinha ido ao Centro de Planeamento Familiar para conseguir arranjar pílulas anticonceptivas.

— Fico feliz por estares a ser tão responsável — diz o meu pai, sempre o pai descontraído, nunca moralizador. — Mas tem cuidado.

— Tenho cuidado? — pergunto eu.

— Cuidado com o teu coração.

— Ah, isso — digo eu com a certeza de não ter nada com que me preocupar. — Sim, bem, o Zachary é um bom rapaz.

— Eu sei. Mas tem cuidado.

Pela primeira vez nalgum tempo, sou tomada pela tristeza de nunca mais ver o meu pai. Não consigo discutir o sexo com a minha mãe. Há toda uma série de coisas para as quais a minha mãe é boa e o meu pai não, toda uma série de coisas para que o meu pai é bom e a minha mãe não, se ao menos eles pudessem resolver as diferenças deles, ou manter o ruído da discórdia num mínimo, eu poderia ter um pai e uma mãe completos.

— Olha lá, pequenina — começa o meu pai a dizer. — Pequenina, sabes o quanto eu gosto de ti.

— Sim, acho que sim. — Não estou a hesitar por duvidar dele. Só que simplesmente eu não sei, o que é que se consegue dizer quando é tudo uma confusão tão grande? O que é que *gostar* significa numa situação destas? De que é que vale?

— Bem, Elizabeth, podem acontecer algumas coisas que tu não vais perceber ou que te podem parecer erradas, mas tens simplesmente de saber que eu te adoro, que estou sempre a pensar em ti.

— Está bem. — Eu nem sequer paro para lhe perguntar do que é que ele está a falar. O que é que vai acontecer? Porque, na realidade, eu só quero desligar para poder telefonar ao Zachary. O meu pai tinha uma tendência para falar de forma críptica e envolver as coisas num mistério quando elas não eram assim tão constrangedoras. Pensei que este era um desses momentos.

Sonho que sou uma criança com dois ou três anos, que o meu pai está a tomar conta de mim enquanto a minha mãe sai, como sempre faço-o deixar os sapatos à minha porta, para saber que ele ainda lá está. Acordo a meio da noite, os sapatos já lá não estão, mas a minha mãe ainda não regressou. Estou sozinha em casa, a electricidade está desligada, não consigo acender as luzes, estou sempre a embater nas coisas, estou sozinha na escuridão, estou sozinha no mundo e começo a gritar.

No espaço de um mês, o meu pai deixou Nova Iorque sem deixar rastro, uma tragédia dolorosa apenas eclipsada pelo facto de o Zachary também me ter abandonado sem deixar rastro, a não ser o lindo colar de ouro que me tinha oferecido e que insistiu em que eu guardasse. Disse algo do género de que queria poder ir jogar basquetebol com os amigos sem se estar a preocupar que eu começasse a chorar. Eu disse que nunca me tinha ocorrido que ele preferisse estar a encestar bolas do que estar na cama comigo e ele

109

confirmou, que, de facto, às vezes preferia jogar basquetebol e que em termos de valor absoluto, o sexo e o desporto tinham o mesmo significado para ele, eram apenas duas formas diferentes de se divertir.

— Então tudo o que eu era para ti era uma forma de divertimento? — pergunto eu.

— Sim. É verdade — responde ele.

E assim foi.

Tem cuidado com o teu coração.

Depois da separação eu fiquei aquilo a que se pode chamar um desastre completo. Pela primeira vez na minha vida, a minha dor tinha uma razão de ser. Eu não conseguia evitar. Não me importava com o que as outras pessoas pensavam, não me importava com o que as outras miúdas na escola pudessem dizer: «Estão a ver, ele acabou por ganhar juízo», não me importava com o ar de estúpida que eu tinha com as manchas de rímel provocadas pelas lágrimas a escorrerem-me pela cara abaixo, não me importava com nada excepto com o facto de esta ser a maior dor que alguma vez sentira. Costumava chorar por não ter nada que valesse a pena perder, mas agora eu estava simplesmente destroçada — inchada, vermelha, histérica — por causa de uma perda que eu conseguia identificar completamente. Sentia-me justificada na minha desventura e não suportava a forma como tudo acerca do Zachary parecia estar em todo o lado; cada escada em que tínhamos estado na marmelada e até a cadeira onde nos tínhamos sentado a conversar entre as aulas estava perfumada com memórias dele. Meu Deus, até as linhas soltas na minha roupa que ainda não tinham saído com a lavagem me faziam lembrar do Zachary. Desatava a chorar nas aulas sem me dar ao trabalho de pedir desculpa. Chorava no Metro. Houve um dia em que eu fui assaltada quando ia para o Metro e pareceu-me uma óptima desculpa para ir para casa e não sair de lá. Nalguns dias, eu estava tão embrenhada no meu infortúnio que cada pequeno gesto, atravessar a rua ou preparar o pequeno-almoço, era um esforço tão grande que eu simplesmente não me dava ao trabalho. As minhas mãos ficavam sem vida quando estava a lavar a louça ou a colocar batom. Adormecia a fazer os trabalhos de casa. Andava de táxi para todo o lado porque não tinha energia para lidar com o sistema de transportes públicos. A minha mãe sentiu tanta pena de mim que me pagava os táxis. Aparecia no escritório dela durante a tarde e chorava. Interrompia reuniões de negócios e se ela me dissesse que não podia falar, chorava ainda mais. A minha prima, Alison, que estava a viver connosco durante a semana naquela altura, ouvia-me a repetir o que se tinha passado com o Zachary e os meus planos para o reconquistar. Ela dizia-me que eu me estava a repetir e parecia espantada quando, ainda assim, eu continuava. Eu e a minha mãe fomos num cruzeiro às Bermudas no fim-de-semana do *Memorial Day*[17] e uma vez que não havia telefones a bordo, fi-los aportar o barco um dia enquanto ganhava coragem suficiente para telefonar a todos os amigos do Zachary que estavam nas suas casas de praia para ver se ele estava com eles quando já não o consegui apanhar em casa.

— Elizabeth, estás obcecada e isto é de loucos! Estou farta disto! — gritou a minha mãe quando regressei ao meu camarote no navio. — Ele não é teu marido ou noivo, apenas o teu namorado e haverá, certamente, mais namorados.

Não havia maneira de a fazer compreender que simplesmente isso não era verdade, que o Zachary tinha sido a minha última hipótese e que agora tudo tinha terminado para mim.

Pedimos desculpa, o número que acabou de ligar não se contra atribuído. Não há qualquer informação acerca deste número.

Quando o meu pai desapareceu, mudando-se para longe e não me dizendo para onde, quando eu descobri porque liguei para o número dele e ouvi a gravação da operadora, quando a minha própria avó não me disse para onde ele tinha ido, quando o meu pior pesadelo se tinha tornado realidade porque o meu pai tinha, por fim, desaparecido, quase foi um alívio. Os meus medos mais profundos tinham sido confirmados, provando que não eram só coisas da minha cabeça, que todos aqueles anos de preocupação por alguém desaparecer não tinham sido em vão.

Na verdade, eu tinha descoberto alguma coisa.

Como se isso fizesse com que a dor diminuísse.

Pedimos desculpa, o número que marcou não se encontra atribuído.

---

[17] Dia 30 de Maio, feriado oficial na maioria dos estados norte-americanos em memória dos soldados desaparecidos na guerra. *(NT)*

A pena vem mais tarde, anos mais tarde, com uma ladainha de explicações que atribuem a culpa às circunstâncias ou que tentam deixar implícito que foi melhor assim: «Eu parti porque odiava ver-te presa entre mim e a tua mãe daquela forma; eu parti porque ia montar o meu próprio negócio no Sul, fazer muito dinheiro, e ser capaz de tomar conta de ti melhor em termos financeiros, eu parti para te facilitar a vida.»

Começo a ter a sensação estranha de que nada está de facto a acontecer comigo, de que eu estou a ver um filme e que posso olhar para o lado quando quiser. Começo a pensar em tudo na terceira pessoa: um pai abandonou a sua filha, *ouço uma versão mais velha de mim mesma a dizer.* Um namorado bebe demasiado e depois tenta descarregar tudo na cara da namorada, *ouço outra voz do futuro a narrar. Para todos os desastres pessoais que possam eventualmente cair sobre mim arranjo uma frase declarativa simples para os descrever.*

No Verão após a partida do meu pai, embarco numa viagem pelo país, e enquanto estou fora, a minha mãe abre a minha gaveta da escrivaninha, que ela sabe ser o meu único local secreto, mas quer apenas deitar lá para dentro uma régua que encontrou pelo chão. As suas intenções, jura ela, eram inocentes. Não estava à espera de encontrar um embrulho em papel de alumínio com o nome Ortho-Novum estampado ou, abrindo mais um pouco a gaveta, o resto das minhas pílulas verdes, brancas e cor de pêssego.

Quando regresso a casa das minhas viagens, ela diz que considera um suicídio o facto de ter encontrado a pílula entre os meus pertences. Será que eu não sabia que era suposto só ter relações sexuais depois do casamento? Será assim tão de estranhar que as coisas entre mim e o Zachary acabassem tão mal se estávamos envolvidos nesta espécie de actividade imoral? Não paro de lhe dizer que não chegámos mesmo a ter relações sexuais, que, a dada altura, eu e o Zachary percebemos que seria um erro, mas ela não me está a ouvir.

— Como é que me podes fazer uma coisa destas? — pergunta ela.

Como prova da sua perturbação, abre a janela do meu quarto e diz-me que se vai atirar se eu não lhe jurar que não volto a fazer aquilo novamente. Está a delirar. Quer que eu marque uma consulta com o Dr. Isaac para conversar acerca dos motivos que me levam a comportar-me desta forma.

E ela farta-se de me dizer: «Como é que me podes fazer uma coisa destas?»

Apetece-me gritar: «O que é que queres dizer, como é que *eu* te posso fazer uma coisa destas *a ti*? Será que não estás a confundir os pronomes? A verdadeira questão é: como é que *eu* pude fazer uma coisa destas a *mim mesma?*»

Ela está histérica e parece-me de loucos, simplesmente absurdo, que o meu namorado me tenha abandonado, o meu pai me tenha abandonado e eu esteja aqui sentada a tentar afastar a minha mãe do parapeito da janela.

O que é que há de errado neste quadro? Quero dizer, quem é que morreu e me deixou a *mim* a tomar conta das coisas?

5
ONDA NEGRA

There's nothing I hate more
than nothing
Nothing keeps me up at night
I toss and turn over nothing
Nothing could cause a great
big fight

(Não há nada que eu mais odeie
do que o nada
O nada mantém-me acordada à noite
Dou voltas e voltas por causa do nada
O nada poderia provocar uma
grande discussão)

EDIE BRICKELL, «Nothing»

Não sei se estou a correr por estar assustada ou se estou assustada por estar a correr. É uma pergunta que eu me tenho vindo a colocar desde que cheguei aqui a Harvard em Setembro e ainda não consegui descobrir a resposta. Se eu parasse apenas um minuto — parasse de correr de uma festa em que se bebe muitíssimo para um cocktail*, parasse de beber e de me drogar, parasse de correr atrás de um rapaz e de fugir de outro — se eu simplesmente dissesse* chega *e me sentasse e lesse alguma coisa para uma das minhas quatro cadeiras, se desse uma hipótese à* Ilíada[18] *ou* Além do

---

[18] Homero, *Ilíada*, Publicações Europa-América, Mem Martins, 1988. *(NT)*

Bem e do Mal[19], *descansaria a minha mente por fim? Será que a calma por que eu tenho estado à espera toda a minha vida finalmente chegaria? Ou será que se resumiria tudo ao nada que sempre tem sido, como não era suposto ser agora que eu estou aqui na terra encantada, aqui neste sonho americano, nesta universidade com um nome que ressoa tão longe que às vezes acho que poderia criar uma câmara de eco daqui até à Austrália? Não consigo acreditar que mesmo aqui, mesmo numa situação que parece maior e melhor e para lá de Deus Pai, eu ainda sou completamente e absolutamente eu. Raios me partam!*

Não era suposto as coisas serem assim. Era suposto eu ser uma pequena princesa americana exótica, uma estudante de literatura brilhante com óculos a ler Foucault e Faulkner na minha secretária com tampo, no meu quarto mínimo com soalho de tábua corrida, cheio de plantas exóticas e de espanta-espíritos pendurados do tecto e de pósteres de estrelas de cinema dos anos 40 e de bandas dos anos 60 nas paredes ligeiramente lascadas pintadas a marfim. Haveria muito chá de ervas e um lindo cachimbo turco vindo do Mediterrâneo e almofadas às flores e tapetes orientais no chão para que eu pudesse dirigir o meu próprio salão boémio a partir do meu pequeno e ingénuo ninho de amor. Eu queria um futon *com uma coberta grossa carmesim onde pudesse fazer amor durante noites sem fim e nas manhãs sem dormir com o meu namorado, um rapaz que tinha crescido no Connecticut e tinha jogado* lacrosse *e tinha tocado na guitarra e em mim, e que me adorava com um desejo maroto, respeito e abandono.*

Onde está a rapariga a quem tudo isto está a acontecer? Por que será que ela está lá tão no fundo?

Por que é que eu passo tanto tempo a olhar pela janela do meu quarto no dormitório em Harvard, a ver os rapazes com as calças de ganga a escorregarem pelas ancas, a jogarem hackysack[20], *a darem pontapés a saquinhos de areia às voltas nos seus sapatos de vela como se estivesse tudo bem, sem agirem como se estivessem todos condenados? Como é que eu entro na*

---

[19] Friedrich Nietzsche, *Além do Bem e do Mal*, Publicações Europa-América, Mem Martins, 1990. *(NT)*

[20] *Hackysack* ou *Footbag*, jogo típico da América do Norte, semelhante a um cruzamento entre ténis e voleibol, no qual se usam os pés para fazer a bola saltar sobre a rede. *(NT)*

vida que está a acontecer do outro lado do vidro onde o mundo é macio como a lama e as pessoas não têm qualquer receio de chafurdar nele? O que é que eu não faria para ser capaz de jogar Frisbee *ou ir para as salas de aulas a rir e de mãos dadas, a ser o amor de alguém, a ser Ali MacGraw no filme* Love Story — História de Amor *ou Ali MacGraw no* Adeus, Columbus, *ou qualquer outra pessoa noutra coisa qualquer? Meu Deus, para onde é que eu tenho de ir para fugir de mim mesma?*

E não consigo parar de correr. Na maior parte do tempo, estou a fugir da onda negra. Persegue-me por toda a Cambridge. Corre atrás de mim naquelas longas tardes quando ando às voltas em Harvard Square, em que entro num dos zilhões de lojas terceiro-mundistas que poluem a Avenida Massachusetts e talvez prove um par de longos brincos pendentes. Enquanto considero os méritos de uma composição de fio de prata e contas de vidro com a forma dos símbolos da fertilidade dos Himalaias, olho rapidamente pela montra da loja e reparo na forma como o Sol se está a começar a pôr demasiado cedo, a forma como está sempre tão cinzento e nublado, a forma como o negro parece vir tão depressa e a luz parece nunca lá estar de todo. Este peso cai sobre mim, muito embora tudo o que eu esteja a fazer seja olhar para um par de brincos no espelho. Tento concentrar-me nas jóias, tento pensar apenas em bambu e em lápis-lazúli, tento imaginar que isto é alguma espécie de exercício budista numa atenção profunda, mas não consigo porque há uma coisa a crescer dentro de mim, primeiro por detrás, depois pela frente e dos lados e por mim toda e tenho a certeza de estar a ser afogada nalguma espécie de onda negra. Sei que dentro de um momento os meus pés vão ficar presos na areia molhada pela corrente, e que tenho de correr antes que seja demasiado tarde.

Saio da loja, dirijo-me intencionalmente para o meu dormitório, percorrendo os meus passos ao longo dos caminhos calcetados, a fugir da escuridão. Chego ao edifício em que vivo, atrapalho-me com as chaves, atravesso o vestíbulo a correr, subo as escadas de dois em dois degraus, ponho repetidas vezes a chave errada na fechadura e por fim entro na suíte, por fim corro para a minha cama, onde me escondo sob as cobertas e rezo para que a onda negra não me afogue. Rezo para que, se eu ficar aqui deitada muito quieta, a onda passe. Rezo para que se eu me levantar dentro de um bocadinho e for jantar à cantina, que se eu continuar com a vida como se este sentimento fosse normal, a onda negra atire a sua força da maré para cima de outra pessoa qualquer.

Mas quando me desenrolo da posição fetal e me desencaracolo para fora da cama, estão ainda as ondas de um oceano a ressoar dentro do meu cérebro. O breve alívio de ver outras pessoas quando deixo o meu quarto transforma-se numa necessidade desesperada de estar sozinha e, depois, estar sozinha torna-se num medo terrível de que eu deixe de ter amigos, de que eu fique só neste mundo, nesta minha vida. Por fim, vou ficar tão louca com esta onda negra que parece estar a tomar posse da minha cabeça, cada vez com maior frequência, que um dia vou, simplesmente, matar-me, não por quaisquer nobres razões existenciais, mas porque preciso de um alívio rápido, preciso de que este grande lamaçal tenebroso desapareça neste instante.

Fomos para Harvard à chuva. Eu e a minha mãe íamos na carrinha alugada, cheia de coisas minhas e cheia de coisas que eu não queria trazer mas que ela pensou que eu quereria, incluindo o meu fofo tapete que costumava estar no chão do meu quarto quando os seus verdes, azuis e águas-marinhas ainda eram moda. Estávamos ambas muito excitadas. Parámos num Howard Johnson's e comemos ostras fritas e tarte à moda da casa e conversámos animadamente acerca da animação que estava à minha espera. Dissemos que finalmente eu estaria «no meu próprio elemento», o que quer que seja que isso significa. Conversámos acerca de como eu seria finalmente feliz.

Mas a chuva era um presságio. Não há como negá-lo. Era a chuva acerca da qual Dylan canta em «A Hard Rain's A-Gonna Fall». *Where balck is the color and none is the number*[21] e tudo isso. Eu não gosto de me deixar levar pelos sinais que imagino virem de cima, mas chovia tanto que a I-95 estava alagada. Não havia qualquer visibilidade e tivemos de parar no meio da auto-estrada sem nos movermos durante algum tempo porque todos os carros tinham parado sob aquele dilúvio. E olhei para a minha mãe e disse algo como: «Isto realmente não augura nada de bom.»

Acho que ela protestou: «Oh, Ellie, não sejas tola.»

Mas quando chegámos ao Matthews Hall na tarde de sábado e descobrimos que eu vivia num quinto andar sem elevador, até ela

---

[21] «Onde o negro é a cor e nenhum é o número», em português. *(NT)*

ficou um pouco menos optimista. Nem ela conseguia imaginar como é que duas mulheres iam conseguir carregar todas estas coisas para cima sozinhas, principalmente com o calor e a humidade do início de Setembro. Ficou desencorajada e percebemos naquela altura que não existe a salvação sem um qualquer preço.

Quando é que comecei a correr? Anos atrás, tenho a certeza, muito antes de chegar a Harvard. Lembro-me de estar na escola secundária, de andar pelo Central Park num dia fresco e da forma como o som estaladiço das folhas de Outono me fazia pensar na sensação de ter a cabeça rachada ao meio. Ficava muito assustada, assustada por isso poder acontecer e ainda mais assustada por isso não acontecer, por uma longa vida de infelicidade e de vontade de morrer poder continuar ininterruptamente. Corria todo o caminho para casa, corria até ao abrigo.

Mas eu pensava que tudo isso ia acabar em Harvard. Pensava que era apenas uma questão de me afastar do local físico de tanta coisa na minha depressão. Em vez disso ainda foi pior. Em vez disso, a onda negra, as trevas, estavam em todo o lado. Perseguiam-me como um comboio em fuga e agarravam-se a mim como sanguessugas. Não era só correr num sentido metafórico: eu literalmente não parava de me mexer, não me atrevia a abrandar para pensar, demasiado assustada para descobrir o que estava lá na realidade.

No *Halloween* do meu ano de caloira, dei por mim a correr pelo pátio em Harvard porque a minha melhor amiga (pelo menos até então), a Ruby, estava a correr atrás de mim e a ameaçar-me de morte, com o canivete em riste a gritar algo do tipo: «Sua cabra, eu mato-te.» Estava a atacar-me porque eu lhe tinha roubado o namorado enfezado, Sam, e ela tinha acabado de descobrir. Os sinais evidentes: um caderno meu no quarto dele, um brinco desgarrado meu na escrivaninha dele. Os nossos caminhos tinham-se cruzado inesperadamente numa escada precariamente estreita que, obviamente, não era suficientemente larga para nós os dois. Mas ali estávamos nós. Comecei a desejar que o corrimão fosse um pouco mais alto e muito mais robusto. A Ruby ficou lívida e começou a correr atrás de mim, chamando-me puta, traidora à causa feminista, além de lunática a abater.

O engraçado é que nem eu queria o Sam nem a Ruby o queria e ele provavelmente não queria nenhuma das duas. Eu e ela tínhamos discutido o rapaz aturadamente na companhia de cerca de dezassete chávenas de café, que costumávamos emborcar depois do almoço na cantina, e eu sabia que ela tinha sérias dúvidas em relação a esse desportista franzino que lia Milton Friedman nos tempos livres e tinha os braços tão fracos e magros que mal conseguia jogar uma partida decente de *squash*, quanto mais abraçar-nos e fazer-nos sentir a salvo. Mas penso que no espírito dos jogos da mente parece que todos jogámos, eu queria o Sam porque ele pertencia à Ruby, ela queria-o de volta porque ele já não a queria. Compreendo agora que se nos tivéssemos todos limitado a fazer os nossos trabalhos de casa e tivéssemos ido para a cama antes da meia-noite e tivéssemos acordado a tempo das aulas da manhã — se tivéssemos vivido como as pessoas normais — todo este disparate podia ter sido totalmente evitado. Teríamos estado demasiado ocupados a viver uma vida com sentido para participar nesta espécie de espectáculo de terceira. Mas não estávamos. Estávamos todos loucos e desesperados. Não pudemos deixar de criar um psicodrama assente num triângulo amoroso tirado do vazio que nos guiava aos três, todos três completamente loucos, tristes e vazios.

Sabem, já não era só eu. Harvard estava cheia de loucos e todos nós nos tínhamos conseguido encontrar uns aos outros, como que guiados por uma força centrífuga. Ainda assim, não havia ninguém cujo desespero chegasse aos calcanhares do meu. As pessoas na escola eram suficientemente excêntricas para oferecer um novo recreio para as minhas neuroses, para criar novas oportunidades para eu agir. Mas no final, depois de a cortina ter caído sobre estes pequenos dramas, pareciam todos ser capazes de regressar aos seus quartos e às suas vidas, todos eles pareciam saber que era apenas um jogo, que nos riscava e desgastava um bocadinho, mas que se conseguia continuar a viver. Só eu parecia ficar para trás, a chorar e aos berros por querer mais, querer o meu dinheiro de volta, querer alguma satisfação, querendo sentir alguma coisa. Eu era a única pessoa a ir ter com uma prostituta em busca de amor verdadeiro. Mas, de alguma forma, independentemente das vezes que eu ficava desiludida, estava sempre pronta para a próxima rodada, como uma viciada com a esperança de que uma nova dose lhe dê uma sensação tão boa quanto a primeira. Só que eu nem sequer tinha tido a euforia inicial que faz um drogado voltar à procura de mais. Procurei sempre conforto nos locais onde eu sabia que não existia de todo.

Eu sabia que, enquanto a Ruby andava a correr atrás de mim passando pelo pátio da Faculdade em direcção ao Centro de Ciências, finalmente tinha atravessado alguma espécie de fronteira. Sabia que *isto era insanidade*: insanidade é sabermos que aquilo que estamos a fazer é completamente idiota, mas, ainda assim, por alguma razão, não o conseguimos deixar de fazer.

Fiquei assustada com a forma como me sentia enquanto fugia, sabendo que se eu parasse, talvez tivesse de confrontar a razão pela qual sempre corri — e teria tido de admitir que não havia qualquer razão para isso. Correr, correr, correr. Seria em direcção a alguma coisa ou a fugir de outra coisa qualquer? A falta de sentido desta manifestação era demasiado perturbadora para eu conseguir pensar nela. Tal como todas as minhas anteriores maquinações para escapar dos demónios que viviam na minha cabeça tinham falhado, este mais recente esquema também não ia funcionar. O Sam não era apenas um rapaz para mim. Ele era mais uma versão da salvação. O pai dele era presidente de um grande estúdio de cinema e quando o Sam me abordou na cafetaria e disse que me ia levar para Los Angeles e que me ia tirar da minha vida e da minha cabeça, quando ele disse que sabia escrever guiões, quando ele disse: «Olha, miúda, vou fazer de ti uma estrela» — quando ele disse todas estas coisas, que eu sabia serem frases de engate, ainda as engoli. Disse que podíamos ir para casa dele nas Bahamas passar as férias do Inverno. Disse que podíamos ir a Cannes ver o festival. Disse, disse, disse. E eu acreditei nele. Imaginei um universo protector composto de sol e segurança. Sonhei com ir para a terra do nunca onde os estados de espírito assustadores, os pensamentos tenebrosos e as ondas negras simplesmente não existiam. Durante alguns dias, enquanto planeava o meu transporte, via Sam, para um local onde nada de mau alguma vez acontece, quase estive num estado de espírito decente. Conseguia concentrar-me a ler Hegel por mais de um minuto de cada vez.

Não aguentava a ideia de que me ia ser negada esta fantasia de escapar porque a Ruby tinha convencido o Sam a voltar para ela. Não aguentava o frio gélido que se estava a alojar nos meus ossos quando pensava que mais esta tentativa de sair desta minha existência com vida iria terminar em desapontamento. O tempo tornou-se palpável e viscoso. Cada minuto, cada segundo, cada nanossegundo, enrolava-se-me em torno da espinha de modo que os meus nervos se contraíam e me faziam doer. Desapareci no meio da abstracção. Uma narcose autógena criou uma branca no espaço onde antes estava a minha mente. Só quando a Ruby viu o olhar na minha cara, é que ela parou de gritar, viu que eu era mais uma ameaça para mim própria do que para a felicidade dela ou de outra qualquer pessoa.

— O que se passa contigo? — disse ela. — Diz alguma coisa! Diz-me como é que pudeste fazer uma coisa destas?

— Por favor, não me deixes, não me deixes aqui a morrer, não te vás embora, não vás — foi tudo o que eu consegui dizer, dirigido a ninguém em particular.

— O que se passa contigo, Elizabeth? Por que é que não falas comigo? Por que é que não dizes alguma coisa? Por que é que não te defendes?

Eu queria dizer: «Não consigo, desisti, estou perdida.» Queria tanto dizer algo assim mas simplesmente não consegui.

— Tu és louca — exclamou Ruby. — Devias procurar ajuda.

E eu queria dizer-lhe: «Sabes, tens razão.»

Em vez disso, deixei a Ruby perdida em vertigens. O pátio parecia um fantasma. Movi-me pelo meio dele numa bolha de plástico que separava o meu mundo de nevoeiro de tudo o resto à minha volta. Era negro e cinzento e as folhas velhas amontoavam-se sob os meus *mocassins*, lembrando-me daquela velha sensação da minha cabeça a esgaçar-se. Passei por amigos que me disseram olá. Mas eu mal os consegui ver ou ouvir. As vozes deles pareciam estar a vir de outro sítio qualquer, como num filme em que a banda sonora não esteja sincronizada com a imagem. Ou talvez fosse mais como os filmes caseiros, tudo a passar por mim em imagens cortadas e cheias de grão, com o clique-clique-clique do projector a ressoar nos meus ouvidos. Por isso, continuei a andar direita e muito rapidamente, um autómato a seguir um programa.

* * *

Ando na direcção do edifício dos Serviços de Saúde da Universidade. Atravesso as portas de vidro. Atravesso as portas rotativas no lado de dentro. Ainda estou a respirar. Entro numa porta do elevador. Saio por outra porta no terceiro andar. Sigo as setas que dizem SAÚDE MENTAL. *Na direcção da ala ocidental. Peço para falar com um psiquiatra. A recepcionista diz que há apenas um psicólogo disponível. Minutos mais tarde, entro no consultório do Dr. King. Digo-lhe que preciso de ajuda. Muito. Digo-lhe que estou assustada. Digo-lhe que me sinto como se o chão sob os meus pés se estivesse a despedaçar, que o céu está quase a aterrar em cima da minha cabeça. Digo-lhe que me sinto como um arranha-céus de* art déco, *como o Edifício Chrysler, mas as minhas fundações estão a desmoronar, há vidro estilhaçado a cair nos passeios, em cima dos meus pés. Estou a caminhar descalça sobre o vidro partido numa noite muito escura. Estou a entrar em colapso e estou a cair sobre mim mesma. Sou os estilhaços de vidro e sou a pessoa que está a ser ferida por esse mesmo vidro. Estou a matar-me. Estou a lembrar-me de quando o meu pai desapareceu. Estou a lembrar-me de quando o Zachary e eu terminámos tudo no nono ano. Estou a lembrar-me de ser uma pequena criança a chorar quando a minha mãe me deixava no infantário. Estou a chorar tanto, a tentar respirar com dificuldade, não estou a ser coerente e tenho consciência disso.*

O Dr. King dá-me entrada na Enfermaria Stillman por dois dias, onde me deixam descansar, onde me deixam arrefecer as ideias durante algum tempo, de modo a eu ser capaz de voltar a Harvard e de voltar a fazer todas aquelas coisas estúpidas novamente. Bem, na verdade, não era isso que eles tinham em mente. Eles pensavam que esta pausa de actividade me traria uma nova perspectiva. Mas, infelizmente, eu sabia que não era bem assim: esta pausa era apenas um tempo de descontos, uns minutos de descanso, um intervalo. Estar deitada na cama durante alguns dias não me iria ajudar a desencadear a mudança de personalidade que seria necessária para me arrancar do meu bem estabelecido padrão de mapeamento de caminhos de escape, mantendo-me agarrada a eles como vinhas, e depois vendo como estas forças sem vida me afastam de repente, embora eu continue agarrada para salvar a minha vida. Eu sabia que iria encontrar outro Sam, sabia que iria encontrar outra forma de fingir, mesmo que só por um bocadinho, que não me sentia assim tão mal. Era isso que eu fazia sempre. Entretanto, as pessoas em Stillman fortificaram-me para a minha próxima rodada de desgraça, alimentando-me com refeições simples de frango cozido em pratos de esferovite, dando-me um Dalmane à hora de deitar para se certificarem de que eu dormiria o suficiente. Quando já estavam satisfeitos, convencidos de que eu não me ia matar, deixaram-me sair, mas insistiram em que eu devia entrar em terapia, não me podiam deixar sair sem lhes prometer isso. E eu não sabia como contar-lhes da extensão dos meus problemas com o seguro e dos problemas que eu tinha provocado entre os meus pais por causa de dinheiro, que a chatice que seria fazer que alguém pagasse a terapia podia causar mais estragos do que simplesmente prosseguir com a minha vida. Surpreendentemente, o Dr. King concordou em telefonar ao meu pai para fazer os preparativos necessários, de forma a que as consultas fossem pagas pelo centro de acção social dos empregados da IBM sem eu ter de me envolver.

Acho que foi a melhor coisa que alguém alguma vez fez por mim.

Como os rapazes já não chegassem para me confundir, as drogas ainda ajudavam a piorar a situação. O Ecstasy ainda não tinha sido incluído pela DEA[22] em qualquer das categorias ilícitas da agência, de forma que as pequenas cápsulas brancas que pareciam um suplemento vitamínico e tinham o efeito duma bomba de amor de nitroglicerina a rebentar no nosso córtex cerebral ainda eram perfeitamente legais no meu primeiro ano da faculdade. Eu não gostava de erva, não gostava de cocaína, não gostava de beber (embora fizesse tudo isso de qualquer forma), mas o Ecstasy era um doce alívio para mim. Numa viagem com Ecstasy, eu podia estar longe de mim mesma durante algum tempo. No entanto, nunca era tempo suficiente, eu queria sempre mais, desejava sempre que o efeito da droga se prolongasse, pelo menos durante algum tempo, quando o Ecstasy tomava conta da situação, tudo ficava silencioso na parte frontal e ocidental da minha mente.

---

[22] DEA — Abreviatura de *Drug Enforcement Administration*, o organismo que controla substâncias proibidas nos EUA. *(NT)*

Até que as coisas se descontrolaram. Começámos a tomar aquilo com tanta frequência que na faculdade as pessoas começavam a referir-se à Ruby, à nossa amiga Jordana e a mim como as Deusas do Ecstasy. Nas festas, íamos ter com as pessoas que não conhecíamos e dizíamos-lhes maravilhas daquilo. Quando estávamos sob o efeito do Ecstasy éramos as melhores amigas de toda a gente, já não sentíamos as distinções de classe que se sentiam por toda Harvard, já não nos sentíamos pobres e feias. Escapávamos ao largo golfo de circunstâncias que nos separava às três, com as nossas exaustas mães solteiras que se matavam a trabalhar, com as nossas bolsas e empréstimos para estudantes, dos rapazes com quem parecíamos andar sempre emparelhadas, aqueles cujos apelidos eram Cabot, Lowell, Greenough e Nobles. Todos eles pareciam ter andado em Andover e Hotchkiss e estavam em Harvard como legados, como «casos de desenvolvimento» (a expressão de código utilizada pelo departamento que tratava das admissões dos filhos de grandes doadores de fundos), todos eles alunos médios com quem a escola tinha insistido que tirassem um ano de férias antes de entrarem. Porque é que todas nós, miúdas judias urbanas e inteligentes que trabalhávamos como empregadas de mesa e secretárias para podermos pagar as propinas, escolhíamos andar com rapazes para quem as Notas Auxiliares foram inventadas, está para além da minha compreensão. Mas a verdade é que o fazíamos. Era bastante óbvio porque é que eles andavam connosco, porque queriam afastar-se das louras que jogavam hóquei, as raparigas que eles sempre conheceram dos verões em Maine, de expedições na natureza ou da escola preparatória. Mas por que é que nós nos deixávamos arrebatar pelo dinheiro deles e pela cocaína deles é ainda um mistério para mim. Talvez pensasse que aquilo fazia parte da experiência de Harvard. Talvez pensasse que aquilo era o que eu, supostamente, deveria fazer. Talvez parecesse a única conclusão lógica para a desilusão de Harvard: eu tinha passado o meu tempo na secundária a ter boas notas, a editar o jornal e revistas literárias, em aulas de dança, a fazer tudo o resto porque queria entrar numa faculdade boa como Harvard e ficar totalmente mudada. Mas assim que lá entrei de facto, assim que descobri que o ar em Cambridge não fazia vibrar, assim que descobri que era um lugar igual a todos os outros, assim que percebi que os meus colegas não eram encantadores e sofisticados mas simplesmente um monte de hormonas com pernas, como os adolescentes por todo o país, acho que decidi que mais valia passar o meu tempo ali drogada. *Pass the pills and fancy plants / Give us this day our daily trance*[23]. Fosse qual fosse a razão, estranhamente, dei por mim, a rapariga que tinha medo das drogas, porque é horrível desperdiçar a mente, a querer estar passada o tempo todo.

Três dias antes das férias do Inverno, apercebo-me de que cheguei ao fundo do poço quando acordo no quarto do Noah Biddle num domingo de manhã depois de ter tomado Ecstasy na noite anterior. Noah é herdeiro da fortuna de um banqueiro, um rapaz de Andover, na Filadélfia, tão mimado que quando Harvard lhe disse para tirar umas férias antes de entrar como caloiro, ele chegou a contratar um consultor para lhe planear esse ano. Ele toma tanta cocaína que eu comecei a pensar como é que ele vai arranjar uma terceira narina. Eu não gosto muito dele, mas, por alguma razão, faço qualquer coisa para ele gostar de mim, uma tarefa impossível, porque ele simplesmente não gosta. Não paro de pensar que se eu conseguisse conquistar o amor de Noah, sentir-me-ia finalmente como se tivesse, de facto, chegado a Harvard, se eu me ligasse a alguém que faz de tal forma parte integrante deste local, que se sente aqui tão em casa, tão à vontade nesta terra e na sua própria pele de uma forma que eu nunca estarei, talvez que as minas na minha cabeça deixassem de explodir por fim.

Por isso, aqui estou eu, deitada toda nua no tapete da sala de estar da suíte dele, com a cabeça em cima de uma poça de cerveja. Noah está ao meu lado no chão, estamos enrolados um no outro da mesma forma que flores secas e murchas ficam juntas depois de uma semana numa jarra. Na minha exaustão ressequida, mal consigo vislumbrar os destroços de ontem à noite: uma vez que toda a gente fuma e masca pastilha elástica com Ecstasy, há cinzas e pequenos montes peganhentos cor-de-rosa agarrados à mesinha de centro e no chão, porque a sensação de agilidade quando tomamos Ecstasy nos faz, na verdade, extremamente desastrados, há

---

[23] «Passem os comprimidos e as plantas fantasiosas / Dai-nos cada dia o nosso transe», em português. *(NT)*

garrafas entornadas e copos de plástico vazios. Há peças de vestuário por todo o lado, na sua maioria minhas. Mas eu não consigo ver um relógio por entre a névoa das minhas lentes de contacto ressequidas, que eu já devia ter tirado muitas horas atrás, e preciso de saber que horas são porque os meus avós vêm visitar-me e eu tenho de me encontrar com eles no meu quarto um pouco antes do meio-dia. Quando finalmente descubro o meu relógio, vejo que já passa das quatro da tarde, que eles provavelmente já vieram e já se foram embora e que, além disso, eu tenho de entregar um trabalho amanhã no qual ainda nem pensei sequer, sinto uma onda de pânico a apossar-se de mim, que não chega mesmo a entrar em erupção porque o efeito residual do Ecstasy o impede. Mas, algures lá no fundo, sob a anestesia, tenho consciência de que realmente fiz uma grande asneira. Sei que nada é como devia ser, nada nunca é da forma que eu desejava. Se estive a dormir quando os meus avós me vieram visitar, mais valia ficar a dormir o resto da minha vida e sinto-me tão horrorizada que deixo escapar o berro mais alto que alguma vez dei.

Noah levanta-se de repente, assustado com o meu susto, tenta calar-me, diz que as pessoas vão achar que eu estou a ser violada ou assassinada, mas eu não consigo deixar de gritar. Eu tento, mas, simplesmente, não consigo. Ele fica petrificado, desejando nunca se ter envolvido comigo, está a olhar para mim como se eu fosse um tornado ou uma nuvem de poeira do lado de fora da janela, muito para lá do seu controlo, e ele está a rezar para que os estragos causados sejam mínimos. Sendo um betinho drogado veterano, Noah está tão habituado a ver gente a passar-se por causa do ácido no meio dos concertos dos Grateful Dead que sabe como entrar num estado induzido pela adrenalina que lhe permite lidar com a situação. Veste-se, consegue vestir-me a mim, sai comigo pela porta e leva-me para as urgências dos Serviços de Saúde da Universidade, comigo sempre a gritar, ao longo de todo o pátio, com a neve e o frio de rachar.

Noah deixa-me ali, deixa-me com uma enfermeira que me enfia numa sala de observação. Tenho a certeza de que nunca mais o vou ver. Começo a pensar que nunca mais o ver é ainda pior do que o mal que eu me sinto por causa dos meus avós. A enfermeira telefona ao psiquiatra de serviço. Não me deixa sair dali, embora eu não me canse de dizer: «Tenho de ir ver os meus avós, eles estão à minha espera, vamos almoçar, eles têm oitenta anos, vieram cá de propósito de Nova Iorque esta manhã.» A enfermeira explica que, de qualquer forma, é demasiado tarde, que já são cinco da tarde. Mas eu não me canso de dizer: «Têm de encontrar os meus avós.» Eu bem podia ser a Dorothy, batendo com os calcanhares dos meus sapatos vermelhos um no outro, e a repetir as palavras *There's no place like home*[24]. Se ao menos estivéssemos em Oz.

Perguntam-me se eu tinha tomado alguma droga nas últimas vinte e quatro horas e eu digo que não. Depois digo que acho que fumei erva e que snifei coca também, mas que isso foi só para fazer o Ecstasy durar mais tempo. Também admito ter bebido cerveja, talvez uns dois cocktails de vodca pelo meio também. Depois o médico pergunta-me se eu tenho algum problema de abuso de substâncias químicas e tudo o que eu consigo fazer é rir. Rio muito, muito alto, como o riso de uma hiena aos gritos, porque aquilo que me está a passar pela cabeça é que seria bom se o meu problema fosse relacionado com drogas, se o meu problema não fosse toda a minha maldita vida e o facto de as drogas me darem apenas um pequeno alívio. Continuo a rir e a rir, como uma louca, até o médico concordar em dar-me um Valium e me manter, meio deitada na marquesa da sala de observações até eu me acalmar. Talvez passe uma hora. De forma subtil, o Valium acalma a minha histeria até se tornar numa mera indiferença e depois de lhe garantir várias vezes que vou ficar bem, que vou mesmo ficar bem, o médico manda-me embora, dizendo-me para descansar durante as férias de Inverno.

Quando regresso ao meu quarto, deparo com oito mensagens dos meus avós, que tinham telefonado de diversos pontos de Cambridge, dizendo na última que se iam embora. As minhas colegas, que dizem que tentaram telefonar-me para o quarto do Noah durante toda a manhã mas que ninguém respondeu, olham para mim como se eu fosse uma pessoa mesmo horrível. Olham para mim

---

[24] «Não há nada como o nosso lar», em português. *(NT)*

como se eu fosse daquele tipo de pessoas que dorme durante a visita dos seus avós octogenários, depois de eles terem andado mais de oitocentos quilómetros num só dia só para a ver — e, claro está, eu sou exactamente esse tipo de pessoa.

— Talvez devesses tirar uma férias — sugere Brittany.

— O que se passa contigo? Toda a gente enlouquece às vezes, mas como é que pudeste fazer isto aos teus avós, são pessoas tão amorosas, estavam tão preocupados — repreende-me Jennifer.

E tudo o que eu consigo fazer é entrar no meu quarto e rastejar até à cama.

Quanto acordo, depois de um sono induzido pelo Valium que me faz pensar que sou um estupor como o meu pai, telefono ao meu professor de filosofia política (parece correcto a cadeira chamar-se Justiça) e digo-lhe que não consigo entregar o meu trabalho amanhã porque escorreguei no gelo e fiquei com uma contusão. A rapariga que nunca entregou um trabalho fora de tempo, a rapariga que vivia para a pequena quantidade de estrutura que os prazos fornecem para um estado mental a desintegrar-se, parece ter decidido que todas estas coisas boas já não significam nada. Aquela rapariga desapareceu. Ela vai para casa passar as férias do Inverno e nunca mais vai voltar.

O interessante é que nunca houve nenhum prazer, nenhum elemento de festa em qualquer uso e abuso de drogas em que eu estive envolvida. Era tudo tão patético, tão triste, tão psicótico. Eu estava a encher-me com qualquer medicação que estivesse disponível, fazendo o que conseguia para desligar a minha cabeça durante algum tempo. Talvez para o Noah, que era mais ou menos um filho feliz e com sorte vindo de um lar feliz, a cocaína e o Ecstasy tivessem a ver com grandes festas (lembro-me do seu prazer tolo enquanto me ensinava a fumar, a snifar uma linha de cocaína sem a espalhar no espelho, como o Woody Allen faz em *Annie Hall*), mas para mim era tudo desesperante. Nem sequer era um uso recreativo das drogas. Dava por mim, sempre que estava na casa de alguém, a vasculhar armários de medicamentos, a roubar os Xanax e Activans que conseguisse encontrar, na esperança de encontrar narcóticos vendidos apenas com receita médica, como Percodan e codeína, normalmente receitados depois da extracção de um siso ou de outra qualquer espécie de cirurgia. Sob o efeito de Percodan, que não é mais do que um analgésico de dose industrial, eu quase não sentia qualquer dor. Amealhava esses pequenos comprimidos, guardava--os para uma grande emergência de dor, e tomava-os quando já nada me importava muito.

Mas nunca tive dinheiro suficiente ou esperteza adequada às ruas para ter activamente algum hábito relacionado com drogas. Confiava no acaso, nas provisões das outras pessoas, para obter as drogas que andava a tomar. Mas era tudo basicamente em vão: o alívio que eu sentia sob o efeito de drogas nunca era o suficiente. E eu não usava as substâncias como deve ser: muitas vezes tinha ataques que me levavam às urgências e deixavam todas as outras pessoas com quem eu estava a jurar que nunca mais iam voltar a andar comigo, que eu não valia todo o transtorno que dava. Passados apenas dois dias depois de o Noah me ter levado às urgências da Universidade devido ao meu ataque de pânico «pós-Ecstasy», estava de volta à sala de urgências a meio da noite a pedir Thorazine porque tinha fumado tanta erva que me tinha convencido de que o meu pé tinha vida própria, mais ou menos como aquelas pessoas que têm a desordem da personalidade múltipla e cuja mão escreve coisas que a mente desconhece. Até que pensei que as paredes se estavam a fechar à minha volta e enquanto me encontrava deitada na cama, tinha a certeza de que a espada de Dâmocles estava pendurada por cima de mim, tinha a certeza de que se adormecesse, ia acordar morta.

Basicamente, as drogas não eram uma solução para nenhum dos meus problemas. Eu era uma tola com um charro na mão, tão inepta para a autodestruição química que muitas vezes lembrava--me daquela história acerca de o Espinosa estar a tentar matar-se por afogamento mas ter falhado por ter ficado preso na doca. Meu Deus, como eu gostava de estar sã e calma sozinha! Não havia nada de que eu gostasse mais do que ver os meus avós, levá-los a Pamplona, Algiers ou Paradiso ou a um dos outros cafés onde eu costumava passar longas horas pachorrentas a ler, a conversar e a beber cafés duplos para me manter acordada. Gostava muitíssimo de lhes ter mostrado que eu estava bem depois de tudo, que a pequena neta solitária e taciturna que sempre pareceu só ligar aos livros se tinha reconciliado com a vida.

Durante o meu último ano na escola secundária, a minha prima (uma das outras netas dos meus avós) casara-se com um homem de negócios muito influente, celebrara um grande casamento no Windows on the World, e tinha feito com que toda a família ficasse extremamente orgulhosa por ela ter arranjado tão bom partido. Eu sabia que nunca ia fazer nada assim, sabia que me sentia atraída quase sempre por hippies irremediáveis e por outras almas perdidas como eu, mas queria que os meus avós ficassem impressionados com as coisas que sabia fazer: eu sabia escrever, sabia estudar, consegui entrar em Harvard. Fico ansiosa pela visita deles com o mesmo prazer que uma rapariga anteriormente gorda que emagreceu e se tornou numa mulher elegante espera ansiosamente a sua reunião dos dez anos após a formatura. Noah podia ter vindo almoçar cedo connosco — ou, pelo menos, na minha fantasia ele podia tê-lo feito — e muito embora ele não fosse judeu, era um americano do Norte encantador, vindo da Pensilvânia, as irmãs tinham debutado no Nordeste e os meus avós podiam ter regressado a Long Island pensando que eu era um extraordinário êxito académico.

Em vez disso, ficaram simplesmente preocupados, muito assustados, a pensar no que teria sido feito da neta mais nova, que costumava ir a casa deles todos os fins-de-semana em todas as férias quando era pequena porque a mãe trabalhava e o pai dormia e não havia mais ninguém para tomar conta dela. Eles quase me criaram e agora iam ficar a interrogar-se sobre o que teriam feito mal. Não havia nenhuma maneira de eu lhes poder explicar que estava a sofrer de uma séria depressão, que era tão intensa que mesmo quando eu queria sair da minha própria cabeça e dar atenção às necessidades das outras pessoas — como tinha acontecido naquele dia — eu, simplesmente, não o conseguia fazer. Estava a ser consumida pela depressão e pelas drogas que tomava para a afugentar, por isso não havia nada que restasse de mim, nada que fizesse lembrar o eu que sabia agradá-los por algumas horas. Eu estava de rastos.

* * *

Férias de Inverno, tudo o que eu faço é ficar escondida no meu quarto em casa. Acho que até posso estar a passar por alguma fase de afastamento. O semestre tinha sido demasiado tumultuoso. Eu sei que é normal passar por algum período de ajustamento quando se vai para a escola, mas isto não me parece nada normal. Nem sequer posso fingir que todas as outras pessoas têm os mesmos problemas que eu tive porque ainda sou a única pessoa que conheço cuja melhor amiga a perseguiu por Harvard com uma faca, ainda sou a única pessoa que conheço (embora eu tenha a certeza de que há outros assim) que se mudou de uma suíte em Matthews Hall para um quarto sem casa de banho em Hurlbut, citando instabilidade mental como a principal razão pela qual não conseguia viver com as outras pessoas. É verdade, tenho de concordar, que toda a gente na escola tem muitos problemas, mas parecem ter-se todos acostumado à situação e forjaram alguma espécie de paz ainda que imperfeita, qualquer acordo de conveniência que torna a vida mais suportável. Mas não eu. Oh não. Eu serei sempre uma corredora. Estarei sempre a olhar sobre o meu ombro ou, se alguém está a tentar falar comigo, sobre o *seu* ombro, para a próxima oportunidade, o próximo anel de latão ao qual eu me possa agarrar. Só agora, aqui em casa, é que eu posso, finalmente, parar.

Uma noite a minha mãe chega ao apartamento depois do trabalho e entra no recanto escuro do meu quarto, onde eu estive deitada, na mesma camisa de noite de flanela vermelha, desde o dia em que regressei da faculdade. Tenho, na maior parte do tempo, estado a avançar com as leituras para a cadeira de Justiça, surpreendida por verificar até que ponto aquele assunto se pode tornar obcecante, pelo muito que eu posso aprender nos livros *Fundamentação da Metafísica dos Costumes*[25] de Kant, *Sobre a Liberdade*[26] de Mill ou *Uma Teoria da Justiça*[27] de John Rawls. Talvez se eu me tivesse

---

[25] Immanuel Kant, *Fundamentação da Metafísica dos Costumes*, Edições 70, Lisboa, 1986. *(NT)*

[26] John Stuart Mill, *Sobre a Liberdade*, Publicações Europa-América, Mem Martins, [s.d.]. *(NT)*

[27] John Rawls, *Uma Teoria da Justiça*, Editorial Presença, Lisboa, 1993. *(NT)*

limitado a passar mais tempo com os meus livros, o primeiro semestre tivesse sido menos desestabilizador. Talvez se eu conseguir recordar-me de que Harvard é, ao contrário do mito que corre, apenas uma escola — e não, digamos, alguma casa onde a juventude desencaminhada passa o seu tempo — eu pudesse na verdade retirar alguma coisa que valha a pena daquele sítio. Não me tinha eu sempre refugiado no isolamento esplêndido dos meus estudos?

A minha mãe senta-se na cama extra do meu quarto, ainda embrulhada no seu casaco insular forrado a pele como se o frio da rua entrasse ali dentro. Começa a acender as luzes, a carregar no interruptor que liga a luz do tecto, a escuridão do Inverno às seis da tarde é demasiado para ela, e eu não sei se ela compreenderá que o pequeno candeeiro de leitura que tenho estado a usar me dá a quantidade de claridade que eu suporto neste momento. Não sei se ela percebe que eu me estou a esconder.

— Este quarto está nojento — diz ela. — Elizabeth, ou arrumas este quarto ou sais desta casa. Não consigo viver com esta confusão.

«Bem, eu não me posso mexer», quero eu dizer, mas não o faço.

— Mãe, será que não vês que eu estou demasiado deprimida para fazer seja o que for, incluindo limpezas? De qualquer forma, trata-se do meu quarto. O que é que tens a ver com o facto de estar desarrumado?

— É a minha casa e eu não sou obrigada a viver desta forma!

Começa a mexer no cabelo, repuxando os caracóis e enrololando-os nos dedos. Não suporta ver-me neste estado, não consegue aceitar o facto de que a confusão no meu quarto é o menos importante.

— Ouve, Elizabeth, a conta do teu próximo semestre em Harvard acabou de chegar e mesmo com as tuas bolsas e os teus empréstimos continua a ser muito dinheiro.

— Eu sei.

— Sabes? Será que sabes mesmo? Porque eu sempre paguei as tuas contas, sempre me certifiquei de que tu tinhas o que precisavas mesmo que eu não tivesse dinheiro suficiente para mim, por isso, estou certa de que não sabes o valor do dinheiro. A culpa é minha por te ter mimado da maneira que fiz. — Abana a cabeça e consigo ver que ela começou a chorar e penso: «Oh não.» — Se soubesses o valor do dinheiro, tenho a certeza de que não estarias a desperdiçar os teus estudos da forma como tens feito, a passar a vida em festas e lá mais o resto que tu fazes — continua ela, lavada em lágrimas. Começo a interrompê-la para lhe dizer alguma coisa acerca de não ser tão divertido quanto parece, que uma educação superior não é aquilo que pensamos, mas ela abana a mão para me calar. — Olha, eu não sei bem o que é que tu fazes por lá e tenho a sensação de que não quero saber. Mas deixa-me doente ver que só te estás a divertir enquanto eu trabalho que nem uma escrava todos os dias, enquanto eu trabalho tanto e tenho de contar cada tostão para poderes ir para Harvard. E agora vejo que te enviei para lá e tu regressaste um farrapo, e quero saber o que se está a passar! Quero saber, ou então não pago as propinas do próximo semestre.

— Acabaste de dizer que não querias saber.

— Não quero — começa ela a chorar novamente. — É só que eu sinto que trabalhei tanto para te criar bem e fiz tudo sozinha, nunca tive ninguém para quem me virar, e tentei tanto ser uma boa mãe, e depois tu vais para Harvard e parece que todas as coisas boas em que eu te ensinei a acreditar já não te interessam. Não te importas se os rapazes que namoras são judeus e — começa a lamentar-se, a sua face contorce-se de uma forma estranha, como se ela estivesse prestes a ter um ataque — E tomas todas essas... todas essas... todas essas...

— Todas essas o quê? O quê, Mãe? — Chego-me para o pé dela para a abraçar para que ela pare de chorar. Sejam quais forem os meus problemas, os dela parecem sempre mais graves.

— Todas essas drogas — respira com dificuldade. — Oh, Meu Deus, Ellie, eu não aguento. Não a minha bebé. Não consigo ver isto a acontecer-te. Tenho estado tão perturbada. Vais mandar-me para a campa mais cedo.

— Mãe, o que é que te faz pensar que eu tomo alguma droga?

— Porque se não andasses a tomar drogas, não te terias desencontrado dos teus avós no dia em que eles te foram visitar. Tu és das pessoas mais egoístas que eu conheço, e a única pessoa em quem pensas é em ti, mas até tu, até tu não terias simplesmente permitido que os teus avós fizessem o caminho todo até lá para te verem e não te encontrarem. — Mais berreiro.

— Mas, Mãe, eu já te disse que estava na enfermaria porque tinha caído na noite anterior e tinha uma contusão.

Será que alguém acreditou nisto?

— Caíste? É isso que me estás a tentar dizer? Estás à espera de que eu acredite nisso?

Acho que não.

— Escorreguei no gelo. Está frio em Cambridge, muito mais frio do que em Nova Iorque.

— Oh, Elizabeth, pára de mentir. Mesmo que tenhas chegado a cair era porque tinhas tomado alguma droga. — Faz uma pausa para respirar e a sua expressão tem um ar interrogativo e grosseiro, como se ela estivesse a tentar resolver um daqueles extensos problemas de cálculo tão labirínticos que na altura em que encontramos uma forma de o solucionar, já não nos lembramos da pergunta. — Na verdade, eu não faço a mínima ideia do que se passa por lá. Provavelmente não são drogas. Não faço ideia. Não faço nenhuma ideia.

Fico aliviada por ela ter abandonado a hipótese da droga porque não há maneira de alguma vez eu lhe conseguir explicar aquilo. Ainda assim, ela não a abandonou completamente.

— Olha bem para ti — diz ela. — Estás horrível. Todas as outras pessoas vão para fora estudar para a universidade e ganham peso, mas tu estás mais magra do que nunca e isso é provavelmente devido às drogas. Eu até vejo isso aqui em casa, mal comes.

Ela tem razão em relação ao meu peso. Fui para a universidade com um metro e sessenta e cinco e pelo menos cinquenta e quatro quilos; quando me pesei há uma semana atrás já estava com quarenta e cinco, suficientemente leve, lembrei-me, para pertencer ao ballet Balanchine, onde todas as raparigas tinham de ser magrinhas e com a figura de um cisne, onde tantas raparigas estavam a dar em doidas por causa das drogas e da fome. Eu nunca quis ser louca como uma bailarina. Nunca quis ser louca como eu.

— Talvez eu esteja simplesmente deprimida — sugiro-lhe, na esperança de que a verdade nos possa libertar desta conversa infeliz.

— Porquê culpar factores externos como a droga? Estás sempre a dizer que a culpa é do Papá por te ter abandonado, ou que é porque cresceste no centro da cidade. Agora dizes que eu estou neste estado deplorável por causa de Harvard. Por que é que não consideras a ideia de que eu posso estar simplesmente, bem lá no fundo, deprimida. Talvez eu seja assim mesmo. Talvez eu tenha nascido sob a influência de um signo mau. Talvez eu tome drogas para me sentir melhor, daquela espécie que os médicos receitam.

— Talvez — suspira ela. Eu sei o que ela está a pensar: «Por que é que isto nunca é fácil? O seu choro descontrolado acalmou gradualmente até se tornar num queixume resignado. — Os médicos sempre disseram que não havia nada de errado contigo quimicamente, que era tudo emocional. Eles disseram que te podiam curar. — Depois recomeça: — Olha, Elizabeth, eu sei que toda a gente tem os seus problemas, mas nem toda a gente rouba os namorados das amigas, se muda do seu quarto, ou anda constantemente em festas como tu. E ninguém se esquece completamente dos avós quando estes a vão visitar. — Os gritos saíam-lhe por entre as lágrimas. — Em que estavas a pensar naquele dia? Eles são velhotes, já têm mais de oitenta anos. Não sabem o que se está a passar. Não percebem onde tu estavas. São pessoas simples e talvez não sejam perfeitos, e talvez até quisesses ter outras pessoas como avós, talvez desejes ter uma família mais como tu, mas eles adoram-te. Eles adoram-te mesmo. O que se passa contigo? Diz-me!

O que é que eu posso dizer? Estou destroçada, tão destroçada que preferia ser outra pessoa qualquer que não eu. Quem me dera estar morta. Tento pensar nalguma explicação para a minha depressão que faça sentido para ela, mas não consigo imaginar o que poderia funcionar. Nem sequer o consigo explicar a mim mesma. Nem sequer a consigo olhar nos olhos e dizer: «Bem, eu tive uma infância difícil», porque parece uma frase de engate, uma desculpa, uma pedra que eu convenientemente coloquei no meu ombro de forma a poder viver com toda a minha infelicidade. Não é que eu fosse espancada com regularidade, não é que eu tivesse sido educada por lobos, não é que eu seja um caso excepcional: sou apenas uma, de toda uma geração de crianças filhas de pais separados, cujos pais não lidaram muito bem com os seus assuntos pessoais e que cresceram magoadas. Será que a dinâmica familiar é responsável por toda esta confusão? Será que a química do meu cérebro também foi responsável pela depressão? Quem é que sabe por que é que eu fiquei tão errada? Mas o simples facto é que fiquei. Não conseguia sair da cama, não conseguia comer, não conseguia mudar de roupa, nem sequer me conseguia explicar à minha mãe.

— Mamã — disse eu e comecei a chorar mesmo contra a minha vontade. — Mamã, tu não sabes como foi difícil para mim saber que as coisas foram difíceis para ti. Eu odiava ser filha única, por causa de estar tão dependente de ti por o Papá se ter ido embora e odiava a forma como eras tão dependente de mim. Nunca tive oportunidade de ser uma criança. Nunca me pude simplesmente divertir. E tu nunca pudeste gozar o facto de seres mãe. Estavas sempre sob tamanha pressão. Estavas sempre a tentar agradar-me e eu estava sempre a tentar agradar-te. Eu quis sempre ser melhor do que todos os outros na tua família, melhor do que os primos da minha idade, porque sempre senti que não era suficientemente boa para eles porque não tinha um pai como todos os outros. — Choro mais um bocado e ela também. — Mas, sabes, eu era suficientemente boa. Era mesmo. No início, era a melhor rapariguinha em todo este mundo. Não te lembras? Não te lembras de mim? Sabes, eu consigo lembrar-me de mim, mesmo que mais ninguém o consiga fazer. Lembro-me de me esforçar muito e lembro-me de *nunca ninguém me ter dito que eu era suficientemente boa!* Tudo o que eu queria era ser uma criança feliz, mas fui sempre uma pequena adulta, e nunca ninguém me disse que *eu era uma linda menina!*

Estou a começar a divagar e estou também muito envergonhada por ver que ultrapassei o meu objectivo: queria dizer algo que conseguisse iluminar a natureza da minha infelicidade para benefício da minha mãe, mas, em vez disso, eu mesma estou a ser arrastada pelo *pathos*. O que eu estou a dizer parece um discurso num daqueles filmes que podem ter o Tom Cruise como actor principal, um filme que explora todos os elementos das grandes tragédias — a Revolução Cultural na China, a Guerra do Vietname, o Holocausto, um bombardeamento do IRA em Londres — e mesmo assim, perante toda esta desventura genuína capaz de abalar o mundo, todos os problemas do protagonista são apresentados como nada mais do que falta de auto-estima. Filmes como este sugerem que os desastres internacionais podem ser causados ou abreviados por mães que dão demasiado amor ou que não dão amor suficiente, por pais que desaparecem ou aparecem apenas como alcoólicos. Tenho a viva consciência de que enquanto ali estou sentada a falar com a minha mãe, estou a assemelhar-me a um cliché de Hollywood e, ainda sei que muitas das personagens tipo são construídas com base em verdades do mundo real. Eu sei que às vezes aquilo que é pessoal é político, que as pessoas que podiam fazer que o mundo fosse melhor acabam por contribuir para a sua destruição porque são loucos, porque vêm de lares despedaçados. Por isso, limito-me a prosseguir a minha tagarelice.

— Pensei que entrar em Harvard provasse a ti e a toda a gente que eu era suficientemente boa — continuo eu. — Pensei que se conseguisse entrar em Harvard, todos diriam por fim: «Ela está bem, ela é uma boa miúda.» Mas agora estás para aqui a gritar comigo e em breve a tua irmã vai telefonar e gritar comigo por causa do que eu fiz à avó e ao avô e toda a tua família vai dizer que eu sou uma miúda horrorosa, mas entretanto eu estou a esforçar--me muitíssimo. Estou a esforçar-me tanto. A esforçar-me tanto. A esforçar-me...

Neste momento a minha mãe já está histérica, eu estou histérica, estamos enroladas nos braços uma da outra, a minha mãe ainda com o seu pesado casaco vestido, eu ainda nesta camisa de noite de flanela que parece ter-se tornado numa segunda pele.

— Tudo o que eu quis era que tu e todas as outras pessoas me amassem da forma como eu sou — sussurro para a gola de pele, sem me importar que ela não ouça, também já não sei por que é que continuo a falar. — Mas, neste momento, eu simplesmente odeio toda a gente. Não me importo com mais ninguém porque estou tão cheia de ódio.

— Oh, Ellie, eu sei — diz a minha mãe. — Eu sei. E tenho tanta pena.

6
ALEGRES COMPRIMIDOS

People like us, who believe in physics, know that the distinction between past, present, and future is only a stubbornly persistent illusion.

(As pessoas como nós, que acreditam na física, sabem que a distinção entre o passado, o presente e o futuro é apenas uma ilusão teimosa e persistente.)

ALBERT EINSTEIN

Harvard, na sua sabedoria infinita, destinou, a seguir a duas semanas de férias, uma semana de leituras e três de exames finais, o que significava que não havia nenhuma razão para fazer qualquer trabalho durante o próprio semestre. Podia ser tudo guardado para essas seis semanas acumuladas de corda com a qual se podia enforcar o que sobrasse da nossa mente depois de todo aquele nada, de todos aqueles dias sinuosos em Cambridge ocasionalmente interrompidos por aulas. Claro está, depois de umas férias que representaram a minha versão de prisão domiciliária, regressei à faculdade, a mesma de sempre. Mesmo nos meus piores momentos em que me refastelava no meu quarto, sabia que, no final, voltaria à faculdade, faria os exames, teria boas notas e atravessaria o segundo semestre. No fundo, sempre fui uma negociante desonesta, sempre fui capaz de andar com as minhas feridas cuidadosamente escondidas em segurança e sempre armazenei os meus episódios profundamente depressivos para as semanas em que havia tempo para ter uma versão abreviada de um total esgotamento nervoso. Porém, no final, acabaria por ser capaz de avançar com tudo, conseguiria fazer sempre o pouco que tem de ser feito para sobreviver.

Uma certa noite, durante o meu período de exames em Harvard, depois do jantar, estava sentada no meu quarto a tentar concentrar-me a sério na *Odisseia*[28] sem grande resultado. Eu sei que devia ter sido uma leitura divertida, um épico psicadélico cheio de Sereias e Comedores de Lótus, romance na ilha com Calipso e pobre Penélope a ter de fazer e desfazer no seu tear, a manter longe os seus perseguidores, à espera, à espera e à espera, o avatar da virtude feminina, que o seu querido, o impertinente Ulisses, regressasse a casa. A *Odisseia* era um daqueles livros que toda a gente adorava, todos pensavam que era muito melhor do que A *Ilíada*, que era só acerca de soldados, campos de batalha e machos em luta por uma posição no pódio, mas todas aquelas voltas ao mundo da antiguidade não eram capazes de me despertar o mais ténue interesse. Os meus pensamentos não paravam de fugir para outro lado qualquer. Ficava espantada com a forma como eu conseguia ir para casa e ler calmamente durante duas semanas — até ser capaz de escapar ao meu baixo astral e à minha profunda tristeza através da concentração árdua nos livros — mas agora, de regresso à universidade, as minhas perturbações voltavam. Todo o meu corpo vibrava, o meu coração disparava e a minha mente ia passear pelo mundo para lá do meu quarto, onde eu tinha a certeza de que todos os meus amigos se estavam a divertir e a sentir completamente aliviados por não me terem por perto.

E não era só porque de cada vez que eu ficava pedrada acabava nas urgências, normalmente arrastando uma impotente e inútil comitiva comigo. Mesmo quando eu me encontrava bem, continuava a ser uma maçada: a minha presença criava uma tensão que perturbava o clima descontraído que marcava os rituais associados às festas dos betinhos. Nunca era o suficiente para mim ir a uma

---

[28] Homero, *Odisseia*, Publicações Europa América, Mem Martins, 1994. *(NT)*

festa e gozar da companhia, nunca era o suficiente jogar *quarters*[29] ou qualquer outro jogo tolo que envolvesse bebida. Tinha de haver mais, algum sentido, alguma promessa grandiloquente de redenção e não me importava quem é que deitava ao chão durante a minha demanda. Parece que o meu comportamento era tão perturbador que por fim o Noah teve de dizer que me amava perdidamente, que gostava mesmo muito de mim, mas eu só podia estar no quarto dele se prometesse ficar sentada calmamente a ouvir música sem tomar drogas. Mas o quarto do Noah não era mais do que um antro de ópio. Não havia qualquer razão para lá estar sóbria.

Por isso, tentei ficar no meu quarto e ler como devia. Mas não conseguia ler nem mais uma página. O tema do pai ausente na *Odisseia* deve ter tido algum efeito subliminar em mim, porque eu peguei no telefone e marquei o número do meu pai na Florida. Ele tinha adquirido uma linda quintinha branca, daquela espécie de casa com chão em tijoleira, pequenos tapetes, mobília em verga e almofadas em tons de pêssego e espuma do mar e uma piscina com o formato de um rim no jardim que dava para o canal. A vida não andava a tratá-lo mal desde a sua partida. Na verdade, era impossível não reparar que a vida se tinha tornado muito melhor no decurso dos quatro anos desde que afastara do seu dia-a-dia quaisquer relações comigo e com a minha mãe. Detestava-o terrivelmente pela sua calma, pelo luxo, pela capacidade de viver o sonho que todos temos: que se ignorarmos os nossos aborrecimentos eles acabarão por desaparecer. Apesar das suas tentativas de me dizer, em várias alturas ao longo dos anos depois de se ter ido embora, que tinha partido porque uma parte da sua mente estava absorvida com preocupações comigo, que havia uma parte de mim que nunca deixava a sua vida consciente, não acreditei nele. Eu era tão fácil de esquecer.

Desde que o meu pai se tinha ido embora, eu e ele tivemos uma espécie de reconciliação bianual, mais ou menos da forma como as lojas fazem saldos duas vezes por ano: as multidões dirigem-se em

---

[29] *Quarters* — jogo que implica fazer entrar uma moeda num copo estreito e alto. *(NT)*

magotes para as lojas cheias de esperança, e quando lá chegam descobrem que os restos que sobram não valem nada. Juntávamo-nos com a melhor das intenções, eu jurava sempre a mim mesma que o ia perdoar por me ter abandonado, enquanto ele prometia a si mesmo que não deixaria a culpa apossar-se de si. Tínhamos algumas conversas agradáveis e depois eu não voltava a saber nada dele durante uns seis meses. E voltávamos a passar novamente por todo aquele trauma emocional de *tu és um pai terrível / a tua mãe fez que fosse impossível eu ficar.*

Passou-se um ano desde que o meu pai se mudou para a Florida antes que ele me telefonasse. Tinha vindo a Nova Iorque por uma razão qualquer e por acaso encontrou a minha mãe, pasme-se, no Bloomingdale's, e então telefonou-me. Fiquei excitadíssima por ouvir notícias dele porque ninguém, nem mesmo a minha avó, me tinha dito para onde ele tinha ido e eu tinha-me convencido de que ele tinha deixado o país, de que tinha aterrado nas Ilhas Caimanes ou na Argentina ou noutro sítio onde as pessoas más se costumam esconder. Tinha imagens dele a jogar póquer com Josef Mengele. Descobrir que ele ainda estava em solo americano, num sítio para onde a Delta e a United voavam, ainda num indicativo telefónico que eu podia marcar directamente, fez as suas más acções parecerem menos sinistras, menos globais e mais pessoais. Não sei por que motivo fiz esta distinção bastante trivial, mas a verdade é que a fiz, talvez porque era conveniente, talvez porque queria perdoá-lo. *É claro* que eu o queria perdoar: ele era o meu pai, o único que eu tinha, e parecia-me que ter um pai e uma mãe era uma espécie de direito inalienável. Por isso ele apareceu à porta da minha escola secundária para me levar a jantar numa certa noite, fizemos as pazes, abraçámo-nos e beijámo-nos muito, falámos imenso e depois ele voltou à sua feliz quinta à beira do canal e desapareceu novamente.

Contudo, umas semanas antes de eu partir para a faculdade, finalmente fui visitar o meu pai na Florida, passei um fim-de-semana prolongado ao sol na piscina, fiz viagens a Coconut Grove e a Calle Ocho, fiz as coisas que eu achava que os pais e as filhas supostamente fariam juntos. Até falei muito com a minha madrasta, disse-lhe que a forma como ela se tinha recusado a falar comigo

141

quando eu era pequenina me tinha magoado muito, disse-lhe que era doloroso ter seis anos, estar sentada no mesmo sofá que ela, a ver o mesmo episódio do *Caminho das Estrelas* e ouvi-la falar apenas com o meu pai, recusando-se a aceitar a minha presença. E ela admitiu que odiava a minha existência, confessou todos os seus pecados, disse que estava arrependida de me ter confundido com a minha mãe, arrependida por odiar o facto de o meu pai ter uma família completa antes de ela aparecer, e eu acho que demos passos importantes na direcção da reconciliação. Divertimo-nos muito. Até achei que eu e o meu pai tínhamos chegado a alguma espécie de marco nas nossas vidas, que era possível sermos novamente unidos. Até cheguei a escrever um artigo acerca disso para a revista *Seventeen*, discorrendo com grande optimismo acerca de como nos tínhamos reunido após anos de falta de compreensão e de raiva. Pensei que ia ser óptimo.

Depois ele e a minha madrasta, numa nova tentativa de estabelecer uma relação bilateral, vieram ver-me à faculdade no Outono. Ele trouxe a *Nikon* dele e tirou-me fotografias com todos os meus amigos em frente ao Edifício Matthews, em frente à estátua de John Harvard e em frente à Biblioteca Widener. Veio comigo assistir a uma aula de Justiça e fingiu estar interessado na discussão neokantiana do Professor Sandel, na qual ele defendia que uma cidade no Minnesota que queria banir a pornografia devia poder substituir a Primeira Emenda e assim por diante. Ele bebeu um *cappuccino* e comeu sanduíches *medianoche* comigo no Pamplona e deixou-me apresentá-lo aos meus vários amigos e conhecidos enquanto eles saltavam de mesa em mesa e se dedicavam à má-língua pelo pequeno café. Ele agiu como um pai orgulhoso a visitar a sua querida filha na faculdade. Comportou-se como se fôssemos normais: dêem-nos as roupas certas e nós podemos desfilar para J. Crew.

Mas a única coisa que me passava pela cabeça era: «Quem raio pensa este homem que é? Desaparece da minha vida há quatro anos — quatro anos miseráveis de insanidade e depressão — e agora que estou em Harvard parece estar tudo bem. Ele acha que pode simplesmente aparecer aqui, tirar algumas fotografias à sua filhota perfeita da Ivy League como se as coisas más não tivessem acontecido. Onde raio estava ele quando eu mais precisei?»

Jurei que nunca mais ia voltar a falar com ele. Jurei que a ideia de que eu o podia perdoar, de que podíamos voltar a ser unidos, era apenas um daqueles sonhos, como a ideia de que eu ia entrar em Harvard e depois tudo seria perfeito. O ódio apossou-se de mim e eu não me consegui conter. Queria tanto esquecer o passado, mas ele simplesmente não desaparecia, estava agarrado a mim como uma ferida aberta que se recusava a sarar, uma janela aberta que força alguma conseguia fechar. Lembrei-me do que aprendi acerca do efeito Doppler em ciências, na escola secundária, acerca da reacção paradoxal entre o som e o espaço que faz que uma fonte de ruído se torne cada vez mais alta à medida que nos afastamos dela. E era assim que tudo isto me parecia naquela altura: o ruído da raiva que eu sentia do meu pai era ainda mais intenso agora que os problemas reais supostamente estariam a retirar-se para o passado.

Nada na minha vida parecia desaparecer ou tomar o seu lugar correcto entre o panteão de experiências que constituíam os meus dezoito anos. Estava ainda tudo comigo, o espaço de arrumação no meu cérebro cheio de memórias vívidas, cheio até ao tecto como fotografias e vestidos velhos na cómoda da minha avó. Não era apenas a louca no sótão — eu era o próprio sótão. O passado estava sobre mim, sob mim e dentro de mim.

O que eu pensava, de cada vez que me lembrava do meu pai, de cada vez que o nome dele vinha à baila, era simplesmente: EU QUERO MATAR-TE. Queria ser mais madura, mais razoável, queria ter um coração imenso que perdoava e conseguia conter toda esta raiva e ainda arranjar espaço para o amor benigno e piedoso, mas eu não tinha estrutura para isso. Simplesmente não tinha.

Ainda assim, naquela noite durante os meus exames finais, marquei o número dele, carregando nos dígitos no telefone, da forma como um bumerangue sempre regressa ao sítio donde partiu. Era um hábito estranho a que eu normalmente voltava de cada vez que me sentia só, deprimida e certa de ter levado os meus recursos completamente à exaustão — isto é, eu não conseguia encontrar outro homem com o qual ficar obcecada. Telefonava ao meu pai, a pensar que me faria sentir melhor. Enquanto estava ali sentada no frio chão de madeira, a ouvir o toque do telefone, sentia-me totalmente agitada, levada ao limite, a odiar toda a minha vida, a odiar o meu pai e só queria dizer-lhe, de uma vez por todas, como nunca tinha feito antes, o quanto o odiava.

Telefonei a pagar no destinatário.

— Olá, Elizabeth. O que se passa? — perguntou ele, após aceitar a chamada.

— Exames, sabes como é, tenho estudado muito. Nada de anormal. E tu?

— O mesmo de sempre, vou trabalhar, trabalho o dia todo, venho para casa, vejo televisão, leio ou outra coisa qualquer.

— Oh. — Um silêncio tenso. Não sabia o que havia de dizer mais, por isso achei por bem mencionar algum assunto financeiro. — Hum, Pai. Olha, tenho estado a pensar, chegaste a receber aquelas contas do médico que eu te enviei? Sabes, aquelas do tratamento psiquiátrico de que eu necessitei no Outono quando tudo estava a correr mal com aquela gente toda e tudo o resto. Lembras-te?

— Sim, recebi.

— Bom, mas, sabes, eles continuam a cobrá-las, porque acho que tu ainda não as pagaste e, hum... naquela altura, segundo me lembro, tu disseste que pagarias. Quero dizer, acho que até fizemos alguma espécie de acordo através do Dr. King, algo como tu levá-las imediatamente às pessoas que tratam do seguro no teu emprego e deixá-las tratar do processamento. Lembras-te de teres prometido fazer isso?

— Naquela altura prometi. Mas agora não o vou fazer.

— Mas, Pai, tu prometeste. — Começo a pensar: «Oh Meu Deus, eu sei que telefonei para provocar uma briga, mas não pensei que começasse tão cedo. Estava à espera de pelo menos um bocadinho de conversa fiada. Por que é que ele já me estava a chatear com uma coisa que era tão fácil para ele? Tudo o que ele tinha a fazer era assinar dois formulários por mês e toda esta discussão seria evitada. Por que é que ele insiste sempre em fazer uma tempestade num copo de água? Lidar com ele era como lidar com um burocrata de baixo nível, cujo único controlo ou poder ao seu alcance era dizer *não* às pessoas que vinham ter com ele, as pessoas que estiveram horas à espera numa fila, pessoas que não eram parte da razão de ele ser tão insignificante e impotente, pessoas que eram, também elas, insignificantes e não tinham qualquer poder. Meu Deus, o único contacto que o meu pai tinha com a paternidade era a capacidade de se recusar a dar-me aquilo de que eu precisava.

Merda para tudo isto. Merda para ele. Não acredito que tenho de continuar com esta conversa.

— Papá, eu lembro-me distintamente de tu dizeres que o teu seguro cobria noventa por cento das despesas de qualquer forma, por isso tu irias pagar a conta. — Tinha começado a consultar um psicólogo no Outono, precisamente porque o meu pai, por intermédio do Dr. King, concordara em pagar as contas. Se ele não o tivesse feito, eu não teria começado a ir às consultas, e agora o custo já ascendia a milhares de dólares, dinheiro que eu não tenho.

— Papá — queixei-me eu —, tu disseste que ias pagar. Eu só comecei a terapia porque tinha uma promessa da tua parte. Caso contrário, nunca o teria feito.

— Eu disse isso naquela altura. E fiz uma promessa. Mas tu não cumpriste a tua — retorquiu ele. — Tens-te limitado a ser fria e desagradável para mim desde a nossa visita.

Senti a raiva a crescer dentro de mim, a absorver tudo e a espalhar-se como uma mancha de chá num pano branco.

— Com quem pensas tu que estás a falar, Pai? — gritei-lhe.
— Por que espécie de idiota me tomas? — Comecei a bufar de raiva.
— Como é que te atreves a dizer-me que eu fui fria e desagradável contigo, quando foste tu, e não eu, que desapareceste sem deixar rastro há quatro anos. Mas que raio de conversa é a tua?

— Elizabeth, ouve...

— Não, não, não. Merda. Porra para isso tudo. Por uma vez na vida, tu ouve-me. Porque durante quatro anos, tu tens vindo a desaparecer da minha vida vezes sem conta, e depois voltas com desculpas e mais desculpas, dizendo que os advogados te aconselharam a partir, e que a Mãe te afastou e que tu não tiveste outra hipótese. Por isso, ouve-me só desta vez. Porque eu sei que de cada vez que tu voltaste, eu fui simpática porque tu és o meu pai e eu adoro-te e queria ter um pai como todas as outras pessoas tinham...

Comecei a chorar. Não dei por isto estar para acontecer. Sem pressa, sem aviso. De repente, tinha a face molhada e a minha voz passava de um grito a um queixume.

— Eu queria ter um Pai como todas as outras pessoas. Só queria ser normal. Só queria o meu papá de volta. Nunca lutei contigo. Nunca te disse o quão zangada estava por tu teres partido. Nunca fui fria nem desagradável porque eu não queria que te fosses embora outra vez. E estava sempre na esperança de que voltasses novamente, porque todos os meus amigos tinham pais, e podiam dizer que os pais eram advogados ou homens de negócios ou fabricantes de roupa, mas eu nunca soube onde tu estavas ou o que tu fazias, e, em vez de ficar zangada contigo, só queria que voltasses a ser o meu papá novamente.

— Elizabeth, ouve...

— Não. Não vou ouvir nada. Porque por uma vez na vida tu vais ouvir na cara e aperceberes-te do monstro que foste! Apenas por esta vez vais deixar de deitar as culpas para cima de todas as outras pessoas e deixar de me fazer sentir mal e limitares-te a ouvir que a verdade é que tu és um pai horrível e egoísta e que partiste porque és irresponsável.

Agora começou ele a chorar.

— Elizabeth, achas que eu não sei disso? Achas que não tenho sofrido estes anos todos por não ter podido viver contigo por eu e a tua mãe nos termos divorciado e depois não te poder ver por estar tão longe? Achas que não foi difícil para mim também? E eu paguei. Ah, se paguei, porque parece que perdi para sempre a rapariga que a minha filha foi em tempos e que eu amava.

— Palavras — retorqui eu. Parei de chorar. — Não passam de palavras. Raios te partam! Devias saber que as acções valem mais do que as palavras. Mas acho que quando as pessoas estão assim tão mal, as palavras são tudo o que lhes resta.

— Elizabeth, não sei o que dizer. — Ele estava com dificuldade em respirar. — Deves saber que tudo isto também deu cabo de mim.

— Bem, talvez — continuei eu. — Mas tu pudeste escolher. Se não conseguias lidar com o facto de teres um filho, nunca devias ter tido nenhum. Não pedi para nascer. Foi o que me calhou na rifa.

— Eu sabia que isto era uma coisa muito manipuladora de se dizer mas não me importei nada com isso.

— Elizabeth, estou preocupado contigo — disse ele, como se isso fosse apaziguar a minha fúria. Eu nunca tinha chorado tanto. — Elizabeth, está tudo bem contigo aí? Vais ficar bem?

— Ora, merda para ti! Pára de tentar mudar de assunto. Pára de te preocupares se eu estou bem agora. É claro que não estou. Mas também não estava bem antes. E tu não te importaste antes, por que é que te irias importar agora? Não te ia custar um cêntimo fazeres-me este favor e ajudares-me a pagar a terapia. Quer dizer, obviamente eu precisava de ajuda no Outono e continuo a precisar agora. A única forma de eu alguma vez ser capaz de voltar a ter alguma relação contigo é se tiver ajuda. E a tua resposta a tudo isto é não pagar as minhas contas médicas, embora não te custasse nada fazer isso. Será que isso te parece digno de um bom pai?

— Elizabeth, tenho muita pena.

— Tu tens sempre pena — gritei eu. — Em vez de estares sempre a ter pena, por que é que não te limitas a sentir-te feliz com a tua pessoa desprezível?

— Mas eu não vou pagar essas contas. São da responsabilidade da tua mãe, conforme o nosso acordo de divórcio.

— Oh, por favor, Pai. — Mais soluços. — Eu podia estar aqui a morrer, a dar em doida, a matar-me e tu continuavas aí a dizer que é da responsabilidade de outra pessoa qualquer ajudar-me quando tu és a única pessoa que o pode fazer. A minha mãe já está sobrecarregada com os pagamentos das propinas. Mas isto é a mesma história de sempre. Isto é horrível.

— Elizabeth, eu não sei o que dizer. — Ele continuava a chorar. — Olho para trás e vejo que cometi tantos erros e sinto-me impotente. Não sei como corrigir o que já se passou.

— Podias começar por pagar o tratamento psiquiátrico que eu tive no Outono para talvez eu agora poder recorrer novamente a ajuda, para eu poder lidar com toda esta raiva que sinto por tua causa.

— Não vou fazer isso — insistiu ele. — Já te disse que é da responsabilidade da tua mãe.

— Oh, Meu Deus, Pai. desisto. Não consigo ouvir mais isto.

— O que é que é suposto eu dizer?
— Tenta. Até sempre. Porque para mim isto é o fim.

Anos mais tarde, quando penso nesta conversa, lembro-me, como um sábio disse durante os julgamentos parricidas dos irmãos Menendez: *Sempre que os teus filhos te matam, tu tens pelo menos parte da culpa.*

Numa noite de sábado em Maio, tomo Ecstasy com a Ruby para celebrarmos um triunfozito qualquer: a certa altura tínhamos decidido que só tomaríamos Ecstasy se tivéssemos uma razão melhor do que estarmos deprimidas e aborrecidas — e acabámos por baixo de uma mesa numa festa no edifício Advocate, a juntar os atacadores das pessoas e a vê-las tropeçar. Pensámos que isto era a coisa mais engraçada que alguma vez tinha acontecido até que, de repente, começou a ficar muito quente, abafado e claustrofóbico e tivemos de sair dali. Era assim que as coisas se passavam sob o efeito do Ecstasy: todo o impulso se tornava rapidamente num imperativo, tudo o que podia dar cabo do nosso divertimento tinha de ser destruído, abandonado, silenciado imediatamente. Por isso fomos para a piscina da Adams House, uma criação de decadência *art déco* cheia de gárgulas de pedra, de azulejos brilhantes e de janelas com vitrais que se assemelhavam à nossa ideia do Paraíso. Bem tarde, à noite, após termos estado em vários sítios, a Ruby e eu recolhíamo-nos ao azul balsâmico da piscina, sentávamo-nos no chão e ficávamos ali como mortas.

Naquela noite falámos e falámos, palrámos sob o efeito do Ecstasy incoerentemente até vermos o sol começar a espreitar sob os vitrais. De repente, como tudo o resto na minha vida que me parecera catastrófico e inesperado, a humidade começou a incomodar-me. Começou a incomodar-me muito. Eu estava certa de que iria sufocar. Queria perguntar à Ruby se alguém tinha morrido por causa do vapor, da precipitação ou do fumo ou do que quer que fosse que me estava a fazer sentir como se estivesse presa num raio duma nuvem. O meu vestido de lã verde fazia-me tanta comichão na pele suada que comecei a pensar se teria pulgas ou qualquer outro parasita a rastejar-me pela pele e lembrei-me de que o correcto a fazer seria colocar verniz transparente no corpo todo para sufocar as criaturas. Mas ali, naquela sala de piscina abafada, lembrei-me de que era eu quem estava a sufocar.

Levantei-me e fiquei a olhar para a água azul-esverdeada e completamente calma. Pareceu-me ter estado em pé a olhar para a piscina durante várias horas, quando, na realidade, foram apenas alguns minutos. Comecei a pensar que, se calhar, eu gostaria de cair naquela água e afogar-me. Morrer como um Rolling Stone, como Brian Jones. Morrer na piscina e deixar o meu corpo flutuar até à superfície como o cadáver do William Holden na cena inicial de *O Crepúsculo dos Deuses*. Ficar muito entusiasmada como a Natalie Wood ou afogar-me deliberadamente como a Virginia Wolf. Morrer jovem. Morrer elegante.

Jesus Cristo. Será que estava com medo de sufocar até à morte ou estaria eu mais ou menos a desejar que isso acontecesse?

E quantas vezes por dia as fantasias de morte entravam nos meus pensamentos? Tantas vezes tinha eu já planeado o meu próprio funeral, sabendo com toda a certeza que qualquer morte com a minha idade seria considerada uma tragédia, certamente merecedora de uma notícia de página inteira numa qualquer publicação, talvez no *Boston Phoenix* ou no *New York*, onde eu tinha estagiado durante o meu último ano na escola secundária. Sabia perfeitamente o que a notícia diria: ela era tão cheia de potencial, Harvard, dançarina, escritora, blá blá blá. Depois o repórter tentaria descobrir o que é que aquele acontecimento revela acerca da nossa sociedade, quando uma jovem promissora com tantas opções escolhe matar-se. Estava a ver tudo: a minha vida ficaria repentinamente imbuída de toda a espécie de simbolismos e significados que simplesmente não tinha enquanto eu estava neste mundo. Enquanto estivesse viva, estaria a olhar especada para piscinas ao nascer do dia, vazia e dorida.

Mas, claro está, eu sabia que ia continuar viva. Sabia que, mesmo que saltasse para dentro da piscina, não teria a coragem de me afogar, embora já tenha ouvido dizer que se resistirmos à necessidade natural de vir à tona para respirar, o afogamento é o método menos doloroso que há para morrer. Com dor ou não, eu iria andar num sonho suicida o resto da minha vida, sem chegar realmente a fazer alguma coisa para resolver o problema. Será que havia algum termo psicológico para aquilo? Haveria alguma doença que contasse entre os seus sintomas um intenso desejo de morrer, mas nenhuma vontade de o levar para a frente? Será que falar e pensar no suicídio seriam considerados uma doença particular, uma subcategoria da depressão, na qual a perda da vontade de viver ainda não foi substituída por uma determinação em morrer? Em todos os panfletos que nos dão nas instituições de saúde mental onde listam os dez ou doze sintomas que indicam uma depressão clínica, «ameaças de suicídio» ou, simplesmente, «falar em suicídio» é considerado sinal para alarme. Penso que a questão é que aquilo que um dia é só conversa pode tornar-se um facto no dia seguinte. Por isso, talvez após anos destes sentimentos germinais, destes pensamentos crus, destes momentos dispersos, em que dizia que desejava estar morta, por fim, também eu, mais cedo ou mais tarde, acabarei por sucumbir à vontade de morrer. Entretanto, podia retirar-me para o meu quarto, podia esconder-me e dormir como se estivesse morta.

Passo os dias seguintes num estado virtualmente comatoso, encomendando comida a um *take-away* nos raros momentos em que tenho fome. A Ruby veio visitar-me visto eu não atender o telefone. Hadley, uma das raparigas que tinha um quarto no mesmo andar do que eu em Hurlbut, que estava a começar o primeiro ano pela segunda vez depois de se ter atrasado devido a uma tentativa de suicídio e uma estadia em McLean, deixou-me um cartão que dizia: «500 000 viciados em heroína não podem estar errados.» Foi a única gargalhada que dei em muito tempo. Entrei em pânico por causa de um exame que tinha na quarta-feira, mas depois apercebi-me de que estava em Harvard, a universidade com um sistema de desculpas para todos os fins, por isso não havia motivo para me preocupar. Naquela manhã fui ao Centro de Saúde Hospitalar e ali permaneci durante o teste, alegando problemas mentais. Tudo o que eu tinha a fazer era assinar na linha ponteada (o pessoal nunca diz não a ninguém que queira faltar a um exame por algum motivo, porque da última vez que o fizeram, o tipo matou-se). Quando expliquei à enfermeira-estagiária que tomou conta do meu caso que andava há algum tempo em terapia mas que tinha ficado sem dinheiro e estava novamente de rastos, ela aconselhou-me a ir falar com um conselheiro de gestão de crises no Centro de Saúde Hospitalar para me ajudar a resolver os meus problemas mais imediatos.

— A saúde mental é no terceiro andar — indicou-me ela.

— Eu sei onde é. — Acenei com a cabeça. — Acredite, eu sei bem onde fica.

Quando cheguei lá acima, fiquei espantada com a familiaridade do local, com a forma como eu já estava acostumada às revistas (*The Saturday Evening Post, National Geographic* e outros periódicos que nem sequer os malucos gostariam de ler) e as cadeiras de plástico cor-de-laranja-vivo na sala de espera. Ao fim de algum tempo, fui chamada por uma médica que se encontrava de serviço naquela manhã. Na porta dela dizia: DOUTORA HANNAH SALTENSTAHL. Ela sentou-se numa cadeira rotativa ao lado da grande mesa de madeira, enquanto eu me instalei num sofá em frente a ela. A sala estava cheia de plantas, pósteres, pinturas e tapeçarias da América Central, que deviam, supostamente, torná-la menos anti-séptica e mais acolhedora. Eu estava habituada aos consultórios dos terapeutas depois de tantos anos a entrar e a sair deles. Tinham todos o mesmo aspecto. A decoração que devia exprimir individualidade e conforto era, na realidade, o aspecto universal do consultório de psiquiatria.

Comecei pelo início. Contei-lhe acerca da minha mãe e do meu pai, acerca de vir para Harvard e do que isso significava para mim, contei-lhe da minha escrita. Contei-lhe, fundamentalmente, que era uma pessoa cheia de sorte, que a minha vida era maravilhosa no papel, mas que tinha estes episódios de depressão sem qualquer razão, nas alturas mais inesperadas, alturas em que eu devia estar feliz. Contei-lhe acerca da onda negra, de como a impressão era literalmente física, de que aquela sensação era palpável, como se eu tivesse bebido uma garrafa de tequilha, tomado uma porcaria qualquer e perdido a cabeça, que tinha a certeza de que era químico. «Queria drogas psicotrópicas», pedi-lhe eu. Queria que ela me receitasse alguma coisa que fizesse que as ondas de infelicidade parassem. Queria travar a onda negra.

— Elizabeth — declarou ela. — Não há comprimido no mundo que te faça sentir melhor. Não temos forma de avaliar se tens qualquer tipo de deficiência ou não. A forma como diagnosticamos doenças mentais às pessoas é puramente anedótica, e depois receitamos medicamentos que acreditamos que se adeqúem melhor ao paciente por tentativa e erro. Uma vez que não existe qualquer teste sanguíneo para detectar a depressão ou a esquizofrenia, temos de descobrir o que funciona o melhor que conseguirmos. Vejo pela tua ficha que já cá vieste várias vezes este ano. — Disse isto enquanto olhava para as páginas verdes e azuis que pareciam constituir a minha ficha. — Por isso, adoraria poder ajudar-te se puder. Mas garanto-te que pelo que me contaste e pelo que eu estou aqui a ler, o teu problema não é químico.

— Mas não haverá algum medicamento que eu possa tomar para deixar de me sentir infeliz nas alturas mais inesperadas? — perguntei eu.

Estava pronta para gritar: «Dê-me lítio ou dê-me a morte!»

— Quer dizer, tenho todas as razões para estar feliz e não estou e parece-me que devo ter alguma deficiência química. Não é normal ter estas sensações todas sem nenhuma razão. E também tenho violentas alterações de humor. Num minuto estou esfuziante e no minuto seguinte estou inconsolável. Talvez eu seja uma maníaco-depressiva como a Anne Sexton, a quem não lhe diagnosticaram nada até ter bastante idade, quando o lítio podia ter ajudado desde o início. — Estava à espera de que ela dissesse: «Tu não és a Anne Sexton», mas ela não disse e, por isso, eu continuei. — Eu só não queria, Dr.ª Saltenstahl, só não queria ter um fim trágico, acho que é nessa direcção que eu me estou a dirigir e preciso de ajuda.

— Olha, Elizabeth — exclamou ela e o tom da sua voz dizia-me: «A minha paciência é infinita e inexorável e, no entanto, ainda assim é, estranhamente, limitada, por isso ouve-me e entende o que eu te estou a dizer.» — Não é atípico na tua geração procurar uma cura química para tudo. Não seria bom se pudéssemos todos tomar uns comprimidos milagrosos e fazer que as coisas más desaparecessem? Vivemos numa cultura de drogas tanto legais quanto ilegais. Mas não te vou mentir e dizer-te que há algum comprimido que te possa ajudar quando sei que não há. Daquilo que me contaste acerca dos teus pais, principalmente acerca do teu pai, foste ficando cada vez mais desprendida ao longo dos anos, como mecanismo de defesa. Não precisas de químicos, Elizabeth. Do que realmente precisas é de relacionamentos próximos e com muito carinho. Precisas de confiar em alguém. Precisas de pensar que as pessoas, afinal, não são assim tão más.

— Como é que eu posso pensar que há alguma coisa que não seja assim tão má, quando tudo me parece tão horrível? — Começo a fungar. — Eu preciso de ajuda. — Químicos! Por favor!

— Concordo contigo — disse ela, abanando a cabeça. — És, obviamente, uma pessoa muito perturbada e vai ser precisa muita terapia para resolver os teus problemas. — Respira fundo, como se estivesse exausta. — Demora muito tempo e é preciso reflectir muito. É difícil mudarmos os nossos padrões de vida. E tens andado a reforçar os teus hábitos negativos de relacionamentos ao longo dos anos. Dizes que tens andado deprimida mais ou menos desde os teus onze anos, e falas do impacto que o teu pai teve em ti quando te abandonou aos catorze. Mas eu acho que as raízes da tua depressão vão muito para além dos últimos oito anos. Começam na primeira infância e vão ficando cada vez piores. — Abanou a cabeça em consternação e depois sorriu, numa tentativa tardia de me reconfortar. — Olha, eu tenho mesmo muita pena de que as pessoas ao longo dos anos te tenham vindo a magoar e te tenham transformado numa rapariga tão deprimida, porque, como tu própria disseste, tens muitas coisas para te alegrares e pelas quais podes dar graças. E tenho a certeza de que, um dia, o vais fazer, mas temo que se avizinhem tempos difíceis. Vais ter de te esforçar muito para melhorares e eu não conheço respostas instantâneas. Vai ser difícil.

— Eu sei — disse eu. Comecei a chorar e ela deu-me um lenço. — Eu sei disso muito bem.

E como eu sabia! Graças ao meu pai, eu não tinha dinheiro para consultar um terapeuta — ainda andava a pagar as contas do último Outono — e a Dr.ª Saltenstahl, de quem eu gostei muito apesar de se ter recusado a receitar-me quaisquer comprimidos, tinha pacientes em excesso tanto no consultório em Harvard, quanto no seu consultório particular. Além disso, como ela própria frisou, as pessoas que trabalham nos departamentos de psiquiatria no Hospital Universitário devem apenas ajudar os alunos a resolver problemas de curto prazo, e devem enviá-los a terapeutas de longo prazo caso seja necessário. Isso era tudo o que ela podia fazer por mim. Aconselhou-me francamente a fazer tudo o que estivesse ao meu alcance para ser acompanhada por um médico inteligente e rigoroso. Mais uma vez, tive de explicar que as circunstâncias tinham conspirado para tornar essa tarefa impossível, a não ser que eu desistisse das aulas e começasse a trabalhar a tempo inteiro. Entretanto, ela viu-se obrigada a relembrar-me de que se eu alguma vez tivesse pensamentos suicidas, podia ir às urgências do hospital e ficar lá internada. Parecia que ainda estávamos a funcionar com as mesmas velhas regras: assim que nos sentimos suficientemente desesperados para sermos internados numa instituição, a ajuda está disponível, e o seguro cobrirá os custos; até lá, estás por tua conta, miúda.

7
BEBER EM DALLAS

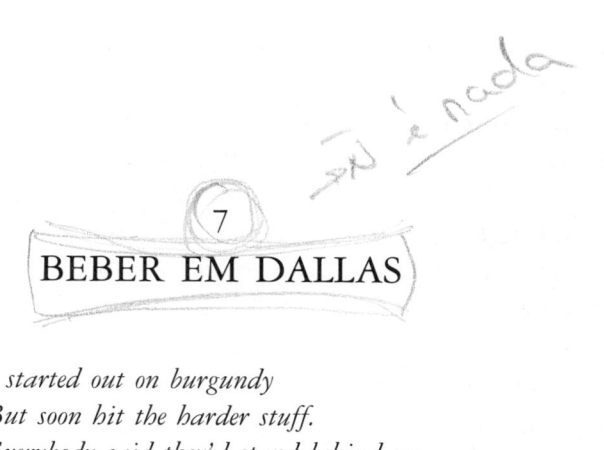

I started out on burgundy
But soon hit the harder stuff.
Everybody said they'd stand behind me
When the game got rough.
But the joke was on me.
There was nobody even there to call my bluff.
I'm going back to New York City.
I do believe I've had enough.

(Comecei com borgonha
Mas cedo passei para coisas mais fortes.
Toda a gente dizia que me apoiaria
Quando a cena se tornou pesada.
Mas eu estava a ser gozado.
Não havia lá ninguém nem sequer para me desmascarar.
Vou voltar a Nova Iorque.
Acho que já aguentei demasiado.)

BOB DYLAN, «Just like Tom Thumb's Blues»

Verão de 1987. Dallas, Texas. Bairro de Oak Lawn, para ser mais precisa. Terminei o meu ano de caloira em Harvard. Algures no meu caminho consegui agarrar o prémio de jornalismo universitário atribuído pela *Rolling Stone* em 1986 com um ensaio que escrevi acerca do Lou Reed para o *Harvard Crimson* e agora tenho um emprego de Verão no *Dallas Morning News* como repórter cultural.

É exactamente aqui que eu quero estar: toda a minha vida me senti encantada com o Texas, ou, pelo menos, desde que visitei os meus primos em Dallas, quando ainda era uma criança. Para mim, o Texas é constituído por grandes homens fortes com botas à cowboy, individualistas grosseiros *à la* Thoreau, a pesquisar petróleo como se fosse ouro, o que, na altura, quase era. Dallas é apenas o centro comercial de todo aquele combustível financeiramente irresponsável, um grande clube de campo num subúrbio que se estende a toda a volta e onde todos os rapazes jogam futebol americano e as raparigas crescem a sonhar com cirurgias plásticas. Irmãos musculosos e irmãs de silicone por todo o lado. Não me sinto particularmente encantada com este aspecto da cultura, todo o materialismo e adoração da riqueza, mas parto para Dallas com a sensação de que será bom para mim: os capitalistas desembaraçados estão demasiado ocupados a fazer e a gastar dinheiro para se preocuparem com a melancolia. Acredito que Dallas será tão vibrante, tão novinho em folha, tão arruaceiro como um cowboy urbano, tão contrário a tudo o que associo à depressão, tão mais brilhante e radioso do que toda a escuridão monótona do Nordeste.

É claro que a realidade, quando chego a Dallas, é bastante diferente. Há uma superabundância de petróleo, uma superabundância concomitante de imobiliário, a economia está em depressão (não está tão mal quanto Houston, sublinham todos com ar optimista), mas a Grande Depressão é uma espécie de estado lamentável. O Texas, em geral, *devia* ser rico, toda a sua cultura gira em torno de bons velhos rapazes que enriquecem rapidamente, e os texanos, particularmente os de Dallas, não parecem saber lidar com a pobreza com graciosidade. Ainda compram cristal de Baccarat no Neiman Marcus ao sábado, mesmo que tenham acabado de despedir duzentos empregados na sexta-feira. É como observar um homem feito que é demasiado orgulhoso para chorar, que está desesperadamente a suster as lágrimas, não conseguir evitá-las.

Cada casa por que passo parece ter um cartaz na frente que diz VENDE-SE, todos os edifícios de apartamentos parecem ter um cartaz dizendo ARRENDA-SE: UM MÊS GRATUITO! na entrada e ao longo das estradas há montes de arranha-céus meio concluídos, coisas de granito cor-de-rosa e vidro prateado concebidas em tempos de prosperidade, que nunca serão acabadas. Guindastes e destroços por toda a parte: antes diziam que a mascote de Dallas era um guindaste a abrir a mandíbula à linha do horizonte. Isto não é nada como a cidade que eu vi quando vim visitar os meus parentes que viviam no Norte de Dallas, durante a Convenção Republicana de 1984.

Dallas, em 1987, está em depressão e deprime-me.

Ainda assim, sinto-me aqui estranhamente feliz, pelo menos de início. Vivo num apartamento grande de sonhos, subalugado a uma repórter local que está a tentar coabitar com o namorado. Da primeira vez que olhei para aquela casa — que custa apenas 300 dólares por mês, ainda menos do que o meu salário semanal — pensei que era a coisa mais bonita que alguma vez tinha visto, com portas de vidro duplo, uma ventoinha no tecto, um pequeno alpendre repleto de plantas, flores e vegetais e uma mesa de pequeno-almoço em ferro forjado e vidro, e aquela espécie de cozinha aberta, ampla, com azulejos mediterrâneos azuis e brancos que me davam vontade de colocar pequenas ervas aromáticas e hera junto ao lava-loiças e pendurar espanta-espíritos à janela. A banheira até tinha pequenos pés e as suas bordas eram curvadas para fora como a espuma de um *cappuccino* a transbordar de uma caneca. Ia viver sozinha pela primeira vez na minha vida, como uma menina crescida, e senti alguma alegria com a ideia de me mudar para lá. Não parava de andar pelos quartos deste encantador apartamento onde tínhamos de passar por um quarto para chegar ao outro, pensando para mim mesma: «Isto será meu, isto será meu, tudo meu.» Senti-me como Audrey Hepburn no *Boneca de Luxo*, a moça independente em Nova Iorque, radiante por estar sozinha, sorrindo constantemente enquanto desce a Quinta Avenida; ou como Mary Tyler Moore, atirando o chapéu, como se fosse a cautela, aos ventos de Minneapolis.

Gosto tanto daquele apartamento que às vezes só me apetece rebolar-me no chão flutuante com um deleite arrebatador.

Para minha grande surpresa, até há uma espécie de contracultura em Dallas, pequenina, mas o suficiente para me divertir durante o Verão. Acabo por passar bastante tempo no Deep Ellum, um bairro de armazéns na parte leste da Baixa, onde os artistas e os músicos vivem em amplos apartamentos com canalização à mostra e paredes de tijolo brancas, onde as discotecas são tão espartanas e grandes como hangares de um aeroporto e tudo o que lá se consegue beber é cerveja de lata, e onde se apanham grupos como Edie Brickwell and the New Bohemians a tocar ao ar livre no Club Dada uma ou duas vezes por semana. Deep Ellum parece tão vital para mim que se torna quase piroso. Aqui os jovens estão a tentar construir um ambiente a partir do nada e vivem de uma forma alternativa como se fosse algo novinho em folha. O que para eles, obviamente, até é. No fundo, Deep Ellum é um pouco como estar perdido nos anos 60, não porque todos os miúdos que por lá andem idolatrem ou idealizem aquela época e a façam reviver com toques retro, mas porque o homicídio de Kennedy paralisou a cidade de tal forma que os anos 60 chegaram com vinte anos de atraso.

Eu até podia ter sido feliz em Dallas se não fosse o problema com o carro.

Tendo crescido na cidade de Nova Iorque, nunca aprendi a guiar, e as lições que tive em Cambridge para me preparar para o Verão acabaram por não me ajudar muito quando adormeci no dia do meu exame de condução. Sem uma carta de condução, sem um carro alugado, e sem acesso ao carro de outra pessoa qualquer, eu tinha muito que sofrer com o trânsito naquele Verão. O *Morning News* só me pagava o táxi quando eu ia fazer algum trabalho, mas acabava por estar quase sempre à mercê de estranhos. Tinha de organizar as minhas actividades consoante as outras pessoas. Acabava por deixar sempre cedo as coisas de que gostava ou ficar num sítio qualquer até tardíssimo porque só podia dali sair com a minha boleia. Não me podia dar ao luxo de ir a casa a correr para mudar de roupa ou para ir buscar qualquer coisa como uma pessoa com carro faria, por isso tinha de planear os meus dias muito cuidadosamente.

Parece um pequeno preço a pagar, mas naquele Verão eu compreendi por que é que os adolescentes por toda a América associam a carta de condução à liberdade. Percebi que, sem carro, estava basicamente encurralada em Dallas. E quando os meus momentos maus começaram a chegar, dava por mim com um medo de morte, sozinha no meu apartamento sem ter como dali sair.

Durante todo o mês de Junho e grande parte de Julho, já me tinha convencido de que as coisas estavam, pela primeira vez na minha vida, a correr bem. Até já tinha começado a pensar que ultrapassara a depressão, que tudo o que eu precisava era de um emprego que me satisfizesse e me mantivesse ocupada, que passar muito tempo sentada, a pensar, a analisar, a colocar hipóteses, a contemplar, a explicar e a prognosticar era a fonte de todos os meus problemas. O que me estava a matar era um desequilíbrio semiótico e não um desequilíbrio químico. Só precisava de parar de pensar tanto e começar a fazer alguma coisa.

Escrevi que nem uma louca, pelo menos duas ou três reportagens por semana, às vezes mais. Escrevi como se a minha vida dependesse disso, o que era mais ou menos verdade. Os meus editores ficavam confusos com a minha produtividade, pensavam que eu estava a receber artigos pelo correio ou algo do género. Recompensaram-me deixando-me escrever ensaios estranhos e pouco convencionais acerca da arte e do feminismo, da Madonna e Edie Sedgwick, ou sobre qualquer outra coisa de que eu me lembrasse e depois colocavam-no na primeira página do suplemento de domingo. Nomearam-me candidata a prémios da Texas Newspaper Association e do Dallas Press Club. Pagaram-me as horas extra, o que deu tanto dinheiro que eu estava praticamente a duplicar o meu salário (e estava a custar-lhes tanto que, após algum tempo, o editor-adjunto que supervisionava o meu suplemento do jornal sugeriu que eu tirasse uns dias de folga em vez de me pagarem as horas). Os editores ficaram satisfeitos com o meu trabalho e eu estava extremamente prolífica e consciensiosa. Por isso eles deixaram a coisa andar quando eu comecei a perder a cabeça.

Perdia a cabeça por pequenas coisas. Chegava ao emprego às três da tarde dizendo que tinha tido de ler em casa. Ou tinha estado acordada a noite toda a ver bandas no Theatre Gallery e não conseguia trabalhar sem dormir. O que era tudo perfeitamente legítimo, «sem problemas», dizia o meu editor, «desde que eu não tenha de cá ficar para rever algum artigo ainda hoje». Mas depois, quando por fim chegava ao escritório, passava a maior parte do tempo a responder a telefonemas pessoais ou a contar aos outros repórteres acerca do mais recente homem na minha vida, uma miríade em constante mutação de *cowboys*, restauradores, músicos e caloiros da faculdade. Passava por eles com um tal entusiasmo que ao fim de algum tempo parecia que eu já andara com irmãos, primos, famílias inteiras. Achava tudo isto muito divertido. Não parava de falar sobre isto. As pessoas pareciam ficar divertidas, mas desorientadas, como se me estivessem a perguntar: «Por que é que esta miúda nos está a falar disto tudo? Isto é um *escritório*, estamos a tentar *trabalhar*», acho que era isto que eles às vezes tinham vontade de me dizer.

Mas ninguém se importava muito. Conseguia cumprir os prazos, o meu trabalho era sempre bom e, achavam eles: «Ela é nova, veio lá do Norte onde as pessoas conversam muito, não há mal nenhum.» Mesmo depois de saírem todos do escritório às seis da tarde, eu ainda lá continuava horas a terminar as minhas reportagens, uma vez que me era impossível trabalhar com pessoas por perto. Entre tanta escrita e tanta conversa, as minhas semanas eram demasiado preenchidas para eu reparar de todo no meu estado emocional, excepto em episódios de fadiga passageiros.

Mas aos fins-de-semana, sem as exigências do momento a pressionarem a minha cabeça, apercebia-me de que estava sozinha no grande estado do Texas e sozinha no mundo. Mesmo a curta pausa de dois dias na minha actividade era tempo suficiente para aquele velho sentimento horrível, aquela familiar onda negra, se apossar de mim, ameaçando arrastar-me com ela. Uma vez que eu dormia tão pouco de segunda a sexta-feira, pensariam que eu gostava daqueles dias para recuperar, mas eu mal conseguia dormir de qualquer forma e as minhas noites passavam-se irregularmente. Estava sempre cansada, mas incapaz de encontrar descanso. Era como estar sob o efeito da cocaína depois de o efeito passar; tudo o que resta é um sentimento electrizante que nos mantém a olhar fixamente para o tecto a noite toda, incapaz de dormir um minuto sequer. A única diferença é que este não era um efeito secundário da coca — isto era eu. Por isso, preenchia as horas o melhor que podia. Mais ninguém estava disposto a perder um sábado para fazer a cobertura de um festival de *heavy metal* conhecido por Texxas Jamm, portanto, obviamente, exprimi a minha disponibilidade para rever Poison, Tesla e o restante conjunto de grupos que iriam tocar no estádio de futebol. Mais ninguém queria passar o Quatro de Julho em Waxahachie no Piquenique de Willie Nelson, por isso eu cumpri o meu dever cívico e aceitei a tarefa. Embora fosse uma chata, quem é que poderia importunar uma rapariga que os tinha salvado de ter de fazer a cobertura destes exemplos embaraçosos e de mau gosto da cultura do Texas que só uma americana do Norte poderia apreciar?

De certo modo, qualquer pessoa que esteja sozinha e seja nova numa determinada zona terá a tendência de andar um pouco por todo o lado e, ao princípio, pensei que toda a minha energia maníaca era o resultado da simples curiosidade e da novidade que Dallas representava. Mas eu não era de todo uma estranha num local estranho: tinha passado bastante tempo no Texas quando era miúda, tinha viajado de uma ponta a outra do estado, tinha família em Dallas, conhecia a cidade bastante bem e podia perfeitamente ter passado fins-de-semana na calma companhia dos meus parentes, a comer grelhados e a visitar o centro comercial. Às vezes era isso mesmo que eu fazia. Mas nunca era agradável para mim. Sentia-me sempre nervosa, sempre com a sensação de que havia qualquer coisa que eu deveria estar a fazer mas não estava, sempre a sentir-me à mercê de alguma coisa semelhante a um enxame de abelhas a rodopiar em torno da minha cabeça.

Houve uma vez em que acordei às três da manhã, mas, sem os óculos, confundi o número três no meu relógio digital com um oito. Com medo de estar atrasada para — para fosse lá o que fosse — saí disparada da cama, saltei para o chuveiro, vesti-me, maquilhei-me, bebi café e comi Choco Krispies e foi só quando peguei na minha mala para sair de casa que reparei que o céu estava escuro, que estávamos a meio da noite, não havia pressa nenhuma. E eu não tinha de picar o ponto. Quando voltei para a cama, fiquei a rir de mim mesma durante algum tempo e depois limitei-me a pensar: Isto é de doidos. O que se está a passar comigo? Tenho esta energia toda, não daquela espécie de energia refrescante e agradável, mas do tipo ansioso e irritado e não tenho nada para fazer com ela. Se os editores do *Dallas Morning News* decidissem um dia que eu tinha de escrever o jornal de uma ponta à outra sozinha eu ainda não ficaria suficientemente ocupada para satisfazer esta enorme necessidade nociva que tenho de me manter em movimento. Haverá sempre um défice, um remanescente débil a pairar sobre mim, a exigir mais atenção do que eu e mais setenta e duas pessoas juntas poderíamos alguma vez satisfazer. O que eu não daria para ser a Alice a entrar pelo espelho, para tomar um daqueles comprimidos que tornam uma pessoa pequena, tão pequena. O que eu não daria para ser menos.

Até que comecei a pensar: «Bolas, eu preciso de um remédio. Preciso de alguma coisa que consiga refrear os meus pensamentos. Porque assim vou enlouquecer.» Eu tinha quase vinte anos, o que é muitas vezes a idade com que as pessoas com doenças bipolares passam pelo seu primeiro episódio maníaco, por isso talvez fosse isso que me estava a acontecer. Quando não estava a trabalhar, andava em festas, andava com dezasseis homens diferentes ao mesmo tempo, sem dormir uma única noite, emborcando Jolt Cola[30] e a snifar *speed* ao pequeno-almoço para conseguir passar o resto do dia. Descobri que conseguia lidar muito bem com os meus humores se seguisse uma rigorosa rotina química de cerveja e vinho à noite, seguido de comprimidos energéticos de manhã.

Beber em Dallas era muito mais divertido do que alguma vez tinha sido noutro lado qualquer, embora eu não pudesse dizer porquê. Talvez fosse por eu andar com repórteres de notícias fortes com a tendência para saborearem bebidas fortes. De facto, para falar com eles, quase tínhamos de pensar que o alcoolismo era um sinal de um jornalista a desempenhar bem o seu trabalho, um sinal de alguém que tinha visto o sangue, os contornos brancos, os sacos para cadáveres, todo o horror de um homicídio triplo, e bebia para esquecer toda aquela fealdade que era forçado a ver e com a qual perversamente se comprazia. Naquela altura, a cerveja *Corona* só se

---

[30] *Jolt Cola* — nome comercial de um refrigerante com um elevado teor de cafeína, muito superior ao das outras colas no mercado. *(NT)*

conseguia comprar no Sudoeste e beber uma garrafa com uma lima espremida lá para dentro era uma grande novidade para mim, uma brilhante mistura de bebida real e simples fermentação. Os *Boilmakers* — uísque americano, de preferência da casa, literalmente cacos de vidro atirados para dentro de uma caneca — foram outra descoberta. Conseguir arranjar speeds — quer fosse uma metanfetamina, Dexedrine ou Benzedrine — era uma tarefa bastante simples porque a cena da droga em Dallas era bastante nítida. Parecia que toda a gente vivia ao lado de algum *dealer* colegial simpático que estava a pagar os estudos na Universidade Metodista do Sul vendendo plantas, comprimidos e pós, ou que conhecia alguma outra pessoa que o fazia. Mas normalmente era necessária toda a cafeína e açúcar contidos numa Jolt para me deixarem acordada o resto do dia, por isso, o ciclo de altos e baixos conseguia ser mantido de forma legal e barata.

Houve uma noite em que eu tinha planeado entrevistar os Butthole Surfers depois de eles darem um concerto em Deep Ellum. Na verdade, eles estavam de partida para uma tournée pela Europa na manhã a seguir a tocarem em Dallas e decidiram que em vez de dormirem apenas duas horas depois do espectáculo, não iam dormir de todo. Por isso fiquei com eles, a fumar erva, a beber *Coronas* com lima, a ouvir as histórias dos *pit bull* deles, a ouvir como tinham tido um encontro sexual indirecto com Amy Carter por terem esfregado as partes privadas deles na mala dela quando estiveram a tocar na Universidade de Brown, a ouvir como um dos antigos bateristas deles é agora um sem--abrigo no Golden Gate Park em São Francisco, a ouvir onde é que eles tinham desencantado o nome Butthole Surfers e a perceber que estes tipos eram a encarnação da vida real do filme *Spinal Tap*. Fiquei a saber que em tempos se tinham chamado os Winston-Salems e que agora tocavam de vez em quando em bares com o nome de Jack Officers.

Estava tão entretida que fui ficando cada vez mais pedrada e mais bêbada e a última coisa de que me lembro antes de ir para casa tomar banho e mudar de roupa para poder regressar ao escritório é estar por detrás de um bar, num beco estreito, a falar com o guitarrista que era, pensava eu na altura, o rapaz mais giro do mundo, com doces olhos castanhos e um sorriso contagiante, combinação que, quando ele olhava para mim tão directa e sobriamente, apesar de ter fumado ainda mais erva do que eu, me dispunha a querer fazer qualquer coisa por ele. Já para não falar que eu me estava a sentir pedrada e sensual e estava morta por me despir toda, ali mesmo, ao lado do ferro velho, o local de uma nova construção, parte do processo de criação de uma nova nobreza e rodeada por nada a não ser a noite. Começámos a beijar-nos, a camisa dele desapareceu, e rapidamente as mãos dele se enfiaram na minha blusa, a esfregar os meus seios enquanto o seu dedo fazia círculos em torno do meu mamilo. Eu meti as mãos dentro das calças dele, toquei-lhe, toquei no seu pénis meio flácido que se foi tornando mais rígido à medida que continuava a mexer-lhe e, de repente, apercebi-me de que não queria fazer aquilo.

Tinha perdido a virgindade há menos de um ano com um licenciado de Yale que conhecera na gala do Prémio de Jornalismo Universitário atribuído pela *Rolling Stone*. Tinha sido há menos de um ano que eu tinha decidido que a minha boca estava a ficar cansada e com cieiro de tantos broches, que já era tempo de começar a ter relações sexuais como uma rapariga normal de dezanove anos de idade. Mal tinha passado um ano desde a minha iniciação completa à actividade sexual e eu não estava preparada para começar a ter relações com um tipo que mal conhecia — com quem, devo acrescentar, era pouco ético da minha parte estar a fazer aquilo — numa qualquer viela de Dallas. Estranhamente, tive um momento de verdade, e tive a certeza de que não queria nada disto, que não queria viver esta vida, que tinha de sair dali naquele instante. Por isso retirei as minhas mãos da sua braguilha, voltei a puxar a saia para baixo e comecei a correr, mas o problema é que eu não podia correr para lado nenhum. Primeiro tinha de chamar um táxi. E pensei para mim mesma: «Sabes, isto é uma merda. É uma merda quando não conseguimos fugir como deve ser.»

E senti que havia ali algo de muito, muito errado. O que é que eu queria deste tipo de qualquer forma? Por que é que o tinha conduzido para o exterior? Isto parecia ser uma rotina para mim, começar encontros sexuais e não só travá-los, mas, na verdade, fugir a correr da sala como se estivesse com vergonha ou em perigo, percebendo que *Eu simplesmente não quero ali estar*, que me sentia presa e com cãibras. Queria tanto perder-me no sexo, ser completamente ordinária e dar uma queca rápida atrás de outra. Queria ser selvagem. Mas, no final das contas, eu nunca conseguia ir para a frente com aquilo porque as coisas nunca são assim, não tinha qualquer prazer em ser uma mulher fácil. O sexo rápido e ordinário não era nada divertido. O meu corpo e a minha mente são, simplesmente, demasiado complicados. Tinha visto filmes como *Nove Semanas e Meia*, e invejava a personagem desempenhada pela Kim Basinger e a forma como ela conseguia ter um orgasmo — até mesmo orgasmos múltiplos — em pé, à chuva encostada a uma parede de tijolo num beco escuro sem saída enquanto rufias corriam atrás dela e do Mickey Rourke com facas e pistolas, como um gato vadio a pavonear-se com um rato morto na boca. Como eu teria gostado de ser daquele tipo de mulher que se excita com tamanha excitação. Mas, honestamente, dada aquela mesma situação, tudo o que eu quereria era um chapéu-de-chuva, entrar dentro de casa, esfregar os meus pés e as minhas mãos transidas de frio, e sexo seria algo praticamente impensável.

Tinha tentado tanto durante tantos anos transformar todo o meu desespero num abandono sexual, queria tanto deixar de ser eu e começar a ser o brinquedo de alguém, mas a verdade é que não fui feita para isso. Aqueles primeiros encontros com o Abel, aos doze anos, tinham sido as melhores experiências que alguma vez tivera. Ele tinha sido tão querido comigo e ensinou-me as formas como o meu corpo poderia dar e receber prazer, mostrou-me tanto e fez-me tão feliz. Quando estava com o Abel, sentia-me um gelado dentro de uma taça, a derreter, sabendo que, em breve, teria desaparecido por completo, mas se o fizesse tão feliz a ele lamber-me toda como me fazia a mim ser consumida, então tudo bem. Nunca mais tinha sido assim.

«Meu Deus», pensei eu, enquanto esperava em Deep Ellum por um táxi. «Meu Deus, como eu preciso de uma bebida.»

Quando finalmente adormeço, o tempo desaparece. Não me consigo lembrar se a entrevista com os Butthole Surfers foi ontem, anteontem ou hoje, se a história acerca da Suzanne Vega foi escrita a semana passada, o mês passado, o ano passado ou ontem, ou quando raio é que fui ao concerto de rap, porque parece ter sido há anos. Será que amanhã é sábado ou segunda-feira? Tenho de me levantar de manhã ou posso dormir? Será que alguém dará pela diferença? Parece que eu posso estar passada quando quiser, desde que o meu trabalho apareça feito, e aparece sempre, por isso toda a gente atribui tudo o resto às hormonas.

Não há ninguém em Dallas que se importe mesmo comigo. Sou uma estranha nesta cidade e em toda a Terra. Independentemente da força com que me tento convencer de que este local é familiar, isso não é verdade. Sou uma estranha para onde quer que vá porque sou estranha para mim mesma. A minha mente continua simplesmente a trabalhar como quer, sem me consultar para que eu decida se está certo sentir-me assim ou assado. Estou constantemente a vários metros de mim mesma, a observar-me a dizer ou a sentir qualquer coisa que eu não quero ou que não gosto de todo e, mesmo assim, não o consigo impedir. O mais perto que consigo chegar de manter-me na linha é quando bebo. Com vinho suficiente, até consigo dormir à noite. O que será que eu tenho de fazer para convencer um médico qualquer de que tenho, de facto, um desequilíbrio, de que não há qualquer outra explicação para a forma como me sinto permanentemente, para o facto de me sentir como uma daquelas redomas de plástico que se dão como lembrança, cheias de brilhantes, e que se podem comprar no Disney World ou em estações de serviço, daquelas em que parece nevar quando as viramos ao contrário? É assim que a minha cabeça está sempre, neve constante, turbulências atmosféricas constantes de toda a espécie — tempestades de neve, ciclones. Sou a merda do Feiticeiro de Oz. Não consigo aguentar isto por muito mais tempo. Por que será que nenhum médico me ajuda? Já fui a tantos e tudo o que eles dizem é Precisas de amor. Ou: Precisas de desabafar. *Será que eles não conseguem ver que todos os conselhos podem ter a melhor das intenções mas, entretanto, eu vou caindo, eu sei que vou caindo.*

Na altura em que a minha mãe me veio visitar, já me parecia perfeitamente normal passar a semana a beber e os fins-de-semana a descontrair à beira da piscina em casa dos meus primos. Deixei de reparar que muitas vezes me esquecia de comer. Quando a minha mãe se mostrou chocada com a minha magreza, também fiquei chocada por verificar que ela tinha razão.

Ainda fiquei mais surpreendida por descobrir que ela queria preparar-me uma festa de aniversário em casa dos meus primos. Pareceu-me tudo uma óptima ideia, embora se tivesse pensado no assunto, tenho a certeza de que teria percebido que tudo não passaria de um grande erro. A minha mãe, uma mãe perfeccionista como ela é, seria incapaz de fazer uma coisa simples, passaria inevitavelmente horas a preparar a marinada perfeita para o frango assado, a sua mostarda especial de mel que fazia para as sandes, e as tartes de pêra perfeitas, *crumble* de maçã e bolo de aniversário para sobremesa.

Ela teria, por outras palavras, de passar horas e horas a trabalhar, quando na verdade eu teria preferido passar o meu aniversário com os meus amigos, que viviam todos perto da Baixa como eu e nunca se afastavam para o Norte de Dallas, onde a minha família vivia, sei lá por que razão. E acabei por ter tanta dificuldade para indicar às pessoas a direcção dos meus primos que, passado algum tempo, decidi que ia ser uma festa pequena, que mais tarde podia sair com os meus amigos.

O meu aniversário calhou numa sexta-feira e o meu patrão decidiu que todo o departamento ia beber um copo depois do trabalho para celebrar. Tinha sido um dia péssimo. Lá no escritório, muito pouca gente sabia que eu fazia anos, o que não seria de estranhar se eu não tivesse passado tanto tempo a contar a tanta gente pormenores chocantes detalhados da minha vida que me davam a ideia de que toda a gente me conhecia melhor do que de facto conheciam. Porque, claro está, o que eu estava a dar a todos os meus colegas era apenas uma intimidade falsa e encenada, na melhor das hipóteses. Teriam ficado a conhecer-me melhor se eu me tivesse limitado a estar calmamente sentada no meu canto sem dizer uma palavra. Recebi telefonemas de parabéns de gente em Cambridge, Berkeley, Nova Iorque (o meu ex-namorado Stone esqueceu-se de que era o meu aniversário mas telefonou-me para me contar que tinha dormido com a Ruby quando estava sob o efeito de ácido e que esperava que eu o perdoasse), mas a única pessoa em Dallas que se preocupou comigo o dia todo foi a minha mãe. Por que é que parecia sempre que as parcas tinham conspirado para me fazer sentir que ela era a única pessoa neste mundo que me amava?

Passei o dia deprimida sentada à minha secretária e espantou-me que, apesar de ter desatado a chorar, ninguém me tivesse perguntado o que se estava a passar. Acho que devem ter pensado que não tinham nada a ver com isso.

No final do dia, quando as outras pessoas no meu departamento se juntaram à minha volta para irmos todos aos Louie's beber uns copos, fiquei aliviada. Passei duas horas no bar a beber cerveja com uísque e gim com tónica, a correr atrás de *shots* de tequilha, lima e sal com Cinzano e limonada e o tempo passou rapidamente através das bebidas que não paravam de escorregar. Na altura em que me apercebi de que tinha de chegar a casa dos meus primos para a minha festa de aniversário, de que já estava atrasada, ninguém tinha vontade de guiar para tão longe.

«Problemas com o carro, mais uma vez», pensei eu. Mas em vez de me levantar e chamar um táxi, pedi mais uma bebida. Pedi ao empregado de mesa um Glenlivet puro, duplo para lhe poupar uma viagem. Não me tinha apercebido de que já tinha bebido demasiado até me ter levantado e tropeçado como se estivesse a andar em cima de um barco a remos que balouçava instavelmente. Agarrei-me à parede mais próxima, consegui levantar-me, dirigi-me ao telefone e tentei convencer o meu primo Bruce de que estava presa, sem maneira de chegar a casa, será que ele não me podia vir buscar. Afinal, ele tinha a minha idade. Certamente ia perceber como era ficar demasiado passado antes de enfrentar a família, de certeza quereria ajudar-me a safar-me desta. Mas, em vez de me responder, limitou-se a gritar.

— Onde raio estás tu? A tua mãe tem estado a trabalhar que nem uma escrava na cozinha todo o dia para te preparar uma festa e onde é que tu andas?

— Oh! Bruce — respondi eu. — Oh, Bruce, eu estou presa. Não me consigo manter em pé por estar tão bêbada. Sinto-me tão mal. Ela nunca devia ter feito isto. Bruce, por favor, vem buscar-me. Por favor.

— Nem pensar. Foste tu que arranjaste este problema, agora resolve-o sozinha. Chama um táxi e vem para cá imediatamente. Há bocado ofereci-me para te ir buscar, mas agora já é demasiado tarde, por isso, faz-te à estrada.

— Bruce, eu acho que não tenho dinheiro suficiente para...

— Então pede emprestado a alguém, mas vem para cá antes que a tua mãe se chateie a sério.

Quando apareci a cambalear em casa dos meus primos às 9h30, estava atrasada três horas para a minha própria festa e a primeira coisa que fiz foi correr para a casa de banho para vomitar. Todos os amigos e colegas da minha mãe que viviam no Norte de Dallas estavam à espera e a minha mãe ficou envergonhadíssima.

Houve asas de frango, bolo de aniversário, velas apagadas, presentes e brindes à aniversariante e tudo o mais, mas tivemos de fazer tudo muito depressa por já ser demasiado tarde. Eu não parava de desejar poder sair dali ou ter lá chegado mais cedo ou qualquer outra coisa. A minha mãe esteve com um ar triste a noite toda. Fartei-me de ir ter com ela e de a tentar abraçar, para lhe agradecer, para lhe explicar que eu estava simplesmente deprimida e que tinha estado a beber e, dada a combinação, não conseguia controlar o meu próprio comportamento, mas não me valeu de nada. Ela fartou-se de me afastar, dizendo que já estava farta de mim, dizendo que não conseguia acreditar que eu fosse uma criança assim tão maligna.

E eu não parei de dizer: «Mamã, Mamã, eu estou tão deprimida. Estou a perder a cabeça, por favor não me afastes de ti.» E ela dizia: «Não consigo evitar, *tu* é que me afastas de ti.»

E parte de mim pensou: «Desta vez é que estraguei tudo», enquanto a outra metade estava um pouco irritada com a minha mãe por ela se ter dado a este trabalho todo por mim quando eu não lhe tinha pedido para fazer nada e, mais uma vez, por me ter colocado numa posição em que eu só podia ser a filha mal--agradecida. Quando todos os convidados por fim se foram embora, a minha mãe chorou junto à piscina, eu fiquei a chorar no sofá da sala, o meu primo Bruce sentou-se ao meu lado e colocou o braço em torno do meu ombro.

— Fazemos um belo par, eu e a minha mãe, não é verdade? — disse eu.

— Olha, a única razão pela qual eu estou a ser meio simpático contigo é por ser o teu aniversário, acho que ela não devia ter feito tudo isto por ti, na verdade, és uma cabra.

— Eu sei.

No entanto, era sempre assim: passei a maior parte da minha vida a tentar agradar à minha mãe e, em vez disso, não parei de a desiludir.

Bruce levou-me de carro de volta a minha casa em Oak Lawn. Fomos os dois no Porsche do pai dele em silêncio. Só quando eu entrei em casa é que ele gritou pela janela, *Olha lá, prima, vais ficar bem?* Enquanto lhe assegurava com acenos de cabeça vigorosos, entrei no vestíbulo e verifiquei a minha correspondência. E ali estava, juntamente com um catálogo da L. L. Bean e uma conta da Lone Star Gas, três cartões de aniversário, todos do meu pai. O meu pai que, pelo menos há um ano, não falava comigo.

Como raio é que ele, queria eu saber, tinha conseguido o meu endereço? Como é que ele sabia sequer que eu estava no Texas? E por que motivo tinha ele de me perturbar no meu já perturbado aniversário?

Abri os cartões enquanto subia as escadas. Os envelopes estavam numerados para eu os poder ler naquela ordem e todos eles diziam como o amor dele por mim se tinha mantido forte e resistente embora estivéssemos separados. Eram todos cartões da Hallmark com poemas do tipo Rod McKuen que qualquer pessoa enviaria a um antigo amante perdido e não a uma filha.

E eu pensei: «Isto é de loucos.»

Talvez já não seja estranho famílias inteiras estarem afastadas, talvez a forma como o meu pai desapareceu sem deixar rastro durante tanto tempo seja a forma como as coisas agora se passam, e talvez faça imenso sentido ele encontrar-me de alguma forma aqui no Texas para me poder enviar cartões sentimentais e românticos no meu aniversário, dirigindo-se a mim como a sua «Pequenita». Mas se é assim que as coisas terão de ser, então eu rejeito esta vida. E mesmo se todas as famílias à face da Terra fossem como a minha, se o divórcio fosse obrigatório, se as batalhas pela custódia fossem uma rotina, se a mãe de toda a gente estivesse a processar o pai de toda a gente e vice-versa, isso não faria que a minha fosse menos distorcida. Não me deixaria a sentir melhor neste momento, aqui sentada em minha casa em Dallas a ver um insecto de sete centímetros e meio a rastejar por uma parede, tão grande e tão feio que eu nem sequer me quero aproximar para o matar, mas tenho esperança de que ele encontre o seu espaço e que me deixe ter o meu porque, estou mesmo convencida, vou despenhar-me.

Mas eu estava demasiado perturbada para descansar, demasiado bêbada para beber mais alguma coisa, demasiado infeliz para não beber, por isso, em vez disso, saio de casa e dirijo-me à Avenida Oak Lawn, rapidamente, pavoneando-me nas minha calças de ganga e botas à cowboy pontiagudas como uma mulher com uma missão. É claro que eu não tinha sítio nenhum aonde ir. Eu era um peão numa cidade onde apenas os indigentes e os loucos andam a pé seja para onde for, mas não parei de andar porque a ideia de movimento, a ideia de poder andar sempre que me apetece, de que eu era livre dentro do meu próprio corpo, era suficientemente libertadora para melhorar a forma desprezível como eu me sentia.

E sem saber porquê, dei por mim a andar na direcção da casa do crítico de música do *Morning News*. Eu tinha uma pancada pelo Rusty e, de qualquer forma, era uma pessoa com quem se podia conversar, por isso achei que visitá-lo seria uma boa ideia. Mas quando cheguei à sua engraçada casinha pitoresca, que ficava mesmo ao lado de uma bomba de gasolina e em frente à Sound Warehouse, as luzes estavam apagadas e o seu jipe *Suzuki* não estava lá. No entanto, toquei à campainha e bati à porta. Bati, bati e bati como se o poder do meu punho a bater na madeira pudesse fazer o Rusty materializar-se ali vindo lá de onde quer que ele estivesse. Afinal, era o dia do meu aniversário, ou pelo menos tinha sido até cerca de uma hora atrás. Eu fazia anos e o Rusty devia ter ali estado ao meu lado caso eu precisasse dele, raios.

Continuei a bater pelo menos uns dez minutos, sem me aperceber do barulho que estava a fazer ou então indiferente a ele, até que o empregado da bomba de gasolina veio por fim ver o que se estava a passar. Olhei para a cara dele, um mero rosto que questionava o meu, sem saber porque estaria uma rapariga como eu a atirar-se a esta porta e tudo o que eu consegui fazer foi chorar.

Houve algo nele que me pareceu tão simpático. «Oh, Meu Deus! Oh, Meu Deus!», gritei eu. «Está tudo errado, está tudo tão errado.»

Ele não sabia bem o que fazer. Levou-me de carro até casa, e fui todo o percurso a chorar e a dizer-lhe que achava que estava a ter um esgotamento nervoso. Ele ficou em silêncio e, durante alguns segundos, fiquei com medo de que ele talvez quisesse subir comigo, que talvez me violasse, eu não sabia quem ele era, como é que ele se chamava, mas continuei a chorar, o que poderia ter sugerido um grau de familiaridade que eu não desejava de todo atingir naquele momento. Até que descobri que estava a ser tola: mulheres a chorar tristemente pelos mortos ou cheias de felicidade num casamento podem ser bastante atraentes, mas uma rapariga histérica, uma rapariga a contorcer-se no nosso carro com a cara inchada e vermelha de tanto chorar, com o cabelo todo espetado por causa da humidade — não há homem nenhum que queira saltar para a cueca desta miúda.

E, de facto, cheguei a casa em segurança, bebi mais uma garrafa de Chardonnay e caí agitadamente a dormir.

De manhã acordei com a minha mãe sentada na beira da minha cama — devo ter deixado a porta da frente aberta — com um papel qualquer para eu assinar. Dizia que, para os devidos efeitos, ela pagaria as minhas propinas da faculdade, porque essa era a sua obrigação, mas nada mais. A única razão pela qual eu sabia o que este pedaço de papel dizia foi ela ter-mo lido. Estava demasiado passada para ver, mas quando ouvi as palavras dela, tudo o que consegui fazer foi cambalear até à casa de banho e vomitar. Sentia-me muito enjoada e tinha uma terrível ressaca. Quando cambaleei de regresso ao meu quarto e caí pesadamente na cama, tudo o que consegui dizer foi:

— Desculpa.

Olhei para ela e achei que seria melhor assinar aquele papel, que ela, provavelmente, já nem se lembraria dele na semana seguinte.

— Ouve, Elizabeth — disse ela secamente. — Já ultrapassei todos os limites. Tudo o que eu sempre fiz foi amar-te, o único motivo que me levou a preparar-te uma festa de aniversário foi para te fazer feliz e tu trataste-me tão desprezivelmente. — Começou a chorar. — Como é que me consegues tratar assim? O que é que te fiz de mal?

— Oh, Mãe.

Levantei-me e tentei abraçá-la, mas ela afastou-me.

— Não — declarou ela. — Não me vou deixar convencer por ti. Vou só dar-te um conselho porque gosto muito de ti e és minha filha. Penso que és uma pessoa muito perturbada há já algum tempo e que me guardas ressentimentos seja lá pelo que for. E acho que se fosse a ti, eu ficaria simplesmente aqui em Dallas, não voltava para a faculdade, ganhava a vida e gastava o dinheiro em terapia. Gostas do teu emprego e as pessoas por aqui parecem gostar de ti, por isso por que é que não ficas cá, deixas Harvard durante algum tempo? Porque — engasgou-se. — Não tenho dinheiro para te enviar para Harvard e pagar-te as sessões de terapia e consigo ver que todos os anos em que não tiveste terapia deixaram sérias marcas. Olho para ti agora e vejo uma pessoa em apuros.

Dirigiu-se para a porta, queria impedi-la mas sentia-me demasiado fraca e isto eram coisas a mais logo pela manhã.

— Quero que saibas que se decidires deixar Dallas no final do Verão, tudo bem por mim. Mas vais ser tu a pagar o bilhete de regresso a casa e haverá um rígido código de comportamento assim que regressares. — Foi a última coisa que disse antes de sair.

Mais tarde, nessa semana, uma produtora do programa televisivo *Oprah!* telefonou-me a perguntar se eu queria aparecer num programa acerca de pais que abandonam os seus filhos. Ela tinha desencantado o artigo que eu escrevera para a *Seventeen* ao consultar no *The Readers' Guide to Periodical Literature* o tema «Divórcio». A crónica era suavemente optimista, sugerindo que o meu pai e eu tínhamos, de facto, renovado o nosso relacionamento. Desde então, as evidências tinham mostrado que eu e o meu pai estávamos condenados a nunca mais voltar a ter um relacionamento. Para quê ir à televisão e falar deste exemplo de fealdade no mundo? Mas a produtora insistiu, e até me pareceu divertido, por isso suspendi o meu raciocínio mais acertado e disse: «Claro, por que não?»

Estava a pensar, sobretudo, que seria divertido ir a Chicago e deixar Dallas por dois dias. O meu chefe achou uma óptima ideia, disse-me que me dispensava naquele dia, disse a toda a gente para vermos o programa juntos quando fosse emitido, e todos no jornal se mostraram de acordo. O meu amigo Tom, um repórter local, pensou que talvez alguém me visse na televisão e achasse a minha história comovente e quisesse transformá-la num filme ou algo do género.

Aquela ideia fez clique na minha cabeça: pensei que se me pudesse transformar num filme, poderia desaparecer no celulóide, podia deixar de ser eu durante algum tempo. *Eu daria tudo para não ser a Elizabeth.* Era óbvio que nada tinha funcionado até agora. Ir para Harvard, escrever artigos, trabalhar no jornal — tinha feito todas estas coisas e ainda assim, de algum modo, continuava a ser eu. Razão pela qual comecei a pensar que, afinal, talvez não quisesse ir ao programa da *Oprah!* Era demasiado aquele tipo de coisa que eu faria: pegar num assunto triste privado, contar os factos num pormenor tecnicolor a perfeitos estranhos e, desse modo, aliviar-me da minha própria vida. E depois, mais tarde, sentia-me ordinária e vazia, profundamente insatisfeita, como uma prostituta verbal, a rapariga que dava tudo a qualquer pessoa que encontrasse. Portanto, talvez quisesse reclamar os direitos sobre a minha vida, torná-la privada, torná-la minha. Talvez, apenas talvez, se eu perdesse a vontade de contar tudo a toda a gente, talvez isso fosse um comportamento adequado a uma pessoa feliz e talvez então eu pudesse ser feliz.

«A chave para a felicidade», decidi eu, «*não* é aparecer na *Oprah!*»

Afinal, eu era a rapariga que tinha perdido a virgindade e tinha dado consentimento aos meus amigos para darem uma festa para comemorar a ocasião. Pareceu-me uma ideia engraçada e só Deus sabe o tempo que eu tinha esperado. Os convites impressos diziam: «Por favor, venham à seminal e nunca antes vista festa em honra de Elizabeth Wurtzel», e lá dentro tinham uma fotografia de uma flor que tinha caído do pé. Embora a ideia fosse supostamente subtil, toda a gente que veio à festa conhecia o motivo. Muita raparigas vieram ter comigo e disseram-me que era uma loucura — uma loucura completa — fazer uma coisa destas, que elas queriam ter dado uma festa na altura em que o fizeram pela primeira vez, mas muita gente achou que tudo não passava de um disparate.

Incluindo o tipo com quem tinha dormido e que não conseguia perceber como é que eu tinha pegado neste assunto tão privado entre mim e ele e o tinha transformado num espectáculo público. Eu não tinha qualquer resposta para lhe dar. Tudo o que sabia, e isto não lhe podia dizer enquanto estávamos a falar à distância entre o meu dormitório em Cambridge e o apartamento dele em Washington, DC, era que havia alguma coisa que tinha significado muito para mim, o único remanescente do meu corpo que eu estava a guardar para o amor verdadeiro ou para uma altura melhor em que não estivesse deprimida e que as minhas relações com os homens fossem mais do que aleatórios apalpões desesperados por alguma coisa que não me magoasse da mesma forma que todo o resto da minha vida fazia. E, em vez disso, na verdade, dei essa coisa ao desbarato.

Dei a minha virgindade a um tipo que não se importava muito comigo, que me estava a perguntar como é que eu podia ter pegado neste assunto privado e tê-lo tornado público, quando, na verdade, nunca tinha chegado a ser privado. Ele nunca me chegou a conhecer, nunca conheceu o meu interior, não só a carne, mas o cerne delicado bem lá dentro que ninguém chega a ver. Por isso, no que me dizia respeito, ele tinha invadido o meu corpo com o dele e isso tinha sido bom e interessante, mas, no final das contas, não era nada privado independentemente do que eu me tentasse convencer. Nunca teve significado nenhum. Eu queria tanto que o sexo acontecesse da forma certa com a pessoa certa no momento certo e no local certo, até que, um dia, durante o meu primeiro ano na faculdade, descobri que a situação encantada pela qual estava à espera simplesmente não existia. Por isso, decidi simplesmente amar aquele com quem estava.

E dei-a.

Mas o meu pai e eu — isso era diferente. Decidi, algumas horas depois de ter aceite o convite para a *Oprah!* que não podia aparecer de maneira nenhuma. O meu pai, e o que quer que restasse da nossa relação, ainda era meu. E eu não ia dar isso assim. Mas, na altura em que eu telefonei à Diana, a produtora, ela já tinha decidido que aquilo que ela realmente queria — e não seria isto fantástico? — era que eu e o meu pai aparecêssemos na *Oprah!* juntos, para podermos ambos partilhar as nossas perspectivas «para nos ajudar a iluminar os assuntos e a atingir uma melhor compreensão do que faz com que os homens abandonem os seus filhos». E quando ela me propôs esta ideia, continuei a salientar o facto de nem sequer falar com o meu pai e de não fazer a mínima ideia do seu paradeiro, embora, com base nos selos dos meus cartões de aniversário, suspeitasse de que estivesse algures na Virgínia.

— Isso não constitui qualquer tipo de problema — assegurou-me Diana. — Nós temos pessoas que conseguem seguir-lhe o rastro de forma a podermos ter na televisão uma reunião no palco. Há quanto tempo é que não fala com ele?

Ela não percebeu. Ou então talvez tenha percebido e tenha decidido continuar, em qualquer dos casos. Afinal, a função dela era fazer que as pessoas discutissem a sua vida privada em público. Aquilo que eu não consegui fazê-la compreender é que não havia maneira nenhuma de eu ver o meu pai pela primeira vez em anos na televisão nacional.

— Parece-me uma péssima ideia.

No início, fiquei chocada com o facto de a Diana ter sequer sugerido esta reunião familiar e depois percebi que é assim que o mundo funciona, ou, pelo menos, a forma como as coisas funcionam na América de fim de século. Não era apenas a próxima revolução seria emitida pela televisão, qualquer assunto insignificante servia. Já estava a acontecer: reuniões televisivas entre filhos adoptados e os seus pais biológicos; encontros entre o marido, a sua amante e a sua mulher; discussões entre homicidas no corredor da morte — agrilhoados, via satélite — e as famílias das suas vítimas; confrontos entre sobreviventes de incesto e os seus parentes abusadores; reuniões entre um cirurgião plástico corrupto e as mulheres cujos rostos ele deformou com injecções de silicone destinadas a diminuir as rugas que, afinal, eram tóxicas; um padre, um rabi, um monge e um ministro (não, isto não é o princípio de uma anedota de mau gosto) que dormiram com membros das suas congregações. Era possível ver todos estes acontecimentos na simples e velha televisão, tudo num só dia.

Para muitas pessoas, ou pelo menos para os convidados que eram usados nestes programas, nada parecia demasiado sagrado para a lente da câmara. Havia até uma base de dados computorizada com listagens dos nomes das pessoas que queriam aparecer num *talk show*, fornecendo descrições das suas astúcias, excentricidades e desvantagens particulares. Muitas das pessoas que consentiam em falar acerca das suas vidas privadas em frente a milhões de telespectadores diriam que estavam a partilhar as suas histórias como forma de confortar iguais sofredores, para chamar a atenção para o assunto, para dar voz à dor. Ninguém iria admitir que era só uma questão de níveis de audiência, voyeurismo e curiosidade mórbida e grotesca. Ninguém conseguiria ver-me a mim e aos meus amigos, sentados nos nossos quartos no dormitório, a ver estes programas ao final da tarde, rindo do seu valor *kitsch*. Acreditariam todos que o que estavam a fazer era bom. De facto, a Diane tinha começado por me tentar vender a ideia de aparecer na *Oprah!* dizendo que era um serviço público. Enquanto fui só eu, ainda acreditei; assim que começou a falar de me juntar a mim e ao meu pai, soube que isto era apenas espectáculo, o que me deixou doente.

Ainda assim, a Diane telefonava-me dia após dia e à noite para casa. Eu não tinha atendedor de chamadas, por isso, no fim-de-semana em que fui para casa dos meus primos para escapar ao toque do telefone, o terrível som da campainha não era a minha mãe a telefonar dizendo que ainda gostava de mim, não era algum homem que eu estava morta por que me telefonasse a dizer o quanto gostava de mim, mas simplesmente uma mulher que eu não conhecia de lado nenhum e que nunca iria conhecer a querer saber se a minha vida pessoal podia ser explorada para os seus próprios desígnios.

O resto do Verão, que desastre. Envolvo-me com o Jack, um repórter policial que trabalha das quatro da tarde à meia-noite, o que significa que acabo por passar o resto da noite acordada para beber com ele. Andamos tão bêbados que mal temos relações sexuais. Passo muito do tempo a sentir-me mal e a vomitar. Gasto um tubo de pasta de dentes por dia. Apercebo-me de que por muito que eu tente, nunca serei uma alcoólica. Drogada, talvez. Mas tudo o que a bebida me provoca é vómitos.

Todas as noites, sento-me em casa à espera de que o relógio bata as doze badaladas, a morrer de medo que o Jack não me telefone, que ele não me queira ver, que ele vá sair com outra pessoa qualquer, certa de que se tal coisa acontecesse, eu não teria outra escolha senão entrar na minha pequena e antiquada banheira e manchar a água quente com o vermelho do sangue dos meus pulsos. É assim, tão desesperada, que o Jack me faz sentir. Ele faz-me sentir suicida. Mal o conheço, toda a nossa relação dura há apenas duas semanas, mas estou completamente obcecada desde o início.

Por vezes, enquanto estou deitada no chão às escuras, junto ao telefone, à espera que ele me telefone, tento perceber o que raio se está a passar comigo. Por que é que tenho tanto medo de não saber nada dele? Não seria assim tão mau. Podia dormir um pouco, para variar. Podia começar a ler um dos livros que tinha arrastado de Cambridge para me preparar para o meu seminário de leituras orientadas. Podia tentar Le Deuxième Sexe[31], podia forçar-me a ler A Vindication of the Rights of Women[32], podia perceber como raio me haveria de libertar desta escravidão dos homens. Claro que a Simone de Beauvoir estava completamente perdida pelo Sartre, e parece que me lembro de ter aprendido que a Mary Wollstonecraft estava louca pelo — quem era ele mesmo? — John Stuart Mill, acho eu. Mas o Jack não é nenhum Jean-Paul. De facto, se essa ideia não fosse tão devastadora, talvez pudesse admitir que o Jack não é nada. Escolham um homem, qualquer homem. Todos os tipos de quem gosto tornam-se Jesus Cristo nas primeiras vinte e quatro horas da nossa relação. Eu sei que isto acontece, vejo-o a acontecer, às vezes até sinto que estou no meio de alguma encruzilhada temporal, algum momento distinto em que me posso ir embora — dizer simplesmente que não — e impedir que isso aconteça, mas nunca o faço. Agarro-me a tudo, acabo por ficar sem nada e depois sinto-me despojada. Choro a perda de algo que nunca tive. Sou uma rapariga muito, muito doente.

Meu Deus, como eu quero a minha mamã. Claro está que a minha mãe não tem falado comigo ultimamente. Tem sido apenas eu, Jack e a garrafa.

Um dado sábado era suposto eu e o Jack irmos ver uma matiné do filme *The Big Easy*. É suposto ele telefonar-me mas acaba por não o fazer. As horas passam-se e eu não posso sair de casa, não há resposta quando ligo para o telefone dele, e sinto aquele desespero que tinha temido noite após noite. Há um milhão de coisas que eu podia fazer para passar o

---

[31] Simone de Beauvoir, *Le Deuxième Sexe*, Gallimard, Paris, 2000. *(NT)*

[32] Mary Wollstonecraft, *A Vindication of the Rights of Women*, Penguin, Nova Iorque, 1993. *(NT)*

tempo, mas sinto-me tão presa e assustada, demasiado agitada para ler ou fazer qualquer coisa de útil, por isso encontro o álcool que ainda resta lá em casa, um rum com um cheiro terrível, e penso que nunca é cedo para começar. Até que me lembro que o Globe, um tipo que eu conheço que é membro de uma banda de rap *industrial, anda com a filha de um comissário da polícia e vai vendendo também algum material por fora, tinha deixado um monte inteiro de cogumelos alucinogéneos no meu armário. Por isso, como-os. Todos. Talvez dez gramas, não sei. Quando aquilo finalmente bate, é como se eu estivesse em Plutão.*

Telefono às pessoas que conheço e falo com os seus atendedores de chamadas. Vou à Sound Warehouse e compro — nem me quero lembrar — quatro álbuns dos Grateful Dead. Encontro o Rusty e fico pedrada com ele, apesar de já estar sob o efeito dos cogumelos. Depois decido que tenho de andar. Ando quilómetros, durante horas, o caminho todo até aos bairros de lata do Sul de Dallas, quase até Oak Cliff. Passo pelo Deep Ellum e embora não consiga deixar de rir e todas as caras à minha volta me pareçam bonecos animados, consigo comer frango frito e biscoitos com molho de natas numa cafetaria qualquer. Ando mais um pouco.

Inadvertidamente dou com um concerto dos New Bohemians num bar perto de Grant Park. Ouço a voz da Edie, o seu belo canto melodioso, a cantar acerca de círculos e de ciclos e de andar às voltas e às voltas. Sento-me nas bancadas, fico desorientada e adormeço ao som da voz, das guitarras, dos bandolins e da percussão. Desapareço naquilo que me parecem ser milhares de cordas. Este é o momento mais feliz que eu tive em todo o Verão, este é o melhor sítio para se estar, aqui mesmo e agora, se toda a minha vida pudessem ser palavras e música, se tudo o resto pudesse desaparecer. Sem o Jack, sem a minha mãe, sem trabalho, sem divertimento, sem nada. Por que será que qualquer coisinha, mesmo as coisas felizes, acaba inevitavelmente por se tornar num grande obstáculo? Se eu ao menos pudesse ser tão pura quanto este momento. Se eu pudesse fazer este momento parar no tempo para todo o sempre.

Até que a Edie começa a cantar «Mama Help Me», tudo aquilo acerca de pessoas loucas, pessoas más, pessoas da rua, a voz dela torna-se, de repente, ríspida e sou acordada do meu sonho, lembro-me de quem eu sou: sou a miúda que tomou várias vezes a dose normal de cogumelos alucinogéneos algumas horas atrás, tudo porque um tipo qualquer que mal conheço não me telefonou quando disse que o faria. Sou a rapariga que desiludiu a mãe. Sou a rapariga sem a mínima noção de perspectiva. Sou a rapariga que precisa de ir para casa. «Where will I go when I cannot go to you?», canta Edie. «Mama mama m-m-mama help me, mama mama mama tell me what to do.»[33]

Meu Deus, como eu preciso de ajuda, penso eu enquanto saio deste bar ao ar livre, desta versão hippie de um anfiteatro. Entro num táxi — estranhamente está um à espera, talvez exista mesmo um Deus — e à medida que vamos pela Central sinto humidade a escorrer-me da cara. De onde vem isto? Percebo, sentada no banco de trás, que estou a chorar, que tanto sal e tanta água estão a cair dos meus canais lacrimais, mas porque estou sob o efeito de cogumelos não consigo sentir-me a chorar. Na melhor das hipóteses, posso observar-me, sento-me ao lado deste vago corpo que é meu e vejo as lágrimas a rolarem, mas não há nenhuma sensação de libertação porque não está ninguém lá dentro. Desapareci. Truz-truz? Desapareci. Vim para tão perto de tão longe, escondo-me por detrás desta janela e olho para mim mesma, olho para uma vida que preferia não ver.

Quando chego a casa, David, o crítico de música do *Dallas Times Herald*, está à minha espera nos meus degraus. Parece que tinha combinado ir com ele ver o Billy Squier algumas horas atrás naquela noite. Quando não me conseguiu encontrar depois de lhe ter deixado várias mensagens no atendedor de chamadas, dizendo que eu estava «a chegar ao fundo», «a perder a cabeça!» e outras coisas do género, ele ficou preocupado. Até tinha telefonado ao Rusty para ver se ele sabia para onde eu tinha ido. Como não me conseguiu encontrar, foi ver o espectáculo, mas não parou de me telefonar, depois de ter concluído a sua crítica, andou às voltas de carro por Deep Ellum à minha procura. Fartou-se de dar com pessoas que me tinham visto aqui ou ali, mas parecíamos estar sempre desencontrados. Por isso, decidiu esperar até eu voltar a casa.

— Estás bem? — pergunta ele.

Estou em pé, à frente dele, a chorar.

— Achas que estou bem? — pergunto, em resposta.

— Não muito, mas contigo nunca se sabe.

---

[33] «Para onde hei-de ir se não posso ir ter contigo? Mamã, mamã, m-m-mamã ajuda-me, mamã, mamã, mamã diz-me o que hei-de fazer», em português. *(NT)*

— Vai-te lixar! — grito eu. — Vão-se todos lixar! O que queres dizer: «Contigo nunca se sabe?» Sou uma pessoa como outra qualquer! Fico perturbada como qualquer outra pessoa! Quando choro, é o mesmo do que quando todas as outras pessoas o fazem. Quer dizer que eu estou a sofrer. Raios, David! Estou a sofrer muito. Estou mesmo.

— Isto tem alguma coisa a ver com o Jack?

— Não! Vai-te lixar! Eu nunca ficaria perturbada por causa de um homem! — Começo a chorar ainda mais alto.

Sento-me ao lado dele no degrau, ele coloca o braço à minha volta e puxa-me para perto de si, enquanto choro.

— Estou mesmo a tentar ser teu amigo — diz ele. — Mas tu fazes que isso seja difícil. Deixas-me pendurado quando tínhamos combinado tudo no início da semana. A tua resposta a todas as situações desagradáveis é tomares uma droga qualquer. Olha bem para ti. Olha para o estado em que tu estás. Olha para o que estás a fazer a ti mesma. O Clay e eu pensamos que tens um problema com drogas e que precisas de ajuda profissional.

Clay era o editor de música do semanário *Dallas Observer*.

Olho para ele chocada. Por que raio será que toda a gente pensa que o problema são as drogas?

— David, o que eu não daria para ter um problema relacionado com drogas — respondo-lhe eu. — O que eu não daria para as coisas serem assim tão simples. Se eu pudesse entrar numa clínica de reabilitação e sair pelo outro lado bem, ficaria encantada. — Esta era a desculpa que eu tinha para toda a gente, e infelizmente, como a maioria dos estereótipos e clichés, era mesmo verdade. Eu *tomava* demasiadas drogas, demasiado de tudo, mas há uma linha qualitativa que eu nunca pisei, aquela fronteira intangível que separa os viciados — as pessoas que precisam de uma desintoxicação para se manterem limpas — das restantes pessoas, nós, aqueles que temos as nossas fases e os nossos desejos, mas a quem falta o germe, a tendência para a dependência química. O meu problema sempre foi a depressão, desde o início. A bebida, as drogas, eram meros cúmplices do crime. O primeiro ano na faculdade, o longo Verão quente em Dallas. Aqueles foram períodos de excesso que foram e vieram, para nunca mais serem repetidos. Mas o vício da depressão, indiferente a tudo o resto, simplesmente não desaparecia. — Não são as drogas — digo a David. — É só que, é só que, é só que é tudo tão horrível.

Às sete da manhã, após o David por fim ter saído depois de o ter feito ouvir os quatro álbuns dos Grateful Dead seguidos, decidi telefonar à minha mãe.

— Mamã — lastimei-me quando ela atendeu o telefone. — Mamã, no próximo fim-de-semana é suposto eu apanhar um avião para sair de Dallas e quero ir para casa. Quero muito ir para casa. Está tudo errado. Não consigo ficar mais aqui. Tenho saudades tuas. Preciso de voltar.

— Oh, Ellie.

Isto foi tudo o que ela disse no início e não consegui perceber se ela estava a mostrar compaixão ou se estava zangada, indiferente, ou outra coisa qualquer. Sabia que ela estava sobretudo espantada por eu estar acordada tão cedo de manhã e não tive a lata de lhe dizer que ainda nem sequer me tinha deitado, que, nos últimos tempos, raramente me deitava antes desta hora.

— Olha, querida — continuou ela. — Decidi que é mesmo muito importante, onde quer que tu estejas, conseguirmos voltar a pôr-te na terapia, porque vejo que as coisas não estão a funcionar sem isso.

— Eu sei.

— Por isso, seja lá como for, ainda não sei como, vamos ter de arranjar o dinheiro.

— Mamã, não quero que me odeies.

— Eu não te odeio. Não sejas tola. Eu adoro-te. Mas às vezes fazes coisas horríveis.

— É sem querer.

— Bem, eu sei. E também sei que estás a guardar alguma espécie de rancor, não sei se contra mim, contra o teu pai ou contra o mundo, mas acho que se tivesses sido tratada mais cedo, se tivéssemos podido manter o Dr. Isaac, talvez não estivesses agora assim. E sinto que a culpa é minha, que eu tenho mesmo de te ajudar a encontrar a ajuda de que precisas para conseguires estar bem quando saíres de Harvard.

— Achas que isso é possível?

— Não sei — diz ela. — Espero que sim.

8
ESPAÇO, TEMPO E MOVIMENTO

She is the rain,
waits in it for you,
finds blood spotting her legs
from the long ride.

(Ela é a chuva,
espera por ti à chuva,
repara no sangue que lhe mancha as pernas
da longa viagem.)

DIANE WAKOSKI, «Uneasy Rider»

O semestre seguinte ia ser óptimo. Um período de recuperação. Ia tratar Cambridge como um refúgio metropolitano para a saúde mental, um curso completo de Literatura Comparada, café com leite e terapia. Sem namorados, sem bebida, sem drogas, sem nada para me distrair, de forma agradável, ou de outra forma qualquer, do meu teimoso e obstinado objectivo de sanidade. Não terei uma vida até saber como viver uma. Obviamente, de vez em quando haveria uma festa e claro está que haveria amigos e má-língua — amigos e má-língua são coisas boas — mas nada de confusões. Nada de relacionamentos obsessivo-compulsivos que são tão absorventes que quando estamos num nem sequer conseguimos ver as páginas de moda da *Vogue*, não conseguimos ler sete mil palavras acerca da Demi Moore na *Vanity Fair*, muito menos alcançar a concentração lúcida que seria necessária para entrar a sério na terapia, para obedecer a um programa, para dar os passos firmes e vigorosos necessários para acabar com esta depressão de uma vez por todas.

A primeira coisa que tinha de ser feita, assim que cheguei à cidade e me instalei no meu apartamento na Rua Kirkland, era encontrar um terapeuta como deve ser. A minha mãe ia pagar as contas porque estava completamente assustada. Pensava que só um médico, de preferência um médico de uma das grandes escolas, como, por exemplo, Harvard, iria servir, porque ela achava que eu era completamente louca. Mas o pai da Samantha, a minha companheira de quarto, um dos primeiros psicanalistas a ser aceite por uma sociedade freudiana qualquer na Europa, recomendou-me um psiquiatra da segurança social que ele tinha treinado. Decidi visitá-los a todos, todos os nomes que alguma vez tinham sido mencionados, quer pela Dr.ª Saltenstahl no Hospital Universitário, quer por qualquer dos meus amigos tresloucados. Tive consultas com tantos médicos que, ao fim de uns tempos, os meus dias eram apenas uma longa série de placas nas portas e uma mistura tipo sopa de letras de títulos — *Ed.D.*[34], *M.S.W.*[35], *Ph.D.*[36], *A.C.S.W.*[37], *M.D.*[38] — e pareceu-me uma estranha ironia que uma pessoa tão mal preparada quanto eu para tomar decisões acerca de qualquer aspecto importante da vida tivesse agora de decidir quem a ia ajudar a corrigir tal condição.

Por fim, escolhi uma psiquiatra que a Dr.ª Saltenstahl me tinha recomendado, uma mulher que em tempos trabalhara em Harvard e que agora tinha um consultório particular na sua linda casa de estilo colonial na Rua Mt. Auburn. Chamava-se Diana Sterling e gostei dela por ela ter andado em Harvard como eu, mas nos anos

---

[34] *Ed.D.* Abreviatura de *Doctor of Education*, Doutor em Ciências da Educação. *(NT)*

[35] *M.S.W.* Abreviatura de *Master of Social Welfare*, Mestre em Segurança Social. *(NT)*

[36] *Ph.D.* Abreviatura de *Philosophiae Doctor*, Doutor em Letras. *(NT)*

[37] *A.C.S.W.* Abreviatura de *Academy of Certified Social Workers*, Academia de Assistentes Sociais Certificados. *(NT)*

[38] *M.D.* Abreviatura de *Medicinae Doctor*, Doutor em Medicina. *(NT)*

70, de agora estar casada com um dos colegas de turma, de ter dois filhos com nomes civilizados mas ainda assim na moda, Emma e Matthew, que andavam numa escola privada de Cambridge frequentada pelos filhos dos professores e pelas Filhas da Revolução Americana feitas hippies. Pareceu-me que ela tinha uma vida estável e honrada que fazia sentido para mim, ao contrário de tantos terapeutas que eu tinha consultado que pareciam ter escolhido a profissão principalmente como uma forma de exorcizarem os seus próprios demónios. Também gostava do facto de ela não ser judia, do facto de as tendências para ser demasiado maternal, sobrecarregar ou criticar demasiado, que eu sempre tomei como simples tiques étnicos, serem reconhecidas pela Dr.ª Sterling como comportamentos destrutivos e disfuncionais. Queria uma terapeuta que fosse um modelo a seguir.

Ia à consulta na cave da Dr.ª Sterling duas vezes por semana. Contava-lhe acerca deste ou daquele anterior terapeuta e desta ou daquela má experiência. Explicaria os meus pais, a minha educação judaica, a minha educação na cidade de Nova Iorque. Ela fazia uma pergunta de vez em quando, mas normalmente a atmosfera parecia completamente benevolente, quase demasiado plácida. Estava à espera das lágrimas, das emoções avassaladoras, da catarse, do drama, das revelações. Estava à espera de que a terapia me atingisse como um raio e me fizesse dizer: «Ah, sim, agora estou a ver: *esse* é que é o problema, já devia ter imaginado.»

Mas, em vez disso, a minha vida em Cambridge tinha-se tornado tão calma e isenta de acontecimentos que eu nunca tinha qualquer novo incidente para trabalhar, e senti-me demasiado serena para passar o meu tempo a desenterrar velhas memórias. Chegava a sentar-me no autocarro para o consultório da Dr.ª Sterling, a tentar pensar em coisas para lhe contar. Senti-me como uma rapariga a dirigir-se para o primeiro encontro com o rapaz dos seus sonhos, criando uma agenda mental de ideias para potenciais conversas só para o caso de, Deus não permita, haver alguma espécie de silêncio. Fiquei preocupada por não estar a entreter a Dr.ª Sterling o suficiente, fiquei preocupada com a possibilidade de ela me pôr numa lista dos seus pacientes chatos que partilharia com o marido à noite, daqueles que nem sequer conseguiram desencantar psicodrama suficiente nas suas vidas para preencher uma consulta de cinquenta minutos. Fiquei preocupada por a minha decisão de me abster da autodestruição estar a transformar-me numa pessoa desinteressante. Comecei a pensar que no meu estado actual estava demasiado sã para a terapia. Comecei a pensar se o meu tempo e o meu dinheiro não seriam melhor empregues sentando-me a ler ou a escrever e à espera de que as respostas viessem até mim.

Até que consegui um emprego como segurança do Departamento Policial de Harvard duas noites por semana. Era um posto que muitos estudantes assumiam porque podiam ficar sentados a ler durante o seu turno. O meu horário era das onze da noite às sete da manhã e fui colocada em Adams House, onde a maior parte dos meus amigos vivia, por isso, passava a maior parte do tempo nos quartos deles a emborcar enormes canecas de café do Tommy's Lunch e a preencher uma folha de registos no final do turno. O emprego era bom para socializar e ler um pouco, mas não ver o sol duas vezes por semana era péssimo para mim. Mesmo que se acorde ao nascer do dia todas as manhãs, Cambridge era um local cinzento, nublado e sem luz, uma cidade onde os dias ficavam mais curtos e as noites mais longas, negras e geladas à medida que o Inverno se aproximava. Perder a luz do sol duas vezes por semana era muito prejudicial para os meus estados de espírito já que sou extremamente fotossensível. Cada Inverno eu pensava em ir a um salão para sentir alguns raios ultravioletas. Começar a viver na escuridão em Setembro era quase insustentável para mim.

Além do factor da ausência da luz solar, estar acordada toda a noite dois dias por semana desequilibrou o meu horário durante o resto do tempo e comecei a faltar a aulas e seminários quando estava demasiado cansada. As âncoras que costumavam manter os meus dias equilibrados foram soltas pelo que parecia ser uma necessidade constante de dormir. Quem tinha tempo para almoçar, jantar ou mesmo para fazer um intervalo e beber um café quando estamos demasiado de rastos para nos conseguirmos mover? Para piorar a situação, decidi viver fora do pólo universitário num dos meus momentos de loucura, embora seja bastante raro em Harvard, onde o espaço de dormitórios é tão agradável e normalmente muito mais barato do que qualquer coisa que se encontre no mercado imobiliário, por isso, sentia-me desconectada da corrente da vida.

Entre a casa e o emprego, estava a viver fora do sítio e fora do tempo.

E comecei a ficar novamente deprimida. Houve uma tarde, depois de ter trabalhado na noite anterior, em que não me consegui lembrar de que dia era, não consegui descobrir a que aulas tinha faltado e tinha uma sensação do tipo quinta dimensão na qual quase não conseguia perceber se estava na minha própria cama, no meu próprio quarto, na minha própria cabeça. Era como ter uma ressaca sem o álcool. Senti-me insegura e, de repente, certa de que o meu apartamento não era realmente a minha casa, que era simplesmente mais um local onde eu permanecia temporariamente, que como tudo o resto na minha vida, tudo o que eu aqui estava a fazer era estar de passagem. Saí da cama, arrastei-me pelo longo corredor em direcção à casa de banho, lavei a cara com água e senti-me a sufocar. A próxima coisa de que me lembro é de estar no chão com a cabeça pendurada por cima da sanita, a vomitar. Não tinha comido nada há tanto tempo que tudo o que saía era bílis e outros sucos gástricos e, assim que acabei, senti os músculos do estômago, do diafragma e da traqueia ficarem muito doridos, como se tivessem acabado de fazer uma aula de musculação sem mim. Tinha um travo amargo na boca, mas estava demasiado cansada para me levantar e ir lavar os dentes. Até que o telefone tocou.

Da casa de banho conseguia ouvir o meu amigo Eben, a falar para o gravador, dizendo que já eram cinco horas e que era altura de irmos para o concerto dos Pink Floyd em Harvard a que eu tinha, disparatadamente, dito que queria ir. Por isso corri, peguei no telefone e tentei explicar-lhe que estava estranhamente doente, que tinha acabado de vomitar e que me parecia que estava com febre.

— Isso é só de trabalhares a noite toda, Liz — disse ele. — Se te levantares e saíres, vais sentir-te muito melhor.

Eu sabia que ele estava provavelmente certo. Mas, por estranho que possa parecer, não me importava. Tinha a certeza de que não me conseguia mexer.

— Eben, não consigo ir aos Pink Floyd contigo. — Comecei a chorar. — Eben — funguei. — Tenho muita pena. Eu pago o meu bilhete. E também pago o teu. Mas, por favor, não me chateies, agora não. Sinto-me tão fraca. Não sei o que se passa comigo. Dói-me a cabeça, dói-me o corpo, estou assustada e não sei porquê.
— Continuei a chorar.
— Tudo bem, Liz. Como queiras.

Na manhã seguinte anunciei à Dr.ª Sterling que me sentia como se estivesse a ter um esgotamento nervoso mas que não sabia porquê. Talvez fosse da escuridão e da falta de dormir. Talvez fosse o simples facto de que o período de graça no início do semestre tinha acabado e que agora a realidade, a rotina e a depressão estavam a voltar. Não havia rapazes nem bebida para culpar por este humor tão negro, por isso, era provavelmente apenas o meu destino. Mas fosse o que fosse, parecia muito físico, uma doença provocava uma febre intermitente, como se o meu corpo estivesse a preparar um ataque contra a minha cabeça e descrevi-lhe os arrepios, os suores quentes, a náusea, a exaustão.

— Passa-se alguma coisa comigo — lamentei-me. — Estou com tantas dores, não só na cabeça mas por todo o lado, por todo o lado, como uma forte gripe, mas esta é definitivamente emocional embora se esteja a manifestar fisicamente.

Esperei que a Dr.ª Sterling visse que isto era algo muito repentino, que há apenas alguns dias eu não me calava com o meu surpreendente estado saudável, mas ela deve ter percebido que as pessoas podem ter uma quebra muito repentinamente.

— Tudo isso pode ser parte da depressão — sugeriu a Dr.ª Sterling depois de eu lhe ter descrito os meus sintomas. — Andas na terapia há cerca de um mês, por isso talvez te esteja a começar a abalar agora. Talvez estejas a ter o teu primeiro esgotamento. Mas não te preocupes: isso acontece. Faz parte do processo terapêutico. É sinal de que estás a começar a melhorar.

Até que, alguns dias mais tarde, acordei cheia de sangue. Havia sangue nos lençóis, sangue na minha camisa de dormir e pensei estar a morrer. Na verdade, pensei que já estava morta.

Até que senti pedaços de plasma sanguíneo presos à parte interior das minhas coxas, vi os pedaços vermelhos que viajavam pelas minhas pernas abaixo como uma malha nuns *collants*. E pensei: «Oh não.»

Tinha andado a vomitar durante a semana anterior, mas pensei que estava maldisposta, como sempre. A história da minha vida. Estava tão vazia que às vezes o meu corpo vomitava apenas para ficar ainda mais vazio. Todavia, durante o fim-de-semana, começaram a acontecer coisas esquisitas. Havia algo na minha cabeça que doía tanto que eu tinha suores e alucinações, e decidi telefonar ao meu ex-namorado Stone e pedir-lhe para vir cá e beber um vinho tinto húngaro comigo. E ele abraçou-me durante seis horas seguidas porque eu estava com demasiado medo de que, se ele me largasse, eu pudesse saltar pela janela. A minha cabeça parecia um avião prestes a fazer uma aterragem de emergência. Ou algo do género. Na verdade, era a leveza, a falta de uma âncora, que me estava a começar a assustar; estava certa de que se o Stone me largasse, eu podia flutuar até Marte.

Por isso, quando acordei na segunda-feira de manhã rodeada pelo meu próprio sangue, fiquei convencida de que estava a abandonar o meu corpo para sempre. Rebolei para fora do meu *futon* e forcei-me a levantar, amparei-me à parede, rastejando lentamente pelo corredor até chegar ao telefone. Enrolei-me em torno da mesa do telefone em posição fetal, porque as cólicas eram tão fortes e a parte de baixo das minhas costas parecia ter sido comprimida com ferros em brasa, e liguei o número do Stone.

Olhei para trás de mim e vi um rasto de sangue, em pequenos círculos, manchas no chão e manchas na parede, como uma pintura do Jackson Pollock.

— Stone, estou a morrer — disse assim que ele atendeu o telefone.

— Outra vez?

— Stone, estou morta. Eu sei que disse isso no sábado, e desculpa estar a acordar-te, mas há aqui imenso sangue, estou a tremer, cheia de dores e acho mesmo que devo estar a morrer, talvez devesse ir a um médico.

— Talvez estejas com o período.

— Talvez eu esteja a morrer e se tu não vieres cá para me levar para o hospital, a culpa vai ser toda tua quando eu estiver morta.

O Stone não era homem para discutir com aquela espécie de lógica arrevesada. Estávamos a 19 de Outubro de 1987. Fui para a enfermaria num táxi apenas com a camisa de dormir e uma camisola por cima. Havia sangue por todo o lado, eu estava a vomitar o chão todo. As outras pessoas na sala de espera devem ter pensado em levar as suas urgências para outro lado qualquer, de tão nojento que era o meu aspecto. Entretanto, o mercado bolsista estava ocupado a cair 508 pontos. Mais tarde, repararia que tanto eu como o mercado nos despenhámos ao mesmo tempo.

Estava deitada na marquesa num dos quartos da clínica ambulatória a gritar:

— Estou a morrer! Estou a morrer!

Sentia fortes dores no estômago como picadores de gelo a serem espetados no meu interior.

— Então, querida, não estás a morrer. Se alguém está a morrer, é o teu *bebé* — disse, por fim, uma enfermeira.

— O meu *bebé?* — comecei a chorar. Chorei e chorei. Pensei que ia chorar nove meses. O Stone já se tinha ido embora há muito tempo, por isso aqui estava eu numa sala anti-séptica, cheia de luzes fluorescentes com estranhos a dizerem-me que eu tinha estado grávida, provavelmente há uns meses. Eu nem sequer tinha percebido que carregava um bebé dentro de mim e só descobri quando o perdi.

Eu perco tudo.

Como raio é que fui engravidar? Jack, pensei. Não houve mais ninguém. Bem, o Stone na outra noite — ele achou que o sexo me faria sentir mais *ligada à terra* — mas mais ninguém. Mesmo com o Jack, não me conseguia lembrar quando ou onde isso tivesse acontecido, ou mesmo que *isso* tenha acontecido. Mas deve ter sido. Só houve uma Virgem Maria na História e ela não teve um aborto espontâneo.

— É uma miúda cheia de sorte — ouvi a médica a dizer na outra sala enquanto preparava algum equipamento para fazer uma cesariana. — Agora não vai ter de fazer um aborto.

Um aborto?! Não acreditei que a médica estivesse simplesmente a assumir que eu faria isso. Talvez tivesse feito, mas talvez tivesse dado a criança para adopção. Talvez até tivesse sido uma mãe solteira, empurrando o meu bebé para um infantário enquanto ia a correr para as aulas, amamentando no parque, certificando-me de que os homens com quem saía gostavam de crianças. Talvez eu *tivesse* mesmo feito um aborto. Mas como é que alguém com tão pouco amor na sua vida iria matar o amor a crescer dentro de si? Mais depressa me matava a mim. Mais depressa teria morto a médica que, sobre mim, me sorria sagazmente, porque ela não sabia nada de nada. De facto, teria gostado de nos matar a ambas. Queria desatar a chorar com tantas mortes.

E foi exactamente o que eu fiz. Chorei tanto que por fim me deram um Xanax para me acalmar. Quando isso não resultou, duas horas mais tarde deram-me um Valium. Estava ainda a chorar já de madrugada, deram-me algo tipo Thorazine e disseram-me que eu passaria os próximos dias na enfermaria.

Ninguém percebia o que estava errado com ela. Limitava-se a ficar deitada na cama, a olhar fixamente para as paredes cor-de-rosa, a tomar os comprimidos cor-de-rosa que a enfermeira de branco lhe dava. Entre os comprimidos verdes e os amarelos. E todos aqueles azuis.

Na verdade, só estive na enfermaria de um dia para o outro. Pareceram-me dias, ou séculos, porque estava drogada e desorientada e não sabia onde estava ou o que estava a acontecer comigo a maior parte do tempo, o que me parece a melhor coisa a fazer quando a alternativa é a histeria. O psicólogo de serviço veio falar comigo, tiraram-me sangue do braço, enfiaram-me um termómetro na boca, e deram-me duas refeições, mas, fora disso, a minha interacção com humanos era mínima. A uma dada altura, a minha companheira de quarto, Samantha, veio visitar-me e perguntou-me o que estavam a fazer por mim.

— Dão-me comprimidos e deixam-me dormir — foi tudo o que eu consegui dizer.

— Isso é medieval! — exclamou Samantha.

Ficou irritadíssima dizendo que do que eu precisava era de aconselhamento e não de drogas. Eu estava demasiado adormecida para lhe explicar que eu estava provavelmente demasiado adormecida para outra coisa *que não* drogas. Espantou-me o facto de Samantha e eu não nos conhecermos há muito tempo — apenas desde que nos tínhamos tornado companheiras de quarto através de um amigo em comum, algures em Setembro — e já termos desenvolvido esta relação fraternal. Samantha tinha dois anos a mais do que eu e tinha acabado de regressar de um ano de férias da faculdade, durante o qual viveu em Londres e trabalhou com acções num banco de investimento. Agora estava a trabalhar em *part-time* na mesma empresa em Boston, para além de escrever manifestos para a campanha presidencial do Dukakis, promover as causas de um dissidente colombiano chamado Brooklyn Rivera, voar para o Minnesota aos fins-de-semana para se encontrar com um dos filhos do Walter Mondale e fazer as cadeiras todas a que se tinha proposto. Conseguia ainda correr algumas vezes por semana.

Samantha disse-me várias vezes o quão deprimida e abatida se tinha sentido em tempos, como ela costumava chorar até adormecer na cama do namorado em Londres por se sentir demasiado sozinha, mesmo ali deitada ao lado dele, e de como ela se levantava e saía a meio de jantares, sem sequer se desculpar, porque precisava de desatar a chorar sem qualquer razão aparente. Dizia-me estas coisas todas para me assegurar de que também eu ultrapassaria o que me estava a incomodar. Mas parecia-me muito difícil acreditar que eu estaria tão bem quanto a Samantha, a Samantha que estava a planear passar as férias de Inverno numa caminhada pela Nicarágua e El Salvador numa missão destinada a encontrar informação para a sua tese acerca da diplomacia pós-guerra entre a América Central e o governo britânico. A Samantha nem sequer sabia falar espanhol, mas, estranhamente, não estava nada preocupada com este impedimento. Deitada naquela cama da enfermaria, a ideia de ir a algum lado com apenas alguns conhecimentos rudimentares da língua desse país, principalmente uma região onde costumam aparecer cadáveres nas casas de banho das estações, parecia-me uma tarefa que requeria mais energia do que eu teria para passar o resto da minha vida. Deitada na minha cama da enfermaria, a ideia de ir à América Central não me pareceu impossível apenas ali e naquela altura — pareceu-me impossível para sempre. Não conseguia imaginar que ia *alguma vez* ficar melhor.

A depressão é assim mesmo: um ser humano pode sobreviver a quase tudo, desde que tenha um objectivo à vista. Mas a depressão é tão traiçoeira e piora de dia para dia, que é impossível ver o fim. O nevoeiro que nos circunda é como uma gaiola sem chave.

Quase fiquei feliz durante um tempo depois de ter saído da enfermaria. A minha outra companheira de quarto, Alden, trouxe-me um *bouquet* de flores cor-de-rosa forte quando chegou a casa naquele dia e ficámos sentadas a rirmo-nos de como eu pensava que estava a dar em doida, quando, afinal, tinha tido um aborto. Bebemos vinho branco e brindámos ao futuro feliz que eu teria agora que sabia o que estava errado.

Como se eu soubesse.

De repente, os meus problemas pareciam ter uma causa física e eu estava mais satisfeita com explicações somáticas do que com as psíquicas habituais. Quando disse a amigos íntimos que tinha tido um aborto espontâneo, que nem sequer sabia que estava grávida até o meu corpo ter expulsado o feto, todos pareceram ter muito mais compaixão — até muito mais compaixão retroactiva — por mim do que quando era só depressão e era tudo tão inefável. Consequentemente, não parei de falar no assunto do aborto, mesmo muito depois de as minhas cólicas, as minhas *terríveis* cólicas, terem desaparecido e eu quase me ter esquecido de tudo. No início estava a tentar manter em segredo o facto de ter estado grávida, fazendo que os poucos amigos que sabiam jurassem guardar segredo. Mas, depois de algum tempo, não consegui controlar-me. Eu inspirava bondade e piedade nas pessoas apenas por mencionar a palavra *gravidez*. E quando continuava a explicar que não me tinha apercebido do que me tinha acontecido, de que depois de eu ter engravidado me tinha tornado tão alienada do meu próprio corpo que nem sequer reparei que não estava a ter o período até acordar um dia encharcada no meu próprio sangue — quando eu acrescentava este facto, conseguia suscitar quase sempre a indignação feminina.

Tinha-me tornado bastante boa a dizer caprichosamente, *Não me chateiem, acabei de ter um aborto*, que quase me esqueci de que era verdade. Senti-me péssima. Estava fisicamente esgotada e emocionalmente vazia e, de acordo com a minha contabilidade, achava que não me podia escapar usando a desculpa do «eu estava grávida e não sabia até que» durante muito mais tempo.

— Não precisas de uma desculpa para estares deprimida — disse-me a Dr.ª Sterling numa das nossas sessões. — Estás e pronto. Tens de deixar de te sentir culpada por causa disso. Sentires-te culpada só te está a deixar mais deprimida.

— Isto vai parecer estúpido — comecei, demasiado consciente de que tudo o que eu dizia era tão triste —, mas, na realidade, não me parece de todo que eu tenha direito a estar tão infeliz. Sei que posso olhar para trás e dizer que o meu pai me negligenciou, a minha mãe asfixiou-me, eu estive perpetuamente num ambiente incoerente para mim, mas... — Mas o quê? De que outras desculpas precisamos? Não me estava a sentir suficientemente mal para mencionar Bergen-Belsen, cancro, fibrose cística e todas as outras razões *reais* para nos sentirmos desafortunados. — Mas muita gente teve uma infância difícil — continuei. — Muito mais difícil do que a minha, mas crescem e continuam com a sua vida.

— Muitas delas não o fazem.

— Não me interessam aqueles que não o conseguem fazer. Acho que devia estar entre aqueles que o conseguem. Tenho tido tanta sorte de tantas maneiras, tenho tido tantas compensações. — Ficava maldisposta só de me ouvir a mim mesma. Quantas vezes e perante quantos terapeutas tinha eu já feito este discurso? Quando é que eu deixaria de pensar com que direito, com que *lata*, eu estava deprimida? Chega de falar nas minhas bênçãos. Estava a começar a parecer uma personagem num filme da televisão com um título como *A Melhor Rapariguinha do Mundo* ou *A Que Tem Mais Probabilidades de Ter Sucesso*. — Não sei. A única coisa boa deste aborto é que me deu uma razão para me sentir péssima.

— Então gostas de razões tangíveis?

— Sim, claro. Não é do que toda a gente gosta?

— Bem, não, não necessariamente.

— É por essa razão que uma tentativa de suicídio sempre me pareceu interessante. Quer dizer, desde que eu me tornei um fracasso cósmico nas minhas numerosas tentativas de ficar viciada em drogas ou álcool, a única coisa terrível que eu vejo que poderia acontecer seria eu tomar uma *overdose* ou algo do género. As pessoas pensariam que eu estava efectivamente doente e não apenas mais ou menos deprimida, que é o que pensam agora.

— Tens de deixar de te preocupar com o que as outras pessoas pensam e tentares concentrar-te apenas naquilo que sentes.

— Oh, Meu Deus — exclamei eu. — Tudo o que eu faço é pensar naquilo que sinto e tudo o que sinto é terrível.

— Bem — respondeu a Dr.ª Sterling com um suspiro, antes de anunciar que era tempo de pararmos. — Acho que é por isso que aqui estás.

Há algo que eu não vou dizer, que nunca sequer disse à Dr.ª Sterling. Porque há várias coisas que, como uma mulher de classe-média com uma licenciatura — principalmente uma mulher no início da casa dos vinte, que tem a biologia, o tempo e o futuro do seu lado — não é suposto sentir acerca de engravidarmos. Não é suposto pensarmos: «Eu queria o bebé», ou «Quem me dera poder ter ficado com ele», ou algo do género. A gravidez é, simplesmente, um azar, um inconveniente sem importância, algo com o qual lidamos com uma simples cirurgia que nem sequer requer hospitalização. Há alguma dor envolvida no processo, cólicas como quando se tem um período mais doloroso; e há alguma depressão envolvida, mas isso é apenas por as hormonas estarem descontroladas. Já acompanhei tantas amigas às suas consultas de aborto às oito da manhã no Centro de Saúde Feminina de St. Acme's, ou seja lá como o local se chama, que é praticamente um rito de passagem, tanto para fazer um como para ser a amiga que apoia e fica à espera enquanto outra pessoa o está a fazer.

Não sabia que estava grávida, por isso nunca precisei de pensar em fazer um aborto, mas se tivesse sabido, também não teria tido de pensar nisso. Tê-lo-ia simplesmente feito, sem fazer quaisquer perguntas, sem levantar quaisquer questões. É verdade que talvez tivesse criado um pretexto de escolha, talvez me tivesse sentado com um conselheiro ou um enfermeiro no Hospital Universitário e discutido as minhas outras opções, falado acerca de levar a gravidez até ao termo, falado acerca da adopção ou de ser uma mãe solteira, mas teria sido parte de uma rotina. Ter-me-ia sentado e examinado a possibilidade de não abortar com mais ou menos a mesma convicção com que um advogado de defesa público tem de transmitir quando está a representar um violador ou um assassino que sabe ser culpado, mas que, de qualquer forma, tem direito a um julgamento justo. Teria sido parte da farsa destinada a fazer-me acreditar que, quando eu mais tarde marchasse em Washington em 1989 e novamente em 1992 exigindo o direito de escolha para as mulheres, realmente acreditava naquela ideia da escolha. *Não há qualquer escolha para uma rapariga como eu: há apenas o aborto.*

E se um rapaz se comporta de forma honrada hoje em dia, se faz o que está certo quando engravida uma rapariga, isso significa acompanhá-la à clínica para fazer o aborto. Talvez até pagar metade das despesas. Talvez ele seja do tipo «eu compreendo a tua dor» *durante algum tempo. Talvez diga coisas do género:* «Também era meu filho.» *Mas os casamentos forçados já estão fora de moda. Percorrer o caminho para o altar já não é o que se espera de um cavalheiro. Já não há leis desse tipo. Obviamente, sei que desta forma é melhor. Não há bebés indesejados, não há noivas adolescentes e noivos imberbes presos em casamentos que nunca deviam ter acontecido. Eu sei que assim é melhor.*

Eu sei.

O divórcio por mútuo consentimento também é melhor. E, ainda assim, não consigo afastar esta sensação de que vivemos num mundo que há muito passou, que há toda uma série de sentimentos que não é suposto termos porque já não há qualquer razão para tal. Mas, ainda assim, eles lá estão, presos algures, uma falha que a evolução ainda não conseguiu eliminar, como as amígdalas ou o apêndice.

Quero tanto sentir-me mal por ter engravidado, para além, claro, da surpresa e do choque. Mas não consigo. Não me atrevo. Tal como não me atrevi a dizer ao Jack que me estava a apaixonar por ele quando estava no Texas, a querer ser uma mulher moderna que é suposto ser capaz de lidar com a natureza casual deste tipo de relacionamento. Não é suposto eu alguma vez dizer, ao Jack ou a outra pessoa qualquer: «O que te faz pensar que eu sou tão rica que me possas roubar o coração e isso não significar nada?»

Às vezes gostava de poder andar com um cartaz a dizer MANUSEAR COM CUIDADO *colado à testa. Às vezes gostava que houvesse alguma maneira de dizer às pessoas que lá por eu viver num mundo sem regras e numa vida sem lei, isso não quer dizer que não sofra na manhã seguinte. Às vezes penso que fui forçada a refugiar-me na depressão porque era o único protesto de direito que eu podia atirar à cara de um mundo que dizia que não fazia mal as pessoas irem e virem como quisessem, que, simplesmente, já não existiam quaisquer regras. Com certeza, o engano e a traição tanto nos relacionamentos românticos quanto nos políticos não é nada de novo, mas houve um tempo em que era mau, insensível e frio magoarmos alguém. Agora, é simplesmente a forma como as coisas são, parte do processo de crescimento. Na verdade, nada é surpreendente. O meu pai teve uma filha da qual não lhe custou muito afastar-se; parece apenas natural que tantas de nós tenhamos gravidezes que podemos abandonar ainda mais facilmente. Após algum tempo, o significado e a implicação despegam-se de tudo. Se podemos ser pais sem assumir quaisquer obrigações, então também podemos ser namorados e não fazer nada de todo. Cedo podemos adicionar amigos, conhecidos, colegas e quase qualquer outra pessoa à longa lista que parecem fazer parte da nossa vida, embora não haja nenhum código de conduta ao qual tenham de aderir. Cedo, parecerá pouco razoável ficar incomodado ou irritado com qualquer coisa porque, bem, do que é que estavas à espera? Num mundo em que a unidade — a família — é tão dispensável, quanto é que qualquer outra coisa pode significar?*

Sinto um arrepio quando penso na forma como estar privada de sentimentos normais tem o efeito paradoxal de me tornar num destroço emocional. Como o escritor russo Aleksander Kuprin diria: «Será que compreendem, meus senhores, que todo o horror está contido apenas nisto: não há qualquer horror!»

Foi durante uma peça na sexta-feira seguinte que eu realmente me passei. Era uma peça de Sam Shepard. A Ruby era a produtora. Devia ter umas quatro horas. Era uma das obras mais obscuras do Shepard, daquela espécie que as companhias independentes desencantavam assim que as possibilidades de *Fool for Love* e *True West* já tinham sido esgotadas. Não que fosse preciso muito para me perturbar naquela noite, uma vez que eu tinha acabado de sair da enfermaria há apenas alguns dias e as paredes do meu útero ainda estava a ter hemorragias horríveis e eu começava a pensar que talvez o banco de sangue da Cruz Vermelha abrisse uma divisão entre as minhas pernas. Dadas as circunstâncias, tudo o que foi preciso foi uma desconfortável troca de palavras com a Ruby antes de o espectáculo começar para eu me descontrolar.

Mais ou menos naquela altura, a Ruby tinha começado a sair com o Gunnar, um tipo que andava na minha aula de Semiótica e que parecia o Cary Grant de cabelo comprido. Parecia que ela ainda não tinha recuperado da altura em que eu lhe tinha tentado roubar o namorado, no primeiro ano da faculdade, e estava convencida de que eu andava a tentar seduzir o Gunnar no meio das palestras acerca da linguística do Charles Peirce, da antropologia do Lévi-Strauss, dos formalistas russos e da Escola de Frankfurt e de como tudo estava relacionado com uma nova forma de ler os contos de fadas dos Grimm. Com todo este paleio intelectual, dificilmente teria conseguido prestar atenção ao Gunnar mesmo que quisesse. Além disso, eu tinha uma pancada por outro tipo que era a razão de eu ter escolhido esta cadeira ridícula.

Indo directa ao assunto, eu estava totalmente apanhada, tinha passado por esta confusão fisicamente punitiva, e a última coisa que me passava pela cabeça era criar uma nova catástrofe por tentar roubar o novo namorado da Ruby. Mas quando eu, a Ruby e o Gunnar estávamos na entrada do teatro antes de a peça começar e eu estiquei a mão para endireitar a gravata torta do Gunnar — uma gravata que ele tinha posto em honra dela visto ser a noite de estreia — ela considerou aquilo uma espécie de violação. Não era suposto eu tocar no homem dela, por isso ficou toda amuada e recusou-se a falar comigo durante o resto da noite. Pedi-lhe desculpa vezes sem conta, segui-a por todo o teatro enquanto ela colocava bolinhos e grandes garrafas de vinho nas mesas para a festa que teria lugar depois do espectáculo, ofereci-me para carregar algumas bandejas, mas a Ruby só falou comigo para dizer:

— Não se pode confiar em ti.

— Ruby, por favor, desculpa — não parava eu de dizer. — Seja lá o que eu fiz, desculpa. Por favor, não estejas zangada comigo. Eu não ando nada bem. Preciso que os meus amigos me tratem bem. Preciso de ti.

Depois do espectáculo, o companheiro de quarto do Gunnar, Timothy, estava a falar comigo por alguma razão que eu não compreendi. Quer dizer, ali estava eu, a perder meio litro de sangue por hora, uma das minhas melhores amigas recusava-se a dar pela minha presença e parecia-me inacreditável que alguém quisesse ser simpático. O Timothy estava a tentar ter uma espécie de discussão acerca dos temas dominantes da peça, mas eu só queria falar era acerca da atitude terrível da Ruby para comigo. Não sabia por que é que estava a ter esta conversa com ele, mal o conhecia, e só Deus sabe que isto não era maneira de conseguir fazer que um rapaz ficasse interessado. É suposto sermos bem-dispostas e animadas com os rapazes, independentemente da forma como nos sentimos por dentro. Pelo menos foi isso que a Mãe sempre me disse. «Não deixes que ele perceba até que ponto tu és louca», dizia ela. «Ninguém quer alguém que está tão em baixo quanto tu.» Mas tudo o que o Timothy era para mim naquela noite era aquilo que qualquer pessoa que eu acabava de conhecer era para mim: mais um ombro sobre o qual chorar, alguém que ainda não tinha ouvido a minha história, alguém para quem a minha depressão, os meus problemas, reais e imaginários, e tudo o resto que me dissesse respeito não fossem uma questão de «lá está ela outra vez».

— A vida é tão horrível — lastimei-me, quando eu e Timothy nos sentámos num café na rua, a desfrutar da recta final do Verão Indiano antes do gelo. — A vida é terrível, a Ruby trata-me horrivelmente, eu só quero morrer.

— Não, não queres — disse ele. O que era suposto ele dizer? Conhecíamo-nos há vinte minutos. Bem, hoje em dia não há tempo para conversa de chacha.

— Mas eu quero mesmo — insisti eu. — Não tenho qualquer razão para te mentir. Mal te conheço. Tive um aborto espontâneo no outro dia, e parece-me tudo uma merda, e agora a Ruby, que supostamente seria uma das minhas melhores amigas, não quer falar comigo. Estas razões, tomadas em conjunto, parecem-me adequadas para o suicídio.

Quando ele não me respondeu, percebi de repente que eu conhecia o Timothy, que ele tinha andado com a Hadley, uma das minhas vizinhas no primeiro ano, uma rapariga que tinha feito o primeiro ano novamente porque durante a sua tentativa inicial em Harvard tinha tentado matar-se duas vezes e tinha acabado em Mc-Lean durante dois meses. Timothy era aquele a quem ela, ainda numa espécie de torpor um ano mais tarde, se referia como o grande amor da sua vida.

— Deus, acabou de me ocorrer — disse eu. — Não és o Timothy de quem a Hadley estava sempre a falar?

— Sou eu mesmo.

E então fiquei algum tempo a tagarelar acerca de ter ouvido falar muito dele e ele explicou-me que a Hadley tinha exagerado muitíssimo a extensão do relacionamento deles na cabeça dela, principalmente porque ele tinha sido muito simpático para ela quando ela se estava a passar.

— Sabes, quando a Hadley esteve em McLean, fui a única pessoa a visitá-la.

— Oh.

— Eu sei que não queres mesmo matar-te. Queres apenas ir parar a um hospital onde possas descansar durante algum tempo.

— Talvez.

— Não é talvez — insistiu ele, vigorosamente. — *De certeza*. Eu sei o que estás a pensar. — Ele era tão duro, do tipo de pessoa que já passou por tudo isto, que não consigo discutir com ele. — Bem, costumava ir lá visitar a Hadley e é por isso que te posso dizer que aquilo é mesmo horrível. Quando te internam não é como se te enviassem para uma quinta nas montanhas onde dás grandes passeios no campo e reflectes calmamente. E também não é tudo terapia pela arte. Na maior parte do tempo, estás deitada na tua cama horrível e não fazes nada. Os médicos vão lá ver-te de tempos a tempos e vais conviver com pessoas que estão tão ou mais passadas do que tu e não consegues compreender o que estás a fazer no meio delas. Além disso, os hospitais são estéreis, muito brancos, muito azul e cor-de-rosa claros. As televisões estão dependuradas do tecto. A comida é horrível. Se conseguires ficar melhor cá fora, não vejo porque possas querer ir lá para dentro.

— Talvez eu não acredite que consiga. — Dei por mim de repente irritada por o Timothy me estar a tentar dizer o que fazer. Talvez eu goste de comida má, de decoração estéril e de televisões dependuradas do tecto. Além disso, talvez eu quisesse mesmo morrer. Como é que ele podia saber? — Timothy, olha, isto até foi divertido e esclarecedor, mas eu tenho de ir embora — disse eu.

— Tenho de escrever uma composição sobre Espaço, Tempo e Movimento. — Isto até era verdade. Eu tinha muito para recuperar na cadeira de Física à qual tinha chegado duas semanas mais tarde. Sorri como se estivesse a dizer: «Grande cromo que eu sou, a fazer os trabalhos de casa numa sexta-feira à noite.»

— Achas mesmo que estás em condições de fazer isso?
— Desculpa. O trabalho deixa-me sempre a sentir-me melhor.
— O que também era verdade. — *Arbeit macht frei*[39] — acrescentei eu, percebendo que Timothy não era judeu e que provavelmente não ia perceber a minha referência mórbida a Auschwitz.
— Não te vou deixar ir para casa sozinha se estás a falar de suicídio.
— Não, estou a ser sincera. Sinto-me mesmo melhor comigo mesma quando estou a ser produtiva. Quer dizer, a sensação que eu tenho é que quando os amigos e tudo o resto nos desiludem, há sempre uma série de coisas que merecem ser feitas e que, de qualquer forma, estás sempre a adiar, por isso acho que vou para casa fazer isso.
— Elizabeth — disse o Timothy. — Já passa da uma. Por que é que não vais para casa dormir?
— Oh, não consigo. Não consigo fazer nada enquanto não fizer o trabalho. Posso sempre dormir amanhã.
Juntei as minhas coisas e atravessei a praça de Harvard em direcção ao meu apartamento. O Timothy seguiu-me.
— Olha, Timothy, eu vou para casa, vou fazer aquilo que preciso de fazer e vou ficar bem. — Sorri. — E se por alguma razão estranha derem comigo morta amanhã, não te esqueças de dizer à Ruby que estou a considerar a hipótese de a perdoar no além.
— Não te vou deixar ir — começa ele a dizer, mas nessa altura já estou a correr, a fazer um *sprint* pelo pátio e a descer rapidamente a Rua Kirkland. A dada altura, acho que o Timothy deve ter decidido que já não me conseguia apanhar, porque cheguei a casa sozinha.

Quando chego a casa, a Alden tenta envolver-me numa conversa nocturna, começando por me falar de um espectáculo de dança a que ela foi assistir, como se eu me importasse. Claramente, a Alden não faz ideia de que tudo o que me importa é o Espaço, Tempo e Movimento, uma cadeira da qual não percebo nada, embora ainda esteja convencida de que poderá redimir toda a minha vida. Tenho de escrever um trabalho e depois fica tudo bem.

---

[39] Em português, «O Trabalho Liberta», inscrição à entrada do campo de concentração de Auschwitz, durante o período nazi. *(NR)*

Caminho, a passo certo, na direcção do meu quarto, mas a Alden percebe que eu estou a começar a chorar e segue-me. Caio no chão, a minha mala, o meu casaco e o meu corpo todos numa pilha, como um monte de sucata, um monte de sucata a chorar. A Alden fica a ver, sem saber o que fazer. Ainda a chorar, ando na direcção da minha secretária e pego no manual de Espaço, Tempo e Movimento, levo-o para a cama e abro-o como se o fosse ler.

— Ouve, Elizabeth — sugere a Alden, aproximando-se. — Acho que precisas de dormir, precisas de te acalmar. Por que é que não guardas o trabalho para amanhã?

— Se conseguir fazer isto — murmuro. — Se conseguir ler este Darwin, vai correr tudo bem. Se eu conseguir fazer o que tenho de fazer, vou ficar bem.

— Elizabeth, isto é de loucos.

— E depois, se eu morrer em breve, pelo menos poderão dizer que tive uma vida produtiva e que entreguei os trabalhos de casa sempre a tempo. Talvez esteja morta, mas estarei actualizada acerca do Espaço, Tempo e Movimento.

Encosto-me para trás na minha cama, apoio o livro nos meus joelhos curvados e tento ler, embora os meus olhos estejam turvos por causa das lágrimas. A Alden chega-se ao pé de mim e arranca-me o livro.

— Por que é que não me dizes o que se está a passar?

— Porque já não interessa. Já ninguém interessa.

— Cristo, Elizabeth, a Samantha está a dormir, não sei o que hei-de fazer aqui. O que queres que eu faça? Estou preocupada contigo.

— Vou ficar bem — grito eu. — Vou ficar bem se me deixares fazer o meu trabalho acerca do Espaço, Tempo e Movimento.

Ela sai do meu quarto e dirige-se para o telefone. Telefona para as urgências da enfermaria e fala com a psiquiatra de serviço. Conta-lhe acerca do meu aborto, do infeliz que eu tenho sido e de como estou a ameaçar suicidar-me. Por fim, a Alden puxa-me para fora do quarto e põe-me ao telefone. Ainda estou a chorar.

— Nada — digo eu. — Só tenho um trabalho para fazer.

— Está certo, eu compreendo isso, mas é tarde e parece que aquilo de que precisas é de dormir.

— Raios — grito eu. — Está toda a gente a martelar nesta coisa do dormir. Ou vou fazer o meu trabalho ou vou matar-me. Está a perceber?

— Talvez devesses voltar a Stillman se é assim que te estás a sentir — sugere ela. — Um ambiente hospitalar poderá ajudar-te.

— Mas eu não posso — isto está a tornar-se muito frustrante, penso eu. — NÃO POSSO IR PARA STILLMAN PORQUE TENHO DE FAZER O MEU TRABALHO SOBRE ESPAÇO, TEMPO E MOVIMENTO OU ENTÃO VOU FICAR COMPLETAMENTE TRANSTORNADA. POR QUE SERÁ QUE NINGUÉM COMPREENDE QUE VAI FICAR TUDO BEM SE EU CONSEGUIR LER DARWIN EM PAZ?

A médica claramente não percebe o que eu estou a dizer porque diz que vai mandar dois enfermeiros para me virem buscar e deixar na enfermaria aquela noite. Diz alguma coisa acerca de não me querer deixar sozinha agora. Estou a chorar enquanto a ouço e choro ainda mais quando vejo a Alden sobre mim, nervosa, a querer certificar-se de que fico entregue em boas mãos. A médica diz que me dará tempo para preparar um saco e juntar aquilo de que preciso e que terei um carro à porta dentro de dez minutos.

— Está bem? — pergunta ela antes de desligar. — Por isso, vou ver-te em Stillman dentro de pouco tempo.

— Está certo, mas vou levar o meu trabalho — acedo eu. — Tenho de acabar o trabalho acerca do Espaço, Tempo e Movimento ou então acaba-se tudo.

— Pode ser — concorda a médica, com a quantidade certa de condescendência. — Traz o que quiseres.

Não há muito para fazer em Stillman para além de ler e ver televisão. Aparecem médicos com algumas horas de intervalo para falarem comigo, para me perguntarem qual é o problema e como é que eu o tenciono solucionar. E eu digo que não sei, porque não sei mesmo. Dão-me comprimidos, na sua maioria, Dalmane, para eu poder dormir e parar de falar no Espaço, Tempo e Movimento e em todos os trabalhos que devia ter entregue. E tenho de admitir que nesta sala isolada até parece estar tudo bem. O Timothy estava errado. Isto aqui é estéril, monótono, a luz é artificial, demasiado brilhante, mas, pelo menos, ninguém me pode tocar.

9
BEM LÁ NO FUNDO

God have mercy on the man
Who doubts what he's sure of.

(Deus tenha piedade do homem
que duvida daquilo em que acredita.)

BRUCE SPRINGSTEEN, «Brilliant Disguise»

 Não sei se todas as pessoas que estão deprimidas são atraídas por locais com um certo ambiente fúnebre ou se os contagiam com a sua tristeza e os tornam fúnebres. Só sei que durante todo o meu segundo ano da faculdade, dormi sob um póster de um metro e oitenta com as palavras LOVE WILL TEAR US APART[40] e depois ainda ficava a pensar por que é que nada de bom alguma vez acontecia naquela cama.

 Mas não era só o meu quarto. Era toda a casa. Parecia doentia, sombria. Não ficaria nada espantada se soubesse que foi transformada numa casa de craque ou numa carreira de tiro desde que saí de lá. Ou, melhor ainda, num porto de abrigo para a recuperação de vampiros. Aquele sítio era tão escuro ao meio-dia quanto à meia-noite. Era o local perfeito para um esgotamento nervoso. A minha casa no Texas, com os seus toques de decoração arejada e solarenga,

---

[40] «O amor há-de acabar por nos separar», em português. *(NT)*

pode ter sido o local de alguns perigosos percursores do desastre, mas foi preciso a casa assombrada em que me instalei em Cambridge para terminar o trabalho.

Uma vez que eu mal saía da cama depois do aborto, excepto para vaguear pelas ruas de Cambridge a altas horas da noite, vivia a minha vida, literalmente, no escuro. Apesar de a nossa sala de estar, virada a sul, ser cheia de sol, nunca ninguém lá passava tempo porque, desde que decidíramos tapar os sofás, que eram forrados com um tecido castanho aos quadrados horrível, com lençóis brancos, parecia que estávamos num velório. O resto da casa e todos os quartos que brotavam do longo corredor do nosso apartamento com quartos contíguos estavam virados para um pátio a norte. Todas nós, quer porque estávamos deprimidas, cansadas ou tínhamos trabalhos de casa para fazer, refugiávamo-nos nos nossos escuros mas paradoxalmente grandes quartos, perdidas na nossa existência troglodita. Todo o apartamento parecia infestado por alguma espécie de loucura: a Alden com o seu Budismo Zen, meditando dez horas por dia e a Samantha com o seu horário de quem quer chegar longe, com medo de que, se abrandasse o ritmo, se tornasse em alguém como eu.

Tínhamos uma quarta companheira de quarto, a Sindhi, uma rapariga paquistanesa que andava com o meu amigo Paul. Quando ela por fim decidiu que podia simplesmente ir morar com ele, que os pais dela em Karachi nunca saberiam, substituímo-la por uma série de companheiros de quarto, que desistiam todos da escola ou da vida assim que se mudavam para nossa casa. Jean--Baptiste, um estudante francês de Inteligência Artificial no MIT, decidiu voltar para Paris e aprender a tocar oboé após dois meses a viver connosco. Inigo, um licenciado em História Americana na Universidade de Harvard, decidiu voltar para a sua família em Shropshire e dedicar-se ao pastoreio depois de cá passar um mês. W. B., um recém-licenciado de Harvard, ficou connosco durante vários meses e, embora todas nós gostássemos imenso dele, o seu estado mental foi-se deteriorando durante o tempo em que foi nosso companheiro de quarto. Um dia era editor na revista *Sail*, no outro um mensageiro de bicicleta, no dia seguinte estava a candidatar-se à faculdade de Direito, no mês seguinte ia mudar-se para Los Angeles e escrever guiões. Tanto eu quanto ele começámos a suspeitar de que este apartamento era infernal, que um miasma de depressão e confusão se tinha infiltrado nas paredes.

De facto, quando a Alden saiu para regressar à faculdade de Barnard em Nova Iorque, porque era apenas uma estudante de visita em Harvard, a minha amiga Veronica mudou-se para o antigo quarto dela e ficou imediatamente deprimida. Veronica estava de férias; tinha parado no segundo semestre do último ano porque não conseguia — simplesmente *não conseguia* — escrever a tese. De todas as vezes que se sentava em frente ao *Macintosh* para trabalhar, ficava fisicamente indisposta, claustrofóbica e paralisada, razão pela qual se tinha mudado para nossa casa. Claro está que, apenas algumas semanas na Rua Kirkland, com uma separação feia do namorado e uma repentina incapacidade de sair da cama antes das quatro da tarde, o menor dos problemas da Veronica era a sua tese. Desnecessário será dizer que, à excepção da Samantha, que era uma Mulher com um Objectivo, o que é, em si mesmo, bastante passado, toda a gente naquele apartamento era completamente louca.

Tinham vivido tantas pessoas neste apartamento com quatro quartos ao longo dos anos que estava infestado de adolescência revivida vezes sem conta. Havia manchas de remédio contra o acne para sempre encrostadas no lavatório da casa de banho e o armário com espelho estava cheio de restos de Bactrim e afins, restos de infecções urinárias há muito curadas. O apartamento era barato e grande, com uma cozinha de anúncio a detergente, mas ninguém parecia lá ficar mais de um ano, sabendo que, estranhamente, estavam com sorte por terem conseguido escapar com vida.

Tornei-me daquelas pessoas que andam à noite sozinhas no escuro enquanto as outras dormem ou vêem reposições do programa da Mary Tyler Moore *ou fazem directas para acabar algum trabalho que têm de entregar na manhã seguinte. Trago sempre imensa coisa comigo quando ando a divagar, estou sempre carregada de livros, cassetes, canetas e papel, para o caso de ter uma vontade repentina de me sentar algures, e, oh, não sei, ler qualquer coisa ou escrever a minha obra-prima. Quero que todas as minhas posses importantes, os meus bens terrenos, estejam comigo em todas as ocasiões. Quero estar sempre a agarrar o pouco sentido de um lar que ainda me resta. Sinto-me sempre tão pesada, tão carregada. Isto deve ser um pouco como ser uma sem-abrigo, arrastando os pés aqui, ali e por toda a parte, em lado nenhum.*

Estamos em Outubro e está demasiado frio para estes passeios. Mas eu tenho de me mexer, tenho de me afastar cada vez mais deste fogo que me consome. Está tanto frio lá fora, mas eu estou a dar em louca com o calor.

Acordo durante a tarde do dia seguinte ao *Halloween*, na escuridão, como de costume, e não consigo sair da cama. É domingo e os domingos são uma seca, não há nada para fazer excepto os trabalhos de casa, sentirmo-nos de ressaca e consumir aspirina. A única coisa boa dos domingos quando eu vivia no pólo universitário eram os *Choco Krispies* ao pequeno-almoço tardio, um verdadeiro banquete para alguém que cresceu a consumir crocantes de cereais com adoçante. Mas agora, digo a mim mesma enquanto estou deitada no *futon* no chão do meu quarto, vivo fora do pólo universitário e não há nada para comer neste apartamento porque ir ao supermercado exige demasiado esforço de mim, porque eu não tenho mais nada para fazer, e um esforço demasiado grande da Samantha, porque ela tem demasiado para fazer.

«Está certo», penso eu deitada na minha cama. «Vamos lá enfrentar isto, miúda, estás aqui a viver numa anomia total. É claro que estás a dar em doida, Elizabeth. As pessoas têm tendência a enlouquecer quando nem sequer têm um pacote de leite no frigorífico.»

Por isso, forço-me a sair da cama como se fosse uma cassete a ser cuspida de um leitor de cassetes. Enquanto caminho a custo para a cozinha para fazer um chá, decido telefonar à minha mãe. «Do que eu preciso», penso eu, «é de fazer alguma coisa *realmente* normal. Algo que seja normal e que me dê uma sensação de ligação ao mundo. Porque neste momento sinto-me um pouco como uma árvore arrancada do chão a caminho da estância de madeiras onde vai ser ainda mais cortada. E a minha mãe pode ser completamente maluca, mas é muito normal. Paga os impostos, trabalha para ganhar a vida, ferve água sem queimar o púcaro. Está tão distante do que me rodeia presentemente que penso que telefonar-lhe iria, de alguma forma, transportar-me para um local mais são. Costumávamos falar quase todos os dias, mas não o temos feito ultimamente, porque há demasiadas coisas que eu não lhe quero contar e demasiadas coisas que ela não quer saber. O nosso silêncio é uma aliança cooperativa, embora ainda falemos acerca de nada de vez em quando. Talvez seja tempo de termos uma conversa séria.»

Mal ela atende o telefone, começa a gritar acerca de qualquer coisa. Em parte é por ter telefonado há alguns dias e eu me ter esquecido de lhe telefonar até agora, em parte porque acabou de receber uma conta da farmácia de Harvard e quer saber o que é que são aqueles medicamentos todos, em parte grita porque é normal ela gritar. Venho de uma família de gritadores. Se estão a tentar expressar qualquer emoção ou ideia para além de «passem-me o sal», sai aos guinchos. Por isso, a minha mãe é o antónimo da compostura e eu ainda lhe estou a telefonar com a única esperança de que a estabilidade maternal dela consiga escorregar pelos cabos de fibra óptica.

Estou quase para lhe dizer: «Mamã, vou ter contigo com uma necessidade e tu vais ter de a preencher, ou pelo menos fingir que o fazes durante algum tempo, porque preciso que sejas uma mãe maternal que não acredita que eu possa fazer alguma coisa errada agora.» E sabem?, sinto-me tão desesperada que até o diria se pensasse que ia funcionar.

Mas não ia. Já houve inúmeras vezes em que ela estava histérica e que eu lhe supliquei que se acalmasse porque é o único adulto da minha vida em quem eu posso confiar e quando ela fica assim eu sinto-me como se o chão estivesse a escorregar e a desaparecer debaixo de mim, mas isso não a impede de continuar. Ela não olha para mim com compreensão ou reconhecimento, como se o que eu estou a dizer fizesse sentido suficiente para ela parar de gritar. Ela nunca recua e não vê que o seu comportamento é inadequado ou desproporcionado, ou, pior ainda, não produtivo. Continua a gritar. E eu fico sentada a conspirar e a fazer planos, pensando no que posso fazer para calar o barulho, a que estado de desespero eu teria de chegar antes de ela perceber que se continuar assim vai acabar por matar-me.

Podem ficar descansados, tal não vai acontecer nesta tarde sombria de domingo. Desligo o telefone, pior do que estava, e fico a pensar no que me resta.

Telefonei ao Rafe, algo que estava para fazer há já quatro anos, depois de desligar a chamada com a minha mãe.

Não sabia do que eu estava à espera — só o tinha encontrado uma vez durante o meu décimo primeiro ano quando andava a olhar para faculdades e visitei Brown — mas se fosse a minha salvação, ficava satisfeita. O Rafe era um amigo de um amigo, tinham-nos apresentado apenas porque os pais dele se estavam a processar devido aos mesmos problemas pelos quais os meus também o estavam a fazer, ele também não falava com o pai e o nosso amigo em comum pensou que talvez gostássemos de trocar histórias do tribunal de família. Acho que o fizemos, mas isso foi há quatro anos.

Não sabia como lhe havia de dizer que lhe cabia a ele salvar-me a vida neste momento.

Quando atendeu o telefone, quase me lembrei da voz dele.

— Estou? É o Rafe?

— Sim.

— Oi, Rafe, o meu nome é Elizabeth e sou amiga do Jim Witz. Conhecemo-nos há alguns anos quando fui visitar Brown porque estava a escolher a faculdade.

— Hum, hum. — Sem sinais de me estar a reconhecer.

— Bom, de qualquer forma, na altura em que o Jim nos apresentou, acho que sobretudo por eu ter alguns problemas com o meu pai e tu teres problemas semelhantes com o teu... — Conseguia perceber pela falta de resposta da parte dele, pela sua incapacidade de grunhir ou de fazer algum som que desse a entender que sabia do que eu estava a falar, que ele se tinha esquecido do nosso encontro por completo. — Bem, provavelmente não te lembras, foi apenas uma noite há muito tempo — acrescento para me impedir de me envergonhar a mim mesma.

— Talvez se me disseres como é que tu és, eu me lembre — sugeriu ele.

— Bem, sabes, na verdade eu fui aí no teu primeiro ano, por isso está tudo muito vago neste momento. — Limita-te a responder à pergunta, Elizabeth. — Mas já que perguntas, tenho cabelo castanho-claro muito comprido e olhos escuros e visto-me muito de preto, o que provavelmente me faz parecer com quase todas as raparigas que conheces.

— Sim, bem, isso é mais ou menos a descrição de toda a gente por aqui.

— Olha, a verdadeira razão que me levou a telefonar-te — qual era *mesmo* essa razão? — é que, hum, estou a tentar encontrar o Jim e pensei que talvez tu soubesses onde é que ele está agora que acabou o curso.

— Não faço ideia. — Lá se vai o meu pretexto.

— Está bem, pronto, então acho que já não te incomodo mais com isto.

— Então, espera aí — disse ele, mostrando, por fim, algum entusiasmo. — Não podes desligar. Ainda não me disseste o que te aconteceu desde que te conheci há alguns anos.

— Mas tu também não te lembras de qualquer maneira.

— Bem, até lembro, vagamente.

!!!!!!!!!!

— Bem, vamos lá ver, estou agora no segundo ano em Harvard, a estudar Literatura Comparada, escrevo muito e, para além disso, acho que posso dizer que não me aconteceu nada de especial nestes últimos anos. — Um aborto, o início de um esgotamento nervoso, nada de especial. — E ainda não falo com o meu pai, embora não seja por falta de tentar.

Vá-se lá saber porquê falámos dos grupos e dos autores de que gostamos, e depois ele começou a falar-me nos seus planos de regressar a Minneapolis, a sua cidade natal, depois de acabar o curso, para tentar ganhar a vida como actor. Disse-me que tinha acabado de participar numa versão actualizada do *Tartuffe* de Molière. Contou-me que gostava que eu o tivesse visto, que tinha sido óptimo. E eu pensei para mim própria, como as mulheres costumam fazer: «Por que será que ele gostava que eu tivesse visto a peça? Será que é porque ele, como actor, deseja que toda a gente veja as suas actuações? Ou será que era a *mim* que ele lá queria?»

Entretanto, digo-lhe que tenho muita pena por ele não me saber dizer onde encontrar Jim, mas que agora tenho de desligar.

— Boa sorte — digo eu. — Espero que tudo te corra bem.

— Espera aí um segundo — pediu ele. — Espera, espera. Deixa-me só ficar com o teu número para o caso de ir a Boston.

— Para que é que queres o meu número?

— Bem, para te poder telefonar se alguma vez aí for. Talvez nos possamos encontrar novamente ou algo do género.

— Oh, estou a ver. — Que espectáculo. Elizabeth, nunca foste tão fixe na tua vida toda. — Acho que pode ser.

— Até pode ser que aí passe muito em breve. Tenho um amigo em Cambridge — informa-me ele. — E o meu companheiro de quarto é de Arlington.

— Oh, que bom — exclamo eu. Que bom. — Então vá, telefona-me quando aqui vieres.

Dois dias mais tarde, numa terça-feira à noite, estava novamente ao telefone com o Rafe.

— Oi, sou eu outra vez — anuncio quando ele atende, como se já fôssemos íntimos. — Olha, isto pode parecer-te estranho, mas estava a pensar, hum... — Hum. — Será que te posso ir visitar neste fim-de-semana? Preciso mesmo de sair daqui e não tenho mais lado nenhum para onde ir, a não ser para casa, o que é...

Ele fez-me parar com o riso.

— O engraçado é que — disse ele... — durante os últimos dias tenho andado a pensar em maneiras de poder ir a Boston para te ver.

Às quatro da manhã na sexta-feira à noite, já tínhamos ido assistir a uma peça, tínhamos estado em duas festas e já estávamos de volta a casa do Rafe há umas duas horas e ele ainda não me tinha beijado. E eu não sabia o que havia de fazer.

O apartamento do Rafe era muito giro, daquela espécie de sítio que o departamento de alojamentos da universidade de Brown atribui aos seus alunos no último ano. Ele partilhava-o com outros dois companheiros de quarto, e um amigo que tinha sido expulso de uma residência para estudantes ocupava o espaço do sótão. Mas mesmo àquelas horas da noite não havia ninguém em casa excepto eu e o Rafe. Ficámos sentados a conversar no sofá da sala de estar. Eu estava meio com medo de que ele fosse sugerir que eu dormisse ali mesmo já que ele era muito sensível ao facto de eu ter passado por um pesadelo ginecológico e era provavelmente daquele tipo de rapaz que acha que o certo são as camas separadas.

Fiquei assustadíssima a pensar que isto seria apenas um fim-de--semana fora, um tempo para me reorganizar e regressar a Harvard um pouco refrescada. Estava com tanto medo de que o Rafe não fosse afinal a minha salvação e não conseguir lidar com esse facto. Tinha de ser.

Tinha de ser.

E quando eu me estava a sentir totalmente agoirenta, a pensar que podia ter passado este fim-de-semana a fazer, bem, honestamente, a escrever os meus trabalhos acerca do Espaço, Tempo e Movimento, em vez de estar com um tipo que só quer ser carinhoso e bondoso e tão politicamente correcto; na altura em que eu me estava a lembrar de que havia tantas coisas que eu devia estar a fazer, que estou aqui apenas para a minha salvação; exactamente nessa altura, quando eu já não conseguia aguentar, o Rafe beijou-me finalmente.

Salva.

Vejo-o todos os fins-de-semana. Às vezes de sexta-feira a domingo, mas cada vez mais isso quer dizer de quinta a segunda-feira. Quando estamos juntos, tudo o que fazemos é estarmos juntos. O trabalho não se faz, não há ensaios para as peças, não há limpezas, não se cozinha grande coisa. Durante os três dias que passo em Cambridge, luto para despachar tudo o que tenho a despachar, ler, fazer os trabalhos, lavar a roupa suja, ir ao meu novo emprego na Biblioteca Lamont, até mesmo ir às aulas. Mas é tão difícil importar-me seja com quem for e seja com o que for em Harvard. Vivo numa escuridão completa, desejando todos os dias que o Rafe me telefone ou a planear telefonar-lhe eu a ele.

De vez em quando, olho em volta do meu apartamento. Vejo que todos os pósteres que eu tão cuidadosamente escolhi e colei com fita-cola nas paredes da sala de estar em Setembro estão a cair à medida que o frio congela a cola. Sei que a fita-cola precisa de ser reforçada, mas deixo-os escorregar até ao tapete e para cima dos sofás e dos cadeirões. Há vários sacos de lixo a acumularem-se na cozinha e eu sei que se ninguém fizer nada para resolver o assunto vamos ter ratazanas a morar connosco. Sei tudo isto, mas, estranhamente, não me consigo lembrar de pegar num dos sacos sempre que saio todas as manhãs. Não me consigo lembrar de nada a não ser *Onde está o Rafe?*

Ficava lavada em lágrimas sempre que deixava o Rafe. Chorava na camioneta de Providence até Boston. Chorava no comboio de Boston para Cambridge. Chorava enquanto atravessava a Harvard Square em direcção a minha casa. Chorava quando chegava a casa e via que as minhas companheiras de quarto já se tinham ido deitar e que não havia nenhum ombro para eu chorar. Continuava a choramingar durante horas. Sentava-me ao computador e escrevia os trabalhos acerca do Espaço, Tempo e Movimento para aquela semana, uma vez que era a única cadeira com a qual eu ainda me preocupava, e chorava mais um pouco entre os meus pensamentos sobre Kant e o conhecimento *a priori*, sobre os dialectos Hopi, o *continuum* espácio-temporal ou a geometria não-Euclidiana e os raios de luz.

Acordava de manhã ainda a chorar e começava a pensar se era possível eu ter estado a chorar no sono durante toda a noite. A única maneira de eu conseguir adormecer em noites como aquelas era roubando um dos Halcion da Alden, que ela tinha num frasco na gaveta da secretária. Inevitavelmente, mal acordava de manhã, com um solavanco repentino pós-Halcion, corria para o telefone. Telefonava ao Rafe para lhe dizer que não conseguia deixar de chorar, que não sabia porquê, embora ele nunca soubesse muito bem o que havia de dizer.

Estou a chorar por causa da natureza esquiva do amor, da impossibilidade de termos alguém tão completamente que esse alguém consiga preencher a fenda, a fenda cada vez maior que, para mim, neste momento, está preenchida pela depressão. Compreendo por que motivo às vezes as pessoas querem matar aqueles que amam, comer aqueles que amam, inalar as cinzas daqueles que amavam e que já morreram. Compreendo que esta seja a única forma de possuir outra pessoa com esta espécie de desejo desesperado que eu tenho para sentir o Rafe dentro de mim.

Depois de algum tempo, as coisas agravaram-se de tal forma que mesmo quando eu estava com o Rafe não era o suficiente. Ele estava sempre demasiado longe. Mesmo quando estávamos a ter relações sexuais, mesmo quando ele estava tão dentro de mim quanto uma pessoa viva poderá estar, ainda estava muito longe, para mim, ainda estava em Marte, Júpiter ou Vénus.

Passava muito do tempo que não estava com o Rafe a chorar e passava a maior parte do tempo com ele a fazer a mesma coisa. Quando expliquei isto à Dr.ª Sterling, quando lhe disse que o Rafe era o melhor namorado que eu alguma vez tinha tido, que, tanto quanto eu sabia, ele era completamente dedicado, e mesmo assim chorei, chorei e chorei, ela não conseguiu perceber o que estava errado.

— Acho que a proximidade que estás a ter com o Rafe é algo de que tens sido privada e algo de que necessitavas há já tanto tempo que está a fazer que tu tenhas estes extremos de emoção de cada vez que o sentes a afastar-se — sugeriu a Dr.ª Sterling. — Acho apenas que o contraste entre estar com ele e estar longe dele é demasiado para tu conseguires suportar.

— Mas muitas das vezes fico perturbada quando *estou* com ele — argumentei eu. — Parece-me que ele não pode dizer absolutamente nada que me consiga convencer de que é mesmo meu.

— Tem de haver uma razão para te estares a sentir assim — retorquiu a Dr.ª Sterling. — Não és um ser totalmente irracional. Há alguma coisa que ele faz que te deve estar a desequilibrar.

Senti a torrente a amontoar-se por detrás dos meus olhos. Água quente, sangue quente e sal quente. Senti as lágrimas a aumentarem quando comecei a falar de tudo o que fazia para estar com o Rafe e de ele não fazer qualquer esforço para estar comigo, sabendo de antemão que eu vou chegar, envolta em papel de embrulho e com um grande laço em torno do meu pescoço, todos os fins-de-semana como se eu tivesse vindo à terra apenas para o amar e servir. Sabia que tinha sido eu a criar esta situação, mas, ainda assim, odiava-o por me deixar ser desta forma. Odiava-o por não fazer mais. Odiava-o por nunca me vir ver a Cambridge, por estar sempre a desculpar-se por ter uma peça a que assistir ou um trabalho para fazer. Odiava-o porque ele me fazia deixar tudo para trás mesmo sem nunca mo pedir.

— É só que, todas as palavras dele, tudo o que ele diz acerca de me amar tanto, nenhuma me parece importar quando eu sinto que esta relação não estaria a acontecer de todo se não fosse pelos meus esforços — lamentei-me.

— De que é que esta situação te faz lembrar?

— Do meu pai, claro. — Por que é que ela se deu ao trabalho de perguntar? Será que pensava que eu era nova nestas coisas da terapia? Será que ela pensava que eu não conseguia estabelecer estas relações sozinha? — É claro que é como o meu pai, que nunca fez nada, nunca me visitou, nunca me telefonou, nunca me trouxe presentes, nunca me convidou para o ir ver, mas que ainda assim me jurava, nas raras ocasiões em que aparecia, que me amava muito. O Rafe está sempre a dizer-me que me ama, mas, tanto quanto eu sei, são apenas palavras.

— Penso que lhe devias dizer isso mesmo — sugere a Dr.ª Sterling. — Acho que seria muito importante para ti ele vir a Cambridge brevemente e penso que precisas de lhe dizer isso mesmo.

— Acha que ele realmente me ama?

— Não sei — respondeu ela, começando a ficar impaciente porque odiava o meu hábito de lhe pedir para ser omnisciente acerca dos sentimentos de pessoas que ela nem sequer conhecia. Suspirou. — Tudo o que sei é que ele diz que te ama e não tem quaisquer razões para mentir.

— Vais deixar-me, não vais? — perguntei ao Rafe em tom de acusação quando ele, por fim, veio a Cambridge e tudo o que eu consegui fazer o fim-de-semana inteiro foi chorar. — Já te fartaste de mim, não é verdade? Provavelmente já estás farto deste choro todo e deste mau humor e eu tenho de te dizer, eu também estou. Também estou. Às vezes parece que a minha mente tem uma vontade própria, como se eu ficasse simplesmente histérica, como se fosse uma coisa sobre a qual não tenho qualquer controlo. E não sei o que hei-de fazer e sinto-me pessimamente por causa de ti porque tu também não sabes o que hás-de fazer. E tenho a certeza de que me vais abandonar — mais lágrimas.

— Por que é que não me deixas decidir isso? — disse-me, passando-me um prato. Tinha decidido fazer-me o jantar («esparguete à Bolonhesa, nada de complicado», anunciara ele) porque pensou que não seria mau se, para variar, eu consumisse uma refeição caseira na minha casa. — Em primeiro lugar, acho que o que precisas mesmo de fazer é sentires-te melhor e comer qualquer coisa, porque ainda não comeste nada desde que aqui cheguei; e, em segundo lugar, acho que consigo lidar contigo bastante bem, sou suficientemente robusto. Só estou preocupado contigo, Elizabeth, estou mesmo. Amo-te mesmo quando ficas assim. Mas assusta-me. Assusta-me por causa de ti. Qualquer efeito negativo que tens nas pessoas que te amam, tenho a certeza de que não é nem metade, tenho a certeza de que não é nem uma ínfima parte, tão mau quanto o que te estás a fazer a ti mesma. Ainda vais dar contigo em doida.

— Eu sei.
— O que é que a médica diz?
— Oh, tu sabes como é que é. — Sabes, as coisas normais que os médicos dizem aos seus pacientes loucos, as coisas normais acerca das mães e dos pais e de traumas de infância. — Não me apetece falar agora disso. Simplesmente não me apetece, não tenho energia para isso — suspirei. Estava exausta. Endireitei-me na cadeira, peguei no prato que ele me tinha trazido e comecei a enrolar fios de esparguete em torno do meu garfo. — Quero ter a certeza de que não estás já completamente farto de mim.
— Elizabeth, por amor de Deus, já te disse que não estou... — respirou fundo de forma dramática e abanou a cabeça. — Eu amo-te. Não sei como é que te conseguirei convencer disso. E tu sabes, até este fim-de-semana, acho que as coisas podiam ter dado para um lado ou para o outro, talvez pudessem ter funcionado, talvez pudessem ter esfriado. Mas agora, esta noite, por tu ficares tão perturbada percebi que estou aqui para o que der e vier. Que estamos nisto juntos. O que quer que seja que te anda a incomodar, não quero que estejas preocupada comigo. Percebi que isto é muito sério e importante e não te quero deixar nunca, aconteça o que acontecer.
— A sério?
— Sim.
— A sério?
— Sim.

Tentamos, lutamos, constantemente para encontrar palavras para exprimir o nosso amor. A qualidade, a quantidade, certos de que nunca houve ninguém na história da humanidade a sentir um amor assim. Talvez

Catherine e Heathcliff, talvez Romeu e Julieta, talvez Tristão e Isolda, talvez Hero e Leandro, mas todos estes são apenas personagens, são só faz-de-conta. Conhecemo-nos desde sempre, antes mesmo de termos sido concebidos. Lembramo-nos de termos brincado juntos no parque, de nos cruzarmos na loja de brinquedos FAO Schwarz na Quinta Avenida. Lembramo-nos de nos termos encontrado em frente ao Templo Sagrado antes de Cristo, lembramo-nos de nos termos cumprimentado no Fórum, no Pártenon ou em navios de passagem quando Cristóvão Colombo cruzou os mares em direcção à América. Sobrevivemos a um genocídio juntos, morremos em Dachau juntos, fomos linchados pelo Ku Klux Klan juntos. Já passámos por cancro, poliomielite, peste bubónica, tuberculose pulmonar, morfina viciante. Já tivemos filhos os dois, fomos crianças os dois, estivemos no útero os dois. A nossa história é tão profunda, tão vasta e tão longa, já nos conhecemos um ao outro há milhares de anos. E não sabemos como exprimir esta espécie de amor, esta espécie de sentimento.

Por vezes, fico paralisada. Um dia, estamos no duche e quero dizer-lhe: «Poderia estar submergida em dezoito metros de água agora mesmo, sem nunca me afogar, sem nunca ter medo de me afogar, sabendo que estaria sempre segura contigo aqui, sabendo que não haveria qualquer problema de morrer desde que tu aqui estivesses.» Quero dizer-lhe isto, mas não digo.

O Rafe diz-me que não nos vamos ver durante as quatro semanas das férias de Inverno. Diz que precisa de ir tomar conta da sua mãe, viúva de um homem influente, que está mentalmente transtornada, e da sua irmã com onze anos, que está a passar por algo estranhíssimo, alguma outra versão de loucura e talvez precise de cuidados médicos.

E eu penso: «Por que é que tantas das pessoas a quem o Rafe é chegado estão a dar em doidas?»

E penso: «Não me interessam nada a sua mãe e a sua irmã ou seja lá quem for em Minneapolis ou em qualquer outro local da Terra. Só sei que eu estou aqui e que não vou conseguir durar um mês sem o Rafe.»

Choro tanto e tanto depois de o Rafe me dizer isto, choro durante todo o fim-de-semana sem cessar. E não paro de gritar: «Vais-te embora e não vais voltar mais! Vais-te embora e não vais voltar mais!»

Ele limita-se a abanar a cabeça, a abraçar-me e diz: — Quatro semanas não é assim tanto tempo.

Choro ainda mais depois de ele dizer isso, porque vejo que ele não faz ideia do quão longo, duro e palpável o tempo é para mim, que até mesmo quatro minutos desta sensação que tenho agora é demasiado tempo.

Quando cheguei a casa de férias, jantei com a minha mãe, conversei acerca da escola, do Rafe, de coisas comuns, mas era claro para mim no final daquela noite que não haveria hipótese — *não haveria qualquer hipótese* — de eu conseguir sobreviver sem ele. Esta pesada sensação de não estar bem, de repente, apossou-se de mim depois do jantar e eu não sabia o que havia de fazer. Porque aquela sensação terrível estava a cobrir-me totalmente, eu era como uma quinta a ser destruída por uma praga de gafanhotos. Saí para beber um café naquela mesma noite com a minha amiga Dinah num pequeno restaurante na Avenida de Amesterdão e tudo o que fiz foi falar do Rafe e da dor que eu sentia por não estar com ele.

A Dinah e eu éramos amigas desde os nossos quatro anos, desde que nos encontrámos no recreio no jardim de infância e ela me disse que o pai dela era mágico e eu lhe disse que o meu era um joalheiro-astronauta. Ela enchia garrafas vazias de *7UP* com água e dizia-me que era uma poção mágica e eu prometia trazer--lhe um colar de esmeraldas ou um pedaço da lua da próxima vez que visse o meu pai. Depois disso, tornámo-nos nas melhores amigas, durante a escola primária, durante o liceu. Mesmo depois de termos ido para faculdades diferentes, continuámos em contacto constante uma com a outra. Ela conhecia-me praticamente melhor do que qualquer outra pessoa, ela tinha-me acompanhado durante os meus primeiros ataques de depressão, por isso conhecia bem os sinais. Ouvindo-me falar do Rafe, a Dinah parecia aflita.

— Mas, Elizabeth — disse Dinah, empregando uma lógica que me era cruamente estranha. — Elizabeth, vais ver o Rafe daqui a quatro semanas. As pessoas estão sempre a ser separadas umas das outras e depois reúnem-se novamente.

— Eu sei. Só que acho que não consigo suportar isso.

Falei-lhe da dor intolerável, embora até eu conseguisse ver que devia estar a sentir-me feliz por estar assim tão apaixonada por alguém pela primeira vez desde a secundária. Mas não conseguia estar. Não parei de imaginar o fim, o desespero que eu sentiria quando chegasse, e isso fez que a felicidade que eu tinha no presente me parecesse não meramente efémera, mas condenada. Porque quanto mais feliz eu me permitia estar agora, tanto mais infeliz me sentiria depois.

Eu era como um viciado a quem negam a sua droga preferida. Enquanto ali estava sentada sem o Rafe, desesperada por uma dose dele, estava certa de que a ressaca da heroína não seria muito diferente porque eu sentia dores por causa dele e chorava por ele e tremia por ele e ajoelhava-me para vomitar com saudades dele, como se estivesse a fazer uma desintoxicação.

Convenci-me a mim mesma de que ele estava perdido no planeta ou perdido no sistema solar e que eu nunca mais o encontraria. Não seria capaz de o encontrar pelo telefone, ele tornar-se-ia inacessível e eu perdê-lo-ia. Teria de contactar o FBI, cujos agentes seriam incapazes de o localizar. Imaginei-me a viver um destino como o de Horacio Oliveira no romance de Julio Cortázar *Hopscotch*. Pensei lastimosamente no homem que teria de passar o resto dos seus dias em busca de La Maga, a sua amante perdida, que tinha desaparecido em Montevideu ou noutra qualquer parte do Uruguai mais conturbada, um país onde os desaparecidos provavelmente superam em número os encontrados, um país onde podemos perder alguém para sempre, um país que se presta perfeitamente aos caprichos e às paranóias da ficção, porque a vida e a morte estão em todo o lado na América Latina.

Expliquei os meus medos à Dinah, a minha convicção de que o Rafe iria desaparecer ou cair num buraco negro. E ela disse apenas coisas como: «Isto é de loucos, isto é de loucos», e tive de concordar com ela. Mas eu não conseguia parar, não conseguia.

Os meus dias resumiam-se a vaguear pelas ruas da parte ocidental da cidade a pensar no Rafe. Tentei fazer outras coisas. Queria ir ver o *Atracção Fatal*, mas não me consegui obrigar a ir ao cinema, sabendo que chegando lá tinha de ficar numa fila e isso poderia parecer-me uma eternidade. A Dinah levou-me ao Museu de Arte Moderna para ver uma exposição do Paul Klee, mas não me consegui concentrar em toda aquela abstracção. Tinha trabalhos da faculdade para fazer, mas não os conseguia fazer. Tinha de fazer um trabalho de Semiótica acerca da cultura das motocicletas e das convenções de motoqueiros, mas sempre que pegava na revista *Easy Rider*, parecia-me um esforço hercúleo simplesmente virar as páginas. Adormecia na banheira e ficava acordada toda a noite na cama. Nem sequer conseguia lavar a cara de manhã, as minhas mãos estavam demasiado cansadas.

Ouvi o novo álbum da Marianne Faithfull, *Strange Weather*. Devia ter o subtítulo «Música para se ouvir enquanto se corta os pulsos». Chorava quando o ouvia. Chorava quando não o ouvia. Queria chorar no ombro do Rafe, mas não lhe podia telefonar vinte e sete vezes por dia. Ele tinha mais o que fazer. A irmã dele parece que era uma criança endiabrada. A mãe dele também. Até admitiu estar a perder a paciência comigo. Ainda lhe telefonava uma dúzia de vezes por dia. Houve uma vez, quando ele saiu, que continuei a tentar até altas horas da noite, até que a mãe dele, por fim, tirou o telefone do descanso. Fiquei com medo de que o auscultador nunca mais fosse recolocado no sítio, nunca mais iria conseguir falar com o Rafe e fiquei acordada a noite toda, assustada, a tremer e a ouvir o sinal de ocupado vezes sem conta. Porém, normalmente, quando lhe telefonava, ele estava lá mas no meio de alguma coisa ou chateado ou preocupado e quando eu lhe perguntava se ainda me amava, ele gritava, «Sim! Agora deixa-me em paz!» Odiava-me por estar tão desnorteada quando ele precisava de lidar com uma vida que não era só eu.

Percebi que era melhor fazer alguma coisa, tentar conter-me porque mais ninguém o faria. Anunciei à minha mãe que achava que devia ir a Dallas ao casamento de uma amiga. Disse-lhe que precisava que ela me pagasse o bilhete, mas que lhe devolveria o dinheiro porque quando lá chegasse ia escrever uns artigos para o *Morning News* e fazer que a viagem desse lucro. Ela pensou que a necessidade de correr de um lado para o outro era má, que era um sinal da minha doença e concordou apenas na condição de a Dr.ª Sterling dizer que podia ser. A Dr.ª Sterling tinha ido de férias durante o Natal, mas isso não me impediu de lhe telefonar às quatro da manhã várias vezes para a sua cabana de esqui em Vermont, por isso, não consegui perceber por que é que a minha mãe não lhe podia telefonar para o mesmo sítio durante o dia. Graças a Deus, a Dr.ª Sterling pensou que viajar ou fazer qualquer outra coisa me ajudaria a continuar até regressar a Cambridge e ao tratamento, o que lhe parecia uma óptima ideia porque tinha falado comigo nos últimos dias e eu nunca lhe tinha parecido tão desesperada.

O que nenhuma delas sabia é que eu estava a planear passar por Minneapolis no meu regresso de Dallas, para poder ver o Rafe e certificar-me de que ele ainda me amava.

Por isso fui ao Texas, fingi escrever artigos. Apareci no *Morning News* e fiquei com minha velha secretária porque estava toda a gente de férias e os poucos revisores que tinham ficado estavam famintos de trabalho para rever. Entrevistei pessoas, estava a planear escrever alguma coisa acerca de um casal de escritores no Texas cujos livros tinham acabado de ser publicados, mas assim que terminei as transcrições das entrevistas, percebi que não ia ser capaz de escrever.

Sempre que falava com a minha mãe dizia-lhe que estava tudo óptimo por lá, que andava a escrever muito, que era paga à peça, estava a ganhar a vida, que isto era o melhor que alguma vez tinha feito.

Passei o resto de tempo em Dallas na cama, emergindo apenas na véspera de Ano Novo para ver *Broadcast News* e pareceu-me ridículo a personagem da Holly Hunter reservar quinze minutos todas as manhãs para chorar quando eu não conseguia reservar um tempo para não chorar durante todo o dia.

Rafe atrasou-se a ir-me buscar ao aeroporto. Quando finalmente chegou, encontrou-me a soluçar no terminal da Continental e começou a explicar que o despertador estava avariado.

Apeteceu-me matá-lo, porque eu tinha apanhado um avião às seis da manhã, tinha trocado de aviões em Houston para o poder ver, e agora aqui estava ele a dizer-me que os pequenos electrodomésticos fabricados no Japão tinham defeito e não consegui acreditar que ele não tivesse ficado acordado a noite toda à minha espera, como eu teria feito por ele. Mas não lhe disse nada disso, percebendo num cantinho são da minha mente que eu era louca e ele provavelmente não.

Fiquei ali sentada e fui a chorar durante todo o trajecto para Minneapolis e o Rafe disse que teríamos de conversar quando estivesse mais calma.

Num restaurante, disse-me que não conseguia manter esta relação, que eu precisava demasiado dele, tal como todas as outras pessoas, e que ele queria ser simplesmente um finalista normal na faculdade que goza o último semestre antes de se licenciar, que toma muito ácido e fornica ao acaso com todas as caloiras que encontra e que não tem de se preocupar com alguém como eu.

Não lhe respondi porque pensava que podia estar morta.

Era suposto eu estar em Minneapolis apenas durante a tarde, era suposto apanhar um avião para Nova Iorque dentro de algumas horas, mas recusei-me a entrar num avião até o Rafe mudar de ideias.

Por isso, fomos para sua casa, conheci a mãe dele com uma pronúncia marcadamente alemã e severas maneiras prussianas, e bebemos vinho branco e tirámos fotografias, como se tudo estivesse bem e eu, convenientemente, perdi o avião. Estava tão sossegada e bem-comportada que o Rafe decidiu que, afinal, não tínhamos de nos separar. Mais tarde, depois de termos levado a irmã do Rafe a ver o *Império do Sol*, a miúda passou-se e fez um buraco na parede da sala de fumo com um chapéu-de-chuva do *New York Times*, daquele tipo que nos dão quando nos tornamos assinantes. Levaram-na às urgências a meio da noite porque ela não acalmava, não parava de atingir com violência as infra-estruturas da grande e velha casa da sua mãe que dava para o Lago Minnetonka e parecia que a teriam de internar.

Deixaram-me sozinha em casa, sozinha no quarto das visitas na escuridão de Minneapolis e eu fiquei tão assustada que telefonei à Dr.ª Sterling.

— Vou meter-me num avião para Nova Iorque amanhã — digo-lhe depois de lhe explicar onde estou. — O Rafe e eu fizemos as pazes, mas não sei. Tenho a sensação de que isto não vai durar muito.

— Pareces ter aceite bem essa situação — observa ela.
— Agora, neste momento, sim, porque ainda aqui estou.
— Faço uma pausa por um minuto para tentar perceber por que é que não pareço mais perturbada. — Temos de ver as coisas como elas são, são cinco da manhã e eu estou a telefonar-lhe, por isso não posso estar assim tão bem.
— Acho que devias regressar a Cambridge imediatamente e precisamos de pensar nalguma forma mais agressiva de tratamento. Estou preocupada com o que te tem acontecido nas últimas semanas. E estás sempre a dizer: «O que é que eu tenho de fazer para as pessoas me levarem a sério?» Olha, ouve-me, não tens de te tentar matar primeiro. Eu já te levo a sério. Acho que posso combinar com Stillman ou qualquer outro hospital em Harvard para te aceitarem como paciente interna, comigo a supervisionar o teu caso através de um dos médicos que conheço lá.

Fico em silêncio. Estou atordoada.

— Mas a primeira coisa que tens de fazer é voltar para onde eu te possa ver. Não te consigo ajudar muito pelo telefone.
— Dr.ª Sterling? — entoo num queixume.
— Sim?
— Obrigada.

10
RAPARIGA VAZIA

I myself am hell.

(Eu próprio sou o inferno.)

Robert Lowell, «Skunk Hour»

É uma noite de sábado em Janeiro e eu estou deitada numa cama da enfermaria, a ver televisão. Também estou a ler o livro da Margaret Atwood *Surfacing*[41], embora seja extraordinariamente polémico e datado, na esperança de que acorde a minha consciência feminista, na esperança de que me inspire a querer sair da cama e a dirigir-me à selva para explorar a minha relação com a terra, com as raízes das árvores, as ovelhas e o meu próprio ser nu, sem banhos e sem adornos, o que é o que a narradora da história faz. No final do livro, ela está coberta de terra, como se *isso* fosse o que verdadeiramente interessa. Terei de informar as minhas amigas, todas elas mulheres razoáveis que consideram que deviam ler *Surfacing* porque é suposto ser um clássico feminista, para não se darem ao trabalho.

Talvez do que eu esteja a precisar seja de Thoreau, *Walden ou a Vida nos Bosques*[42], talvez, já que toda a gente diz que me vai deixar contente por estar viva. Com o Henry David a passear-se no seu

---

[41] Margaret Atwood, *Surfacing*, Bantam, Nova Iorque, 1998. *(NT)*
[42] Henry David Thoreau, *Walden ou a Vida nos Bosques*, Antígona, Lisboa, 1999. *(NT)*

jardim e tudo o mais. Não que eu ainda possa aspirar à felicidade. Tenho apenas a esperança de que haja qualquer coisa que me possa mostrar que há alguma forma de vida que seja tão gratificante e realizada em si mesma que eu já nem sequer queira o Rafe. Gostaria, gostaria muitíssimo, de ser uma daquelas mulheres independentes como a Barbara Stanwyck no filme *A Mulher que Nos Perde* ou a Jean Harlow em *A Mulher dos Cabelos Vermelhos* ou qualquer estrela de um velho *film noir* que não os possa amar e deixar impunemente. Infelizmente, enfiada no uniforme de riscas azuis e brancas de Stillman, sou apenas eu mesma.

Está a dar na televisão o Campeonato Americano de Patinagem Artística, por isso vejo os vários concorrentes a fazerem as suas rotinas e ouço os comentários dos relatores às piruetas, aos triplos saltos e mortais. Esta noite são as mulheres que estão a competir. As únicas de quem já ouvi falar são a Tiffany Chin, a rapariga asiática delicada que está condenada a ficar com o segundo lugar, e Debi Thomas, uma estudante de Medicina de Stanford, a quem caberá a vitória, mas que está condenada a fazer uma péssima actuação nos jogos Olímpicos e a sair de lá apenas com uma medalha de bronze.

Debi é um pouco pesada, não é, de maneira nenhuma, bonita, não tem nada a ver com as patinadoras que eu idolatrava e por quem me apaixonei quando era pequena. Elas eram sempre flexíveis, magras e, se não bonitas como a Peggy Fleming, então adoráveis e encantadoras como fadas tal como a Dorothy Hamill. Eu sei que a patinagem tem supostamente a ver com piruetas no gelo, com piões e saltos triplos e não com a beleza feminina, mas sou seduzida, como qualquer outra pessoa, pelo lado superficial do espectáculo e ainda me lembro de ir ao Ice Capades em Madison Square Garden todos os anos, sonhando ser como a Peggy Fleming quando fosse grande. Ela tinha sido particularmente abençoada com olhos azuis, cabelo preto e uma magreza de bailarina que nunca mais fo-ram duplicados por qualquer patinadora americana, nunca mais foram repetidos de todo até à Katarina Witt.

Só mais tarde, muito mais tarde, através de um artigo em tom de confissão publicado na revista *People*, é que eu vim a saber que todas estas mulheres sofrem da solidão da estrada, do stresse de terem de estar em forma, da dificuldade de serem atletas profissionais. Descubro, nessa mesma altura, que muitas das lindas bailarinas do *Lago dos Cisnes*, as lindas modelos mas não suficientemente especiais, que servem à mesa e pousam ocasionalmente para a *Glamour*, as campeãs de ténis, as coristas — todas estas mulheres que pareciam ocupar posições invejáveis estão, de facto, atoladas na infelicidade.

Até mesmo a Debi Thomas tem os seus próprios problemas. Por fim, acabará por se transferir para a menos competitiva Universidade do Colorado, casar e abdicar completamente da patinagem. Mas nesta noite em especial, ela tem uma actuação transcendente, completando todos aqueles *flips* triplos, rodopiando por todos aqueles saltos, dando todos aqueles mortais, fazendo que os comentadores desportivos falem empolgadamente acerca de como ela está em excelente forma, de como ela tem estado mesmo a preparar-se para esta competição há já algum tempo — e olhem-me só para todos aqueles saltos seguidos! Debi, esta noite, é uma estrela. Não tem qualquer graciosidade, mas é forte e sólida, traços que parecem ser particularmente admiráveis para mim, que a observo deitada na cama, fraca e instável.

Sinto-me demasiado arrebatada pela alegria do momento da Debi. Ela sorri à medida que patina, com um ar tão confiante, e eu penso: «Que se lixe o *Surfacing* e a existência da mulher Cro-Magnon, a patinagem artística, a mestria das lâminas de metal no gelo fino, isso é que é viver.» Sei, pela experiência das minhas aulas de dança, que é desgastante e cansativo chegar ao ponto em que a dança é, para nós, algo de agradável, chegar a um ponto em que a mente já não tem de se concentrar no momento certo para *releve*, no momento apropriado para um *pas de deux*. São precisos anos de treino para que os membros desenvolvam uma memória interna. Mas quando isso acontece, quando o próprio corpo toma as rédeas, há uma sensação de liberdade, como que *dançar* em vez de simplesmente dançar. Por isso, fico a ver a Debi a patinar, tendo consciência do trabalho árduo e dos anos de treino que tornaram possível esta actuação em particular (bem como outras actuações, mas só esta interessa neste momento) e começo a chorar.

Penso que estou a chorar de alegria porque há algo de belo em ver esta jovem, mais ou menos da minha idade, a dar um espectáculo de tirar o fôlego. Choro quando olho para o seu sorriso. Porque ela está a sorrir enquanto patina, sabendo que está a fazer tudo correctamente e que isto é que está certo para ela. E ainda estou a chorar quando ela ascende à plataforma central, ao círculo dos vencedores, aquele círculo mais alto acima dos dois pedestais destinados aos vencedores das medalhas de bronze e prata, a fim de receber o seu pendente de ouro. Choro e Debi chora também. Este triunfo prova que a sua falta de sorte nas Olimpíadas não a deitou abaixo e que, tal como os comentadores desportivos anunciam com uma solenidade excessiva, o facto de ter perdido para a Tiffany Chin nos Campeonatos dos EUA no ano passado tinha sido apenas um acidente de percurso.

Ainda estou a chorar muito depois de a transmissão ter terminado e apercebo-me de que, afinal, estas não são lágrimas de alegria. Estas são, de facto, as mesmas lágrimas que derramo quando vejo o Gorbachev no noticiário da noite e reconheço que este homem mudou o mundo que conhecíamos e que ele é a prova de que um único homem pode fazer toda a diferença. Estas são as mesmas lágrimas que derramo, quando ouço uma canção *gospel* que diz *This little light of mine, I'm gonna make it shine*[43] e penso na forma como as pessoas comuns são capazes de triunfar, em coisas grandes ou pequenas, sobre a adversidade.

E lembro-me de estar na escola preparatória a chorar desta forma durante horas, após ter visto o Robert Redford em *Um Homem Fora de Série*[44], a chorar por causa da forma como a determinação e a convicção podem fazer que um simples jogador de basebol faça coisas sobrenaturais. As lágrimas escorrem-me pela cara depois do filme, quando me encontro a jantar com a minha mãe no Sbarro em Times Square numa sexta-feira à noite e ela quer saber por que é que estou tão comovida. E tudo o que eu consigo dizer e repetir vezes sem conta é que ele é uma pessoa com um dom natural, ele é natural, é um dom ser-se natural, é uma tamanha responsabilidade, é tão difícil ser-se natural.

---

[43] «Esta minha luzinha, sou eu quem a vai fazer brilhar», em português. *(NT)*

[44] *The Natural*, no original. *(NT)*

Até que a minha mãe diz, porque parece compreender:
— Sentes que isto tem a ver contigo, Ellie, não é verdade?
Aceno com a cabeça, em sinal afirmativo.
— Sentes que isto tem a ver contigo por tu também seres natural?

«Sim», quero dizer-lhe, e talvez até o faça, mas estou a chorar porque sejam lá quais forem os meus dons, os pedacinhos bons que estão enterrados dentro de mim sob tanta coisa que eu sinto ser má, errada, distorcida, são menos claros do que a habilidade para bater com um bastão numa bola e fazer disparar o marcador ou fazer uma pirueta tripla no ar. Os meus dons são para a própria vida, para uma infelizmente astuta compreensão de toda a crueldade e dor que existe no mundo. Os meus dons não são especificados. Sou uma artista frustrada, alguém cheia de ideias loucas e necessidades grandiloquentes e até mesmo com um pouco de felicidade, mas sem nenhuma forma especial de as expressar. Sou como a pequena personagem no filme *Betty Blue*, a mulher que está tão cheia de... tão cheia de... tão cheia disto ou daquilo — não é muito claro do que se trata, mas é uma energia definida que não consegue encontrar o seu ponto central — que, no final, espeta uma tesoura nos próprios olhos e é assassinada pelo amante num hospício. Ela é, eu estou a tornar-me, um desperdício total. Por isso, choro no final de *Um Homem Fora de Série*.

E aqui estou eu, anos mais tarde, quando é suposto já estar bem claro que sou uma escritora, que é através das palavras que irei escapar a esta sensação de não ter qualquer forma de arte e é sábado à noite, e em vez de estar nalguma festa em Adams House ou a ver sessões duplas de fitas de Preston Sturges no Bratte Theatre ou a fumar erva com os meus amigos, estou deitada na cama da enfermaria a ver televisão.

Isto é, relembro-me mais uma vez, tudo o que consigo fazer neste momento. Estou deprimida ao ponto de ser capaz de muito pouco para além de ficar deitada neste quarto branco, com estes lençóis brancos e cobertores brancos, a olhar para um televisor suspenso do tecto que muda de canal através de um controlo remoto que temos de apertar como um limão que possa estar a azedar o nosso chá. Sei que posso fazer muito mais do que isto, sei que podia ser uma força de vida, poderia amar com um coração cheio de alma, poderia sentir com o poder que leva os homens à Lua. Sei que se conseguisse libertar-me desta depressão, há tanta coisa que eu poderia fazer para além de estar a chorar em frente à televisão num sábado à noite.

* * *

A Dr.ª Sterling concorda, quando dou entrada na enfermaria, que eu posso aqui ficar deitada enquanto me apetecer, mas preciso de trabalhar. Sempre, sempre, independentemente do quão má a minha vida parece ser, tenho de entregar os meus trabalhos a horas e de fazer os meus exames finais na altura em que é suposto fazê-los ou mesmo entregar as histórias a tempo e horas. Por esse motivo, o meu computador e todos os meus livros viajaram para Stillman comigo, onde tenho fantasias de encontrar paz nos meus estudos tal como antes conseguia fazer.

Mas, neste momento, estou demasiado passada para isso. Parece que já gastei tanto tempo a tentar convencer as pessoas de que estou mesmo deprimida, de que não consigo mesmo aguentar — mas agora que finalmente é verdade, não o consigo admitir. Estou espantadíssima com aquilo que me está a acontecer, tão assustada com a visão do fundo do poço assim que me deixo cair, tão assustada por pensar que, de facto, cheguei ao fim. Como é que isto me aconteceu? Parece que não foi há muito tempo, talvez há apenas dez anos, que eu era uma menininha a tentar uma nova personagem, a tentar a depressão mórbida como alguma espécie de afirmação de *punk rock* e agora aqui estou eu, isto é real.

Dou por mim a telefonar à Dr.ª Sterling de cinco em cinco minutos, para que ela me assegure e dê garantias de que eu, um dia, sairei disto. O que ela faz de todas as vezes, dizendo sempre aquilo que deve ser dito. Mas alguns segundos depois de desligar, fico novamente assustada. Por isso, telefono-lhe outra vez.

— Elizabeth, acabámos de ter esta conversa — lembra-me ela.
— O que é que eu posso fazer para que tu acredites em mim?
— Nada — digo por entre as lágrimas. — Será que não percebe? Não há nada que pegue. É esse o meu verdadeiro problema. O Rafe sai do quarto durante cinco minutos e eu tenho a certeza de que ele já não volta. E é assim que as coisas são todas para mim. Nada é real a não ser que esteja à minha frente.

— Que forma horrível de se viver.
— É isso que eu tenho estado a tentar dizer-lhe.
Interrogo-me se ela perceberá que eu não posso continuar assim.

Ainda assim, continuo a dizer a mim mesma que a recuperação é um acto de vontade, que se eu decidir um belo dia que tenho simplesmente de me levantar desta cama e de ser feliz, serei capaz de fazer que isso aconteça. Por que será que eu acredito que isso será possível?

Penso que é porque a alternativa é demasiado assustadora. A alternativa levará inevitavelmente ao suicídio. Até agora, sempre pensei que o comportamento autodestrutivo fosse uma bandeira vermelha para eu acenar ao mundo, uma forma de conseguir a ajuda de que necessito. Mas, na verdade, aqui deitada em Stillman, pela primeira vez na minha vida estou mesmo a contemplar a ideia do suicídio com seriedade, porque esta dor é demasiado insuportável. Interrogo-me se as enfermeiras que fazem um frete para me trazer as refeições, trocar os lençóis, lembrar-me de tomar banho — interrogo-me se alguma delas consegue perceber só de olhar para mim que tudo o que eu sou é o somatório total da minha dor, uma dor crua tão extrema que pode chegar a ser terminal. Poderá ser a velocidade terminal, a velocidade do som de uma rapariga a cair para um local de onde não poderá jamais ser resgatada. E se eu ficar aqui presa para sempre?

Telefono mais uma vez à Dr.ª Sterling, faço-lhe as mesmas perguntas e ela decide, finalmente, que me tem de ser administrada alguma substância química. Afinal, eu não sou a sua única doente, não sou o seu único problema e de cada vez que ela me diz alguma coisa acerca de precisar de passar algum tempo com os filhos, começo a chorar e a dizer-lhe que, se eu morrer, ela ficará com o meu sangue nas suas mãos. Mesmo que não seja por outra razão para além de querer a sua vida pessoal de volta, a Dr.ª Sterling está disposta a tentar uma cura química. Pensa que com a medicação correcta, até posso ser capaz de trabalhar alguma coisa. Tanto o meu conselheiro académico quanto a Dr.ª Sterling, bem como alguns amigos, já me sugeriram que eu peça dispensa dos trabalhos nas minhas cadeiras e compense o trabalho noutra altura qualquer, mas, por alguma razão, não consigo fazer isso. Seria demasiado desmoralizante. Se eu conseguir fazer os meus trabalhos, não paro de me tentar convencer, então saberei que ainda me resta alguma esperança. Sei que se não avançar com o meu trabalho da faculdade, vou mesmo sentir-me na obrigação de me matar porque o último pedaço de algo palpável que eu tenho para me agarrar desaparecerá. Os outros jovens com problemas emocionais deixam a escola durante algum tempo, mas esses têm famílias, têm alguma espécie de lugar neste mundo que os possa absorver em toda a sua dor; tudo o que eu tenho é algo que parece ser uma vida que eu criei para mim mesma aqui em Harvard e não posso abandonar isso. *Tenho* de fazer o meu trabalho.

Os meus sintomas principais, acredita a Dr.ª Sterling, são ansiedade e agitação. Na sua opinião, pior ainda do que a própria depressão é o medo que eu pareço ter de nunca escapar dela. Como de costume, o meu problema parece ser eu estar um passo afastada dos meus problemas, ser mais como um membro nervoso da assistência num filme de terror do que um actor no próprio filme.

— Então parece-lhe que eu estou a sofrer de uma metadepressão? — pergunto à Dr.ª Sterling num momento de humor.

— É isso que me parece — responde-me ela.

A Dr.ª Sterling acredita que a melhor medicação para mim, pelo menos até eu ser cuidadosamente avaliada por um psicofarmacologista em McLean, é o Xanax, principalmente porque tem um efeito imediato. Um antidepressivo pode acabar por ser o antídoto mais adequado para os meus males, mas a Dr.ª Sterling acha que eu não chego a viver para ver os resultados desse tipo de medicação, já que levará algumas semanas a fazer efeito, a não ser que se encontre uma solução para o meu desespero imediato.

Algum tempo após tomar o meu primeiro Xanax, depois de fazer a minha caminhada diária, estou de volta à minha cama em Stillman, muito enrolada, com os braços a espremer a almofada, convencida de que estou presa neste infeliz lamaçal para todo o sempre. A vida é terrível, a vida sempre foi terrível, a vida será sempre terrível. De facto, a cada dia que passa tudo se está a tornar cada vez pior. A Dr.ª Sterling telefona para ver como eu estou. Digo-lhe que enquanto estive lá fora na praça, em pé numa interminável fila no Au Bon Pain, quase tive um ataque de pânico, quase tive um colapso e comecei a ter convulsões no meio do café por me sentir tão sufocada. Começo aos berros, a dizer-lhe que ela me tinha garantido que o Xanax era bom para desordens de ansiedade, mas que nunca me tinha sentido tão nervosa em toda a minha vida. Conto-lhe que estou agarrada à minha almofada porque tenho a certeza de que os homens de bata branca vão entrar pelo quarto adentro e levar-me daqui a nada e se eu estiver suficientemente agarrada à almofada, talvez não me ponham dentro de um colete de forças.

— Elizabeth — diz ela a rir. — Tu já estás no local para onde os homens de bata branca te levariam, por isso, não há qualquer perigo de isso acontecer. Parece que tiveste uma reacção adversa ao Xanax. — Ela encara as coisas com naturalidade, como se eu não estivesse a meio de uma emergência psicossomática.

— Parece-me que talvez tenha tido um efeito tão relaxante que eu tenha ficado suficientemente descontraída para pensar nos meus problemas de uma forma desinibida — sugiro. — O que me fez perceber o quanto tenho andado a enganar-me, o que me fez perceber que a minha vida é ainda pior do que eu pensava.

— Ouve — responde a Dr.ª Sterling. — Parece-me que não deves continuar mais a tomar o Xanax. Penso que vamos ter de encontrar outra coisa qualquer.

Mal desligo o telefone, contra as ordens da médica, tomo mais alguns Xanax na esperança de que me deixem a dormir por tempo suficiente para esta sensação desagradável desaparecer. Mas acaba por não funcionar bem assim. É verdade que consigo dormir durante bastante tempo. Mas durante toda a noite sonho com paredes a abaterem-se sobre mim, sonho que sou um animal selvagem apanhado numa armadilha colocada por caçadores de peles, estou tão desesperada por escapar que arranco à dentada a minha própria perna e, em vez de conseguir escapar, acabo por sangrar até à morte no meio da neve. O chão está vermelho, o chão está branco, o céu azul e quando acordo, as sensações desagradáveis não desaparecem.

Muitas vezes, nos filmes e nas novelas, uma das personagens de quem as pessoas mais gostam é o psicólogo dedicado, aquele que vai nadar com a sua doente louca para lhe provar que ela não se vai afogar como aconteceu com a irmã ou aquele que vai de avião para o outro lado do país para conhe-

cer a família toda e perceber por que motivo o seu paciente tão patético é um jovem tão perturbado. Claro está, outra das personagens habituais é o psiquiatra maldoso e manipulativo, o Hannibal Lecter que mata o seu doente maníaco-depressivo irritante de quem não consegue tratar e que depois come a carne da sua carcaça com favas e Chianti. A maior parte dos meus médicos têm sido mais perto deste último tipo, embora o canibalismo seja estritamente metafórico. A Dr.ª Sterling é a única psiquiatra acerca da qual eu posso dizer: «Ela salvou-me a vida.» Parece-me que ela sabia que provavelmente não iria ser paga por todos os seus esforços, mas, de qualquer forma, fez aquilo que julgava ser necessário.

De facto, com a minha permissão explícita, até entrou em contacto com o meu pai, embora eu lhe tenha dito que não falaria com ele em caso algum. Penso que ela estava em parte curiosa por conversar com ele, já que tinha ouvido falar tanto dele nestes últimos meses. Mas ela parecia sobretudo acreditar que se o seguro dele cobria realmente noventa por cento do custo da terapia, deveria haver alguma forma de fazer que ele contribuísse. Durante a minha estadia em Stillman, ela telefonou ao meu pai e disse-lhe que compreendia que ele tivesse toda uma série de razões pelas quais sentia que competia à minha mãe pagar a minha terapia e que, talvez, disse ela — fazendo-lhe a vontade, sem dúvida — em tempos menos difíceis essa poderia ter sido uma decisão razoável da parte dele, mas ela realmente precisava de me ver todos os dias e queria saber se ele estaria disposto a pagar aquilo que a minha mãe não conseguisse pagar. Não sei ao certo o que se seguiu, mas ela deve ter pintado a situação com tons muito negros, porque funcionou. No espaço de uma semana, ele enviou pelo correio alguns formulários do seguro para a Dr.ª Sterling preencher.

A Dr.ª Sterling conseguiu inventar uma espécie de hospício só para mim dentro do sistema médico de Harvard, poupando-me a uma estadia confinada a uma instituição psiquiátrica. Uma vez que eu tinha, por breves momentos, estado mais ou menos bem quando o tratamento começou, a Dr.ª Sterling teve consciência de que algures na minha personalidade havia uma rapariga sorridente que só se queria divertir e pensou que era importante que eu tivesse a oportunidade de expressar esse aspecto de mim mesma. Ela parecia pensar que um belo dia eu poderia ser a pessoa exuberante que fora em tempos e que em McLean tudo o que eu teria seriam paredes acolchoadas, janelas com barras de ferro e os esquizofrénicos ao fundo do corredor para compor a situação. O objectivo dela era certificar-se de que eu recebia o tipo *de cuidados e de tratamento a que teria acesso num hospital psiquiátrico, sem estar realmente confinada a um tal local. Foi só devido à sua determinação e ao seu empenho que eu sobrevivi durante aquele ano sem chegar a ser internada e é só por causa dela que eu estou viva hoje em dia.*

Tentei lembrar-me de que o Rafe não era o problema. O problema, tal como a Dr.ª Sterling mo explicou e como eu própria sabia, era eu estar totalmente desequilibrada. O Rafe tinha sido apenas uma solução temporária que eu tinha desencantado, um comprimido que tomei para fazer as sensações más desaparecerem. Mas, agora, ele não estava a colaborar tão bem, agora que ele se estava a recusar a ser usado desta forma, agora que ele estava a insistir que queria ser o meu namorado e não a minha panaceia, já não fazia parte da solução. Ele fazia parte do problema.

A história da minha vida: sou tão autodestrutiva que transformo as soluções em problemas. Tudo em que toco consigo destruir. Sou Midas ao contrário.

Antes de eu começar sequer a pensar em lidar com os grandes acontecimentos do meu dia — lavar a cabeça ou não lavar, essa é a questão — a Alden entrou, armada com uma roupa qualquer que eu lhe tinha pedido e com uma chávena de chocolate quente do Au Bon Pain, pela qual lhe agradeci. Não queria perguntar se alguém tinha telefonado, porque não queria sentir-me desiludida e tenho a certeza de que se o Rafe tivesse telefonado, ela já mo teria dito. Afinal era a Alden que costumava deixar sempre uns recados escritos com marcadores fluorescentes dizendo: «Telefonou o Rafe» ou, às vezes, simplesmente: «Ele telefonou». Embora as suas aptidões para receber recados fossem de outra forma indiferentes, a Alden sabia quando uma chamada era importante.

Por isso não lhe perguntei nada e ela não disse nada, o dia passou-se e as pessoas apareceram. A Susannah trouxe-me o *The Hissing of Summer Lawns* da Joni Mitchell porque eu queria ver a letra do «Don't Interrupt the Sorrow» e disse-me que eu devia mesmo era estar a ler P. G. Wodehouse ou J. P. Donleavy, algo de divertido e humorístico. O Paul apareceu e trouxe-me comida chinesa e uma vela com aroma a baunilha, fomos passear na neve até sua casa na Rua Mt. Auburn e ouvimos *Clouds* no seu leitor de cassetes portátil.

O Jonathan, o editor principal da *Crimson*, fez-me uma visita e trouxe uma antologia de ficção erótica feminina, a *Village Voice* e o novíssimo *New Republic*. A Samantha trouxe-me um exemplar do *Modern Times* do Paul Johnson, que ela disse estar de alguma forma relacionado com a forma como eu me estava a sentir. Eu passei o tempo a desejar que alguém me trouxesse o último número da *Cosmopolitan* para eu poder ler o meu horóscopo e descobrir se a minha vida, um dia, iria funcionar novamente, mas ninguém o fez.

O dia passou-se até a noite chegar e a minha velha fantasia de estar deitada numa cama de hospital a receber visitas tinha-se tornado realidade e era tudo muito agradável e muito bom, mas nada me importava se o Rafe não telefonasse. O Eben e o Alex apareceram com um batido de chocolate do Steve's e uma sandes de peru e queijo do Formaggio e diverti-me a falar com eles, mas quando eles chegaram já estava a começar a sentir-me tonta. Embora me estivesse a sentir descansada e amada, isso não impedia a sensação de loucura que começou a viajar pelo meu corpo e a penetrar na minha cabeça até eu me sentir sufocada como se tivesse sido enterrada nua e viva na areia quente do Verão, escaldando até à morte.

Até que, por fim, já não há mais ninguém para me visitar, já não há Alden, Paul, Susannah, Jonathan, Eben, Alex, ninguém, e já não há mais ninguém que me proteja da dor, desta dor tremenda, esta dor terrível e começo a chorar. Tudo o que consigo pensar é: *Por que é que o Rafe não telefonou, ele está a desaparecer, ele está a abandonar-me como todas as outras pessoas, ele tinha prometido que não o faria mas está a fazê-lo, sinto-o, oh meu Deus quero morrer aqui mesmo e agora nesta cama de enfermaria ajustável, quero que o meu cadáver seja branco como estes lençóis, mais branco do que estes cobertores, quero que todo o meu sangue e toda a minha humanidade desapareçam para sempre e nunca mais quero sentir nada.*

O choro e a dor que o acompanha tornam-se insuportáveis. Normalmente, as lágrimas são catárticas. À medida que choramos, o sal e a água derramados dos nossos olhos arrastam a infelicidade no seu caminho. Mas, neste caso, o choro só faz as emoções que ele exprime escalarem e quanto mais choro, mais perturbada fico, e estou a pensar em todas as vezes que chorei por causa do Rafe, em todas as vezes que chorei porque pensava que ele não me amava o suficiente e em todas as vezes em que ele me descansou e disse que eu estava a ser tola, mas agora estou a perceber que não estava a ser tola, porque onde está ele agora, onde está ele enquanto estou para aqui deitada a morrer, e por que é que nenhuma das pessoas que me deviam apoiar está junto de mim na altura certa?

Em breve o choro é já também por o meu pai se ter ido embora, por estar sozinha no berço, por estar sozinha no ventre da minha mãe, por estar sozinha nesta vida e sei que já estive histérica muitas vezes antes, mas desta vez, acho que não vai parar. Alguém tem de fazer que isto pare! Interrogo-me se o Xanax poderia ajudar, interrogo-me se ainda guardo alguns comprimidos escondidos na minha mochila, interrogo-me se haverá alguma coisa que funcione ou se não existe nenhum comprimido, nenhuma poção, nenhum soro, nenhuma injecção, nada neste mundo que consiga aplacar uma dor tão profunda. Bem, tem de haver alguma coisa, alguma mão muito forte que agarre com muita força e que consiga desligar esta sensação louca que me domina.

Por isso, telefono à Dr.ª Sterling. Começo aos berros a dizer que não sinto clareza e que tenho medo. Depois digo-lhe que acho que vou tentar telefonar ao Rafe amanhã de manhã e quem me dera que houvesse alguma coisa que me pusesse a dormir até essa altura. De facto, continuo eu, quem me dera que houvesse alguma coisa que me pusesse a dormir durante muito tempo até eu deixar de me sentir desta forma, porque isto já não é um caso que vá lá com terapia. Podemos analisar esta sensação durante dias a fio que a dor não vai desaparecer. Algo muito mais poderoso do que eu está a tomar o controlo do meu corpo e da minha mente. Estou possuída.

A Dr.ª Sterling pede-me para ser mais específica acerca daquilo que está errado e do que seria necessário para eu me sentir melhor. Não paro de repetir que quero o meu cérebro aniquilado, já que ele não vai deixar de funcionar, de andar às voltas, de queimar combustível e de tentar dar algum sentido à minha vida e mesmo aqui na enfermaria, ainda precisa de tirar férias. Acho que por fim digo, quero que a minha cabeça seja apagada. Quero heroína. Obviamente, a Dr.ª Sterling não me ia receitar um narcótico. Em vez disso, decide experimentar um medicamento chamado Mellaril, um antipsicótico, um medicamento cujos efeitos no controlo dos episódios de esquizofrenia são conhecidos, um forte tranquilizante da mesma família que o Thorazine. Assegura-me de que vai esgotar o cérebro por completo e vai, com toda a certeza, deixar-me a dormir.

Depois de desligar o telefone, ainda a chorar como uma tempestade, entra uma enfermeira e dá-me um pequeno comprimido castanho-alaranjado e um pouco de sumo de arando, que é mais ou menos a bebida da casa em Stillman. Diz-me para ter cuidado para não sufocar já que vê que estou a ter dificuldades em respirar por estar a chorar tanto.

Estranhamente, apenas alguns minutos após engolir o Mellaril, as minhas lágrimas e as minhas sensações desaparecem por completo. Assim. Como que por magia. Estou calma, livre de cuidados, preocupada. Estou sentada na cama a olhar para a parede, a sentir-me feliz, a gostar do aspecto da parede, do facto de ser tão cor-de-rosa e tão branca. O cor-de-rosa e o branco, tanto quanto me diz respeito, nunca me pareceram tão cor-de-rosa e tão branco antes.

No dia seguinte, a Dr.ª Sterling anuncia que está tão satisfeita com o efeito que o Mellaril teve em mim que decidiu que vai passar a ser o meu medicamento de eleição. Três vezes por dia, a enfermeira dá-me o pequeno comprimido castanho.

Não estou bem certa do efeito que ela quer que aquele medicamento tenha em mim. Parece que alguns médicos em McLean andam a fazer experiências com dosagens baixas de Mellaril como antidepressivo. Mas o seu resultado principal é uma total indiferença a tudo. Depois da euforia inicial que senti com a minha primeira dose, um regime padrão de Mellaril limita-se a deixar tudo baço. Em vez de ser uma Rapariga Deprimida, sou uma Rapariga em Branco. Atinjo uma tal falta de afecto que a Dr.ª Sterling e os outros médicos quase a confundem com alguma melhoria. E até talvez seja: estou suficientemente calma para fazer um trabalho de Semiótica, suficientemente calma para escrever uma composição para o meu seminário de Leituras Orientadas acerca da teoria feminista em *Oresteia*[45], suficientemente calma para pensar em ir a casa alguns dias durante as miniférias.

---

[45] Ésquilo, *Oresteia*, Edições 70, Lisboa, 1991. *(NT)*

Telefono ao Rafe, que me anuncia que os planos que fizemos de nos encontrarmos em Nova Iorque antes de ele regressar a Brown não se vão poder concretizar porque ele precisa de fazer alguns trabalhos e mais algumas coisas para poder acabar o curso. Ouço-o, mas as suas palavras não me entram na cabeça. É como se o Mellaril tivesse bloqueado todas as células receptoras no meu cérebro que estejam relacionadas com factos e sentimentos.

Someone could walk into this room and say your life is on fire[46], ouço o Paul Simon a cantar numa canção qualquer numa vida que me parece tão distante.

---

[46] «Alguém podia entrar nesta sala e dizer que a tua vida pegou fogo», em português. *(NT)*

11
BOM-DIA CORAÇÃO DESPEDAÇADO

I'm going out of my mind
With a pain that stops and starts
Like a corkscrew through my heart
Ever since we've been apart

(Estou a dar em doido
Com uma dor que pára e arranca
Como um saca-rolhas que atravessa o meu coração
Desde que nos separámos)

BOB DYLAN, «You're a Big Girl Now»

 Apareço em casa do Rafe sem ele estar à espera, após saber que já tinha regressado a Brown há uma semana e ainda não me tinha dito nada. Depois de acabar comigo, nem sequer teve a decência de me levar à estação dos autocarros porque tinha um ensaio e não podia sair dali. Em vez disso, pediu ao seu companheiro de quarto que me levasse lá de carro. Senti-me como um parente adoentado de visita que toda a gente trata de má vontade e apenas porque seria malvisto não o fazer. Tinha imagens do Rafe a dizer isto ao companheiro de quarto: «Não me apetece lidar com ela; faz tu isso.»
 Entrámos no seu pequeno *Honda*, estava mais do que gelado e não parei de pensar que me devia sentir agradecida, se o Rafe me tivesse levado ao autocarro teríamos tido de fazer o percurso todo a pé, mas,

de certa forma, não era assim que eu me sentia. O companheiro de quarto depositou-me na estação dos autocarros, foi tudo muito estranho, porque o que há para dizer a uma pessoa que nunca mais voltamos a ver por razões que não têm nada a ver com alguma coisa que alguma vez se tivesse passado entre ambos? E foi precisa toda a força que consegui encontrar para comprar um bilhete, entrar no autocarro, sentar-me, comprar algumas revistas para o caminho, embora não me conseguisse concentrar em absolutamente nada. Não me consegui concentrar na história da capa da *Premiere* acerca da Cher. Ou no artigo no *New York* acerca do John Cassablancas e da sua agência de modelos. Nem sequer consegui ultrapassar o índice da *Cosmopolitan*. Nem tão pouco me consegui concentrar no Rafe, porque como é que uma pessoa se consegue concentrar em algo que nos consome de tal forma que está em todo o lado, como o ar? A única coisa que conseguia fazer era estar em branco. Lembro-me de ter pensado: «Agora é que é. Esta é a dor pela qual tens estado à espera toda a tua vida. O coração totalmente partido.» Lembro-me de ter pensado que as coisas não poderiam piorar.

Toda a gente tem relacionamentos na faculdade que duram alguns meses e depois se limitam a desmoronar, da forma como, habitualmente, essas coisas acontecem. Por vezes o fim é doloroso, às vezes não é nada de especial, às vezes é um alívio agradável, mas, normalmente, não é nada que alguns dias sentada no sofá de uma amiga com uma caixa de lenços de papel e uma garrafa de gim não possam curar.

Qualquer pessoa que estivesse a observar a situação do lado de fora teria colocado o meu envolvimento com o Rafe nesse monte de romances de curta duração tão lamechas que acabam por não funcionar. Qualquer pessoa que não conhecesse os pormenores teria dito que éramos um jovem casal com a juventude, o tempo e a distância como factores preeminentes que impediam a relação de continuar para além dos primeiros noventa dias. Éramos incompatíveis, desafiados pela geografia, não estávamos preparados para assumirmos um compromisso — seria esta a litania normal de desculpas para o final da nossa relação e até seriam as respostas que eu teria guardadas para dar às pessoas que perguntassem, suficientemente inocentes: «O que é que aconteceu àquele Rafe?» E ninguém teria qualquer razão para duvidar de mim. Qualquer pessoa que não conhecesse bem a história nunca teria imaginado a intensa folie à deux *que tínhamos habitado durante a nossa breve união.*

O Rafe absorveu totalmente a minha angústia. Parte do que ele gostava em mim era o facto de eu estar deprimida. Ele era como aquelas pessoas que são eternamente atraídas por alcoólicos ou drogados, só que no meu caso, eu era uma viciada em substância nenhuma. Havia alturas em que ele se sentia satisfeito com a ideia de ser o meu Jesus pessoal, de manter um porto seguro para mim na sua casinha em Province, Rhode Island. Ficava deitada na cama dele dias e dias a fio e ele trazia-me torradas e chá e dizia-me que me amava e pedia-me para falar com ele acerca da minha dor. Ele gostava da ideia da salvação. A mãe dele era uma histérica de gostos dispendiosos, a sua irmã mais nova era uma versão de uma pré-adolescente psicótica e o papel natural que o Rafe assumia na vida era o de um prestador de cuidados.

Não é assim tão fora do vulgar. Ao longo dos séculos, indivíduos perturbados com uma propensão para a autopreservação têm vindo a emparelhar-se com pessoas que se comprazem na sua dor, sabendo que é a melhor hipótese que têm para encontrar amor e cuidados. Quer dizer, quem, a não ser um voyeur *da tristeza, teria aguentado comigo durante a minha depressão mais profunda? Foi uma sorte o Rafe ter dado comigo. Na minha curta carreira romântica, já me juntei com* três *tipos diferentes que, na altura em que os conheci, tinham namoradas em hospitais psiquiátricos. É óbvio que isso não pode ser normal, nem todas as raparigas podem afirmar o mesmo. Na altura da atracção inicial, eu não sabia que eu era dessa maneira e, mesmo assim, conseguimos cheirarnos à distância, sentir o odor de uma certa mutação cerebral, vimo-nos um ao outro através de salas cheias de gente e apresentámo-nos porque há coisas que têm de ser assim mesmo: o Sid vai sempre encontrar a Nancy; o Tom vai sempre acabar por ficar com a Roseanne; e o Ted (um caso verdadeiramente perverso) vai conseguir envolver-se ao mesmo tempo tanto com a Sylvia como com outra mulher que morreu com a cabeça no forno; o F. Scott vai sempre reconhecer a sua Zelda; o Sansão vai sempre apaixonar-se pela Dalila; o Jasão casaria com Medeia vezes e vezes sem conta, mesmo que estivesse perfeitamente consciente do final macabro do casamento de ambos. Será que se pode estabelecer um padrão?*

Mas até ao Rafe, eu nunca tinha tido tanta sorte. Sempre estive solteira, com alguns lapsos de — bem, de outras espécies de lapsos. Ouvia histórias das outras raparigas que tinham dado em doidas e tinham sido internadas e ouvia falar de como os seus namorados melancólicos e dedicados lhes limpavam os narizes, lhes atavam trapos velhos e lenços em torno dos seus pulsos em sangue, corriam para as farmácias para aviar as suas receitas de última hora para um sedativo pedido pelo médico enquanto a rapariga tinha um episódio psicótico ali mesmo no chão da cozinha. Ouvia falar daquelas raparigas e ficava a pensar como é que elas podiam ter sofrido tanto se eram tão amadas. O isolamento e uma sensação de que toda e qualquer relação humana era esquiva, que pertencia apenas aos outros, às pessoas felizes do outro lado da parede de vidro, era a parte pior da minha depressão. Eu costumava pensar: «Quero ter aquilo que as outras miúdas loucas têm!»

Até que o Rafe apareceu e tentou amar-me, acredito mesmo que o tenha tentado, mas não havia quantidade de amor que conseguisse sarar a minha psique ferida naquela altura. De facto, comparado com todas as outras forças que operam no mundo, o amor é bastante impotente e lamentável: o meu pai deve ter-me dito um milhão de vezes que me amava, mas essa emoção — partindo do princípio de que era mesmo real — mal tinha força para contrariar os muitos outros actos errados que ele cometeu contra mim. Ao contrário dos romances de amor e da ideia de que o amor conquista tudo, que até mesmo aqueles de nós que crescem numa era do divórcio — em resposta a algum instinto atávico — ainda são educados para acreditar que o amor é sempre um produto e uma vítima das circunstâncias. É frágil e pequeno. Tal como o Leonard Cohen em tempos escreveu: «Love is not a victory march / It's a cold and it's a broken hallelujah[47].» Descobri, através do amor que o Rafe me deu, que o afecto é um medicamento cujos efeitos são altamente exagerados, que uma pessoa que está doente com depressão como eu certamente estava não pode de forma alguma ser salva através do poder do amor seja de quem for. As coisas são, simplesmente, muito piores do que isso. Quer dizer, se encontrássemos um espelho partido aos pedaços, se encontrássemos todos os pedacinhos, todos os cacos e todos os pequenos fragmentos e tivéssemos a capacidade e a paciência necessárias para juntar todos os fragmentos do vidro partido para ficar novamente inteiro, o vidro restaurado teria ainda uma teia de aranha de rachas, ainda seria uma versão colada e inútil daquilo que em tempos havia sido,

---

[47] «O Amor não é uma marcha da vitória / É um Aleluia frio e despedaçado», em português. *(NT)*

que poderia apenas mostrar reflexos fragmentados de alguém que olhasse para ele. Algumas coisas são impossíveis de serem recuperadas. E assim era eu: tinham sido causados tantos estragos que seria necessário muito mais do que uma pessoa, ou mesmo do que um terapeuta, um medicamento, um tratamento de choque — seria necessário muito de tudo antes que os restos estilhaçados da minha vida pudessem ser reunidos. Teria sido preciso — e, por fim, acabou mesmo por ser preciso — muito mais do que o Rafe para me salvar.

Em vez disso, a sua indulgência acabou por me fazer pior. Houve uma psicóloga que me explicou que a pior coisa que um terapeuta pode fazer a um doente tremendamente deprimido é ser simpático. Porque toda aquela bondade cria um impasse, permite à pessoa deprimida continuar confortavelmente no seu actual estado de infelicidade. Para a terapia ser eficaz, um doente tem de ser espicaçado e provocado, tem de ser forçado a ter confrontos, tem de lhe ser dado incentivo suficiente para o conseguir fazer sair do nevoeiro enjaulado da depressão. O Rafe era, provavelmente, demasiado simpático para mim. Deixou-me sentir mal e isso, em troca, fez-me sentir ainda pior. E tudo o que eu alguma vez fazia com o Rafe era espojar-me na minha dor.

Em contraste, o Nathan, o meu namorado depois do Rafe e depois de eu estar muito melhor, não suportava os meus episódios depressivos de bom grado. De facto, odiava-os — eram aquilo em mim de que ele menos gostava e quando começámos a namorar, em 1988, havia muito mais que se dizer de mim. Ainda saía de casa a correr e ia chorar para o quintal. Ainda era (e provavelmente sempre serei) uma pessoa que fazia cenas quando ficava chateada. Mas o Nathan lidava com estas situações de uma forma totalmente diferente do Rafe. Dizia: «Vá lá, isto é ridículo.» Dizia: «Já chega.» Dizia: «Sai dessa.» E sabem que mais? A abordagem dele funcionava. Forçada a portar-me bem, eu portava-me bem; forçada a lidar com as situações, eu lidava com as situações. Naquela altura, claro está, eu já possuía as ferramentas que me permitiam gerir as minhas emoções de uma forma mais eficiente, mas, ainda assim, acho que a forma de o Nathan lidar com tudo era muito melhor do que a do Rafe. Nos anos que estive com o Nathan, progredi, enquanto com o Rafe me limitei a deteriorar-me. Isto não quer dizer que qualquer destes dois homens era suficientemente convincente para me conseguir controlar. Tenho a certeza de que escolhi qualquer um deles pelas suas qualidades respectivas e pela forma como lidavam com o estado em que eu estava em duas alturas totalmente distintas da minha vida. Mas ainda assim, não tenho quaisquer dúvidas de que a predisposição do Rafe, para estar ao meu lado quando eu estava a sofrer me encorajou a sofrer ainda mais. É claro que o fez: eu queria desesperadamente agradar-lhe.

A dada altura, ele percebeu que não conseguia lidar com a situação. Compreendo a decisão dele, compreendo mesmo. Compreendi até mesmo naquela altura. Mas isso não fez que me magoasse menos.

Como é que me podes fazer isto?, *perguntei-lhe vezes sem conta quando estávamos sentados no chão do quarto dele a conversar, quando estivemos horas sentados numa tarde de sábado a terminar tudo.* Deixaste-me ser eu mesma, encorajaste-me a deixar-te ver o quão terrível me sentia por dentro, deixaste-me ficar cada vez mais triste e histérica e agora que cheguei ao fundo do poço, estás a abandonar-me.

É verdade, disse ele. Ele não sabia mentir. Disse-me que pensava que conseguia lidar com tudo aquilo, mas não conseguiu. Pensou numa série de coisas. Nunca me quis magoar.

Naquela altura eu não lhe disse que ele adorava ver-me histérica, que se passava com isso, que gostava da mise en scène, *da crueza emocional. Não o disse porque não era preciso. Era óbvio. Ele estava sempre a dizer-me que a minha pureza, a minha incapacidade total de mascarar a minha sensação de terror era o que ele mais gostava em mim. Era como se ele não compreendesse que essas qualidades, pelo menos em mim, eram patológicas. A minha crueza não tinha, de forma alguma, a ver com pureza — tinha a ver com depressão. Sim, havia uma certa honestidade bela no meu estado deprimido — agora, às vezes, sinto a falta disso. Sinto a falta de não ter nada a perder e poder sair das salas a chorar em alturas em que as outras pessoas teriam achado pouco apropriadas. Gostava disso em mim. Gostava do meu desrespeito pelo que estava convencionado. E o Rafe, bem, o Rafe adorava isso em mim.*

Porém, era doentio, mais doentio do que ele se apercebeu no início. A pureza transformou-se em perversidade. Tornou-se não apenas numa consciência da escuridão, mas numa obsessão mórbida por ela. Mal ele percebeu isso, desligou-se. Deixou-me sozinha com a minha depressão depois de o ter esgotado a ele e a todos os meus outros recursos.

Antes de deixar Providence, telefonei ao meu amigo Archer para lhe dizer que estava a caminho de Nova Iorque, que me estava a sentir louca e desesperada e que iria directa para casa dele, que ele teria de me dar um jantar decente porque eu não conseguia tomar conta de mim mesma. Ele disse no seu tom cortês de branco protestante algo como: «Claro, aparece.»

O Archer é aquilo a que se chama uma seta certeira, um brâmane de Boston acostumado às mordomias e à boa-educação. Ele queria que tudo fosse simples e agradável. O sangue e a sordidez da vida que nos mantêm à maioria de nós intrigados e atormentados não exerciam qualquer atracção sobre o Archer. Depois de termos visto *Corações de Aço* juntos, um filme onde o Sean Penn e o Michael J. Fox fazem de soldados cujo esquadrão no Vietname viola e espanca uma jovem camponesa até à morte, o Archer pergunta-me vezes sem conta de que é que vale a pena estar sentado a ver toda aquela confusão sórdida. Digamos apenas que os musicais da Broadway como *Annie* e *Oklahoma!* foram provavelmente inventados a pensar em pessoas como o Archer. Ele era positivamente elegante. Depois de se ter formado em Harvard em 1987, conseguiu um emprego na American Express, fazendo só Deus sabe o quê (alguma coisa relacionada com a base de dados de um departamento de viagens, disse-me ele uma vez), e só por ele ser uma verdadeira estampa é que tinha um harém de mulheres loucas e vibrantes atrás dele. É um daqueles cavalheiros do Norte que coleccionam judias histéricas como boas amigas por serem tão estrangeiras e exóticas para ele como as nativas do Tahiti eram para Gaugin — e independentemente do quão bem conhecia qualquer de nós, o seu espanto nunca acabava. Tudo passa ao lado do Archer: acredito sinceramente que quando está a chover, nunca chove em cima dele. Se o Archer não fosse tão bonito, não teria a certeza de que ele existia, já que lhe faltam a maior parte dos sinais vitais. Mas a sua beleza quase faz parte do problema: o Archer é tão perfeitamente belo que chega a parecer árido, possuidor de uma beleza simétrica tão pura e perfeita que é isento de Eros e de Thanatos e uma virilidade que tornaria um homem menos fisicamente dotado muito mais atraente. Em suma, o Archer é o tipo perfeito para visitarmos depois de terminarmos uma relação com alguém porque é a melhor oportunidade que temos de estarmos ao lado de um homem lindíssimo e de termos a certeza de que não existirá qualquer tensão sexual de espécie alguma.

Naquela noite, o Archer oferece-me um magnífico jantar num belo restaurante chamado Brandywine e nunca se apercebe de que eu estou a comunicar com ele por detrás de um vidro opaco e baço, mais ou menos como o de uma janela da casa de banho. Está a conversar comigo acerca dos seus planos para se mudar para Zurique; porque é que ele é um Republicano militante; onde é que manda limpar as camisas, e durante todo o jantar, assola-me uma dor tão profunda que não me atrevo a deixá-la vir à superfície. Quando me afasto da minha obsessão comigo própria, parece-me de repente incrível que eu esteja a estremecer por dentro, que, em termos emocionais, eu seja uma avalancha prestes a derrocar em cima de rochas, seixos e pedras, aos pés do Archer, e que ele ainda assim consiga envolver-me numa discussão acerca da primeira volta das presidenciais. De vez em quando, perco-me e digo: «Desculpa, distraí-me, o que é que acabaste de dizer?» E umas quantas vezes estou prestes a dizer: «Não vês que estou um caos? Por que é que não me perguntas porquê?»

Porém, permaneço em silêncio. O objectivo do Archer é ele não perguntar, é o facto de ele ser um manequim com algumas funções humanas. Naquela noite durmo na mesma cama que o Archer. No início ele puxa-me para junto de si, mas eu migro para o canto oposto e agarro-me à esquina como alguém pendurado na lateral de um alto edifício, quase a cair da berma.

Por vezes, sinto-me tão consumida pela depressão que é difícil acreditar que o mundo todo não pare e sofra comigo.

Não me conseguia mexer depois de o Rafe me deixar. Verdade. Fiquei presa à minha cama como um pedaço de pastilha elástica na sola do sapato de alguém, misturada com a sola, aderindo a alguém que não me quer, que não parava de me pisar mas de quem, ainda assim, eu não me afastava. Não me conseguia despegar. Ficava ali deitada, engolindo o meu Mellaril em intervalos regulares, pensando por que é que mesmo os efeitos debilitantes deste estupefaciente não eram suficientemente fortes para me ajudarem.

No início, fiquei em casa da minha mãe em Nova Iorque, mas, por fim, acabei por voltar para Cambridge porque a Dr.ª Sterling pensou que seria melhor se eu estivesse perto do centro de tratamento (isto é, dela). Para mim, também, tanto fazia. A única grande diferença é que em Nova Iorque havia uma abundância de comida na cozinha e em Cambridge não havia nada; deste modo, em casa, eu comia frugal e indiferentemente, mas na faculdade limito-me a passar fome. De qualquer das maneiras, pareço estar a definhar.

Enquanto ainda estava no meu velho quarto em casa, descobri que a parte mais difícil de cada dia, tal como acontece com todos os deprimidos, era o simples acto de me levantar de manhã. Se eu conseguisse, pelo menos, fazer isso, teria algumas hipóteses. De chegar ao fim do dia, só isso. Decidi tentar escrever um pouco, na esperança de que isso me conferisse uma sensação de libertação como em tempos tinha feito, há tantos anos atrás. Mas assim que me sentei em frente à minha máquina de escrever, congelei perante o teclado. Não me consegui lembrar de absolutamente nada para dizer. Nenhum poema, nenhuma prosa, nenhuma palavra.

Meu Deus, o que se pode fazer com uma dor tão forte que nem sequer tem um valor redentor? Nem sequer pode ser transformada, por meio da alquimia, em arte, em palavras, nalguma coisa que possamos considerar uma experiência interessante porque a dor em si mesma, a sua intensidade, é tão grande que se infiltrou no nosso sistema de uma forma tão profunda que não há qualquer maneira de a tornar objectiva ou de a empurrar para fora ou de encontrar a sua beleza interior. É esse tipo de dor que estou a sentir agora. É tão forte, que é inútil. A única lição que alguma vez tirarei desta dor é aperceber-me do quão forte uma dor pode ser.

Um dia, depois de muito pensar, tinha decidido ver o filme *Estranhos na mesma Cidade* com a minha amiga Dinah. Estava de saída quando o telefone tocou. A minha mãe estava a ligar-me do emprego para me dizer que tinha encontrado uma solução, que sabia que o melhor que eu tinha a fazer era deixar o semestre a meio, regressar a Cambridge e limitar-me a ir à terapia todos os dias, dedicando-me à recuperação a tempo inteiro.

Isso até não teria sido uma ideia assim tão má, só que eu já tinha considerado a hipótese de me internar num hospital psiquiátrico e tinha descartado essa ideia depois de a Dr.ª Sterling e de mais outros dois psiquiatras que consultei insistirem que não seria necessário. Stillman seria completamente adequado numa situação de emergência e a Dr.ª Sterling acreditava firmemente no valor de manter uma rotina diária, de ir às aulas, engolir comprimidos e ter sessões de terapia tudo ao mesmo tempo. Ela acreditava que eu teria melhores hipóteses de aprender a lidar com o mundo enquanto ainda fizesse parte dele e, deixar o semestre a meio, cortar a minha ligação a Harvard, iria privar-me de muitos recursos — Stillman, por exemplo — que ela considerava que me iriam ajudar.

Regressar à escola era o caminho mais fácil e a Dr.ª Sterling tinha-me convencido de que seria a minha melhor opção. Após várias conversas muito proveitosas com ela, até já me tinha convencido de que, estranhamente, com o auxílio da Dr.ª Sterling, eu acabaria por ficar *bem*. Conseguiria sobreviver à minha separação do Rafe e conseguiria sobreviver à depressão. Não acreditava totalmente nisto, mas tinha dito a mim própria que regressar à faculdade seria o passo inicial no caminho de alguma esperança. Numa altura em que me era quase impossível tomar quaisquer decisões e levá-las até ao fim, pelo menos tinha conseguido fazer isso. E agora a minha mãe estar a telefonar-me e a dizer-me que, quanto a ela, eu era tão incuravelmente louca que deveria deixar a faculdade durante uns tempos — de facto, ela pensava que eu devia abandonar a faculdade de todo e começar a trabalhar para ganhar a vida — para ter algumas hipóteses de melhorar.

— Nunca vi ninguém assim — repetia ela.

— Mãe, ouve, a última coisa que eu devia estar a fazer neste momento é tentar fazer-te entender as coisas, porque eu própria não as entendo — comecei eu. — Mas, por amor de Deus, acabei de terminar a relação com o meu namorado, tenho estado perturbada e histérica, mas vou melhorar. Acho que tu estares a ligar-me para me dizeres que estou em pior estado do que eu própria imagino não é muito produtivo. Porque, Mãe, eu sei que não *poderia* estar pior do que penso estar.

— É só que — hesitou ela. — É só que é tudo de loucos. Tu ires a correr para Dallas e para Minneapolis para te sentires melhor e ficares cada vez pior e, Ellie, sabes que eu não consigo lidar com estas situações. É demasiado para mim. Não percebo por que é que ficas assim, não sei o que te está a acontecer, mas quero que fique tudo no seu lugar. Sempre que voltas para casa, dás novamente cabo da minha vida porque eu não consigo lidar com aquilo que tu estás a passar, por isso quero que voltes para Cambridge, que arranjes algum emprego, que vás para a terapia e que melhores de uma vez por todas!

O seu tom de voz misturava-se com um horror deplorável. Mais uma vez, senti que a minha depressão era um carro avariado e que ela me estava a mandar *arranjar aquela merda*, como se a minha mente pudesse levar fios novos como uma transmissão que não funciona ou travões que não respondem. A minha mãe queria resultados e rapidamente, o que é exactamente aquilo que eu queria, mas as coisas não pareciam estar a evoluir naquele sentido. Comecei a chorar porque não conseguia compreender o que é que a minha mãe pensava que ia conseguir ao dizer-me estas coisas. *Eu* é que estava deprimida e, estranhamente, ela conseguia fazer que parecesse que era suposto eu sentir pena *dela*. Odiava a forma como os nossos estados emocionais ainda eram tão simbióticos, os nossos humores tão interdependentes. Falar com ela durante alguns minutos tinha-me levado de uma sensação cautelosa de que eu talvez pudesse recuperar a um sentimento de que eu estava amaldiçoada, marcada como Caim, com a depressão para todo o sempre. Eu queria desesperadamente largar o telefone, lavar as mãos, a cara, o meu corpo todo, limpar toda esta substância que me manchava e parecia estar a espalhar-se sobre mim à medida que ouvia a minha mãe.

— Mãe — disse eu. — Mãe, eu estava a começar a decidir melhorar e agora estás a fazer-me sentir que estou muito mais doente do que estou na realidade. Mãe, tenho de ir ter com a Dinah para irmos ver um filme, mas antes de desligar preciso muito que me digas que tens fé em mim, que acreditas que eu vou ficar bem. Não aguento esta sensação de pensar que tu talvez saibas mais do que eu, de que talvez tenhas razão e de que, talvez, eu seja um caso sem qualquer esperança. Não aguento esta sensação! — quase berrei. — Mamã, por favor, diz-me que estás do meu lado.

— Ellie, não sei.

Comecei a contemplar a ideia de abandonar a faculdade. Uma única palavra atravessou a minha cabeça: destrambelhada. Completamente destrambelhada. Atirada para fora dos carris da vida. Era a mesma sensação que eu tinha tido quando pensei em ficar em Dallas no final do Verão em vez de regressar às aulas. Sentir que estaria simplesmente algures, *no mundo exterior*, que, sem Harvard para me ancorar, eu tinha começado a desintegrar-me e a flutuar para a camada de ozono, que se passariam anos sem que ninguém se apercebesse de que eu tinha desaparecido. Já era suficientemente mau estar deprimida *e* em Harvard, estar deprimida e em lado nenhum era totalmente implausível. Contra tudo o resto que eu tinha aprendido enquanto lá estive, ainda pensava em Harvard como a salvação.

Foram precisos quarenta e cinco minutos ao telefone com a Dr.ª Sterling, para ela me conseguir convencer de que a minha mãe estava a ser impulsiva, de que tudo o que a minha mãe dizia não era a palavra de Deus.

— Para ser totalmente sincera, Elizabeth — afirmou ela —, ambos os teus pais, em todas as ocasiões que tive de lidar com eles, pareceram-me bastante loucos. Se fosse a ti, eu não levava aquilo que a tua mãe diz demasiado a sério. Parece que ela está simplesmente a ter uma das suas invectivas.

Cheguei ao *Estranhos na mesma Cidade* com uma hora de atraso e saí dois minutos depois, porque era demasiado deprimente. *Ali estava* um filme que nunca devia ter sido feito. Não queria ir para casa porque estava demasiado assustada para estar sozinha, não queria ficar dentro da sala de cinema porque estava demasiado escuro, não queria estar com a minha mãe porque tinha medo dela. Por isso, fui para casa de um velho amigo e, assim que lá cheguei, percebi que não conseguia estar com outras pessoas, que precisava de estar sozinha. Assim que cheguei à rua, percebi que, afinal, não me apetecia estar sozinha, percebi que não me apetecia estar em lado nenhum.

Tolstoi é frequentemente citado por ter comentado que todas as famílias felizes são a mesma coisa, mas as famílias infelizes são infelizes de formas diferentes. Claro está que ele não percebeu nada de nada, percebeu tudo ao contrário. A felicidade é infinita na sua variedade e as pessoas felizes, as famílias felizes, conseguem encontrar alegria de muitas maneiras diferentes.

É verdade que a felicidade não é muito profunda em termos artísticos — não é a matéria que enforma os grandes romances russos — mas uma família que é feliz tem a capacidade de fazer muitas coisas, de tentar muitas coisas, de ser muitas coisas, ao contrário das famílias infelizes que estão demasiado embrenhadas no seu próprio infortúnio e melodrama para as explorar. Quando somos felizes, há uma imensidão de coisas que podemos fazer, mas quando estamos tristes, tudo o que podemos fazer é sentarmo-nos e ficarmos infelizes, paralisados pelo desespero.

Todas as famílias infelizes são mais ou menos a mesma coisa. Todos os tipos de infelicidade são idênticos na sua essência, o que explica por que é que durante tantos anos toda a gente me disse para ir às reuniões dos Alcoólicos Anónimos. Diziam que todos os vícios são semelhantes e que o facto de eu ser viciada na depressão ou no stresse envolvia o mesmo mecanismo subjacente ao alcoolismo. Em qualquer família destroçada, quer o problema seja a mãe beber, o pai bater nas crianças ou ambos os pais quererem matar-se um ao outro, o esqueleto do enredo é o mesmo. A descrição daquilo que provoca a patologia é a mesma. Tem sempre a ver com não ter recebido amor suficiente em criança ou ter sido negligenciado em alguma fase da vida. Ouçam qualquer pessoa infeliz a contar a sua história de desgraça e verão que se parece com todas as outras histórias de desgraça que alguma vez ouviram.

Quanto muito, há dois tipos de famílias disfuncionais: aquelas que não falam o suficiente e as que falam demasiado. As primeiras parecem sempre ser as mais trágicas, as mais típicas de Eugene O'Neill. Estas são as famílias nas quais toda a gente tem tanto medo de expressar não só as suas emoções, mas qualquer outra coisa, que acabam por beber, drogar-se ou lixar-se no seu silêncio. Até que um dia, um dos miúdos é apanhado na escola a fumar um charro num vão de escadas ou talvez a filha se torne anoréctica e os pais percebam que há toda uma série de coisas a passar-se enquanto eles bebem os seus martinis e chupam as azeitonas verdes e, por fim, toda a família acaba por consultar um especialista. Em pouco tempo descobrem que têm um problema de comunicação e toda a gente aprende a abrir-se, como se fosse uma grande revelação, e a ideia de que isto é alguma espécie de solução para qualquer problema deixa-nos a todos nós, em cujas famílias toda a gente fala demasiado, totalmente embasbacados.

Uma das terríveis falácias da psicoterapia contemporânea é achar-se que se as pessoas disserem simplesmente aquilo que sentem, muitos dos problemas ficarão resolvidos. Na verdade, venho de uma família na qual ninguém hesita em divulgar quaisquer ofensas insignificantes que possa eventualmente ter sofrido, e é como viver num campo de batalha. Fico, muitas vezes, espantada com as coisas que a minha mãe não tem quaisquer escrúpulos em dizer-me. Não é só o facto de ela ser bastante impulsiva quando exprime as suas opiniões impensadas acerca da minha saúde mental, mas mesmo os assuntos mais triviais servem. Por exemplo, entro em casa dela e ela diz abruptamente: «Esses sapatos são horríveis!» Eu nem sequer lhe tinha perguntado nada e gosto dos meus sapatos. O comentário dela só serve para me deixar a sentir mal. Mas é assim que as coisas são. É assim que a mãe dela age, bem como os seus primos, tios, toda a gente. O conceito de Quem é que te pediu a opinião? *não existe na minha família, porque o conceito do indivíduo não existe. Estamos todos amalgamados, somos todos reflexo uns dos outros, como se fôssemos uma panela de guisado na qual todos os ingredientes afectam o sabor.*

Penso na minha mãe e em mim e na forma como o amor incondicional tem estado ausente da minha vida. Não é que ela não me ame no seu coração. Mas eu sei que se não estiver a ser a pessoa que ela quer que eu seja, se eu não sou a rapariga que conseguiu entrar em Harvard e que ganha prémios com os seus trabalhos escritos — se eu estiver, digamos, desempregada, tesa, deprimida e desesperada, ela já não gosta de mim da mesma maneira. Não quer saber nada do assunto. Não quer saber se eu tenho relações sexuais ou se tenho uma tatuagem. Ela apenas gosta da rapariga que ela quer.

Alguns amigos não entendem isto. Eles não percebem a ânsia em que eu fico para que alguém me diga: «Amo-te e apoio-te da forma como tu és, porque és maravilhosa assim tal e qual como és.» Eles não compreendem que eu não me lembre de ninguém me ter dito aquilo. Sou tão exigente e difícil com os meus namorados porque quero despedaçar-me e cair aos pedaços em frente a eles para que eles me amem, embora eu não seja divertida, ali deitada na cama, a chorar constantemente sem me mexer. A depressão tem tudo a ver com Se tu me amasses e fá-lo-ias. Como *se tu me amasses, deixarias de fazer os trabalhos da escola, deixarias de ir beber um copo com os teus amigos ao sábado à noite, deixarias de aceitar o papel principal numa qualquer produção teatral e deixarias de fazer fosse o que fosse a não ser estar aqui sentado ao meu lado, passar-me um lenço de papel e uma aspirina enquanto eu aqui estou deitada, a ranger, a chorar e a afogar-me a mim e a ti na minha infelicidade.

Às vezes penso que parte do problema tem a ver com a etnia. Nós, os judeus, não temos o conceito do amor incondicional. O Deus do Antigo Testamento é castigador, invejoso e vingativo. Fica irritado e vinga-Se. A noção de dar a outra face, a ideia de que a fé é mais importante do que os actos, estes são conceitos distintamente cristãos. Há quem diga que a diferença entre a culpa católica e a culpa judia é que a primeira emana do conhecimento de que nascemos todos com pecado, que não há nada que possamos fazer para suplantar o pecado original; enquanto a segunda deriva de uma noção de que fomos todos criados à imagem de Deus e temos o potencial para atingir a perfeição. Por este motivo, a culpa católica tem a ver com a impossibilidade, enquanto a culpa judia tem a ver com uma superabundância de possibilidades.

Penso nas minhas próprias possibilidades. Penso na forma como as desperdiço. Na forma como as hei-de desperdiçar sempre porque estou para aqui sentada à espera de alguém que me ame tal como eu sou.

Não sei bem porquê, mas quando regressei à faculdade não me apetecia nada voltar para Stillman. Penso que estava farta de sumo de arando. Mas ainda não conseguia estar quieta em minha casa por causa da dor. Tudo o que eu tinha lido acerca de depressão e da recuperação sublinhava que a única forma de resolver um problema é enfrentá-lo, passar por aqueles sentimentos, acalmar os instintos de lutar ou fugir instigados pela adrenalina e simplesmente deixar a dor seguir o seu caminho. Ora, merda para isso tudo.

Não conseguia aguentar. Nunca quis tanto não estar na minha pele. Pensamentos suicidas constantes. Medo total. Mas não queria ir para Stillman e, uma vez que tinha começado a descrever com exactidão o método que iria utilizar para me matar — tinha encomendado panfletos da Hemlock Society e estava a começar a estudar profundamente combinações de medicamentos que, garantidamente, me levariam desta para melhor — a Dr.ª Sterling começou a falar em enviar-me para McLean. O que eu não queria de todo. Não me perguntem porquê. Naquela altura, até me teria feito bastante bem.

Porém, em vez de ir para um hospital psiquiátrico, decidi ir para a Califórnia.

Assim que cheguei a casa da minha prima em Los Angeles, sentei-me ao sol e mergulhei no *jacuzzi*. Cheguei mesmo a fazer coisas como ler Sartre em frente ao Oceano Pacífico. Quando percebi que *O Estrangeiro*[48] de Camus começa numa praia, também o li. Comi iogurte gelado numa livraria com esplanada em Venice. Arrisquei a vida a atravessar uma auto-estrada de seis faixas para ir a um restaurante chamado Cheesecake Factory, porque, por uma razão qualquer, pensei que tinham ostras em meia concha (não tinham *e*, além disso, havia uma fila de espera de trinta e cinco minutos). Pensei no Rafe. Falei no Rafe. Falei com o Rafe quando o consegui apanhar porque tinha medo de lhe deixar uma mensagem.

Preocupei-me em encontrar um emprego de Verão, porque já tinha sido rejeitada pelo *Chicago Tribune*. Entrevistei a Joni Mitchell para o *Dallas Morning News*. Considerei a hipótese de não fazer o próximo semestre na faculdade para escrever um livro só acerca da Joni Mitchell. Passei mais tempo ao telefone com potenciais empregadores em Nova Orleães, Atlanta e até mesmo em Nova Iorque do que ao sol de sonho da Califórnia. A minha prima dizia vezes sem conta que eu era demasiado compulsiva, que devia relaxar. Dizia: «Devias estar de férias.» Dizia: «Estás a portar-te como um daqueles executivos dos estúdios que levam os telemóveis para St. Barts e não conseguem deixar tudo aquilo durante um dia que seja.» Dizia: «És demasiado nova para seres tão obsessiva, ambiciosa e agitada.»

Ela parecia não perceber que eu tinha medo de que, se eu deixasse a vida tomar o controlo, se eu flutuasse para as minhas circunstâncias como um surfista *zen* da Costa Leste, tinha a certeza de que iria aterrar numa depressão e num pântano ainda pior do que aquele para o qual eu me tinha arrastado ao perseguir isto e aquilo esforçando-me para agarrar alguma coisa, arranhando e despedaçando com as minhas garras estes tubos confinantes de não-opções como um hámster preso numa gaiola.

Ainda assim, ela dizia: «Relaxa, Elizabeth!»

Eu dizia: «Quem me dera.» E pensava no Rafe.

Normalmente pensava: Está-se melhor ao sol. Tudo parece estar muito melhor quando acordamos com a luz a entrar pela janela.

---

[48] Albert Camus, *O Estrangeiro*, Livros do Brasil, Lisboa, 1984. *(NT)*

Faz que seja mais difícil imaginar a película negra que eu via em torno de tudo em Cambridge e em Nova Iorque, ao frio e no escuro. Lembrei-me de que Leão, o meu signo do Zodíaco, é o rei do sol e pensei como é que eu poderia tornar a minha vida mais solar. Porque na altura em que deixei a Califórnia, já nada parecia importar muito, como se o sol tivesse estorricado o meu cérebro. E pensei: quem é que precisa do Rafe?

Depois regressei a Cambridge, voltei a precisar dele novamente e achava que não iria conseguir aguentar aquela dor nem mais um minuto, mais uma hora, mais um dia. Lembrei-me de como, durante as férias do Inverno, eu não tinha conseguido aguentar a dor de sentir a falta do Rafe durante quatro semanas. Agora era muito pior, porque o tempo não era finito. Estaria sem o Rafe para todo o sempre porque o tinha perdido de vez.

Mais Mellaril e ainda mais dor.

Voltei a ouvir Bob Dylan, voltei a ouvir a voz excêntrica e desesperada a cantar os versos mais lamechas que eu já tinha ouvido. «If You See Her, Say Hello», «Mama, You Been on My Mind», «I Threw It All Away», «Ballad in Plain D». Porque é que K-Tel não tinha já lançado há muito uma compilação com um nome do tipo *Canções Deprimentes de Dylan para Corações Destroçados?* Ouvia, vezes sem conta, as três versões disponíveis do «You're a Big Girl Now» — a gravação original do *Blood on the Tracks*, a versão alternativa no *Biography* e, a mais assustadora, a versão ao vivo no *Hard Rain* — como se ouvindo diversas vezes esvaziasse a canção de significado, tornando a sua letra desastrosa em algo mais mundano. Mas a dor e o terror de certas obras de arte — do *Guernica* de Picasso, da Billie Holiday a cantar «Good Morning Heartache» no Festival de Jazz de Monterey em 1957, do poema «Tulips» da Sylvia Plath, do *A Estrada* de Fellini — parecem nunca serem mitigadas por mais que nos exponhamos a elas. O poder é amplificado a cada nova vez que vimos, ouvimos ou lemos e eu encontro novos elementos de tragédia para focar a minha atenção, novas razões para a empatia. Isto é particularmente válido para todas as canções do Bob Dylan que alguma vez me tocaram. Há pessoas que odeiam a voz dele, que pensam que ele é demasiado nasalado e que não sabe cantar, que prefeririam ouvir as suas obras cantadas pelos Byrds, por Ricky Nelson ou pelos O'Jays, mas essas pessoas não compreendem que para verdadeiros fãs de Dylan, o som das suas cordas vocais roucas e esganiçadas é o som da redenção. Queria gravar uma cassete inteira com todas as versões diferentes do «You're A Big Girl Now» continuadamente. Esta menina grande é, afinal, tão pequena e tão frágil.

Muitas vezes, nem sequer tinha energia para ir às consultas da Dr.ª Sterling, por isso, ela tinha de falar comigo pelo telefone. Não tinha energia para comer e, por muito estranho que isto pareça, não tinha energia para dormir. Tudo o que eu conseguia fazer era estar deitada na minha cama. Às vezes, se eu conseguisse levantar-me e encher um copo de água, tomava o meu Mellaril sem comer nada e rezava para que ainda conseguisse metabolizar alguma coisa num estômago vazio.

Numa manhã de domingo, quando não tinha de ir trabalhar ou ir para as aulas, a Samantha tirou-me da cama insistindo que o sol estava a brilhar na sala de estar e que eu me sentiria muito melhor no sofá do que no meu quarto escuro. A conversa que teríamos iria ser inevitavelmente obtusa porque a Samantha ficava sempre a pensar porque é que eu não conseguia olhar para a minha situação de forma mais filosófica, porque é que eu não me conseguia dar por satisfeita por ter experimentado o amor com Rafe e ver isso como um sinal de que iria voltar a acontecer fosse quando fosse, fosse onde fosse, fosse com quem fosse. Ela tagarelou alegremente como a Poliana até eu, por fim, acabar por gritar: *Samantha, raios te partam, não estás a ver que estou desesperada! Achas que eu me importo alguma coisa com a forma como vou olhar para tudo isto daqui a dez anos ou daqui a dez meses?! Estou a perder a cabeça aqui mesmo, agora mesmo e acho que não consigo aguentar nem mais um minuto.*

Como sempre, comecei a chorar e a Samantha ficou num frenesim, desencantando o seu Filofax da mala, procurando números ou nomes de alguém que me pudesse ajudar, mencionando um rabi em Nova Iorque ou uma assistente social em Cambridge ou sugerindo que eu telefonasse ao seu pai, um psicanalista em Washington.

Limitei-me a olhar para ela.

— Preciso de uma cura — disse eu. — Eu sei que prometi a mim mesma que livrar-me do Rafe seria o melhor para mim, porque me ajudaria a defrontar alguns assuntos dos quais a sua presença me protegeu. Mas, na verdade, acho que ele ainda trouxe mais lenha para a fogueira.

Ela acena com a cabeça.

— Sei que jurei ir às sessões de terapia e viver a vida um dia de cada vez porque é assim mesmo que vou conseguir melhorar e, dentro de alguns meses, estarei mais forte porque terei chegado à raiz dos meus problemas e essa treta toda.

Mais acenos de cabeça.

— Mas — desato a chorar. — Acho que não sou capaz! Preciso de protecção. Neste momento, não consigo ver a luz ao fundo deste túnel em particular, estou a ter dificuldades em visualizar a paz mundial, a paz interior e essas tretas todas e apetece-me fazer batota neste plano de suportar toda esta dor neste momento. Se eu fosse uma alcoólica, estaria a dizer que precisava de uma bebida, mas, uma vez que sou eu mesma, não sei do que é que preciso. Mas preciso disso *agora mesmo!*

Samantha diz alguma coisa que dá a entender que percebe como eu me sinto, mas eu mal a ouço porque tudo o que quero é encontrar uma forma de ser erradicada deste planeta até esta dor desaparecer. Quero outra viagem à Califórnia. Ou talvez queira uma viagem a Neptuno.

Até que, de repente, lembro-me de que o ex-namorado argentino da Samantha, Manuel, vive em Londres e trabalha no departamento de vendas de acções num grande banco de investimento. Tinha conseguido ter um romancezito inquietante com o irmão mais novo do Manuel quando ele era finalista e eu era uma caloira com desmaios constantes que não conseguia acreditar que o quarto dele em Adam's House fosse tão grande. Enquanto a Samantha esteve a trabalhar em Londres, viveu com o Manuel e, pela descrição dela, ele tinha estado muito apaixonado por ela e tinha tomado muito bem conta dela, embora ela chorasse à noite até adormecer, saísse das festas a meio e ficasse a soluçar na varanda porque tinha bastantes dificuldades naquela altura. Por isso, decidi que o melhor a fazer seria ir ficar com o Manuel durante uns dois meses até eu melhorar um pouco.

A Samantha ri quando lhe digo isto.

— Adorava dar-te o Manuel — exclama ela. — Ele é exactamente aquilo de que tu precisas neste momento.

Samantha sabe que o Manuel é um tipo porreiro que me vai levar a jantar e conversará comigo, o que ela pensa ser uma boa ideia. Ela também parece pensar que eu estou para aqui a ter um esgotamento nervoso e a melhor forma de lidar com isso é deixar-me ir, de preferência enquanto desfruto de uma conversa agradável e de óptimas refeições em requintados restaurantes.

Olhem, ele não podia ser pior para mim do que o Mellaril.

Dentro de alguns dias e após algumas chamadas telefónicas, já está tudo combinado. O Manuel não parece muito satisfeito por me receber como visita — já ouviu o irmão contar coisas bastantes estranhas acerca de mim — mas a Samantha tem a certeza de que se eu for muito simpática com ele, vai correr tudo bem.

Tenho pontos suficientes no meu cartão da companhia aérea em que viajo frequentemente para receber um bilhete de avião para Londres gratuitamente e estou a ver-me a gostar tanto da cidade que vou acabar por encontrar um emprego e ficar por lá. Vejo Londres como uma saída fantástica da minha vida disfórica. Nunca lá estive, nunca estive em lado nenhum na Europa, mas estou tão excitada com a ideia de sair agora daqui que penso que vai tudo ficar bem assim que lá chegar. Não paro de pensar que Londres é a cidade de Blake, de Dickens e de todos esses escritores maravilhosos. Estou tão desesperada por acreditar que vou gostar de lá estar que ignoro por completo o facto de odiar Blake, Dickens e todos esses escritores, que troquei a Licenciatura em Inglês pela Literatura Comparada porque odiava todo o cânone britânico. Byron, Shelly, Wordsworth — para mim, todos eles podiam desaparecer. Ainda assim, levei os meus planos por diante, já que, neste momento, são tudo o que me mantém à tona, e lembro-me a mim mesma de que sempre adorei aqueles quadros naturalistas do Gainsborough e do Turner e de que há imensos desses quadros expostos na Tate Gallery, de que os artistas britânicos me manterão bem-disposta. Estou a fazer aquilo que preciso de fazer.

A Dr.ª Sterling não sabe muito bem o que dizer acerca de Londres. Ela vê que eu estou mais dispersa e assustada a cada dia que passa, continuando a recusar-me a ir para um hospital mas ainda não suficientemente louca para ser internada contra a minha vontade. Por isso, chega à conclusão de que, se Londres me pode ajudar, mais vale tentar essa hipótese. Não é que ela tenha desistido de mim — eu sei que não desistiu, mas penso que está à espera de que eu chegue mesmo ao fundo. Ela parece pensar que eu só poderei receber o tipo de ajuda de que preciso quando atingir aquele local desolado que não se situa no tempo nem no espaço. A separação do Rafe parece ter-me esticado até ao meu limite, mas ainda estou à procura de uma saída, ainda tenho esperança de escapar à dor brutal que terei de enfrentar antes de conseguir melhorar. Ela diz-me que o termo terapêutico para o meu comportamento é *em fuga* e que agora já não há nada que ela possa fazer para me ajudar a aterrar convenientemente. Vou ter de me despenhar sozinha.

Felizmente, o semestre começou há pouco tempo e eu consigo reorganizar o horário das minhas aulas, de forma a acomodar os meus planos de viagem. A minha orientadora, que também é a minha conselheira académica, pensa que seria uma óptima ideia eu sair dali durante algum tempo, por isso, está disposta a deixar-me fazer as minhas leituras do outro lado do oceano e entregar a minha tese no final do ano com direito a receber o número total de créditos. De qualquer forma, os nossos seminários são de passar ou chumbar. Outro assistente da faculdade concorda em fazer comigo um estudo independente acerca de Marx, Freud e das tendências filosóficas no final do século XIX. Tem pena de mim depois de lhe desfiar os meus contos de pesar e fica convencido de que, se eu conseguir sair do país e continuar a estudar na mesma, isso seria o ideal. Um instrutor de escrita concorda em deixar-me fazer a cadeira sem eu aparecer, desde que entregue uma ou outra história de vez em quando. Já fiz mais cadeiras do que precisava nos outros semestres, por isso posso dar-me ao luxo de agora fazer apenas três. O sistema de Harvard está bastante bem estabelecido de forma a que um aluno se possa inscrever, mesmo num curso com tantos alunos como Literatura Comparada, sem assistir a quaisquer aulas ou trabalhar seja o que for. Estou, efectivamente, a tirar umas férias sem o fazer, o que, por alguma razão, suaviza a minha consciência e faz-me pensar que sou menos doente do que de facto sou.

Há apenas uma pessoa que se dá ao trabalho de apontar a loucura do meu plano. O meu conselheiro do primeiro ano, que também é o director do meu departamento e que me diz que estou a cometer um grande erro. Chama-me ao seu gabinete para conversar com ele acerca dos meus planos académicos depois de ver a minha candidatura para fazer um estudo independente, que tem de ser aprovada por ele.

— Eu sei o que passaste durante o teu primeiro semestre — diz Chris, enquanto fuma e engole um café no seu gabinete. — Tive conhecimento do aborto (lembra-te de que te visitei em Stillman), tenho consciência dos teus problemas emocionais. Mas acho que devias mesmo ou abandonar a faculdade ou entrar a sério nela. Esta abordagem intermédia que estás a tentar adoptar não te vai levar a bom porto. Elizabeth, o meu conselho a alguém com a tua natureza (e acho que já te conheço bastante bem) seria inscrever-te em algumas boas cadeiras que te apresentassem um desafio, e que te permitissem envolveres-te mesmo no meio académico. Tu adoras a Bíblia, saíste-te tão bem naqueles seminários que fizeste o ano passado em misticismo hebreu medieval. Inscreve-te em mais cadeiras dessas! Usa a tua cabeça! — Sorri para mim enquanto me diz isto e o seu optimismo dá cabo de mim. Quer dizer, que cabeça? Estou carregada de Mellaril. O meu cérebro está temporariamente fora de serviço. — Mergulha nos teus estudos ou então sai de cá a sério. Vai para a Europa e viaja pelo continente de mochila às costas. Visita Praga, Roma, Berlim, Budapeste. Mas não desperdices um semestre de tempo de aulas valioso em cadeiras que não te interessam e às quais vais acabar por não assistir.

Como sempre, estou a chorar quando ele termina o seu discurso. É claro que ele tem razão, mas eu estou demasiado desesperada tanto para fugir que nem uma louca de Harvard, como ainda para, de alguma forma, permanecer vagamente ligada à faculdade. Sei que é precisamente esta abordagem que não é carne nem é peixe que me conduziu a esta existência marginal que está no centro da minha depressão, mas ainda assim não consigo evitar este tipo de comportamento. Tenho consciência, bem lá no fundo, de que ir para Londres é apenas mais autodestruição, mais uma fuga do inevitável, mais uma táctica evasiva, mas tenho de insistir.

— Talvez eu faça mesmo as leituras para o meu estudo independente e para o meu seminário de leituras orientadas — hesito, ainda a chorar, porque já sei como as coisas são. — Talvez eu consiga tirar algum proveito disto tudo.

— Oh, Elizabeth — suspira ele. — Eu fui visitar-te ao hospital no semestre passado. Sei o estado em que estás. Não vais estar sentada em Inglaterra a ler Marx...

— Vou, sim — interrompo eu. — Vou lê-lo em cada uma das salas do Museu Britânico onde ele escreveu O Capital[49].

— Oh, Elizabeth — diz, respirando fundo.

Chris é um tipo mal vestido, uma versão típica do académico com estilo, sempre de calças de ganga e um casaco aos quadrados com remendos de camurça nos cotovelos, sempre a fumar *Camel* sem filtro, sempre a tentar ser tanto amigo quanto pessoa mais velha e responsável com os seus alunos. Na verdade penso que o Chris se preocupa mais comigo do que qualquer outro professor em Harvard, embora eu tenha bastante dificuldade em sentir alguma afinidade com a sua disciplina de eleição, Narratologia, mais uma tentativa vã de transformar a literatura numa ciência. Ainda assim, Chris sempre esteve do meu lado e percebo que ele está a travar uma batalha interna sem saber se me há-de deixar ir para a frente com esta abordagem tipo curso por correspondência que estou a pretender para a minha formação.

— Não te vou impedir de fazeres aquilo que queres fazer e vou assinar-te os papéis para fazeres o estudo independente porque não quero que digas que me intrometi no meio do caminho de algo que poderia ser valioso tanto para a tua saúde mental como para a tua saúde intelectual — diz Chris por fim, após alguns minutos pensativos a fumar enquanto eu ali estive sentada em frente a ele a chorar e a lamentar-me. — Mas deixa-me só dizer-te que tenho a certeza de que isto está errado. Muito, muito errado.

---

[49] Karl Marx, *O Capital*, Editorial Avante, Lisboa, 1990. *(NT)*

12
O BROCHE ACIDENTAL

now it's raining it's pouring
the old man is snoring
now i lay me down to sleep
i hear the sirens in the street
all my dreams are made of chrome
i have no way to get back home
i'd rather die before I wake
like marilyn monroe
and throw my dreams out in
the street and the
rain make 'em grow

(agora está a chover, a água cai em torrentes
o velhote está a ressonar
agora deito-me para dormir
ouço as sirenes na rua
todos os meus sonhos são feitos de crómio
não tenho qualquer forma de voltar para casa
prefiro morrer antes de acordar
como a marilyn monroe
e atirar os meus sonhos para
a rua para a
chuva os fazer crescer)

TOM WAITS, «A Sweet Little Bullet from a Pretty Blue Gun»

Algumas semanas antes de partir para Londres, telefono ao Rafe e digo-lhe que tenho algo de muito importante para lhe contar. Num tom solene, digo-lhe que vou para Inglaterra e que nunca mais volto, como se a ideia de me perder para sempre lhe pudesse fazer sentir algo para além de alívio. Ele responde-me uma baboseira qualquer, daquelas coisas que dizemos se vivemos num dormitório, algo acerca de sair daqui e ganhar perspectiva e, por fim, menciona que seria uma pena eu ir para a Europa e não passar algum tempo no Continente. Não faço ideia do que ele quer dizer com aquilo e ele diz-me que o Continente é a Europa sem as Ilhas Britânicas e parece-me estúpido tentar explicar-lhe que não tenho energia para Paris, Amesterdão ou Veneza, que o mais certo é passar o tempo todo em Londres num estado totalmente catatónico. Se ele não me conhece o suficiente para saber isso, provavelmente não me conhece de todo e o nosso amor ainda foi mais uma miragem do que eu pensava.

Numa noite de sábado em Março, no portão da Continental Airlines em Newark, a minha mãe, que se deve estar a sentir muito mal por mim, dá-me 500 dólares para eu «começar uma nova vida». Como se estivéssemos na Rússia no ano de 1902 e eu fosse começar tudo no Novo Mundo, onde as ruas seriam pavimentadas a ouro. Interrogo-me por quanto mais tempo poderemos continuar esta farsa, por quanto tempo ambas seremos capazes de perpetuar esta ficção de que eu vou para Londres para lá viver? Realmente, se é que eu tenho algum objectivo, é ir para Londres para morrer ou, pelo menos, para flutuar nesta onda de morte.

Arranjei um visto de trabalhador estudante, trouxe comigo uma lista de telefones tão extensa que poderia competir com a versão Londrina do 118, mas algures sob esta aparência de possibilidades eu sei que não há nada em Londres que possa ser melhor do que noutro lado qualquer. A minha orientadora, à última hora, aconselhou-me a ir para alguma ilha das Caraíbas ou mesmo para a Florida — disse-me vezes sem conta que um estado de espírito como o meu precisa de Barbados e não da Grã-Bretanha — mas, nessa altura, já era demasiado tarde. Além disso, eu tinha de ir para algum lado onde tivesse a desculpa de conseguir mesmo fazer alguma coisa e não apenas torrar na praia. Enquanto me preparava para a minha viagem, enchi um saco todo com material de leitura — *Totem e Tabu*[50] de Freud, *Being and Time*[51] de Heidegger, *O Livro do Riso e do Esquecimento*[52] de Milan Kundera, *Margens da Filosofia*[53] de Derrida, uma antologia de Marx-Engels e outros livros do género para ler na praia — porque eu estava com ideias fixas nalguma versão de produtividade. Mas algures na minha mente, já se devia ter feito luz. Como é que eu poderia explicar a minha decisão de última hora de levar também o *Postcard from the Edge*[54] de Carrie Fisher?

Cerca de uma semana antes de ir para Londres, tinha ido a um casamento e conheci o Barnaby Spring, um recém-licenciado de Harvard que vivia em Sloane Square e que andava a esbanjar a herança em várias aventuras cinematográficas. Tinha passado o último ano a filmar no Quénia, em Moçambique, no Bornéu ou nalgum sítio do género. Barnaby tinha nascido em Londres, era um verdadeiro Bife, um menino de Eton que tinha andado na escola interna desde os sete anos e prometeu ir-me buscar ao aeroporto e estar à minha disposição, em geral, quando eu chegasse. Durante o casamento, em antecipação da minha excursão iminente, eu estava de muito bom humor, por isso, tenho a certeza de que o Barnaby não fazia a mínima ideia em que é que se estava a meter. Ele podia ter começado a perceber alguma coisa quando, na noite antes da minha partida, lhe telefonei umas seis ou sete vezes — era a primeira vez na minha vida que eu estava a fazer uma chamada para outro continente, por isso acho que com toda a excitação desta novidade, decidi continuar a fazê-lo vezes sem conta — só para me certificar de que ele estaria lá a tempo, ou até um pouco mais cedo. Tentei explicar-lhe, de cada vez que lhe telefonei pedia-lhe descul-

---

[50] Sigmund Freud, *Totem e Tabu*, Relógio d'Água, Lisboa, 2001. *(NT)*

[51] Martin Heidegger, *Being and Time*, Harper San Francisco, 1962. *(NT)*

[52] Milan Kundera, *O Livro do Riso e do Esquecimento*, Publicações D. Quixote, Lisboa, 2001. *(NT)*

[53] Jacques Derrida, *Margens da Filosofia*, Rés, Porto, 1986. *(NT)*

[54] Carrie Fisher, *Postcard from the Edge*, Simon and Schuster, Nova Iorque, 1989. *(NT)*

pa por estar tão ansiosa e por o estar a incomodar daquela maneira, mas, afinal, era a minha primeira viagem para a Europa, e eu tinha esta fobia excessiva, que já datava do tempo em que ia para o campo de férias e morria de saudades de casa, relacionada com pessoas a encontrarem-se comigo em aeroportos e estações de camionagem. Tentei brincar com a situação — *ha, ha, ha, ha, sou tão tola* — e o Barnaby pareceu estar disposto a entrar na brincadeira. Mas lá pela sétima vez em que lhe telefonei, já eram quase cinco da manhã em Inglaterra e o charme inicial que o Barnaby parecia ter encontrado nos meus nervos de última hora já se tinha reduzido a nada a não ser uma irritante interrupção do sono.

Obviamente, todo o voo para Inglaterra resumiu-se a uma irritante ausência de sono. Fartei-me de tomar Mellaril, mas, com toda a minha ansiedade, não consegui descansar no avião. Para azar meu, assim que cheguei a Gatwick e tive de tratar da alfândega e dessas coisas todas, o medicamento começou a surtir efeito. Ao atravessar o aeroporto, pareceu-me que estava a atravessar uma caverna cheia de éter com as luzes acesas. O ar, tudo, toda a atmosfera pareceu-me tão flutuante, tão difícil de percorrer. Quase adormeci no carro do Barnaby (um *Jaguar*, claro), mas senti que isso seria falta de educação, por isso fiz um esforço para permanecer acordada e alerta. Foi nessa altura que compreendi o erro desesperado que a minha vinda para Londres tinha sido: não tinha um único amigo nesta cidade, estava à mercê de estranhos com um sotaque estranho e teria de empregar muita energia para ser encantadora e agradável numa altura em que não tinha condições nenhumas para fazer mais nada a não ser desligar-me. Que idiota que eu era! Quase pedi ao Barnaby que me levasse de volta a Gatwick imediatamente, que me colocasse depressa num avião para casa, que isto era o maior erro que alguma vez eu tinha feito.

Até que me lembrei de que não tinha para onde voltar. Não havia aulas, não havia namorado, os amigos estavam claramente exaustos de toda a atenção que exigi deles ao longo dos últimos meses. A hipótese era apenas Inglaterra ou partir-me em mil pedaços. Não havia saída possível.

Uma vez que o Manuel só chegava a casa bem mais tarde, o Barnaby levou-me ao seu apartamento, que estava repleto de mobília de cabedal preto, uma aparelhagem preta com colunas pretas e uma série de prateleiras pretas em torno do televisor. Não sei do que é que eu estava à espera — algo arquetipicamente anglicano, acho eu: sofás demasiado grandes, pormenores em dourado, toques vitorianos, eduardinos, jacobitos, isabelinos por todo o lado. Tinha imaginado algo do estilo *Reviver o Passado em Brideshead* e, em vez disso, aquela casa mais parecia a *penthouse* do Mickey Rourke em *Nove Semanas e Meia*. Fiquei com uma sensação estranha, olhando em volta para todas as máquinas fotográficas e equipamento de vídeo, para tudo tão escuro e ordenado; longe de ser um cavalheiro inglês, este tipo era mais um pornógrafo amador. Ou talvez fosse ambas as coisas. Afinal, sempre houve uma certa atmosfera incestuosa nas grandes casas da nata da aristocracia britânica, todas aquelas pessoas no grupo do Alistair Crowley's a fumarem ópio, a tomarem láudano e a fornicarem com os irmãos. Barnaby era provavelmente do tipo que usa tanga em vez de calções, pensei eu. Talvez com padrão de leopardo. Havia algo de realmente desconcertante na forma como ele era lúgubre e magríssimo — e, bem, meu Deus, todo aquele cabedal preto.

Quando, por fim, percebi que estava demasiado exausta para fazer outra coisa qualquer, perguntei ao Barnaby se ele não se importava de que eu dormisse uma soneca e fui para o quarto dele, onde descobri que ele tinha uma cama de cabedal preto. *Deus Meu*, pensei eu. *O que é que estou aqui a fazer?*

Quando acordei, Barnaby ofereceu-me sumo de laranja e enquanto estava sentada no sofá a tentar manter-me acordada embora tivesse tomado três vezes a minha dose normal de Mellaril — e, acreditem, estava a pensar em tomar mais — ele sentou-se ao meu lado, girou a minha cara e deu-me o que me pareceu ser um beijo. Foi mais como se me tivesse amordaçado com a sua própria língua.

— Barnaby — disse eu, nervosa. — Barnaby, acho que tu não sabes que eu estou em cacos. Quero dizer, hum, estou aqui em Londres a tentar recuperar de... de muita coisa. E, bem, eu simplesmente... simplesmente não consigo fazer este tipo de coisa. Realmente não consigo.

— Mas eu fui buscar-te ao aeroporto — retorquiu ele. — Disse-te que te mostrava as vistas. Presumi que tinhas percebido.

— Percebido o quê? Eu não sabia que tínhamos aqui um acordo de conveniência.

A conversa acabou ali mesmo porque eu fiquei assustada. Estava sozinha num país estrangeiro e precisava de um amigo. O Barnaby era daquela espécie de tipo idiota perfeito para relacionamentos platónicos. Eu não conseguia acreditar que este tipo tinha intenções completamente diferentes. *Olha para mim*, apeteceu-me dizer-lhe, *Estou toda lixada e completamente horrível! Por que raio tu, ou qualquer outra pessoa, quereriam chegar-se perto de mim?!* É claro que há tipos que vão para a cama com qualquer coisa. Mesmo comigo. Tinha-me dito que podíamos ir a Stratford-upon-Avon e ver Shakespeare, que podíamos ir ao Lake District e ver a casa do Wordsworth, que podíamos visitar Oxford e Cambridge. Fartou-se de falar em todas as coisas que faríamos juntos, quando me levou, no meu estado quase comatoso, do aeroporto para a cidade. Mas, afinal, tudo aquilo tinha um preço.

Mas o pior é que eu me sentia demasiado ordinária para me sentir moralmente ultrajada. Em vez disso, limitei-me a ficar enojada. Teria dormido com o Barnaby num segundo se pensasse que o conseguiria fazer sem uma mola a tapar-me o nariz. Estava tão assustada e tão sozinha que teria feito qualquer coisa por qualquer pessoa se isso significasse que essa pessoa iria ser simpática comigo. Mas o Barnaby era demasiado insinuante, demasiado peganhento. Não queria que ele me tocasse.

— Por que é que não me levas agora para casa do Manuel? — sugeri.

— Como queiras.

Manuel vive numa casa em Knightsbridge, o bairro londrino onde se encontra o Harrods. As únicas outras pessoa que moram por aqui são do tipo de gente que trabalha em bancos de investimento ou que são consultores de gestão, que quase nunca estão em casa e que não têm nenhuma razão para repararem que vivem em aposentos extremamente exíguos. O Manuel e o companheiro de quarto têm mesmo uma casa inteira só para eles, mas é comprimida, mínima e estreita como se uma casa perfeitamente normal tivesse sido atropelada e deixada estendida como um animal morto na estrada. Quando chego lá a casa, o Manuel atribui-me — e *atribuir* é a palavra certa porque o Manuel é frio como o chuvisco que cai lá fora — um pequeno quarto na cave que está completamente ocupado por uma tábua de passar a ferro e uma pequena cama cheia de saliências. A única fonte de luz é um candeeiro de leitura mínimo, não há nem janelas nem ventilação. O colchão parece ser feito de cacos e estilhaços. E fico imediatamente preocupada pensando que poderíamos encenar ali a «A Princesa e a Ervilha».

Porém, não me importo com nada disso — não preciso de aposentos luxuosos e viver nas masmorras parece-me bastante apropriado ao meu estado de espírito. O que me preocupou foi o facto de o Manuel estar a ser mesmo mau. É bastante óbvio que ele não me quer aqui. Antes mesmo de eu ter tido uma hipótese de encher um copo de água e tomar outro Mellaril, ele já está a dizer que isto é um favor à Samantha, a quem ele não deve favores nenhuns, porque ela o deixou da forma mais odiosa possível (ela fugiu para Lake District com outro tipo enquanto ele estava de visita a um familiar doente em Itália). Não faz mal nenhum eu ficar por aqui a ler ou a fazer o que me apetecer, mas ele está ocupado, tem a sua própria vida e não tem espaço para mim nessa vida.

O que é que aconteceu à conversa educada e a uma boa refeição num restaurante requintado?

Está bem, penso para mim própria, viverei neste quarto escuro sem janelas durante o tempo necessário para recuperar. Aceitarei que o único elemento de decoração neste pequeno covil é um tubo que atravessa o tecto, um antiquado ferro de engomar e uma antiquada tábua de passar a ferro com uma pilha de calças ao lado à espera da empregada. Aceito tudo isto. Aceito que este é o meu destino. Vim a Londres para ver o fundo absoluto e, certamente, vê-lo-ei.

Durmo mal, não consigo sair da cama de manhã nem de tarde e penso, Isto é assustador. Tenho de ir para casa. Mesmo que tal sítio não exista.

Quando consigo arrastar-me para fora da cama naquela primeira noite, passo as horas seguintes ao telefone. Passo de alguém que não sabe como ligar para a telefonista internacional para uma verdadeira perita. Deixo mensagens em todo o lado porque não está ninguém em casa, estamos a meio do dia na América, onde eu pertenço. Por fim, a Samantha telefona. Digo-lhe que o Manuel mal fala comigo, parece que eu lhe faço lembrar da separação deles e que não consigo estar nem mais um minuto em Londres. Ela diz coisas como: «Oh, pobrezinha.» Diz: «Não podes simplesmente ir dar uma volta e tentar absorver a beleza da cidade? Então e a ideia de ires ler para o Museu Britânico? E não queres, pelo menos, ver as Jóias da Coroa?»

Quando não lhe respondo, ela promete falar com o Manuel.

Telefono à minha mãe, digo-lhe que isto aqui é horrível, que tem estado a chover desde que aqui cheguei, que só chove. Toda a chuva está a cair em cima de mim, apesar de estar dentro de casa. Não sei onde hei-de arranjar comida, não comi nada desde que aqui cheguei. Acho que estou a dar em doida.

— Vá lá — diz ela. — Vamos lá ver em que pé estamos. Tu tentas uma coisa atrás de outra, não há nada que funcione, já estou a perder a paciência com isto, estou cansada de receber telefonemas teus de onde quer que estejas, sempre em sarilhos, limita-te a vir para casa.

E como ela está a ser tão dura, entro, naturalmente, em pânico e vou pelo caminho inverso.

— Não achas que isso poderia ser um pouco apressado? — pergunto eu.

— Oh, Ellie — exclama ela. — Oh, Ellie, não sei o que tu deves fazer mas eu penso... não sei o que pensar. Isto está a dar comigo em doida. Provavelmente devias tentar aí ficar mais alguns dias, mas eu não sei. Quer dizer, se sabes que estás infeliz, vem-te embora.

A minha mãe começa a chorar do outro lado do Oceano Atlântico e diz que já não sabe o que há-de dizer, porque é que não falo com a Dr.ª Sterling. Tento encontrar a Dr.ª Sterling, mas ela está desaparecida em combate. Devo ter-lhe deixado umas vinte mensagens em duas horas, cada uma a dar mais um passo na direcção do desespero profundo, mas não tenho notícias dela.

Quando o Manuel regressa a casa, ainda tenho vestida a minha camisa de noite de flanela, estou inchada, tenho manchas de Clearasil espalhadas pela cara toda, devo parecer uma adolescente ou mesmo uma criança, o que parece provocar um momento de compaixão.

— Elizabeth, a Samantha telefonou-me e estivemos a conversar — diz ele com o seu sotaque da pequena nobreza argentina. — Diz-me lá, o que é que queres que eu faça por ti? Não te posso salvar a alma, por isso diz-me o que é que eu posso fazer?

Tenho a sensação de que é aquela altura em que eu devo começar a chorar para suscitar alguma piedade, mas já tomei tanto Mellaril que os meus canais lacrimais estão entupidos. Enrolo-me no sofá, contorço a face, a voz transforma-se num guincho como a de alguém que vai dar um grande suspiro, mas as lágrimas não aparecem. É como se eu estivesse completamente seca, após todo este tempo.

— Talvez — lamento-me — eu devesse ir para casa.

— A Samantha disse que estavas a pensar nisso — diz ele. — Olha lá, ela é totalmente louca. Acabaste de chegar aqui. A Samantha diz que anteriormente mal saíste dos Estados Unidos, por isso, enquanto aqui estiveres (se quiseres ver as coisas dessa maneira) bem podias aproveitar este país. Há óptimos museus, óptimo teatro, há tanto para fazer. E é claro que podes facilmente apanhar o barco ou o comboio para Paris ou Amesterdão. — Em seguida, acrescenta: — Como é que podes deixar Londres sem veres as Jóias da Coroa?

Meu Deus, penso eu. *Que raio é que a porcaria das Jóias da Coroa têm assim de tão especial?*

— Oh, Manuel, eu sei que isto te parece de loucos, mas... — Mas o quê? — Mas, vê, agora estou completamente doida. Quem me dera que não me estivesses a ver desta forma porque não costumo ser assim. — A minha próxima frase, penso, é algo como: *I coulda been a contender*[55].

Ele diz que compreende, promete levar-me a jantar fora mais tarde nessa semana e, entretanto, recomenda que eu me encontre com um amigo dele que vive por perto e que me pode mostrar a

---

[55] Frase proferida por Terry Malloy (Marlon Brandon) no filme *On the Waterfront* (1954). «Eu podia ter sido um adversário», em português. *(NT)*

cidade. O seu pequeno gesto de bondade toca-me de tal maneira, de tal maneira desproporcionada, que eu quase fico bem. Decido que tenho de ir tomar banho, de me vestir e de ir ao *pub* no fim da rua para comer qualquer coisa. Por isso, encontro toalhas e o meu champô e o creme amaciador, penso com prazer antecipado no maravilhoso aroma vernal e na banheira a transbordar de espuma, e lá subo alguns degraus para a casa de banho principal. Mas, assim que lá entro, descubro que as janelas estão abertas, tornando a divisão um local desconfortável e horrível. Não há muitos polibãs em Londres, apenas banheiras e vários tubos de extensão, o que não constituiria qualquer problema, se o meu cabelo não fosse demasiado longo para o lavar debaixo da torneira. Segurar o chuveiro com uma mão e o frasco de champô com a outra parece ser demasiado complicado, tão complicado, um tal emaranhado de tarefas, que começo a chorar, choro, choro, tudo porque estou a ter dificuldades em retirar o champô do cabelo.

Meio ensaboada, caio em cima de uma toalha no chão da casa de banho e não me mexo, para além dos ataques convulsivos de lágrimas, lágrimas tão fortes que são mais resistentes do que o Mellaril. As lágrimas continuam durante horas. O Manuel consegue ir a um encontro e voltar e ainda ali estou eu, deitada no chão da casa de banho, uma boneca de trapos absorventes. Ele levanta-me, leva-me para o seu quarto e tenta convencer-me a falar com ele, mas eu sinto-me demasiado assustada para dizer seja o que for. Estamos ambos sentados na cama dele, ele abraça-me, embora cuidadosamente, porque eu sou uma rapariga completamente despida enrolada numa toalha. Mas ainda sou eu, ainda sou uma barafunda doentia e encharcada.

Até que então, como se isto fosse uma versão muito deturpada daquela velha canção dos Crystals, ele beijou-me.

— Então deixa-me lá ver se percebi bem — diz a Dr.ª Sterling, quando conseguimos, por fim, conversar, já durante a madrugada, quando ainda é de noite em Cambridge. — Eu sei que dizes que estás narcoléptica e que entre a mudança de fuso horário e o Mellaril estás mais ou menos a dormir, mas eu realmente acho que um broche acidental é uma coisa que não existe.

— Bem, telefone ao Masters and Johnson agora mesmo, porque eu acabei de fazer um há algumas horas — brinco eu, numa triste tentativa de fazer humor. — Posso ser o caso inaugural deles.

— Não sei o que dizer — continua a Dr.ª Sterling, tentando retomar o rumo sério da conversa. — Basicamente, chegaste a Londres, estavas a sofrer de *jet-lag*, o primeiro homem que encontras tenta atirar-se a ti e diz-te que te trata bem se tu fores o seu brinquedo sexual. Depois descobres que estás em casa de outro homem que basicamente vê a tua visita como uma forma de exorcizar os seus sentimentos de ódio em relação à ex-namorada que, sem saber que ele se sentia assim, te mandou para casa dele. Além disso, estás a viver num quarto que é pequeno, escuro e desconfortável, «como uma masmorra». Depois o homem que tem estado a ser desagradável contigo mostra um pouco de humanidade e tu ficas tão agradecida, porque és daquelas pessoas que preferem procurar água no deserto mesmo se houver uma nascente ao fundo da rua, que acabas por praticar um acto sexual que não tinhas qualquer intenção de praticar — suspira. — Além disso, ainda não comeste nada e está a chover. E ainda estás a pensar por que é que estás infeliz. Elizabeth, qualquer pessoa ficaria infeliz num estado emocional menos precário do que aquele em que te encontras.

— Então acha que eu devia regressar?
— Penso que deves fazer aquilo que entenderes.
— Eu não sei o que quero.
— Hás-de regressar quando estiveres preparada.

No dia seguinte, forço-me a encontrar-me com o amigo do Manuel para tomar o pequeno-almoço, embora ainda fosse a meio da noite para mim. Gostei dos *scones*, das natas e do chá que tomámos numa pequena cafetaria em frente ao Harrods e engoli tudo aquilo com mais Mellaril, como se não comesse há dias, o que era verdade. Ele falou-me das coisas divertidas que se podem fazer em Londres — museus, teatro, museus, teatro — estas palavras parecem ser um lema nacional britânico.

Depois disso fui a um gabinete que supostamente ajuda estudantes americanos a encontrarem emprego. Tinha planeado seguir o meu caminho pelo labiríntico Metro, para ser uma verdadeira habitante urbana que anda de transportes públicos, mas estava a chover e era demasiado cansativo, por isso, chamei um táxi. Assim que entrei no tal gabinete e vi que tinha de subir dois lanços de escadas, percebi que aquilo era um grande erro. Por que é que eu me estava a tentar enganar? Tinha de regressar a casa do Manuel, tinha de voltar à cama, tinha de me esconder de tudo isto.

Era tão óbvio que eu devia ter apanhado o próximo avião para casa e que me devia ter internado. No entanto, e por estranho que pareça, não o consegui fazer. Não pensava que teria tido energia sequer para sair de Inglaterra. Talvez fosse para casa num saco para cadáveres.

Ao longo das semanas, em cada dia londrino sob chuva permanente, tentei dizer a mim mesma que podia regressar aos Estados Unidos, descansar numa cama de hospital e deixar que as enfermeiras me trouxessem sumo de arando. Mas acabava sempre por colocar essa ideia de parte. Estava convencida de que era melhor arrastar-me daquela forma. Era melhor andar por ali gelada, cansada e assustada, era melhor esconder-me sob os cobertores, sem comer, sem dormir, mal *estando* na arrepiante masmorra do Manuel. Era melhor fingir que podia dar um salto durante o fim-de-semana a Paris, à Torre Eiffel, ao Louvre, muito embora eu soubesse que a Cidade da Luz estaria banhada pela escuridão, muito embora eu soubesse que nem sequer tinha a energia ou os fundos monetários para ficar numa fila para conseguir um visto ou para ir de um comboio para um barco e novamente para um comboio. Era melhor continuar a fingir esta vida sem vida tanto quanto possível. Era melhor do que sentir apenas a dor na enfermaria. Era melhor experimentá-la indirecta e irregularmente aqui em Inglaterra.

Pensava em tudo isto e depois tomava outro Mellaril. Qual era a quantidade de Mellaril que eu andava a tomar? Quem sabe? Na preparação para a minha viagem a Inglaterra, tinha comprado várias embalagens do medicamento, por isso, tinha um grande *stock* comigo. A Dr.ª Sterling tinha-me explicado que o Mellaril só era tóxico em doses extremamente elevadas. Interagia com o cérebro e não com o coração como o Valium, por isso era uma substância com a qual dificilmente se tinha uma *overdose* (parece que é preciso mais quantidade de um medicamento para interromper o funcionamento do cérebro do que para fazer parar o coração). Por isso, era uma boa possibilidade para administrar a pacientes deprimidos e suicidas. Mesmo assim, letal ou não, duvido de que ela quisesse que eu engolisse estes pequenos comprimidos cor-de-laranja de poucos em poucos minutos. Mas isso é mais ou menos o que acontece às pessoas que tomam alguma espécie de medicamento para combater a ansiedade: quando se aproxima uma crise, engolem um comprimido atrás do outro, à procura de alívio. Engolemo-nos como *M & M's*. No frasco dizia: «Tomar três vezes por dia ou consoante necessário». *Consoante necessário?* Com quem pensam eles que estão a lidar? *Consoante necessário*, no meu caso, significa um fornecimento mais ou menos constante, um tubo intravenoso portátil a escorrer-me para o braço — ou, pelo menos, mais comprimidos a serem digeridos no meu estômago e a entrarem na minha circulação sanguínea constantemente.

O que seria preciso para me levar de volta a casa? Uma intoxicação alimentar teria sido o suficiente. Apanhei uma intoxicação grave quando comi uma *quiche* na Tate Gallery (lá se vão os maravilhosos museus londrinos) e, durante três dias, não consegui sair da cama excepto para vomitar. O Manuel sente tanta pena de mim que me deixa dormir na sua cama gigante e eu estou numa condição tão nojenta e efluviosa que ele opta por ficar no quarto da cave em vez de ficar deitado ao pé de mim.

Agora que estou doente e não me consigo mexer, sou capaz de relaxar e reflectir pela primeira vez desde que cheguei a Inglaterra e experimento uma calma misteriosa. Gosto da sensação de não correr, do descanso da minha vida que eu tinha vindo a Londres para encontrar. O espaço todo neste colchão, a possibilidade de esticar um pouco as pernas na frialdade serena destes lençóis completamente brancos, tornou-se a minha ideia de bons tempos nestes dias. Nesta altura, até o Manuel, vendo que não estou nem sequer fisicamente — quanto mais emocionalmente — capaz para enfrentar os rigores vagarosos de uma viagem, me aconselha seriamente a voltar. Contudo, por estranho que possa parecer, não consigo fazer os planos necessários para partir, embora telefone à Continental várias vezes por dia para alterar a data da minha partida. O computador regista cada uma dessas alterações e, por fim, uma das operadoras, com as suas suaves maneiras britânicas, sugere que eu simplesmente telefone assim que terminar o meu itinerário.

Enquanto batalho para fazer estes simples planos, espanta-me lembrar-me da claridade de visão de que precisei para planear esta viagem a Londres. Convenci a minha mãe, vários professores e conselheiros em Harvard, a Samantha, a Dr.ª Sterling e mais alguns personagens secundários de que isto seria uma boa ideia. Tive de juntar esforços. Depois tive de arranjar um passaporte, um visto para trabalhar, um bilhete com os meus pontos da companhia aérea — o que implicou só um pouco menos de papelada do que é preciso para, por exemplo, preencher uma declaração do IRS e, nesse caso, normalmente até é um contabilista que nos preenche os formulários. Mas eu fui capaz de fazer tudo aquilo porque tinha um objectivo desesperado e deliberado: *tinha* de escapar da minha vida durante algum tempo. Quando quero escapar, quando *preciso* de escapar, é espantoso o que eu sou capaz de fazer, é surpreendente as reservas escondidas de força que eu consigo encontrar para levar a cabo essa tarefa. Seria de pensar que esta desenvoltura, se fosse canalizada para algo de útil, poderia fazer toda a diferença. Meu Deus, eu podia criar uma família de seis filhos e ter um emprego a tempo inteiro com toda a energia que despendo na depressão! Mas neste momento, deitada na cama do Manuel, sabendo como teria sido simples fazer as minhas malas, regressar a casa e seguir pelo caminho mais fácil — o que é o mesmo que dizer «enfrentar a depressão» — não conseguia esforçar-me nem sequer um bocadinho. A mera ideia de ficar sozinha com os meus sentimentos — ou mesmo num hospital com a Dr.ª Sterling e os meus sentimentos — é tão insuportável que faz que Londres pareça uma bela recompensa. Sinto-me como uma alcoólica ou uma drogada que faria qualquer coisa para evitar ir para os AA ou para a reabilitação, qualquer coisa para adiar essa decisão, para travar o vício. Mas o que é que me estou a recusar a parar? Estar deprimida?

Recentemente, li que o tratamento para a depressão nos Estados Unidos custa algo como 43 mil milhões de dólares anualmente em produtividade desperdiçada e em ausências dos trabalhadores. A depressão, por outras palavras, é uma grande perda de tempo e de dinheiro. Esgota tantos recursos e mesmo algo que, supostamente, seria agradável, como uma estadia em Londres, transforma-se num desastre. A culpa que eu sinto constantemente, não só por estar a perder tanta coisa em Londres, mas por tudo o que eu estava a perder em cada área da minha vida — os meus estudos em Harvard eram, na sua maioria, dedicados a suportar a minha saúde mental — era o suficiente para causar uma nova depressão por si só.

Uma certa noite, tinha eu chegado a Londres há pouco tempo, encontrei-me com a Rhoda Koening, na altura crítica literária da revista New York, que se tinha mudado para esta cidade à beira do Tamisa por gostar dela muito mais do que de Nova Iorque. Eu e a Rhoda tínhamos sido mais ou menos amigas quando eu estava a estudar no secundário e fiz um estágio na New York, durante um dos meus impulsos muito produtivos, mas não teve qualquer paciência para mim quando jantámos em Londres.

— Não suporto ouvir-te assim — disse repetidas vezes. — Quando tinha a tua idade, poupava dinheiro, servi à mesa durante meses para poder pagar a minha viagem para a Europa. Não tinha muito para gastar, por isso fiquei em pousadas da juventude, que eram desconfortáveis, mas estava absolutamente entusiasmada por estar aqui. Fui a museus, a galerias, vi peças de teatro, foi fantástico. Mas tudo o que tu pareces ser capaz de fazer é queixares-te de que sentes a falta do teu ex-namorado e não consegues fazer nada de nada! Isto é ridículo!

E não fui capaz de discutir com a Rhoda. Sabia que ela tinha razão. Sabia o quão desgastante era fazer algo tão simples e tão breve como desfrutar de uma refeição com alguém que está deprimido. Somos pessoas tão irritantes, conseguimos ver o lado negro de tudo e o nosso descontentamento perpétuo acaba por estragar tudo a toda a gente. É como ver um filme que pensamos ser óptimo, espiritualmente elevado, muito divertido apesar dos seus defeitos, mas estamos com alguém que estuda cinema ou é um crítico de cinema profissional, que tende a analisar cada momento do filme até que a pura alegria que sentimos apenas por sentir — não há necessidade de a explicar — é apagada por todas estas críticas esmiuçadas. Este velho rabugento acaba por nos estragar a noite, sufocando a nossa alegria, dando cabo do nosso divertimento. Bem, é assim que é estar com alguém que está deprimido. Só que não é apenas um filme ou apenas uma noite. É o tempo todo.

Queria que a Rhoda percebesse que eu sabia que não era uma pessoa fácil de aturar. Tentei diversas vezes chegar até ela, fazê-la ver que a *estava a chamar de um sítio muito desesperado. Tentei, mas, por essa altura, eu já estava tão diminuída que já nem sequer sabia como suscitar a pena das pessoas, algo que eu, em tempos, tinha sabido fazer tão bem. Em vez disso, a Rhoda acabou por concluir que toda a minha geração era mimada e ingrata. Eu já estava tão desesperada que nem sequer me sentia triste. Apenas irritante.*

Por fim, foi o Noah Biddle, a minha espécie de namorado do primeiro ano — bem, de qualquer forma ele ensinou-me a fumar marijuana — que me convenceu a ficar em Londres. Disse que me viria ver nas férias da Primavera, que podíamos alugar um carro — um *Jaguar*, esperava ele — e viajar pelo belo campo inglês e tudo isso me iria fazer sentir muito melhor. Podíamos andar sem parar por todo o verde aprimorado de Inglaterra, passar pelas grandes casas senhoriais e mansões, fumar erva e ouvir em altos berros a música que eu quisesse no carro, e visitar Stonehenge, a Catedral de Salisbúria, Oxford e Cambridge, fugindo juntos de nós próprios.

Noah tinha reaparecido há pouco tempo na minha vida, porque ele e a namorada terminaram tudo mais ou menos na mesma altura em que eu e o Rafe nos separámos e a infelicidade adora companhia. De repente, no seu recente estado humilde, Noah ficou mais ou menos interessado em mim, o que parecia ridículo, visto eu estar um tamanho caos. Eu sabia que tudo o que ele tinha para me oferecer era muito pouco e vinha demasiado tarde, mas mantive uma pequena esperança patética de que talvez ele pudesse ser, ao fim de tanto tempo, aquele que me vinha salvar, por isso concordei em percorrer a Inglaterra com ele.

Porém, obviamente, a sua visita a Inglaterra foi um desastre completo. O seu primeiro erro foi tentar tocar-me — e eu não quero dizer fornicar comigo, embora isso também tivesse sido mau, quero apenas dizer tocar-me de todo. Quando ele chegou a Londres, eu estava virtualmente tactofóbica. Sentia-me tão à mercê de toda a gente que a única parte de mim que parecia ser inviolável era o meu corpo. É claro que o contrário é que era verdade: o Manuel tinha conseguido tocar-me de todas as maneiras que lhe apeteceu; era o meu corpo que estava bastante vulnerável e a minha mente que estava, de facto, intocável e inatingível por qualquer coisa humana. Ainda assim, forças estranhas e sobrenaturais invadiam a minha psique a todo o momento. O mau humor, os sentimentos na sua maioria desagradáveis tomavam conta de mim como aves de rapina em momentos ferozes e imprevisíveis. Sentia-me uma criatura tão perturbada e altamente reactiva que não queria que as pessoas se aproximassem de mim. Sentia-me radioactiva, carcinogénea como o urânio e isso fazia-me desconfiar profundamente de qualquer pessoa que fosse suficientemente tola para se aproximar de mim. Por isso, quando Noah pôs, por acaso, o braço em torno das minhas ancas de uma forma que me pareceu possessiva (ele, provavelmente, pensou que estava a ser simplesmente simpático) assim que entrou pela porta da casa do Manuel, comecei a gritar. Disse vezes sem conta que não era propriedade dele, como é que ele se atrevia a agir como se me possuísse, como é que ele se atrevia a pôr as mãos em cima de mim sem a minha permissão? Eu tinha estado tão sozinha nas catacumbas deste quarto da cave que as peculiaridades da interacção humana mecânica assustavam-me: tudo e mais alguma coisa era terreno para a histeria.

Desde o momento da sua chegada, Noah mostrou-se completamente excitado por estar em Londres, não se sentia nem um pouco perturbado pela sensação de *jet-lag*, nem sequer quis dormir uma sesta antes de começarmos o nosso dia, cheio de energia por causa da ideia de pequenas atracções como o Big Ben e o Palácio de Buckingham. O seu estado de espírito positivo, em vez de ter tido o efeito contagioso de que ele estava, provavelmente, à espera, fez-me resistir-lhe, fez-me ficar mais arreigada à minha depressão. Odiava-o por não estar deprimido. Ele parecia um tolo — todas as pessoas que não se sentiam como eu pareciam-me tolas. Só eu estava na posse da verdade da vida, só eu sabia que era tudo uma mísera espiral descendente que podíamos admitir ou ignorar, mas, mais cedo ou mais tarde, íamos todos acabar por morrer.

Vamos para o Savoy porque o Noah quer ficar alguns dias em Londres antes de darmos início à nossa viagem. Estou perigosamente a ficar sem dinheiro — de facto, já estou provavelmente a zero — o que não faz mal, porque o Noah tem dinheiro de sobra e ele quer-me a seu lado, muito embora eu seja tão desagradável. Ele quer que eu fique com ele e que finjamos ser um casal — só Deus sabe porquê, ninguém está a olhar para nós — mesmo que eu passe grande parte do tempo a gritar e a dizer-lhe aos berros o quanto ele me irrita e ele passe a maior parte do tempo a perguntar-me quando foi a última vez que tomei o Mellaril.

Pensa que se eu tomar o Mellaril vou portar-me como deve ser. Não percebe que o medicamento me deixa demasiado cansada para fazer aquelas coisas turísticas todas que ele quer fazer, correr de um lado para o outro com o seu guia de quatro estrelas especial que tem um título como *Londres a $2000 por Dia*, tentando descobrir onde todos os Sloane Rangers espertos e cheios de estilo — onde *tout-le-monde*, como o Noah, nos seus modos continentais, diria — estão a dançar e a jantar por estes dias. Assume de tal forma o papel de americano que chega a ser alarmante. Telefona para agências de bilhetes e gasta quantias exorbitantes de libras só para arranjar lugares na plateia para as últimas produções teatrais, embora eu lhe garanta que vou adormecer a meio seja do que for, mesmo que seja a Maggie Smith a desempenhar o papel principal em *Lettice and Lovage*. Conhecemos estranhos em restaurantes e ele apresenta-se como: «Noah Biddle, Universidade de Harvard, Club Porcellian», embora eu lhe diga que em Inglaterra ninguém conhece isso e ninguém quer saber dessas coisas. Estar *seja onde for* com o Noah chega a ser quase mais embaraçoso do que estar com o inapropriado Tio Al que se farta de arrotar num restaurante como o Lutèce, sofrendo em silêncio enquanto ele pede ao empregado de mesa *ketchup*.

— Noah, sabes o que tem piada em ti? — começo a perguntar--lhe uma certa noite, enquanto tento não adormecer em cima de uma solha de Dover. Ele encolhe os ombros, provavelmente na esperança de que eu lhe dê alguma informação valiosa e não os comentários mordazes que geralmente lhe dirijo. — É engraçada a forma como tu te portas como um novo-rico, como tentas tanto impressionar esta gente toda, mas és de uma velha família americana que, supostamente, deveria estar acima de todas essas coisas. É como se ainda estivesses a tentar subir um escadote, apesar de já estares no último degrau.

Ele sorri, como se eu o tivesse acabado de elogiar. Parece estar insensível ao facto de que está aqui comigo, de que eu estou infeliz e, em toda a minha infelicidade, estou determinada em torná-lo infeliz também. Não faço ideia de como serei capaz de sobreviver à sua falta de ironia, sozinha, durante mais duas semanas.

No dia antes de irmos buscar o nosso carro alugado — não havia Jaguares disponíveis, por isso acabámos por alugar um *BMW* — eu e o Noah vamos a uma livraria para comprar um guia do Lake District. Não consigo perceber por que é que lá vamos, o Noah vai detestar aquilo, provavelmente é tão rural que não haverá nenhum local onde ele possa usar o seu fato Armani ou gastar o dinheiro que tem andado a levantar com o seu cartão de crédito do fundo Merril Lynch, do qual ele poderia continuar a retirar dinheiro durante mais uns cem anos e ainda deixar o suficiente para viver outros cem.

Enquanto estamos a folhear os livros na secção de viagens da livraria, o Noah retira o seu mapa de Londres e tenta encontrar um caminho agradável para regressarmos ao hotel — talvez passando pelo Big Ben, por Hyde Park e Bond Street, sugere ele. Mas está a chover e está um frio de rachar, como sempre, e não há tempo de apanharmos nenhum meio de transporte a não ser um táxi. Estou tão cansada, ando a tomar cada vez mais Mellaril, porque o fácil se tem vindo a tornar cada vez mais difícil a cada dia que passa, por isso, de repente, dou comigo no chão da livraria aos berros.

— Estou aqui à beira de um esgotamento nervoso e tu queres passar pelo Big Ben!

Não paro de gritar e de bater com as mãos no chão — estou demasiado exausta para me levantar e, no meio desta birra, o Noah limita-se a ir-se embora, fingindo não me conhecer. Para me vingar, começo a apontar para ele do chão, gesticulando como uma louca.

— Aquele tipo está comigo, não o deixem fingir outra coisa! Aquele homem é o meu marido! Não o deixem ir-se embora sem mim!

Por isso, o Noah explica ao empregado da livraria que eu estou a ter um dos meus ataques e empurra-me pela porta fora, com um ar extremamente embaraçado.

Naquela noite tínhamos combinado ir ao teatro.

— Seria demasiado pedir-te para vestires algo bonito, para te arranjares antes de irmos à cidade? — pergunta-me ele.

Como se isto fosse algum baile da alta sociedade. Não sei como lhe explicar que não conhecemos ninguém e que, de qualquer forma, também ninguém se importa. Ainda assim, sentindo-me um pouco mal com a cena que tinha feito naquele dia, visto uma saia de seda preta e um top de seda branca com um colar de pérolas, o que agrada tanto ao Noah que quase me apetece mudar de roupa, e voltar a vestir as minhas calças de ganga rasgadas e a minha camisola de gola alta preta. Comecei a ofender-me com ele de tal maneira por me manter aqui em Londres, por ser a pessoa que tem dinheiro, que quero fazer tudo o que puder para o irritar. Mas aquilo que eu pareço não ser capaz de fazer é entrar num avião e ir para casa. Ajo como se ele me estivesse a aprisionar quando devia perceber que eu sou a minha mais terrível carcereira.

Quando chegamos a Stonehenge no dia seguinte, o Sol já se está a pôr e o Noah acha que seria bastante agradável apanharmos uma pedra enquanto o céu, em tons de laranja, rosa e roxo, brilha sobre as nossas cabeças. Já que ele me deixou estar a ouvir Springsteen a viagem toda, acho que é melhor concordar com a ideia dele. Mas assim que saímos, noto que está ventoso e frio e penso para mim mesma: «Isto é *tão* como a secundária, daquelas coisas que se fazem com um tipo que tem uma carrinha personalizada, com a qual percorre o país em busca de concertos dos Grateful Dead e de cassetes piratas.» Mas, como é que eu posso saber? Nunca fiz coisas dessas enquanto andava na secundária. E não ia começar a fazer agora.

Mais tarde, em Oxford, conhecemos um casal que acaba por nos contar que são judeus e que estão a planear ir a Israel passar a Páscoa dos Judeus. Pergunto-lhes se podem deixar um recado por mim no hotel, nas fendas entre os tijolos do Muro das Lamentações, porque sempre me ensinaram que Deus responde a todas as preces que são colocadas naquele local sagrado. Tudo o que me ocorre escrever, numa letra de criança num pequeno pedaço de papel é: «Meu Deus, por favor, envia-me um milagre que me livre desta depressão porque não consigo mais continuar assim.»

Noah, sentindo-se ecuménico, também escreve qualquer coisa. Provavelmente é capaz de estar a pedir um *Mercedes* para a sua formatura, ou talvez me engane.

Quando passamos, por acaso, por uma cidade chamada Ipswich, chego a ficar entusiasmada, porque penso que podemos comer ostras de Ipswich, muito frescas e cruas, melhores do que aquelas que há no Bar de Ostras em Grand Central. Por isso, andamos às voltas de carro, parando, perguntando a todas as pessoas que vemos onde fica o bar das ostras, mas ninguém parece fazer a mínima ideia do que é que estamos a falar, nunca ninguém comeu uma ostra. Por fim, percebemos que as ostras vêm de Ipswich no Massachusetts. Como sempre, Inglaterra não tem nada para me oferecer.

Algures na estrada, depois de já termos atravessado toda a Inglaterra e depois de eu ter chorado, gritado e caído em Bath, Avon, em Cotswold e Brighton, quando nos dirigíamos a Londres para passarmos mais uns dois dias antes de regressarmos a casa, Noah pergunta-me:

— Como é que podes estar cansada de Londres? Samuel Johnson disse que todas as pessoas que se fartam de Londres estão fartas da vida.

— Noah — respondo eu. — Acho que estás, finalmente, a começar a perceber.

Quando chegamos a Londres, para regressar ao Savoy antes de deixarmos o país, damos por nós perdidos em Picadilly Circus, guiando em círculos pelas rotundas e ruas de sentido único que compõem esta parte central da cidade. Isto dura algum tempo, pelo menos uma meia hora, até que, por fim, eu imploro ao Noah que pergunte o caminho a alguém. Sei que os homens são famosos por se recusarem a sucumbir a esta solução simples para um problema simples embora vexante, mas, ainda assim, acredito que depois de todo este tempo o Noah vai consentir, encostar e pedir a ajuda de um qualquer estranho que esteja a passar.

Mas não. Continua a falar em encontrarmos o caminho de volta para o hotel por nós mesmos, sem a ajuda de ninguém, o que será uma aventura, uma experiência. Isto parece-me tão típico dele! Não consigo perceber o que será ter uma vida tão livre de preocupações e tão fácil que as coisas que a maior parte das pessoas considera extremamente aborrecidas — como perdermo-nos — se tornem numa espécie de divertimento. Só mesmo o Noah com toda a sua calma e voluptuosidade para encontrar prazer naquilo que é aborrecido. Obviamente, há muito na própria personalidade do Noah que é aborrecido. Para além dos seus pequenos tiques e maneirismos que eu acho perfeitamente repugnantes, o Noah podia ser acusado de simplesmente não entender as várias nuances da natureza humana. Ele não é, sem sombra de dúvida, um modelo de sensibilidade ou de compreensão. Mas sabe mesmo como viajar em estilo. Até sabe perder-se com elegância. E, afinal, o que é viajar senão uma forma consciente de nos perdermos no mundo? Não era a ideia de vir para Londres eu poder perder-me o suficiente de mim própria para encontrar uma versão nova e mais saborosa? Se eu não consigo relaxar-me e deixar-me ir com a corrente do trânsito e da chuva em Picadilly Circus numa altura da minha vida em que não tenho absolutamente nada a pressionar-me e a exigir que eu regresse, então o que é que eu hei-de fazer?

Eu sei, tenho a certeza, uma certeza absoluta, de que atingi o fundo do poço, *é assim que a pior coisa possível é. Não é um grandioso e miserável esgotamento nervoso. É, de facto, muito mundano: o fundo do poço é uma incapacidade de suportar estar perdida em Picadilly Circus. O fundo do poço é a incapacidade de lidar com o lugar comum tão extrema que torna insuportáveis as coisas mais grandiosas e mais agradáveis. O Noah tem muito mais que se lhe diga do que a sua recusa em perguntar o caminho para o Savoy. O tipo é um epicurista, um homem que tem prazer na vida e tudo o que ele quis fazer por mim em Inglaterra foi partilhar a sua sorte e o seu bom gosto. O facto de a minha tristeza não poder ser curada por um* BMW *deixa-o totalmente espantado. Claro está que a sua incapacidade de perceber até que ponto o meu estado se agravou — a sua incapacidade de me perceber a mim ou à minha depressão — é uma falha que faz que seja impossível eu ver as suas virtudes. É-me impossível ver que o que ele está a fazer por mim sem me perceber é quase mais simpático do que alguém que me pudesse perceber faria: o Noah está a dar-me o seu apoio incondicional, não porque os meus problemas façam sentido para ele, mas porque, mesmo assim, gosta de mim. Os seus sentimentos por mim são totalmente paternais. Ele é simpático comigo porque acredita que há algo de bom em mim, embora tudo indique o contrário. Está tudo pago, está tudo tratado, até tivemos camas separadas na maior parte das estalagens encantadoras em que ficámos no campo. O Noah está a tentar dar-me um presente precioso, esta oferta da sua versão de felicidade, porque é o máximo que pode fazer por mim. Nenhuma da sua generosidade alguma vez me parece tão importante como o facto de, por amor de Deus, ele recusar-se a encostar e perguntar o caminho quando estamos perdidos em Picadilly Circus.*

O fundo do poço é sentirmos que a única coisa que importa na vida é um mau momento. O fundo do poço é berrar para o Noah: «Raios te partam, talvez esta seja a tua ideia de um momento bem passado, mas eu estou exausta, estou deprimida, só sairei deste país com vida porque o suicídio em Londres seria verdadeiramente redundante e se tu não fores perguntar o caminho, vou estrangular-te até à morte!»

O fundo do poço é ver tudo desfocado. É uma falha na visão, a incapacidade de ver o mundo tal como ele é, de ver o lado bom das coisas boas e pensar apenas por que raio as coisas são como são e não de outra forma qualquer. Como se houvesse alguma forma que pudesse parecer correcta por detrás do nevoeiro depressivo. Não é que eu não tivesse já tentado fazer as coisas funcionarem com um homem que não tinha nada a ver com o Noah. Quer dizer, o Rafe estava sempre cheio de vontade de sentir a minha dor comigo, era o namorado-terapeuta. Ainda assim, sentia-me tão mal com o Rafe como com o Noah e é esta triste descoberta que me faz ver que acabei de aterrar num novo inferno. Homem nenhum vai ser capaz de resolver os meus problemas, ninguém me pode salvar, porque estou demasiado doente. Há alguns anos, há muitas e muitas luas, na escola secundária ou talvez antes disso, talvez o amor sólido pudesse ter penetrado nos meandros da minha mente e me tivesse feito sentir bem. Mas, quando cheguei a Inglaterra, era já demasiado tarde.

13
ACORDEI ESTA MANHÃ
COM MEDO DE CONTINUAR A VIVER

> *I know the bottom, she says. I*
> *know it with my great tap root:*
> *It is what you fear.*
> *I do not fear it: I have been there.*

> (Eu conheço o fundo, diz ela. Eu
> conheço-o na minha raiz mais profunda:
> É aquilo que temes.
> Não o temo: já lá estive.)

Sylvia Plath, «Elm»

    Mesmo nas melhores circunstâncias, nunca é agradável voltar a casa já noite escura. A familiaridade distante do local que acabámos de deixar para trás é tão mais difícil de absorver sem luz. Mal entro pela porta da minha casa em Cambridge, fico com a sensação de que o sofá, ainda coberto com lençóis brancos como num velório, me vai consumir. As cadeiras também me parecem predadoras. Os pósteres selvaticamente surreais que escolhi para as paredes da sala, o olho, o chapéu-de-chuva e o chapéu de Magritte, todos me parecem demónios que podem ganhar vida. Sem me aperceber, decorei esta sala como o cenário de um filme feito em conjunto por Salvador Dali e Luis Buñuel. Estou sempre à espera de que os relógios derretam, e que a mobília ganhe vida. É claro que o meu quarto é o mais arrepiante de todos, a cortina preta que antigamente me parecia tão bonita parece-me agora simplesmente funérea.

Supostamente, deveria ter feito um saco para levar comigo para Stillman — artigos de higiene pessoal e de primeira necessidade, roupas — mas de que é que vale a pena? Não há nada que eu queira, nada que eu possa usar. Tanto quanto sei, as calças de fato-de-treino e a parte de cima do pijama que trago vestidos desde que cheguei de Inglaterra não voltarão a ser descolados do meu corpo. Tenho de me lembrar de lhes deixar uma nota a dizer que isto é o que quero usar no meu caixão, esta é a indumentária que quero usar três metros abaixo do nível do solo. Porque não terei mais nenhuma oportunidade de mudar de roupa a partir deste dia: tomar banho parece-me um exercício de futilidade, tal como fazer a cama, lavar os dentes ou escovar o cabelo. Começar de novo e estragar tudo mais uma vez. Lavem-no e aguardem mais sujidade. Este padrão inevitável de progresso e regressão, que é, no fundo, aquilo que compõe a vida, é demasiado absurdo para eu o continuar. Em *The Bell Jar*[56], na altura em que a Esther Greenwood se apercebe de que, após trinta dias com a mesma camisola de gola alta vestida, nunca mais quer lavar o cabelo, que a necessidade repetida daquele acto lhe dá demasiado trabalho, parece ser a verdadeira epifania do livro. Sabemos que descemos por completo até à loucura quando a questão do champô ascendeu a alturas filosóficas. No que me diz respeito, o último duche que tomei foi o último duche que alguma vez tomarei.

Os poucos resquícios de vontade que eu alguma vez tive para melhorar esvaneceram, afogaram-se no Oceano Atlântico quando o atravessei de avião. Pelo período de tempo mais longo, a minha depressão pareceu-me errada, parecia um apêndice exterior, um membro sobressalente incomodativo, preso a uma vida que deveria ter sido feliz. Mas, agora, já não acredito nisso. Acredito que é certo e bom eu sentir-me tão em baixo. Acredito que a natureza da vida — mesmo de uma vida normal, sã e não deprimida — esgotou-me e ainda irá esgotar-me mais. É um facto que, se eu

---

[56] Sylvia Plath, *The Bell Jar*, Harper Perennial, Nova Iorque, 2000. *(NT)*

alguma vez crescer, se acabar por me casar, ter filhos e fazer todas essas coisas felizes, pelo caminho terei de ultrapassar tantas dificuldades, tanta vida que apenas consigo antevê-la com temor. Haverá tantos mais Rafes, tantos mais homens para me partirem o coração, tantos mais ciclos de relação desde o primeiro beijo à devastação, quando tudo acaba. Aceito este padrão de relacionamentos como uma forma perfeitamente decente de as pessoas conseguirem ultrapassar o jogo do acasalamento — mas não consigo lidar com isso. Já estou tão destroçada, tão instável, uma peça a quem nunca deram as ferramentas necessárias para lidar com aquilo que todas as outras pessoas consideram o normal. Não possuo qualquer elasticidade emocional, não me consigo deixar ir com a corrente, não me consigo manter em pé quando o barco balança para cá e para lá. Em tempos, há muito tempo, tive essa força em mim, mas agora já é demasiado tarde. Anos e anos de depressão privaram-me desse — bem, desse *ceder*, dessa elasticidade à qual toda a gente chama perspectiva.

Agora já nem sequer a quero. Acredito que existe uma integridade na minha intolerância: por que é que o resto do mundo aguenta tanta hipocrisia, aguenta a necessidade de aceitar a tristeza com uma cara alegre, a necessidade de seguir sempre em frente? Por que é que toda a gente está tão disposta a ser tão simpática quando ela inesperadamente choca com o tabuleiro da pessoa que ainda na noite anterior a viu nua e vulnerável, e que, à luz do dia, é um estranho, uma pessoa que nos acena com a cabeça um olá? Por que é que as pessoas aguentam todas as indignações que se lhes apresentam no decurso das suas relações interpessoais e, depois, com uma elasticidade semelhante, continuam as suas vidas públicas, despendendo tanto do seu tempo a esbarrar contra a burocracia cujo único objectivo é dizer-nos *não!* vezes sem conta? Não sei a resposta. Sei apenas que eu não sou capaz. Não quero passar pelas vicissitudes da vida, não quero mais deste tipo de coisa que implica tentar e tentar mais uma vez. Só quero sair daqui. Estou farta. Estou tão cansada. Tenho vinte anos e já estou exausta.

A única razão que me levou a concordar com a minha ida para Stillman — para além do facto de que há dois enfermeiros que estão encarregados de virem cá buscar-me — é estar demasiado cansada para fazer outra coisa qualquer. É preciso energia e vontade para nos suicidarmos e não tenho nem uma coisa nem outra. A Dr.ª Sterling diz que vai ter de me dar um medicamento novo qualquer, mas ela não se apercebeu de que eu já passei do risco. Já me rendi ao desejo de morte. *Recuso-me a recuperar.* Espero apenas que seja lá qual for o comprimido que ela me der me faça sentir suficientemente bem para poder planear o meu próprio fim, para juntar os medicamentos ou quaisquer outros métodos de destruição necessários para fazer deste suicídio um sucesso e não apenas mais uma tentativa frouxa de outra miúda histérica que suplica por ajuda. Porque eu já não quero a merda da ajuda deles.

Tenho, cuidadosamente, tentado evitar alguma vez usar a palavra loucura *para descrever a minha condição. De vez em quando, a palavra escapa-se-me, mas não a suporto.* Loucura *é um termo demasiado chique para transmitir aquilo que acontece à maior parte das pessoas que estão a perder a cabeça. Essa palavra é demasiado excitante, demasiado literária, demasiado interessante nas suas conotações para conseguir transmitir o aborrecimento, a lentidão, a melancolia, a tristeza associada à depressão.*

Associamos a loucura a Zelda Fitzgerald e à sua perturbação mental rica e lindíssima ou talvez pensemos nela como algo que os membros da família de Aureliano Buendía sofreram após o final incestuoso de Cem Anos de Solidão. *Loucura pertence aos temperamentos quentes e fogosos da América Latina ou do Sul, de Borges, Cortázar, William Faulkner e Tennessee Williams. A loucura é graciosa para quem a vê, assustadora à sua maneira, mas ainda assim divertida para quem observa, um desporto para espectadores e* voyeurs *que não conseguem desviar o olhar do horror que sabem que não deviam estar a ver. A loucura é o Jim Morrison a atirar-se sugestivamente da sua suíte no sétimo andar do Chateau Marmont; é a Elizabeth Taylor e o Richard Burton a esconderem-se pelos estreitos ângulos da câmara em* Quem tem medo de Virginia Woolf?; *é a Edie Sedgwick em toda a sua beleza anémica e anoréctica a tentar matar-se com anfetaminas e pérolas enquanto dançava numa mesa no Ondine e pousava para a* Vogue *com grande impacto para a juventude; é o Kurt Cobain, em todos aqueles vídeos dos Nirvana, com o aspecto de um homem que está doente, profundamente doente, que precisa muitíssimo de ajuda e que usa o seu desespero como uma insígnia prestigiante; é o Robert*

Mitchum, com os seus nós dos dedos tatuados a pregar e a vociferar em A Sombra do Caçador; *é o Pete Townshend a partir em pedaços a sua impecável guitarra; é cada momento excepcional no* rock and roll *e é, provavelmente, cada momento excepcional na cultura popular.*

Mas a depressão *é puro enfado, tédio puro e simples.* Depressão é, particularmente hoje em dia, um tema do qual se usa e abusa, mas que nunca está associado a nada excitante, não tem nada a ver com dançar toda a noite com um abajur na cabeça e depois irmos para casa e matarmo-nos. A elegância, a beleza e o romance de Cio-Cio-San enquanto sangra até à morte em Madame Butterfly ou do suicídio duplo em Romeu e Julieta: *isso é apenas e exclusivamente do domínio da loucura. A palavra* loucura *permite aos seus utilizadores celebrar a dor de quem a sofre, esquecer que por baixo de toda aquela representação e demandas do fabuloso e poesia requintada, há uma pessoa que está a passar por grandes momentos de agonia monótona e feia.*

Por que é que todas as análises literárias de Robert Lowell, John Berryman, Anne Sexton, Jean Staffor e de tantos outros escritores e artistas têm de perpetuar a noção de que as suas peças individuais de génio foram o resultado da loucura? Enquanto pode ser verdade que uma grande parte da arte encontra a sua fonte de inspiração na tristeza, não nos enganemos a nós mesmos pensando no tempo que cada uma dessas pessoas desperdiçou e perdeu por estarem atoladas na infelicidade. Tantas horas produtivas foram passando quando o desespero paralisante tomou conta deles. Nenhuma destas pessoas escreveu durante os seus episódios depressivos. Se eram maníaco-depressivos, trabalhavam durante a hipomania, o percursor produtivo da fase maníaca que deixa um pico de criatividade fluir; se era comum, deprimidos unipolares, criavam durante os seus períodos de descanso. Isto não equivale a dizer que devemos negar à tristeza o seu justo lugar entre as musas da poesia e de todas as formas de arte, mas deixemos de lhe chamar loucura, *deixemos de fingir que esse sentimento é, em si mesmo, interessante. Passemos a chamar-lhe* depressão *e a admitir que é muito desagradável. Certo, a loucura arrasta multidões, vende bilhetes, mantém o* The National Enquirer *a trabalhar. No entanto, há tantos deprimidos que sofrem em silêncio, sem ninguém saber, a sua provação estranhamente invisível até adoptarem os estranhos comportamentos característicos da loucura que são impossíveis de serem ignorados. A depressão é uma doença tão pouco carismática, o oposto da vibração activa associada à loucura.*

Não vale a pena pensarmos nas poucas horas da sua vida breve em que Sylvia Plath conseguiu produzir as obras contidas em Ariel. *Não vale a pena pensarmos naquele pequeno período de tempo e lembremos apenas os dias que se transformaram em anos em que ela não se conseguia mexer, não conseguia pensar como deve ser, conseguia apenas estar deitada numa cama de hospital, à espera do alívio que a terapia electroconvulsiva lhe iria trazer. Não vale a pena pensarmos na imagem extremamente viva, no filme mental que criámos de uma jovem e bela mulher a ser empurrada na maca para os seus tratamentos de choque e não pensemos na imagem psicadélica como a de um negativo de uma fotografia que temos dessa mesma mulher no momento em que recebe o choque eléctrico. Pensemos, em vez disso, na própria rapariga, na forma como ela se deve ter sentido nessa altura, da forma como nenhuma quantidade de poesia grandiosa, de fascínio e de fama poderiam fazer que a dor que ela estava a sentir nesse momento fosse suportável. Lembremo-nos de que quando chegamos a um ponto em que fazemos algo tão desesperado e violento como enfiarmos a cabeça num forno, isso é apenas porque a vida que precedeu este acto era ainda pior. Pensemos em viver na depressão a cada momento que passa e saibamos que não vale nenhuma das grandes formas de arte que vêm como efeito secundário.*

O primeiro item na nossa ordem de trabalhos, quando a Dr.ª Sterling me vem ver a Stillman, é descobrir o que é que vai funcionar. Obviamente, toda a experiência com o Mellaril tinha redundado em fracasso, talvez não tenha sido um fracasso colossal, mas tendo em consideração o estado em que eu estou e a sua progressão enquanto estive sob o efeito deste neuroléptico desgastante, podemos dizer com segurança que o Mellaril não é para mim.

Antes de eu ter partido para Inglaterra, tive uma consulta na Clínica de Desordens Afectivas em McLean e os médicos que me avaliaram mostraram-se muitíssimo entusiasmados com um novo medicamento chamado hidroclorido de fluoxetina, comercializado sob o nome Prozac. Pensavam que eu era uma candidata perfeita para aquele novo medicamento e estavam todos inclinados para me inscreverem num estudo que me teria permitido ter acesso gratuito ao tratamento e a cuidados médicos. Mas eu estava de partida para Londres e, além disso, a Dr.ª Sterling é um pouco mais conservadora; ela não acha que lá por alguma coisa ser nova ou por todos os psicofarmacologistas em McLean estarem doidos com uma nova substância isso signifique que é o medicamento adequado a tomar. A fluoxetina não tinha quase sido testada para além dos limites de McLean e de outras Mecas similarmente progressistas de investigação e tratamento farmacêutico.

A Dr.ª Sterling quer que eu saiba quais os outros medicamentos que estão disponíveis. Mesmo que ela acabe por optar pela fluoxetina, pensa que é importante que eu perceba o processo que ela atravessou para tomar essa decisão. Em primeiro lugar, há os antidepressivos tricíclicos padrão, formulados e introduzidos nos anos 50, medicamentos como Tofranil, Elavil e Norpramin, que estão, nesta altura, disponíveis a um preço bastante acessível sob a forma de genéricos como, respectivamente, imipramina, amitriptilina e desipramina. Estas substâncias actuam principalmente sobre a produção de norepinefrina e de serotonina, dois químicos — cientificamente conhecidos como neurotransmissores — que o cérebro dos deprimidos ou não possui ou não está a usar correctamente. Basicamente, estas substâncias impedem as células de reabsorverem estes neurotransmissores, permitindo-lhes, assim, circularem e estimularem a célula nervosa seguinte a produzir. Os psiquiatras têm tido bastante sorte a tratarem a depressão com estas substâncias ao longo dos anos, mas elas também têm alguns efeitos secundários desagradáveis — tonturas, aumento de peso, boca seca, prisão de ventre, visão turva — e têm sido, na sua maioria, usadas por pessoas incapacitadas pela depressão.

Depois há os inibidores da monoamina-oxidase (MAO) como o Nardil e o Parnate, outro tipo de antidepressivos que funciona impedindo a quebra de neurotransmissores em excesso, criando assim grandes reservatórios no interior das sinapses nervosas. Os inibidores MAO actuam sobre a norepinefrina, a serotonina e a dopamina — os químicos comummente implicados nas desordens de humor — mas a falta de especificidade tem as suas desvantagens. Os inibidores MAO exigem restrições alimentares rígidas que podem ser demasiado desgastantes para serem cumpridas por uma pessoa psicologicamente instável. As pessoas que tomam inibidores MAO não podem comer certos queijos, picles, vinagre ou beber vinho tinto rico, por exemplo, um facto que foi descoberto pelos médicos apenas depois de os doentes que estavam a tomar aquele medicamento consumirem estas substâncias e morrerem. (Num famoso escândalo legal e médico, Libby, a filha do advogado e autor Sidney Zion, morreu num hospital depois de um médico lhe ter receitado uma perigosa combinação de substâncias químicas. O Nardil era uma das substâncias que se acreditava terem precipitado a sua morte.) Sob o efeito dos inibidores MAO, corre-se o risco de que o paciente com tendências suicidas se aproveite desta oportunidade fatal para tentar um método de morte comparativamente agradável, e realmente apetitoso, que pode apenas implicar comer Stilton ou emborcar um cálice de Chianti.

Depois há o Prozac. É algo tão novo nesta altura que a Dr.ª Sterling ainda se lhe refere como fluoxetina. O Prozac, o Zoloft, o Paxil e outros medicamentos do mesmo tipo que ainda não estavam disponíveis na altura em que eu estive internada em Stillman em 1988 agem apenas sobre a serotonina. Trata-se de uma substância muito pura em termos do seu objectivo químico. Pertence a uma família de substâncias que virá a ser conhecida como inibidores selectivos da recaptação de serotonina (ISRS) e tem uma acção muito poderosa e directa no seu domínio restrito. Uma vez que os objectivos da fluoxetina são menos dispersos do que os dos seus predecessores, tem tendência a ter menos efeitos secundários.

Os médicos em McLean recomendam-me a fluoxetina porque me diagnosticaram uma *depressão atípica*. Não lhes foi fácil, nem a eles nem tão pouco à Dr.ª Sterling, chegarem a este diagnóstico, já que a ocorrência ocasional de episódios que evidenciavam tendências maníacas (por exemplo, durante o meu primeiro mês energético em Dallas) poderia indicar que eu sofria de uma doença maníaco-depressiva ou ciclotimia, uma patologia menos grave que envolve constantes alterações de humor. Porém, afinal, quem propôs o diagnóstico acabou por concluir que eu tinha estado em baixo de uma forma demasiado persistente e não tinha sido suficientemente enérgica nos meus períodos maníacos para ser bipolar. A depressão atípica é uma doença crónica de longo prazo, mas o estado de espírito de quem sofre desta doença pode, ocasionalmente, ser elevado em resposta a estímulos externos. Este diagnóstico parece ser uma forma mais adequada de explicar as ocasiões periódicas em que eu parecia estar feliz ou produtiva, para acabar por regressar sempre ao meu estado deprimido normal tal qual um bumerangue. Parece que — e isto é uma grande novidade para mim, porque sempre pensei que a maior parte das depressões durava anos, como a minha — a história natural de uma depressão «típica» começa normalmente com um estado de desânimo em resposta a alguma situação ou ponto de viragem na vida da pessoa que, depois entra em terapia, fala do seu problema, talvez tome alguma medicação e recupere e decorrido algum tempo. Outro caso típico de depressão seria muito mais extremo: uma pessoa fica completamente louca, acaba num hospício ou faz uma tentativa de suicídio e recupera a tempo graças a um tratamento intensivo. Mas em ambos os cenários, os sintomas atingem alguma espécie de cume e conclusão lógica.

As pessoas que sofrem de depressão atípica têm mais tendência a ser os feridos ambulantes, pessoas como eu que são bastante funcionais, cujas vidas continuam quase normalmente, só que estão permanentemente deprimidas alimentando pensamentos de suicídio mesmo enquanto prosseguem a sua rotina diária. A depressão atípica não é apenas uma doença ligeira — que é conhecida em termos de diagnóstico como *distimia* — mas, sim, uma patologia bastante grave, que, ainda assim, transmite uma aparência de normalidade porque se torna, com o tempo, parte da vida. O problema é que à medida que os anos passam, caso não seja tratada, a depressão atípica vai piorando cada vez mais e quem sofre deste tipo de depressão tem tendência a suicidar-se apenas pela simples frustração de viver uma vida que é, simultaneamente, produtiva *e* obscurecida pelo desespero constante.

É a dissonância cognitiva que se torna mortal. Uma vez que a depressão atípica não tem um pico — ou, para ser mais precisa, um nadir — como a depressão normal, uma vez que não segue uma curva lógica mas vai-se acumulando com o tempo, pode levar a sua vítima ao desespero deprimente tão repentinamente que até podemos não nos ter preocupado com o tratamento até o paciente já ter, e parece que muito abruptamente, tentado suicidar-se.

A Dr.ª Sterling, toda a gente em McLean e todos os outros psiquiatras que conheci admitiram-me ser ignorantes quanto à razão pela qual a acção especificamente serotonérgica da fluoxetina parece funcionar com a depressão atípica de uma forma que os tricíclicos não conseguem fazer. A Dr.ª Sterling já me podia ter receitado algo como imipramina há meses, mas todos os casos estudados pareciam indicar que não me teria feito bem nenhum. Uma vez que os inibidores MAO são altamente tóxicos quando misturados com os alimentos errados, não havia forma de a Dr.ª Sterling me administrar qualquer deles no meu estado precário. Além disso, o senso comum sempre defendeu que o melhor tratamento para a depressão atípica é apenas a terapia. Mas agora que a fluoxetina está no mercado como Prozac, pensa-se que finalmente existe um antídoto químico para esta doença.

É interessante o que me acontece enquanto estou deitada na minha cama em Stillman a ouvir a Dr.ª Sterling explicar o meu diagnóstico e as minhas opções. Ouvir a minha situação definida nestes termos científicos, como uma doença cujas características eu posso consultar no manual da Associação Psiquiátrica Americana, confere-me uma renovada esperança. Não é apenas uma depressão — é uma *depressão atípica*. Quem é que alguma vez pensaria que existe um nome para descrever aquilo que se está a passar comigo? No livro *Understanding Depression*[57], o Dr. Donald F. Klein e o Dr. Paul H. Wender caracterizam os deprimidos atípicos como pessoas que «respondem positivamente às coisas boas que lhes acontecem, são capazes de gozar prazeres simples como a comida e o sexo e têm tendência a dormir de mais e a comer de mais. A depressão destes doentes, que é crónica e não periódica e que normalmente data da adolescência, demonstra-se sobretudo numa falta de energia e de interesse, falta de iniciativa e uma grande sensibilidade à rejeição — principalmente romântica — periódica». Estas frases delineiam na perfeição os meus sintomas. Sinto-me, de repente, tão menos só. Durante anos, pensei no que estaria errado comigo, por que é que me sentia tão mal mas, ainda assim, não caí por terra por completo. Durante anos pensei que não haveria qualquer espécie de ajuda para mim até eu ficar progressivamente cada vez pior, como al-

---

[57] Donald Klein, e Paul Wender, *Understanding Depression*, Oxford University Press, Oxford, 1994. *(NT)*

guém que gostaria de ter um emprego mas sabe que nunca ganhará tanto num emprego como o subsídio de desemprego que recebe e, consequentemente, mergulha ainda mais na pobreza para poder receber a assistência social.

A Dr.ª Sterling diz-me que tinha suspeitado desde o início de que o esconderijo de sentimentos e comportamentos ocultos que caracterizam a depressão atípica descreviam a minha situação com exactidão. Mas ela nunca se deu ao trabalho de me mencionar isso, porque não há qualquer razão para colocar os sintomas da depressão numa categoria especial a não ser que o terapeuta queira prescrever um antidepressivo. Entra o Prozac e eu, subitamente, tenho um diagnóstico. Parece estranhamente ilógico: em vez de definir a minha doença como uma forma que nos conduz à fluoxetina, a invenção desta substância trouxe-nos à minha doença. O que, inicialmente, me parece estar ao contrário, mas que se revela, afinal, estar correcto, quando, mais tarde, descubro que este é o caminho típico dos acontecimentos em psiquiatria, que a descoberta da droga para tratar, por exemplo, a esquizofrenia, tendencialmente resultará num maior número de doentes a quem a esquizofrenia é diagnosticada. Esta é a psicofarmacologia estritamente marxista na qual os meios materiais — ou melhor, os farmacêuticos — determinam a forma como a história clínica de um dado paciente é interpretada. Mas, neste momento, aqui deitada em Stillman, não estou em posição de desenvolver este pensamento crítico. Lembro-me apenas da forma como sempre senti que o auge da minha depressão ocorreu gradual e não subitamente — um paradoxo ostensivo, mas é por isso que é atípica.

Os antidepressivos, infelizmente, não são de acção rápida. Demoram entre dez dias a três semanas a fazer efeito e, por vezes, seis semanas não chegam para isso. Assim, claro está, sem o Mellaril, os meus pequenos comprimidos castanho-alaranjados que me punham a dormir, sem qualquer sistema de apoio à vida, sinto-me terrivelmente mal nos meus primeiros tempos de Prozac. As minhas companheiras de quarto trouxeram-me o meu pequeno gravador de cassetes *Panasonic* — o mesmo que eu costumava levar para a preparatória para ouvir os Foreigner enquanto me cortava no vestiário — enrolo-me na posição fetal e ouço Lou Reed vezes sem conta, e já não sinto que a poética contorcida de Bod Dylan ou os *blues* populares e apaixonados da Joni Mitchell sejam vagamente adequados. *I'm afraid to use the phone / I'm afraid to put the light on*[58]. Ouço a mesma canção, as mesmas palavras, a mesma voz raivosa repetidamente, como um disco riscado.

Quanto tempo será que consigo estar aqui deitada, à espera de que esta coisa da fluoxetina comece a fazer efeito? Mas é precisamente esse o plano, terei de ficar sossegada o tempo que for preciso. Não deixo de pensar num poema do John Berryman em que ele fala em estar deitado sob uma espessa árvore verde, ou talvez a árvore não tenha folhas e esteja vazia, um chorão, à espera desta hora feliz. *Minutes I lay awake to hear my joy*[59] é o último verso. Penso que é o mesmo que aqui estou a fazer. À espera, à espera, à espera. À espera de Godot. À espera de Robert E. Lee.

Já faz quase duas semanas desde que tomei banho pela última vez; estou tão oleosa e quebrada que já nem sequer me sinto humana. Sinto-me mais como uma ave qualquer, uma galinha de boa qualidade a atravessar as quarenta e quatro espécies de inspecção que mencionam nos anúncios, quando um enfermeiro chega todas as manhãs, enfia uma agulha no meu braço para me tirar sangue, enfia um termómetro na minha boca para me ver a temperatura, como se eu fosse uma pessoa doente em termos físicos, como se eu aqui estivesse com pneumonia, mononucleose ou qualquer das outras razões mais comuns que trazem as pessoas a Stillman.

A Dr.ª Saltenstahl, a médica encarregada em Stillman, vem ver-me umas duas vezes por dia. Estou sempre a dizer-lhe que nunca me senti tão em baixo, que não vejo por que motivo hei-de continuar assim. Ela garante-me que um dia, quando eu tiver descoberto uma filosofia para guiar a minha vida e quando encontrar as coisas que gosto de fazer, serei feliz, ficarei bem. Reitera

---

[58] «Tenho medo de usar o telefone / Tenho medo de ligar as luzes», em português. *(NT)*

[59] «Minutos em que estou acordado para ouvir a minha alegria», em português. *(NT)*

que a medicação que me estão a dar é excelente, que, nos seus programas-piloto, tinha feito maravilhas por pessoas com depressões em quem nada mais parecia funcionar. Diz coisas como: «Dá-lhe tempo.»

A Dr.ª Sterling vem visitar-me e passo o tempo a dizer-lhe a mesma coisa, «que a fluoxetina não está a funcionar suficientemente rápido». E também ela diz: «Dá-lhe tempo.»

Meu Deus, como eu queria que todos os psiquiatras com quem já tive de lidar soubessem como é ser um doente e sentirmo-nos desesperados. Quem me dera que eles pudessem saber como é acordar todas as manhãs com medo de continuarmos a viver. A Dr.ª Sterling está sempre a repetir-me que este medicamento começará a ter efeito dentro de uma semana ou duas, mas ela não percebe que eu não *tenho* uma semana ou duas. Ela não percebe que a dor é tão forte que eu já não quero viver assim. Se a Dr.ª Sterling me dissesse, se ela me prometesse, se ela me garantisse sem qualquer sombra de dúvida que dentro de dez dias a fluoxetina iria fazer-me sentir totalmente melhor, já não me importava, não faria qualquer diferença: continuava a não valer a pena viver estes dias, estas horas.

Tento transmitir esta ideia à Dr.ª Sterling e, embora ela até possa, na verdade, sentir pena de mim, tudo o que consegue dizer é:

— O que é que eu posso fazer para te convencer de que a ajuda já vem a caminho? Como é que te posso fazer ver que *vais* melhorar?

— Não pode.

Ela não responde.

— Quero terapia de choque — digo eu. — Há pouco tempo li acerca disso e parece que funciona muito bem em pessoas que já estão para lá de qualquer esperança. Deixa o cérebro um pouco abananado. Ou então quero morfina. Quero alguma coisa que funcione *agora*.

Durante toda esta conversa, estou deitada de lado, sem me mexer, com o cabelo pastoso, espalmado na minha cabeça como uma camada de tinta castanho-brilhante, a minha voz ligeiramente abafada porque tenho a cabeça enterrada na almofada. Estou a falar num tom monocórdico e ouço-me como se estivesse muito ao longe. Sei que a pessoa que está deitada na minha cama está tão em baixo que está a pedir terapia electroconvulsiva, sabendo que em toda a sua história, os choques foram administrados a pacientes relutantes que imploram para serem poupados a este procedimento, mas estou demasiado desligada para considerar o meu estranho pedido. Neste momento, faria qualquer coisa para me sentir melhor. Até mesmo uma lobotomia frontal.

— Olha — diz a Dr.ª Sterling, afastando-se do peitoril da janela, onde tem estado apoiada. — Sei que estás a sofrer uma dor terrível, mas vou ter de pensar um pouco neste assunto. — Pega no capacete e começa a levar a mota para a porta. — Estou tão certa de que a fluoxetina te vai ajudar em breve que tenho de encontrar uma forma de te manter viva durante os próximos dias. Já passou uma semana e penso mesmo que estás a ficar melhor. Podes não dar por isso, mas eu consigo. Os teus *sintomas*, que é o mesmo que dizer, aquilo que tu estás a sentir, podem não ter melhorado, mas os teus *sinais*, isto é, a forma como as pessoas que te conhecem e que te podem julgar te vêem, estão muito melhores.

Olho para ela, mesmo do meu ponto de observação deitada e sem expressão, como se ela estivesse completamente louca.

— Olhe para mim — murmuro. — Não me vai mesmo dizer que eu estou melhor, pois não?

— Não, não de uma forma óbvia, mas tenho estado a observar-te com muita atenção, por isso, consigo ver algumas melhorias em ti, embora estejas na mesma posição sempre que aqui venho. — Coça a cabeça e faz uma pausa para pensar durante um minuto. — O que eu vou fazer é aumentar a tua dose de fluoxetina para dois comprimidos por dia, já que penso que um comprimido conseguiu ter uma resposta parcial, mas não total. Estou confiante de que vai funcionar muito em breve. Entretanto, acho que devias sair de Stillman. Isto pode parecer pouco ortodoxo, já que no teu estado deverias estar protegida, mas penso que estares aqui deitada, tão isolada, pode estar a contribuir para piorar o teu estado. Pareces seguir um padrão em que certas coisas que eram a solução, num dado momento, comecem a fazer parte do problema, por isso, tens de encontrar novas soluções. Está um dia de sol. Vai lá fora. Talvez isso ajude.

* * *

Na manhã seguinte, estou de volta ao meu quarto miserável no meu apartamento arrepiante, ainda à espera de que a fluoxetina funcione. Samantha bate à porta e acorda-me um pouco antes das 9h00.

— A Elaine, do escritório da tua mãe ao telefone — anuncia a Samantha, ao abrir a porta. — Diz que é urgente.

Quero perguntar à Samantha se ela consegue arrastar o fio até ao meu quarto, o que, obviamente, ela não pode fazer porque não é fisicamente possível. Sempre que pensei em arranjar uma extensão para o telefone estava demasiado deprimida para me dirigir a uma loja de material eléctrico. Quero que a Samantha invente uma desculpa por mim, mas tenho a sensação de que é melhor levantar-me e lidar com a situação.

— Olá, Elaine, como tem passado? — pergunto, tentando ser agradável.

— Eu estou bem, muito obrigada — começa ela. — Elizabeth, não sei como te dizer isto, mas a tua mãe foi assaltada esta manhã.

— Oh Meu Deus. — Quando eu já pensava que a minha vida não podia piorar. — Foi muito grave? Ela ficou ferida?

— Bem, o tipo bateu-lhe bastante. Ela tem várias nódoas negras e o braço partido.

Da forma como ela está a falar, tenho a sensação de que haverá algum pormenor indizível que ela está a omitir, mas, depois de algum tempo, percebo que é apenas a voz da Elaine a dar asas à minha paranóia.

— Está alguém com ela? Como é que isso aconteceu?

— Ela ia pela 65.ª Rua às seis da manhã e houve um tipo que a atacou — conta-me ela. — Telefonou-me do hospital e fui lá vê-la. Chorámos as duas, mas ela agora parece-me estar bem.

— Meu Deus! Acho que devia ir ter com eles.

— Ela pediu-me para te dizer que está bem e que não é preciso saíres da faculdade.

— Mas ela está sozinha, não está?

— Bem, apareceu a polícia com fotografias de suspeitos.

— E?

— O tipo tinha um capuz, ela não o conseguiu ver.

— Oh!

Sei que tenho de lá ir, só não sei quando é que o conseguirei fazer. Talvez no sábado logo de manhãzinha.

— Elaine, ela está bem?

— Ela está bastante ferida. — A Elaine não percebe o que eu quero dizer. O que eu quero dizer é: «Ela está a perder a cabeça? Vai alguém visitá-la?» Conheço a minha mãe. Ela é muito solitária. Nunca voltou a casar, não é do tipo de pessoa de passar horas ao telefone a tagarelar com as amigas, ela e a irmã não se têm andado a dar muito bem ultimamente, os pais dela passam a maior parte do tempo num paraíso geriátrico, o meu avô a pensar se eu quero leite roxo ou leite verde ao pequeno-almoço. Sou tudo o que ela tem e, neste momento, estou a desmoronar por completo.

Quando telefono à minha mãe, ela insiste para eu não ir lá. Mas depois começa a chorar e a dizer que ele não tinha nada de a ter deitado ao chão e de lhe ter batido, que ela lhe teria dado a mala sem nada disso. Começa a perguntar-me por que é que ele a esmurrou e lhe deu pontapés na cara enquanto ela estava estendida no chão; quer saber por que é que ele a continuou a brutalizar mesmo depois de já ter a mala dela. Depois diz que sabe que nunca apanharão o tipo porque ela não o consegue identificar e que, para o resto da vida dela, todos os jovens pretos que ela vir na rua poderão ser quem lhe fez isto. Eu, simplesmente, não sei o que dizer, não me consigo lembrar de absolutamente nada que lhe transmita conforto e que possa colocar algum verniz redentor sobre este incidente. Em vez disso, prometo-lhe que vou apanhar o primeiro avião de manhã.

Quando regresso à cama, rezo por adrenalina, rezo a Deus para que faça a fluoxetina começar a funcionar de repente, que me dê o que é preciso, a grandeza contida no espírito humano, que me permita estar à altura desta ocasião e tomar conta da minha mãe.

O quarto da minha mãe no Hospital de Roosevelt é grande e forrado a azulejos. Quase parece um vestiário. Um frigorífico de carne ou uma morgue, um local onde os corpos apodrecem. Não é nada confortável como Stillman. Caminho até ela e ali está ela, uma pessoa minúscula, com o braço engessado, dois olhos negros, uma face repleta de nódoas negras. Está colorida com uma gama de roxos, azuis e amarelos e parece estar deslocada nesta cama, como se tivesse caído aqui do céu sem trem de aterragem. Isso é tudo o que passa ininterruptamente pela minha cabeça: este quarto é tão grande e ela é tão pequena, como é que alguém vai saber que ela aqui está? Ela desapareceu no universo, eu sempre temi poder desaparecer, e parece que sou a única pessoa capaz de a encontrar.

As enfermeiras fingem estar ocupadas ao fundo do corredor. A minha mãe farta-se de insistir que não quer ver ninguém para além de mim e eu não sei como é que conseguirei parar de pensar em suicídio o tempo suficiente para fazer o que quer que ela precise. As outras pessoas que ocupam este quarto enorme parecem estar todas no seu microcosmos de dor, a gemer e a lamentar-se de vez em quando, o que parece indicar que ainda estão vivas. Têm pernas roxas, pescoços mantidos no sítio por instrumentos que as fazem parecer pássaros enjaulados, as faces cortadas e cosidas, com fios de sangue a escorrer pelas ligaduras onde as costuras da pele se juntam. Todo este cenário dantesco, todo este Carnaval dos desgraçados, está demasiado em sintonia com o meu estado de espírito.

— Oh, Mamã — grito quando, por fim, me baixo para a beijar.

— Oh, Mamã, o que é que te aconteceu? — Sinto dificuldade em respirar, tal como se estivesse a chorar, mas não há lágrimas. Esfrego os olhos instintivamente, mas estão secos. Fico a pensar se a fluoxetina terá o mesmo efeito anticolinérgico que o Mellaril, desligando os canais lacrimais e sinto-me terrível por estar privada das minhas lágrimas numa altura destas.

Abraço a minha mãe e ela abraça-me de uma forma frouxa, com um braço a pender sem vida nas minhas costas, como uma porta com uma dobradiça partida, e diz algo como:

— Olá, querida.

Não quero ouvir falar do que se passou e não quero mais nenhuma razão para me sentir pouco digna da minha infelicidade frente a alguém que tem razões reais para se sentir terrível, mas sei que tenho de lhe perguntar.

— Mãe, estás com muitas dores? Deram-te anestésicos suficientes? — Começo a imaginar-me momentaneamente transformada numa pessoa valente, forçada a uma cena heróica como a Shirley MacLaine em *Laços de Ternura* quando ela corre para as enfermeiras, que estão indiferentemente a limar as unhas, e grita que *têm* de dar *neste momento* à Debra Winger alguma coisa para as dores. Imagino-me à altura da situação.

Mas não será necessário.

— Sim, estou bem, estou mesmo bem — assegura-me a minha mãe.

Ela sempre foi uma mulher forte. Nem sequer gosta de receber Demerol intravenoso porque é uma daquelas pessoas estóicas que são antiquímicos e que nem sequer se sentem bem a tomar uma aspirina para a dor de cabeça. É uma daquelas pessoas — Deus as abençoe — que não tomam até ao fim as receitas de Percodan ou codeína que recebem depois de serem submetidas a uma cirurgia. Podemos nós ter algum grau de parentesco?

Ela parece querer dormir, o que é bom porque estou desesperada para sair daqui. Sinto-me sufocada e impotente. Aqui está ela, no pior estado em que alguma vez esteve, e tudo o que eu consigo pensar é que não sou suficientemente forte para aguentar isto. Começo a desejar ter irmãos, queria que a minha mãe tivesse um namorado ou até mesmo uma melhor amiga que ela visse com regularidade e que pudesse vir cá ajudar-me, mas a única pessoa que ela deseja ver sou eu. Sinto-me como a montanha dela. Só que estou prestes a ter uma avalancha.

Está programado a minha mãe deixar o hospital no domingo de manhã e a minha tia e os meus avós vêm à cidade para lhe dar as boas-vindas em casa. Este vai ser um daqueles rituais familiares grotescos, resumidos ao extremo nas cenas cinematográficas dos pais a cumprimentarem o filho, que foi para a guerra, no aeroporto, tentando não parecer chocados quando o vêem regressar do Vietname paraplégico numa cadeira de rodas. E quando o rapaz tem de ser carregado em braços para dentro e para fora do carro, quando ele não se consegue de todo mexer sozinho, quando ele precisa de ser, valha-nos Deus, acompanhado à casa de banho como uma criancinha, toda a gente tem de sorrir, ser simpática e parecer feliz por estar a ver o homem aleijado que fora, em tempos, um rapaz bonito e forte e que agora não consegue fazer nada sozinho. Por isso, tentam sorrir, mas as suas expressões reflectem a verdade: estão enojados.

A minha mãe, o que não é surpresa para ninguém, está com péssimo aspecto quando surge numa cadeira de rodas, comigo a empurrá-la para fora do Hospital de Roosevelt. A sua face ainda está inchada e dilatada, ainda colorida em tons neutros — *bordeaux*, castanhos, cinzentos. Porque trazia uma mala com alça em Nova Iorque — que trazia à tiracolo em vez de estar simplesmente a balançar no ombro, para proteger o saco dos assaltantes — o ladrão teve de a puxar e rodar com bastante força para a levar. Consequentemente, partiu-lhe o braço e ela terá de se submeter a uma microcirurgia para recuperar o osso estilhaçado. Entretanto, alguns dos nervos ficaram, pelo menos temporariamente, cortados, e o seu braço direito pode nunca mais voltar a ser totalmente funcional. Tem a sorte de ser canhota — ou talvez sorte seja a palavra errada — mas parece-me óbvio que ela vai ficar bastante desamparada durante os próximos dias. Sinto que a onda me está a afogar.

Quando coloco a minha mãe num táxi, empurrando o seu saco das compras cheio de roupa ensanguentada, tento fazer um ar preocupado. O que penso de facto estar, mas, na realidade, estou demasiado infeliz para me importar. Sinto que estou a cumprir uma obrigação, mas estou tão absorvida pela minha própria depressão e infelicidade que quase a odeio por me estar a sobrecarregar com isto neste momento. Em geral, não há nada como uma verdadeira crise para fazer alguém sair de um estado de espírito negativo, para a fazer saltar para um modo de actuação. Mas, nesta altura, estou tão passada que a vaga de energia necessária, a fonte de adrenalina, não me toca de todo. Estou simplesmente a arrastar-me, a forçar-me a estar minimamente preocupada. Odeio-me a mim mesma por estar tão em baixo e odeio a minha mãe por precisar que eu não esteja. E estou completamente enojada por estar a pensar nestas coisas numa altura destas.

Penso em como a vida deve ter sido para ela antes de eu ter nascido. Ela nunca teve uma relação muito boa com os seus pais e a sua irmã, ela mal tinha qualquer coisa para dizer ou para fazer com o meu pai, por isso, quando teve um bebé, deve ter pensado: «Pelo menos aqui está alguém só para mim.» A maternidade deve ser assim. É, provavelmente, a única experiência que a maior parte das mulheres tem de posse ou domínio. A minha mãe é tão impotente como uma criança, mas imagino que para além de toda a dor física, isto até deve estar a ser uma bênção para ela: pela primeira vez em muito tempo, as circunstâncias devolveram-lhe isto, esta coisa que é dela e só dela. E sinto-me tão mal por estar com tanto medo de não conseguir estar à altura da situação.

Sabe-se lá como, consigo sobreviver à visita da família, embora eu me perca e adormeça várias vezes. A minha avó está corajosamente a tentar manter a conversa neste pequeno círculo aborrecido enquanto estamos sentados à mesa, a comer um almoço improvisado na sala de jantar e tudo o que eu consigo dizer em resposta às suas perguntas é: «Desculpe, Avó, o que é que tinha dito?» Mal qualquer pessoa acaba de comer qualquer coisa, se um prato fica vazio durante alguns segundos, pego nele e corro para a cozinha para o lavar. Qualquer coisa para escapar, nem que seja por um ou dois minutos. Nunca tive tanta vontade de levantar a mesa e de colocar a louça na máquina de lavar como naquele dia.

A minha avó pergunta à minha mãe vezes sem conta o que se passa comigo, por que é que eu estou tão cansada e sombria e ouço a minha mãe a dizer algo como: «Ela teve um dia difícil.» Nessa altura, entro no meu quarto para ir buscar qualquer coisa e quase caio ao chão. Quando estou assim tão deprimida, toda e qualquer pequena actividade é uma desgraça e sinto-me de rastos e constantemente cheia de sono.

A Dr.ª Sterling diz-me sempre que é precisa muita energia para estar deprimida e ainda mais energia para recuperar, e a razão pela qual muitos deprimidos escolhem ir para o hospital é porque é o único local em que não são forçados a usar a sua energia para outras actividades quaisquer. Começo a pensar que mal volte para Cambridge, vou voltar a internar-me, estou tão cansada de, simplesmente, tentar ficar acordada.

Quando os familiares finalmente se vão embora, fico aliviada porque não consigo lidar com eles e assustada porque também não consigo lidar com a minha mãe. Vou para o quarto dela para lhe fazer companhia a ver o programa *60 Minutes*.

— Como é que vai isso, Mãe? — pergunto-lhe quando me sento ao pé dela.

— Estou bem — diz ela. — Foste óptima. Foste óptima o dia todo e foi óptimo da tua parte vires cá desta forma.

— Mãe, tenho de dizer, agora que te estou a ver, que não consigo imaginar como é que pensaste que ias conseguir passar sem mim ou sem outra pessoa qualquer cá.

— Não sei. Acho que não estava a pensar bem.

— Sinto-me, sinto-me tão mal. — E não sei o que é que quero dizer, algo relacionado com querer ajudar mais. — Sinto que estou tão infeliz que sou mais um peso do que outra coisa qualquer. Hoje, aqui com a Avó, sabes que quase desmaiei à mesa?

— Oh, Ellie, foste óptima hoje, a sério que foste. Pára de te sentires mal contigo própria. Foste óptima para mim.

— Mãe, sabes, é só que, é só que é tão horrível, há tanto que eu queria fazer. — O que é que estou a tentar dizer? — Há tanto que eu queria fazer e que pareço não conseguir fazer neste momento. Nos últimos tempos, nem sequer consigo terminar um livro. Mal vou às aulas, não estou a trabalhar e estou tão esgotada como se estivesse a trabalhar oitenta horas por semana quando, na realidade, estou cansada de não fazer nada. Nem sequer posso culpar o facto de me ter separado do Rafe por me estar a sentir tão mal, porque já me sentia assim antes de o conhecer e nem sequer estivemos juntos assim tanto tempo. Sinto-me pessimamente e não há nada de errado comigo, não tenho qualquer desculpa para me sentir assim.

— Mas, Elizabeth — diz ela, no tom de voz mais razoável que lhe ouvi nos últimos anos. — Há qualquer coisa de errado contigo: estás deprimida. Isso é um problema real. Não é imaginário. É óbvio que não consegues lidar com nada. Estás deprimida.

Nunca tive consciência de que ela compreendia. Nunca antes a tinha ouvido admitir a minha depressão de uma forma tão directa. O que é que aconteceu? Será que alguém falou com ela? Ou será que é dos analgésicos que ela está a tomar? Ela raramente falou acerca dos meus problemas sem os qualificar com uma série de comentários acerca das coisas horríveis que o meu pai me fez e de como ele tinha dado cabo de mim e de como era tudo culpa dele. Ela nunca conseguiu simplesmente admitir que eu tinha um problema, com o qual era preciso lidar, quem é que se importa com apontar dedos acusatórios e atribuir culpas? Esta era, com toda a certeza, a primeira vez.

É estranho, mas quando ela me disse aquelas palavras, quando ela me disse: «Estás deprimida», tornou-se uma realidade para mim pela primeira vez em muito, muito tempo. Não é que eu não estivesse ciente de que me sentia sempre uma merda — não havia como ignorar esse facto — mas já tinha deixado de pensar nisso como um estado legítimo, como uma doença verdadeira, mesmo tendo um diagnóstico elegante como *depressão atípica*. Independentemente do que a Dr.ª Sterling e todos os outros psiquiatras alguma vez me disseram, nunca senti que tinha o direito de estar deprimida. Sempre senti que: realmente, se eu quisesse, podia sair deste estado. E todos os membros do corpo docente da Faculdade de Medicina de Harvard podiam juntar-se para me dizerem a sua opinião colectiva de que eu tinha, entre mãos, uma doença crónica da vida real e nada disso teria sido tão significativo quanto a minha mãe a dizer-me, pelo que estou certa de ser a primeira vez, que a depressão é um problema em si mesmo com o qual precisamos de lidar nos seus próprios termos.

Levantei-me, sentei-me ao lado dela e pensei para mim mesma: «Ela percebe. Ela percebe e vai ficar tudo bem.»

14
PENSA EM COISAS BONITAS

> *After they had explored all the suns in the universe, and all the planets of all the suns, they realized that there was no other life in the universe, and that they were alone. And they were very happy, because then they knew it was up to them to become all the things they had imagined they would find.*
>
> (Depois de terem explorados todos os sóis no universo, todos os planetas de todos os sóis, perceberam que não havia nenhuma outra forma de vida no universo e que estavam sozinhos. Nessa altura ficaram muito felizes, porque se aperceberam de que lhes cabia a eles serem todas aquelas coisas que tinham imaginado que iam encontrar.)
>
> LANFORD WILSON, *Fifth of July*

No avião de regresso à faculdade, penso que, supostamente, deveria estar a ter alguma revelação. Algo acerca do significado da vida, acerca de dançar em face da adversidade, acerca de lutar, perseverar e ter sucesso. Sim, penso que, dentro de um minuto ou dois, antes de aterrarmos em Logan, essa revelação chegará. Clareza. A verdade irá libertar-me e tudo isso.
Obviamente, tal nunca acontece. Anos de terapia e nunca chega a acontecer. Drogas psicotrópicas e nunca acontece. A minha mãe é brutalizada a um quarteirão de casa e nunca acontece. É esse o problema da realidade, essa é a falácia da terapia: presume que teremos uma série

de revelações ou apenas uma única e que todas essas diversas verdades chegarão até nós e mudaremos a nossa vida completamente. Assume que a própria revelação é uma força transformadora. Mas, na verdade, não é assim que as coisas funcionam. Na vida real, todos os dias podemos chegar a uma nova conclusão acerca de nós mesmos e acerca das razões por detrás do nosso comportamento e podemos dizer a nós próprios que este conhecimento fará toda a diferença. Porém, muito provavelmente, vamos continuar a fazer as mesmas coisas de sempre. Vamos continuar a ser a mesma pessoa de sempre. Ainda nos vamos apegar aos nossos hábitos destrutivos e debilitantes por os nossos laços emocionais a esses hábitos serem demasiado fortes — tão mais fortes do que qualquer revelação que possamos alguma vez ter — que as coisas estúpidas que fazemos são, na verdade, as únicas coisas que temos para nos manter centrados e ligados. São as únicas coisas em nós que fazem de nós aquilo que somos. Por exemplo, saber que nos sentimos atraídas por homens que são maus para nós não nos impede de nos envolvermos com homens que são maus para nós. Isso significa apenas que temos novas formas melhoradas de raciocinar: tem a ver com o pai. *Ou*: é a minha forma de voltar a viver a minha relação com o namorado da minha mãe que me violou quando eu tinha doze anos. *Ou ainda, e esta é a mais desesperada:* sou como uma drogada, preciso de uma nova dose, não o consigo evitar.

Se a vida ao menos pudesse ser mais como nos filmes, onde as personagens fazem todo o tipo de asneiras para, no final, fazerem aquilo que está certo. Mas a vida real não é assim. Em Kramer contra Kramer, *a Meryl Streep pensa em tudo e decide deixar o filho ficar com o Dustin Hoffman, embora tenha sido ela a ganhar a desagradável batalha que travaram pela custódia; mas, na vida real, o que acontece é mais o caso do Bebé M., em que os crescidos lutam à descarada no tribunal e na televisão nacional, onde ninguém pensa no que é melhor para a criança e só naquilo que querem e naquilo que a lei permite e, no final, é tudo uma grande infelicidade. No filme* Clube, *um parolo, um atleta, uma miúda rica, uma rapariga estranha vestida de preto e um rufia tornam-se melhores amigos e reconciliam as suas diferenças nalgumas horas de detenção; na vida real, a intimidade momentânea do sábado à tarde resultaria apenas nalgumas trocas de palavras estranhas e forçadas na segunda-feira de manhã, com toda a gente a regressar às minhas velhas facções e aos meus clãs, às mesmas cores de batom e aos óculos escuros.*

Sim, talvez anos de terapia signifiquem que, mais cedo ou mais tarde, com o tempo, mudamos os nossos modos de agir e a nossa própria personalidade, pelo menos um pouco. Mas eu não tenho anos. Ou antes, já se passaram anos. Quero que seja como nos filmes. Quero que um anjo desça à terra para me vir buscar, como faz ao Jimmy Stewart em Do Céu Caiu uma Estrela, *e fazer-me desistir do suicídio. Porque, nesta altura, só isso surtiria algum efeito.*

A tentativa de suicídio espantou-me até a mim. Parece ter acontecido fora do contexto, como algo que devia ter ocorrido há muitos meses, quando já não havia qualquer esperança, quando eu e o Rafe nos separámos, quando Inglaterra se tornou num pesadelo chuvoso. Nunca deveria ter acontecido alguns dias depois de regressar a Cambridge, numa altura em que, até eu tinha de o admitir, a fluoxetina estava a começar a ter efeito. Afinal, eu era capaz de me levantar da cama de manhã, o que parece não ser nada de especial, mas na minha vida era algo tão importante quanto Moisés dividir ao meio o Mar Vermelho. De repente, sentindo que tinha de devolver o dinheiro que a minha mãe me deu para ir para Londres, encontrei forças em mim para ir à Rua Brattle a um restaurante chamado Harvest, onde consegui convencer o gerente de que eu tinha capacidade de trabalhar como caixa e preparar *cappuccinos*. Qualquer pessoa teria pensado que estes sinais indicavam que o meu estado de espírito estava a melhorar e acho que estava mesmo. Mas tal como um pouco de sabedoria é algo perigoso, um pouco de energia, nas mãos de alguém com tendências suicidas, é algo de muito perigoso.

A minha atitude melhorada não me afastou, de modo algum, da convicção filosófica de que a vida, bem lá no fundo, era, simplesmente, uma gaita. O assalto à minha mãe afectou-me mesmo muito. Parecia impossível reconciliar com qualquer conceito de justiça o facto de que uma coisa destas lhe pudesse acontecer, a ela que era uma pessoa cuja vida inteira nunca tinha sido da forma como ela tinha planeado. Oh, sim, eu sei, há casos muito piores a percorrerem as ruas do que o da minha mãe — mulheres sem um tecto, esposas espancadas, alcoólicas sem sorte que perderam os seus empregos, as suas famílias, as suas casas, tudo o que tinham —

mas a tragédia dela em particular era mais marcante para mim, pelo menos em parte, por ser tão banal. Aqui estava uma mulher que devia ter tido uma casa nos arredores, um emprego de que gostasse, algo relacionado com arte ou arquitectura, e um marido que gostasse dela, alguém que tivesse uma loja de roupa na Sétima Avenida ou que trabalhasse como corretor bolsista ou gerente em qualquer grande empresa como a Procter & Gamble. Isso era tudo o que ela queria, nada de especial, nada como aquela espécie de sonhos de estrelas que eu e todas as outras pessoas que eu conheço alimentam. Em vez disso, tudo o que lhe calhou na rifa foi uma filha que é um tal destroço mental que chega a ter medo de atender o telefone, sem saber o que se vai passar a seguir.

Por isso, o plano era simples: eu ia ganhar dinheiro suficiente para pagar à minha mãe o que ela me tinha emprestado e depois matava-me. Não me importava com os medicamentos que me dessem, não me importava com o estado de falsa consciência que eram capazes de induzir em mim através de químicos. Porque mesmo que eu não estivesse deprimida, ainda teria anos de mais namorados que não iam funcionar à minha espera, ainda teria um pai que não fazia a mínima ideia da razão pela qual não falava com ele, ainda teria todo um mundo errado para aguentar, no qual as famílias se desintegram e as relações não têm qualquer significado. E não queria nada disso.

Tenho de o admitir, mesmo após anos de formação religiosa ainda não acredito na vida para além da morte. Ainda penso que os seres humanos, mesmo as nossas lindas e desgraçadas almas, são apenas biologia, apenas uma série de químicos e de reacções físicas que um dia acabam, e também nós, e pronto. Mas estou a ansiar por essa paz vazia, por esse esquecimento, por esse nada, esse já não ser eu. Estou a ansiar realmente por tudo isso. Ou, pelo menos, é isso que digo a mim mesma. Digo a mim mesma que não tenho medo, digo a mim mesma que quero morrer e nunca me ocorre, até ao último momento, que quero, na realidade, ser salva.

Tudo acontece no consultório da Dr.ª Sterling. Vou vê-la num domingo (tenho tido consultas quase todos os dias porque ela anda a tentar manter-me viva). Digo-lhe que se me fosse matar, enfiar-

-me-ia numa banheira de água muito quente às escuras, porque no escuro não podemos ver o que estamos a fazer a nós mesmos por isso não nos assustamos e não gritamos, e cortaria os pulsos e talvez mais uma ou duas artérias com uma nova e brilhante lâmina de barbear. Depois, ficaria reclinada na banheira e deixaria acontecer, deixaria o sangue e a vida escorrerem de mim, para o reino que há-de vir e tudo o resto. Digo-lhe que este é um método surpreendentemente eficaz de suicídio, daquilo que tenho lido, e que a razão pela qual este sangramento muitas vezes não é eficaz é por as pessoas não saberem que têm de cortar os pulsos ao comprimento e não atravessado, e por ficarem de luzes acesas e ficarem chocadas com tanto sangue, começando a ter dúvidas quanto à decisão que tomaram. Também nunca pensam em cortar a veia jugular ou qualquer outro ponto importante para além dos pulsos para acelerarem o processo. Mas garanto-lhe que não cometerei tais erros.

Até imagino a banda sonora perfeita para este acontecimento: nada de óbvio, acordos de Janis Joplin e Billie Holiday a flutuar pelo vapor que paira na casa de banho. Isso pareceria demasiado um cliché: morrer ao som de mulheres infelizes que queriam, elas próprias, morrer, que acabaram, elas próprias, *por morrer*. Oh, não, eu seria mais original do que isso. Nem sequer poria a tocar os meus favoritos dolorosos de sempre, como Velvet Underground ou Joni Mitchell. Nem adoptaria a abordagem da juventude demente e colocaria algo de *heavy metal*, como aqueles miúdos em Reno, no Nevada, que rebentaram com os cérebros com caçadeiras de canos serrados, enquanto ouviam *Stained Class* de Judas Priest. (Um deles sobreviveu — se bem que com um monte de silicone no local onde deveria ter a cara — e processou a banda, afirmando que as letras o levaram àquilo.) Nunca faria algo desse género e nunca mancharia os meus favoritos em qualquer ocasião, como Bob Dylan ou Bruce Springsteen, ao tocá-los no momento da minha morte, embora ouvir pela última vez *Blood on the Track*, ou *Darkness on the Edge of Town* pudesse valer a pena antes mesmo de eu começar a cortar-me. Talvez seja melhor ficar-me por Rolling Stones ou Beatles, uma banda da qual nunca gostei, excepto daquele momento no início de «Strawberry Fields» quando o John Lennon canta,

«*Let me take you down...*»⁶⁰ É ao som dessas palavras que quero deixar o mundo. *Let me take you down*. Tão para baixo quanto eu estou. Sim, é isso, é esse o plano, morrer com a voz do John Lennon parece-me adequado.

Enquanto discuto este esquema, fico completamente entusiasmada, como um antigo viciado em coca que ficou louco com a ideia de mais uma dose, e a Dr.ª Sterling olha para mim como se eu a estivesse a assustar.

— Olha, Elizabeth, se me consegues descrever em pormenor esses teus planos, não te vou deixar ir para casa — diz ela. — Não posso deixar que te mates. Vou levar-te ao hospital.

— Eu não disse que o iria fazer com toda a certeza.

— Eu sei. Mas estás sempre a queixar-te de que ninguém leva os teus pedidos de ajuda a sério. Sempre disseste que gostarias de tentar suicidar-te para que as pessoas, por fim, percebessem que precisas de ajuda. — Ela suspira. — Bem, eu acredito em ti. E não tens de fazer nada tão sujo e tão perigoso para receberes a ajuda de que precisas. Podemos levar-te ao hospital agora mesmo. Por acaso até sei, porque outro dos meus doentes também está com pensamentos suicidas, que não há camas disponíveis em Westwood Lodge neste momento. — Ela refere-se ao hospital afiliado a McLean. — Talvez haja espaço em Mt. Auburn, que fica aqui perto, por isso eu podia trabalhar contigo de perto. Podemos entrar no carro e estar lá em dois minutos.

A Dr.ª Sterling apresenta-me, como se não fosse nada de muito importante, as minhas opções e elas parecem-me todas insuportáveis. Ela já nem sequer menciona Stillman, agora está mesmo a falar de encarceramento total. E isso eu não consigo aguentar. Senti-me em pânico, com medo desse encarceramento, embora eu saiba perfeitamente bem que quer esteja num hospital, quer ande por aí, vou estar sempre muito longe de estar livre, porque fico sempre escrava dos caprichos da minha mente ou dos caprichos daquilo que o mundo tem para me oferecer. Mesmo assim, não quero que me prendam. Não posso deixar que ela me interne, por

---

⁶⁰ «Deixa-me levar-te para o fundo», em português. *(NT)*

isso tenho de desaparecer. Não há qualquer lógica para o imperativo do suicídio, é, simplesmente, algo que eu tenho de fazer e algo que eu tenho de fazer neste preciso momento. Penso naqueles versos do poema de Anne Sexton «Wanting to Die», nos quais ela diz que a vontade de se matar está sempre com ela, mesmo quando ela não tem nada contra a vida, porque, após um certo ponto, não tem nada a ver com uma razão: «Suicides have a special language», escreve ela. «Like carpenters they want to know *which tools*. They never ask *why build*.»[61] Portanto, quais são as ferramentas de que disponho neste momento? Nada de especial, nada que seja terrivelmente letal, apenas um frasco cheio de Mellaril que anda sempre dentro da minha mochila, só para o caso de ser necessário. De ser necessário para quê? Oh, não sei, no caso de um momento como este ocorrer.

Peço à Dr.ª Sterling para usar a casa de banho, como se estivesse na pré-primária. Ela consente com um aceno de cabeça e pega nas chaves do carro. Pego no meu saco e subo a correr o lanço de escadas que me levam do seu gabinete na cave e sinto-me, subitamente, livre. Digo a mim mesma vezes e vezes sem conta que vai ficar tudo bem e, claro, eu estou bem, tão bem quanto é possível estar, sabendo que isto é o fim. Abro a porta da casa de banho, tranco-me lá dentro, encontro o frasco de Mellaril, deito todos os comprimidos na minha mão, abro a boca e engulo-os.

Já me tornei numa perita em tomar comprimidos sem água, sem ter nada com que os engolir, mas fico em frente ao lavatório, coloco as mãos em concha e bebo aquilo que consigo, sabendo que o Mellaril poderá ser mais bem metabolizado com algum líquido. Não tenho assim tantos comprimidos, um molho deles, o suficiente para dois caírem ao chão, mas tenho de admitir que, provavelmente, não será uma dose letal, que eu, provavelmente, estou a fazer exactamente aquilo que eu não quero, a cometer o acto em relação ao qual pensava ser superior: fazer uma tentativa frouxa que tem tudo para falhar. Não sei que espécie de danos isto me pode

---

[61] «Os suicídios possuem uma língua especial. Tal como os carpinteiros, querem saber *quais as ferramentas*. Nunca perguntam *porquê construir*», em português. *(NT)*

causar, talvez eu durma durante alguns dias, como me aconteceu no campo de férias, talvez os comprimidos me deixem a cabeça apagada durante algum tempo. Os meus pensamentos começam a vaguear, quase calmantes, e dobro-me, curvo os joelhos e puxo as coxas para o peito, enrolando-me sob o lavatório da casa de banho. Decido que nunca mais vou deixar esta posição ou este lugar enquanto me for dada essa escolha.

Mas depois começo a ouvir barulho, a Dr.ª Sterling começa a bater na porta da casa de banho, a bater, a bater, a bater, dizendo: «Sai daí, Elizabeth, sai daí!» E, por fim, alcanço a porta e destranco-a, ela encontra-me com o frasco vazio ao meu lado e diz:

— Anda lá, vamos levar-te às urgências.

Assim que entro no carro, começo a adormecer e a sentir-me com náuseas. Não quero vomitar mas tenho a sensação de que vou fazer isso.

— Nunca perdi um paciente até hoje — diz a Dr.ª Sterling. — E não é agora que vou perder um.

— Bem, espero que não esteja a fazer isto para bem das suas estatísticas.

Depois apercebo-me do quão horrível é dizer-lhe tal coisa. Ela visitou-me na enfermaria, recebeu chamadas minhas às três da manhã e agora está a levar-me para as urgências e o único motivo pelo qual está a fazer tudo isto é por se preocupar comigo. O Mellaril está mesmo a fazer efeito, mas eu não quero ser mal-educada.

— Peço desculpa. Foi uma coisa horrível de se dizer. — Depois disto a minha cabeça cai de encontro à janela num assombro profundo.

Assim que passo pelas portas automáticas das urgências, apoiada no ombro da Dr.ª Sterling, mal me mantendo em pé, sinto-me a engasgar-me. Alguns resquícios de vaidade tomam conta de mim e vou até à casa de banho, caio numa das casinhas e vomito, fico a ver uma nojice castanho-alaranjada a escorrer-me da boca. Imensos comprimidos, há alguns que ainda mantêm a integridade da sua forma redonda de comprimido, mas a maioria está em papa, a derreter, a desintegrar-se, a cair aos bocados, uma visão surrealista em tons de acastanhado e salmão à medida que escorrem pela sanita. Tudo o que penso em dizer quando saio e vejo a Dr.ª Sterling a falar com um dos médicos é:

— Acho que não me vão fazer uma lavagem ao estômago.

Começo a rir e a rir como se isto fosse a coisa mais engraçada que alguma vez disse. Sinto-me completamente eufórica — passada e exausta, mas ainda assim, eufórica. *Sobrevivi a uma tentativa de acabar com a minha vida*. Que sensação estranha e nervosa isso me causa. Por isso, rio ainda mais, quando o médico me conduz para dentro de uma sala de observações, com cuspo alaranjado a começar a solidificar no meu queixo.

A Dr.ª Sterling põe-se em contacto com a psiquiatra-chefe em Harvard e começa a explicar-lhe o meu estado, dizendo que sabe que não há camas em Westwood Lodge porque outro dos seus pacientes quis ir para lá. Não faço ideia do que a psiquiatra terá dito do outro lado, mas, de repente, a Dr.ª Sterling ri.

— Bem, tu sabes como é, eu e os meus pacientes suicidas.

Fico espantada por ouvir a Dr.ª Sterling falar de mim como se fosse um merceeiro a discutir uma remessa de maçãs podres. Gíria da profissão, penso eu. Mas, por Deus. *Ah!, Ah!, Ah!, eu e os meus pacientes suicidas estamos a dar uma festa em Westwood Lodge*. Acho que até os psiquiatras têm direito a algum humor macabro.

No decurso da conversa telefónica, as duas médicas determinam que não faz mal eu passar aquela noite em Stillman, mas, depois disso, têm de me enviar para um hospital a sério. A enfermaria não está equipada para lidar com pacientes suicidas. Entretanto, o médico em Stillman terá de encontrar um polícia para guardar o meu quarto e certificar-se de que não tento matar-me. Parece que o suicídio é um acto ilegal.

— Um *polícia?!* — exclamo sobressaltada, enquanto a Dr.ª Sterling me põe ao corrente. Nessa altura estou deitada em cima de uma mesa numa pequena sala, um local que me parece familiar. Será que foi para aqui que me trouxeram quando tive o aborto? — O que é que eu sou? Uma criminosa? Não estou armada e não sou perigosa nem nada do género. Só estou infeliz.

— Eu sei — diz ela. — E acredito que se me disseres que não vais fazer mal a ti mesma, não o farás. Acredito em pactos de não-suicídio. Mas se vais ficar aqui, eles têm de fazer o que considerarem necessário para te protegerem e para se protegerem a eles mesmos.

— Estou a ver.

Por alguns momentos, acho engraçado que com todos os crimes e todos os variados desastres que ocorrem aqui em Cambridge, a esquadra da polícia tenha de desperdiçar um guarda comigo, mas tento não pensar nisso. Subitamente, sinto-me bastante bem, como se estivesse a ter um ímpeto pós-*overdose*. Claro está que também me sinto bastante mal. Sinto-me desorientada, estanha e vagueando numa diáspora emocional para a qual nenhuma experiência pela qual tenha passado antes me preparou. Deliberadamente atentarmos contra a nossa vida é contra-intuitivo. Não é que eu nunca tenha sido autodestrutiva antes, mas foi sempre com o intuito de tentar tornar a vida mais suportável, para fazer que o facto de ter de passar por algum momento triste seja mais tolerável. Mas uma *overdose* deliberada não faz parte de uma noite nos copos ou de uma festa: é a autodestruição por si mesma e é, consequentemente, o acto de ódio mais puro e mais deliberado que alguma vez cometi. Na verdade, não interessa saber se eu tinha planeado mesmo morrer ou não: ainda sinto que transpus um risco e que, ao fazê-lo, posso agora regressar do outro lado da fronteira. Uma paixão repentina e quase maníaca pela vida toma posse de mim. Estou ali deitada e tenho uma estanha vontade de ir para casa e começar aos saltos na minha cama, de gritar a ninguém em particular que ha, ha, ha, ainda estou viva.

Quando estou deitada na cama em Stillman a ver o *60 Minutes*, a Dr.ª Sterling aparece para ver como eu estou. Digo-lhe que quero que esta seja a última noite que passo em Stillman, que comecei mesmo a odiar este local, que tresanda ao cheiro de uma pessoa que eu já não quero ser. Estou tão cansada da miúda da enfermaria, estou tão cansada da miúda que está sempre a avisar da presença do lobo — muito embora nenhum desses apelos tenha sido verdadeiramente um falso alarme. Qualquer uma das minhas súplicas foi sempre mais do que urgente porque quando está tudo na nossa cabeça, *há* sempre um lobo. É assim que me sinto, tento explicar-lhe: este lobo tem andado atrás de mim há dez anos e já é tempo de ele se ir embora. Tempo de eu melhorar.

— Então agora acreditas nessa possibilidade? — pergunta-me ela.
— Bem, sim. Talvez. — Não. — Talvez em definitivo. É que esta atitude suicida foi suficientemente grave para me fazer perceber que não quero morrer. Também não quero viver mas... — Na verdade, não há nada intermédio. A depressão é o mais perto que podemos estar entre o morto e o vivo, e é o pior. — Mas desde que a tendência para a inércia signifique que é mais fácil continuar viva do que morrer, acho que é assim que as coisas vão ser, por isso acho que devia tentar ser feliz.
— Parece-me bem.
— Olhe, eu não tenho muita fé nesta coisa da vida. — Sempre a arranjar desculpas. — Mas, sabe, acho que estou sem saída.
— Ouve, Elizabeth — diz a Dr.ª Sterling. — Acabei de falar com a tua mãe.
— Não!
— Não lhe contei o que aconteceu, mas contei-lhe que estavas particularmente em baixo neste momento e a passar por um mau bocado. Ela perguntou-me o que deveria fazer. — Uma pausa carregada. — Ela não sabe o que fazer. Gostaria muito de te ajudar, mas tem medo. Ela não percebe muito bem, mas sei que se está a esforçar.
— Oh.
— Talvez lhe devesses telefonar. Ela ia tentar falar contigo aqui em Stillman, mas talvez devas tu tentar entrar em contacto com ela primeiro. Não sei o que te hei-de dizer acerca dela. — Outra pausa muito carregada. — Eu sei que te ama e que quer que tu fiques bem. Só que é difícil para ela. É difícil para toda a gente.
— Sim — assinto eu. — Eu sei. Olhe, não tem nenhuma obrigação legal de lhe contar isto, pois não?
— Não.
— Bem, óptimo. Então não o faça. — Não imagino o que a minha mãe poderia fazer se soubesse que eu tinha tomado uma *overdose*. Podia tomar uma ela também. Podia matar-me. — Ouça, Dr.ª Sterling?
— Hmm-hmm?
— Não me vai deixar presa, pois não? Porque não é isso que eu quero.

— Eu nunca quis isso para ti, Elizabeth. — Suspira. — Sempre acreditei que podias melhorar um dia destes. Ainda penso que a fluoxetina vai começar a funcionar dentro de pouco tempo.

— Já está a funcionar.

— Bem, então por que é que fizeste aquilo à bocado?

É uma pergunta tão difícil. Parece um acto tão insignificante e frívolo para se cometer apenas para poder estar aqui deitada a ver o *60 Minutes* uma hora mais tarde.

— Acho que queria saber — tento eu. — Queria saber como é que era ir tão longe. Queria estar bem perto da morte para ver se gostava mais. Mas, sabe, houve um momento em que eu estava no seu carro e o Mellaril estava a fazer efeito e pensei para mim mesma que talvez isto fosse funcionar afinal, talvez eu fosse mesmo morrer e não gostei nada da ideia. Comecei a pensar em todas as coisas que tinha de fazer. Sabe, pensei para mim mesma que devia voltar a Dallas neste Verão, que tenho de entregar a minha tese, que tenho de ter um futuro à minha frente que é tão... — Tive de me travar porque ia dizer *tão promissor*, aquelas palavras insuportáveis, aquelas palavras mentirosas que enganam e das quais nunca ninguém consegue estar à altura. Mas, claro, descrevem aquilo que era suposto acontecer, o que era suposto acontecer desde o início.

— E isto até lhe pode parecer estúpido, mas não deixei de pensar — continuo eu — que não me podem prender porque em breve será Verão e penso que não há gelados em McLean. Sabe, comecei a pensar nestas pequenas coisas e pensei, bolas, ainda não posso morrer. Não foram pensamentos muito grandiosos, apenas prazeres mundanos que ainda desejo. Acho que isto parece tão estúpido.

A Dr.ª Sterling começa a dizer qualquer coisa acerca de como qualquer razão que encontramos para nos mantermos vivos ser tão boa quanto outra qualquer, mas eu ainda estou embaraçada por estar a falar em gelado num momento como este.

— Quem me dera conseguir dizer alguma coisa mais profunda, mas não sei se há algo assim tão grandioso no meu futuro — começo a tentar. — Mas tenho a certeza de que independentemente de tudo o resto que correr mal, ainda há algumas pequenas coisas que sempre gostarei de fazer, sabe, como ouvir Springsteen, ver o filme *Nashville* mais uma vez, assistir a sessões duplas de filmes da

Greta Garbo, pôr a tocar a gravação de *Goldberg Variations* da Glenn Gould em 1955, ou comprar um batom novo. São tudo coisas tão simples, mas importantes para mim. Sabe, o pior da depressão é que nem sequer os pequenos prazeres nos conseguem oferecer uma ínfima dose de conforto. O melhor que se consegue é ficar menos mal. Quer dizer, se eu e o Noah *tivéssemos* encontrado ostras em Ipswhich tenho a certeza de que isso não me teria deixado minimamente feliz. Teria sido mais uma tentativa falhada. Mas agora, sabe, sinto-me tão aliviada por estar viva que quero absorver alguns pequenos prazeres. Sinto que devia ir comer um cone Crunch no Heath Bar.

— De facto, essa não é uma resposta atípica às tentativas de suicídio — comenta a Dr.ª Sterling. — Os resultados variam tanto. Algumas pessoas chegam mesmo a deteriorar-se e a piorar porque as tentativas sucedem-se muito mais cedo no seu tratamento. Outras só *começam* a tratar-se depois de terem tomado uma *overdose* e de serem forçadas a isso. Mas, no teu caso, parece que foi uma coisa que fizeste como uma última tentativa de te agarrares à pessoa que foste durante tantos anos, a pessoa que está sempre deprimida. És tu quem está sempre a dizer que, sem a depressão, não terias qualquer personalidade. Bem, acho mesmo que a fluoxetina vai funcionar e que toda essa parte de ti vai desaparecer. E penso que tens medo. Penso que estás a tentar dizer-me que, mesmo que melhores, isso não significa que já não precisas de mim e isso não significa que já não precisas de terapia, de ajuda e de cuidados. Tipicamente, em casa dos teus pais, a única forma de se tratar de alguma coisa era as coisas chegarem ao ponto do desespero completo. Mas, Elizabeth, podes confiar em mim, não precisas de estar desesperada para eu te ajudar. Ainda aqui vou estar para te ajudar mesmo que não estejas deprimida ao ponto de te tentares suicidar.

E, pelo que parece ser a oitava vez naquele dia, começo a chorar.

De uma forma estanha, eu tinha-me apaixonado pela minha depressão. A Dr.ª Sterling tinha razão quanto a isso. Adorava-a porque pensava que era tudo o que eu tinha. Pensava que a depressão fazia parte do meu carácter e fazia que eu valesse alguma coisa. Tinha uma ideia tão negativa de mim própria, sentia que tinha tão pouco para oferecer ao mundo, que a única coisa que justificava a minha existência era a minha agonia. Adoptar uma abordagem hipersensível à vida tinha-me parecido muito mais puro e honesto do que juntar-me às fileiras das massas estupidificadas que podiam deixar tudo passar ao lado. O que deixei de perceber foi que se sentimos tudo intensamente, acabamos por não sentir nada de nada. É tudo registado com os mesmo decibéis de forma a que a morte de uma barata a rastejar sobre o balcão de fórmica nos pode parecer tão trágica quanto a morte do nosso próprio pai. As pessoas do lado de fora — e é essa a expressão correcta, porque para um deprimido todas as outras pessoas estão do lado de fora *— que estão selectivamente a gastar a sua energia emocional são, na verdade, muito mais honestas do que qualquer pessoa que esteja deprimida e que substituiu todas as nuances por um desespero constante, persistente e monocórdico.*

Porém, a depressão deu-me mais do que apenas uma introspecção preocupante. Também me deu humor, deixou-me um sketch *acerca do desastre ambulante que eu sou para pôr em cena depois de o pior já ter passado. Não me podia enganar e pensar que toda a gente gostava das minhas lágrimas e da minha histeria — visivelmente, não gostavam — mas os efeitos secundários, os despojos da depressão pareciam manter-me a funcionar. Tinha desenvolvido uma personagem que conseguia ser extremamente melodramática e dar entretenimento. Tinha, em certas alturas, todos os pontos de venda da loucura, todos os aspectos das artes do espectáculo. Eu era sempre capaz de reduzir a loucura que tinha experimentado à anedota perfeita, ao monólogo ideal para uma festa, e até esse ano final de verdadeiros momentos baixos, penso que a maior parte das pessoas teria dito que quando eu não estava a ser arrastada para as urgências até era divertida. Mesmo nos meus piores momentos, quando as pessoas me vinham ver a Stillman tentava manter a atmosfera leve, dizendo algo como:* «Então, já te contei do meu broche acidental?»

De qualquer forma, pensava que esta capacidade de contar a minha vida pessoal como se não me pertencesse, de ser excentricamente conversadora e enérgica em momentos que a maioria das pessoas considerava inapropriados, era o que os meus amigos gostavam em mim. De facto, com o tempo, nos anos da recuperação da minha depressão, a maior parte deles disse-me, um por um, que não se importava *que eu dissesse coisas que eram impensadas e despropositadas porque perdoavam este tipo de comportamento, considerando-o uma triste falha. Não era, de todo, o que gostavam em mim. Era aquilo que aturavam porque quando eu não estava ocupada a esvoaçar pela sala a falar acerca de nada, até era uma pessoa com quem gostavam de conversar, até era uma boa amiga.* Eram esses os seus sentimentos por mim. Ficariam igualmente felizes por ver o artificialismo desaparecer.

Mas antes de saber isto, tinha tanto medo de desistir da depressão, tinha medo de que, estranhamente, a pior parte de mim fosse tudo o que havia em mim. A ideia de deitar fora a minha depressão, de ter de criar toda uma nova personalidade, toda uma nova forma de viver e de estar que não continha a infelicidade como o seu leitmotif era aterradora. *A depressão tinha sido durante tanto tempo uma explicação conveniente — e honesta — para tudo o que estava errado comigo, e tinha sido um obstáculo que ajudou a acentuar tudo o que estava certo. Quer dizer, os animais selvagens criados em cativeiro morrem se os colocarmos de volta nos seus* habitats *naturais porque não conhecem as leis da presa e do predador e não sabem como viver na selva, mesmo se é lá que eles pertencem. Como é que eu poderia alguma vez sobreviver como uma pessoa* normal*? E depois de todos estes anos, quem era essa pessoa, afinal?*

No dia a seguir à minha tentativa de suicídio, a Dr.ª Sterling deixa-me sair de Stillman, levantar-me e ir trabalhar para o Harvest como se não se tivesse passado nada. É o meu primeiro dia e é bastante claro quando o gerente me tenta mostrar como inclinar o jarro de leite de formas diferentes para produzir diferentes consistências de vapor, que este é um numa série de empregos menores em que eu irei falhar redondamente. Mesmo assim, hoje quase me sinto feliz atrás da máquina registadora e em frente à máquina de tirar cafés. Estou feliz por estar a fazer algo tão rotineiro e tão normal.

A dada altura, quando as coisas abrandam um pouco durante o almoço, telefono à Dr.ª Sterling para lhe dizer que me sinto estranha e sozinha porque os meus amigos estão quase todos zangados comigo por causa do que aconteceu. O Eben insistiu que se tinha sentido tão mal quanto eu em certas alturas e que nunca tinha feito uma coisa destas. O Alec deu-me um sermão por eu me ter deixado cair neste pavor e disse-me que não estava nada surpreendido por eu me sentir tão mal, tendo em consideração que eu tinha lixado a minha vida ao passar a maior parte do primeiro semestre em Rhode

Island e a maior parte do segundo na Califórnia e em Inglaterra. Toda a gente a quem falei das consequências imediatas da *overdose* me tratou quase mal. Estava à espera de algum tipo de compreensão e, em vez disso, as pessoas fartaram-se de dizer que a culpa tinha sido minha. Da forma como eles falaram, até seríamos levados a pensar que eu tinha cometido um homicídio — não uma tentativa de suicídio. Até mesmo a Samantha, o meu rochedo, a minha boa samaritana, pareceu ter ficado aborrecida. Penso que ela disse: «Que disparate tão grande!»

A Dr.ª Sterling explica-me que isto é normal. Ela diz que as pessoas conseguem ser compreensivas com quase tudo excepto com o suicídio.

— Lembra-te — diz ela — que há pessoas que sentem que estão a fazer o melhor para ajudar e tu fazes uma coisa que indica a tua rejeição e insatisfação total com os seus esforços. Que irritante!

Depois de desligar, regresso a um empregado que me está a pedir um café duplo, um *cappuccino* descafeinado, um garoto, enquanto outro quer dois cafés, um descafeinado duplo e um chá e todos precisam de entregar os pedidos ao mesmo tempo, estão todos a gritar-me, não me consigo lembrar do que ninguém disse e penso: «E se eles soubessem?» Assim como andei no dia a seguir a ter perdido a virgindade, sem saber se o meu aspecto se tinha alterado, se as minhas faces revelavam esta nova experiência com um brilho rosado, hoje estou a pensar se as pessoas sabem que falhei uma tentativa de suicídio.

Até que há algo que sofre uma espécie de mudança em mim. Durante os dias que se seguem, torno-me certa, segura na minha própria pele. Acontece assim. Uma certa manhã acordo e quero mesmo viver, estou mesmo com vontade de saudar o dia, imagino as voltas que tenho de dar, telefonemas aos quais tenho de responder e não era com uma sensação de grande terror, nem com a sensação de que a primeira pessoa que me pisasse assim que eu pusesse um pé na rua me iria levar ao suicídio. Era como se o miasma da depressão se tivesse levantado de mim, tivesse continuado suavemente a sua marcha da mesma forma que o nevoeiro em São Francisco se levanta à medida que o dia progride. Será que era do Prozac? Sem dúvida. Será que era da natureza catártica de ter passado por uma tentativa de suicídio? Provavelmente. Da mesma maneira que eu sempre disse que me tinha deixado ir abaixo gradualmente e, depois, subitamente, também estava a melhorar da mesma forma. Toda a terapia, as viagens, os medicamentos, o choro, as aulas perdidas, todo o tempo desperdiçado — tudo isso fazia parte de um processo de recuperação lento que chegou ao seu limite ao mesmo tempo que eu cheguei ao meu.

Foi preciso muito tempo para me habituar ao meu contentamento. Foi-me muito difícil formular um modo de estar e de pensar no qual o ponto de partida não fosse a depressão. A Dr.ª Sterling concorda que é difícil, porque a depressão é um vício, tal como muitas substâncias e a maioria dos modos de comportamento o são, e como a maior parte dos vícios é terrível mas, ainda assim, difícil de parar. Sob o efeito do Prozac, muitas vezes ando tão consciente do quão não-terrível me sinto que fico petrificada por pensar que vou perder este novo equilíbrio. Passo tanto tempo a preocupar-me com estar feliz que corro o risco de ficar infeliz novamente. Sempre que estou preocupada com alguma coisa, quer seja uma fila demasiado longa no banco ou um homem que não corresponde ao meu amor, tenho de me lembrar de que estas experiências emocionais (uma pequena irritação no primeiro caso, um coração despedaçado no segundo) são razoáveis e discretas em si mesmas. Não têm de precipitar um episódio depressivo. Levo muito tempo a perceber que quando me aborreço com alguma coisa, isso não significa que as lágrimas nunca mais vão parar. É tão difícil aprender a ver a tristeza sob uma perspectiva diferente, tão difícil compreender que é um sentimento que surge em graus, que pode ser uma vela a gastar-se gentilmente e sem mal nenhum em nossa casa ou pode ser um fogo florestal de grande porte que destrói quase tudo, e quase nada o consegue controlar. Também pode ser tanta coisa pelo meio.

No meio. Aí está uma expressão à qual não se dá o devido apreço. Que belo dia foi, que momento de puro triunfo, quando descobri que há coisas no meio. Que liberdade é viver num mundo espectral que as pessoas tomam como garantido. Estar nalgum sítio no meio é um anátema na nossa cultura, conotado com a mediocridade, com a mediania, um item que é mais ou menos, vá lá, sem ser mau, mas sem ser bom, sem ser nada de nada. Algumas pessoas sentem necessidade de fazer *bungee jumping* ou de ir de férias para países do Terceiro Mundo cheios de escorpiões e de ditadores armados. Por isso, muita gente passa muito tempo em aventuras cujo único objectivo é tirá-los daquele aborrecido ponto intermédio, daquele estado emocional plácido onde parece, sem dúvida, que nada acontece. Mas para mim, tudo o que eu quero é esse benéfico equilíbrio. Tudo o que eu quero é uma vida onde os extremos estejam controlados, onde eu esteja controlada.

Tudo o que eu quero é viver no meio-termo.

Nunca eliminarei as minhas reservas em relação à depressão, mas a constância, o efeito obsessivo e totalitário dessa doença, a sensação de que a vida é algo que acontece às outras pessoas, que eu estou a ver através de uma nuvem opaca, já desapareceu.

A onda negra, na sua grande parte, já desapareceu.

Num dia bom, já nem sequer penso nisso.

É estranho, mas quando era pequena, mesmo antes de adormecer, a minha mãe dizia-me sempre para pensar em coisas bonitas. Eu fechava os olhos e ela percorria as minhas faces e as minhas sobrancelhas com as pontas dos dedos. E passávamos revista a uma lista. Acho que era uma forma de impedir pesadelos — e falávamos sempre de gatinhos, cachorrinhos, balões e do jardim zoológico. Às vezes ela falava em submarinos amarelos, estrelas no céu, melros a voarem por cima das nossas cabeças, árvores no Central Park e até mesmo — acreditem ou não — que, no sábado, ia ver o Papá. Nada de tão extraordinário, mas quando temos quatro anos, são os gatos e os cães que fazem que valha a pena viver. E penso mais ou menos que agora talvez não seja assim tão diferente.

EPÍLOGO
NAÇÃO PROZAC

Há pouco tempo, a minha amiga Olivia levou a gata ao veterinário porque a bicha andava a mastigar pedaços de pêlo do próprio lombo e constantemente a vomitar. O médico olhou para a Isabella e diagnosticou-lhe de imediato algo chamado *desordem de asseio excessivo*, o que significa que a gata tinha ficado deprimida e obcecada consigo própria talvez por o namorado da Olivia ter saído de casa, talvez por a Olivia andar a viajar tanto. De qualquer forma, explicou o veterinário, esta era uma desordem do tipo obsessivo-compulsivo. A Isabella não conseguia deixar de se lavar tal como certas pessoas não conseguem parar de aspirar a casa ou de estar permanentemente a lavar as mãos como a Lady Macbeth. O veterinário recomendou tratar a gata com Prozac, o que já tinha provado ser extremamente eficaz no tratamento deste estado nos seres humanos. Foi-lhe administrada uma dosagem adequada a felinos.

Agora, têm de compreender que a Olivia tinha andado a tomar esporadicamente Prozac, bem como as suas variantes químicas, há uns dois anos, na esperança de encontrar uma forma de lidar com os seus períodos constantes de depressão. A Olivia também tinha insistido há pouco tempo que o namorado começasse a tomar Prozac ou que se pusesse a andar porque a sua lentidão e mau humor estavam a destruir a relação de ambos. E eu, claro está, andava a tomar Prozac há mais de seis anos nessa altura. Por isso, quando ela me telefonou para me contar que a Isabella também ia começar a tomar, desatámos ambas a rir.

— Talvez seja disso que o meu gato precisa — brinquei eu.
— Quer dizer, ele tem andado um pouco em baixo, ultimamente.
Sentiu-se uma ponta de nervos no nosso riso.
— Acho que esta coisa do Prozac está a ir longe de mais — disse a Olivia.
— Sim — concordei com um suspiro. — Acho que sim.

Nunca pensei que a depressão pudesse parecer engraçada, nunca imaginei que houvesse uma altura em que eu me pudesse divertir a pensar que dos 1300 milhões de dólares gastos em Prozac no ano passado (com uma subida de cerca de trinta por cento desde 1992), algum desse dinheiro até pudesse ser destinado aos nossos animais de estimação, que parecem ser tão susceptíveis ao trauma mental quanto nós. Nunca pensei que leria espantada acerca de Wenatchee, no estado de Washington, uma cidade conhecida como «A Capital Mundial da Maçã», um local onde seiscentos dos seus vinte e um mil habitantes estão a tomar Prozac e onde um dos psicólogos se tornou conhecido como «O Flautista do Prozac». Nunca pensei que o *New York Times*, falando dos onze milhões de pessoas que já tomaram Prozac — só nos Estados Unidos são seis milhões — declararia na sua primeira página que isto constituía «uma cultura de drogas legal». Nunca pensei que haveria tantos cartunes com temas relacionados com o Prozac no *The New Yorker*, ilustrando, entre outras coisas, um Karl Marx feliz com a seretonina, a declarar: «Claro! O capitalismo consegue resolver as suas excentricidades!» Nunca imaginei que na mesma semana estaria a olhar para a capa da *Newsweek*, com uma grande cápsula em forma de míssil sob a legenda «Para além do Prozac» e para a capa da *New Republic* com uma série de pessoas felizes e contentes a gozarem as suas vidas maravilhosas, por cima do cabeçalho «O Momento Prozac!»

Nunca pensei que este antídoto para uma doença tão séria como a depressão — uma doença que poderia facilmente ter posto um fim à minha vida — se tornaria numa grande piada nacional.

Desde que comecei a tomar o Prozac, esse comprimido tornou--se no segundo medicamento mais comummente prescrito neste país (atrás do Zantac, um fármaco destinado a tratar as úlceras), com um milhão de pedidos por mês feitos pelos farmacêuticos. Em 1990, a história desta droga-maravilha chegou às capas de muitos periódicos nacionais. A *Rolling Stone* considerou o Prozac «a nova forma *yuppie* de levantar o astral», e todos os grandes noticiários das principais cadeias, bem como os *talk shows* diurnos começaram a ter secções do tipo «O Prozac salvou-me a vida». Em 1993, quando *Listening to Prozac*[62], o livro de Peter Kramer contendo casos-estudo e meditações acerca do Prozac como um comprimido que poderia transformar a personalidade, entrou na lista de êxitos de vendas do *New York Times* onde permaneceu durante seis meses, toda uma nova série de notícias e de programas de televisão voltaram a aparecer. O Dr. Kramer até se referia à *tournée* publicitária para este livro como «A *Tournée* dos Três Graus de Separação» porque parecia que não havia ninguém que estivesse mais do que três pessoas afastada de alguém que estivesse a tomar Prozac. Enquanto uma série de relatórios, na sua maioria promulgados pela Igreja da Cientologia, relacionou o Prozac com incidentes de suicídio e de homicídio, as muitas pessoas a quem o medicamento tinha aliviado dos sintomas da depressão só tinham elogios para ela. Cheryl Wheeler, uma cantora de música popular oriunda da Nova Inglaterra, até escreveu uma canção intitulada «Is It Peace or Is It Prozac?»

Mas toda esta cobertura não tem apenas a ver com o Prozac. Tem muito a ver com o facto de se ter generalizado a doença mental em geral e a depressão em particular. Tem a ver com a forma como um estado de espírito considerado, em tempos, trágico se tornou um total lugar comum, digno até de comédia. Parecia que, de repente, algures em 1990, deixei de ser uma pessoa esquisita e deprimida que tinha andado a assustar toda a gente a maior parte da vida com as suas alterações de humor, birras e ataques de choro e passei a estar completamente na moda. Este mundo privado de maluquinhos e gente estranha a que eu sempre pensei que pertencia e no qual me escondia, de repente, virou-se do avesso de forma a que parecia existir apenas uma grande Nação Prozac, um grande aglomerado de doença. Numa citação em *Good Housekeeping*

---

[62] Peter Kramer, *Listening to Prozac*, Viking Penguin, Nova Iorque, 1994. *(NT)*

(Meu Deus, uma revista que as nossas avós liam), a psicóloga Ellen McGrath descreve a distimia como «a vulgar constipação da vivência mental», notando que esta forma de desespero crónico de menor importância aflige três por cento dos americanos (mais ou menos o mesmo número de pessoa que já tomaram Prozac). Percebo que dizer que vivemos nos Estados Unidos da Depressão iria seguramente indicar uma percepção distorcida — os doze milhões de pessoas que se dizem estar a sofrer desta doença ainda são uma minoria — mas falar na depressão como a doença mental dos tempos que correm tem andado no ar nos últimos anos e já se tornou quase num assunto político. Quando Hillary Rodham Clinton fez campanha a favor daquilo a que uma história de capa da *New York Times Magazine* chamava «A Política da Virtude» era difícil não reparar que as suas referências a «doença adormecida da alma», a «alienação, desespero e impotência», a «crise de significado» e a um «vácuo espiritual» pareciam indicar que os problemas do país tinham menos a ver com impostos e desemprego do que com o simples facto de estarmos todos a viver um grande período de mau humor colectivo. Quase parecia que, talvez, a próxima vez que se juntassem meio milhão de pessoas numa marcha de protesto nos jardins da Casa Branca não seria pelo direito ao aborto ou pela livre expressão dos *gay*, mas por estarmos todos tão deprimidos.

Claro está que um dos elementos marcantes deste surto de depressão é o facto de ter apanhado tantos jovens. Os viciados em Miltown e em Valium dos anos 50 e 60, as donas de casa à procura dos pequenos ajudantes das suas mães, os drogados e viciados que enchem as valetas de Bowery ou as ruas de Harlem ou os bairros de lata de qualquer cidade — pessoas de meia-idade vistas como alienadas e devassas ou então jovens caminhando a passos largos para o vazio. O que é fascinante acerca da depressão desta vez — o que é único nesta Nação Prozac — é o facto de estar a afectar tanto aqueles que têm tanta coisa por que ansiar e que são, como podíamos dizer acerca de qualquer jovem prestes a lançar-se no mundo, muito promissores. Estas são pessoas acerca das quais não podemos dizer que a vida acabou, que já é demasiado tarde, mas antes jovens para quem tudo mal começou.

No dia 8 de Dezembro de 1992, apareceu um artigo na secção dedicada às ciências do *New York Times* com o título «Um Custo Crescente da Modernidade: a Depressão». Esse artigo narra um relatório publicado no *Journal of the American Medical Association*, que apresentava os resultados de um estudo internacional a longo prazo, que atravessou várias gerações, acerca da depressão. A questão principal: aqueles que nasceram depois de 1955 têm *três vezes* mais probabilidades de virem a sofrer de depressão do que os seus avós. De facto, dos americanos nascidos antes de 1905, apenas um por cento tinha tido um episódio depressivo até aos setenta e cinco anos, enquanto entre aqueles que nasceram depois de 1955, seis por cento já estavam deprimidos aos vinte e quatro anos. Parece que a moda é mundial: os estudos realizados em Itália, Alemanha, Tailândia, Líbano, Canadá, França, Nova Zelândia, Porto Rico e noutros países apresentam resultados semelhantes. Enquanto se pensa que as mulheres têm duas ou três vezes mais probabilidades de ficarem deprimidas do que os homens, o artigo conclui que «o fosso entre homens e mulheres nas taxas de depressão está a tornar-se mais estreito nas gerações mais novas, com o risco nos rapazes adolescentes a começar a subir acima dos níveis verificados nas mulheres». No final, o artigo admite que a incidência crescente da depressão pode ser explicada em parte por uma maior atenção que tem vindo a ser dada a esse tópico, mas estas estatísticas são tão alarmantes que os peritos pensam que a ingenuidade não é o principal factor.

Entretanto, as provas anedóticas pareciam salientar a questão de que muitas pessoas ou estão verdadeiramente deprimidas ou acreditam estar. E muitos pensam que o Prozac será a resposta. Já todos ouvimos histórias como aquela do ladrão que deixou o computador, o vídeo e a aparelhagem no lugar, mas que fugiu com um frasco de Prozac. Ou talvez, como eu, já tenham estado na posição infeliz de estarmos sentados no assento traseiro de um táxi enquanto o taxista confessa que há alguns meses atrás tentou matar-se com cem comprimidos Valium seguidos de uísque mas que agora que está a tomar Prozac a vida não podia correr melhor. Talvez descubram que o tipo que nos arranja a canalização toma Prozac, que o nosso ginecologista toma Prozac, que o nosso patrão toma Prozac, talvez até a nossa avó. Mesmo que o Prozac não tenha entrado na nossa vida particular de alguma forma, muitos dos famosos já confessaram ter usado essa substância durante algum tempo. Jim Bakker já o tentou. Roseanne Arnold anda a tomar. Jeffrey Dahmer largou-o agora mesmo.

Como é que é possível tanta gente estar tão infeliz?

Sei que há pessoas que têm gozo neste tipo de coisa. Entram em irmandades dos doze passos para encontrar outras pessoas afligidas pelos mesmos demónios: os alcoolismos, as drogas, as desordens alimentares e uma pletora de doenças imaginárias como ir demasiadas vezes às compras, amar de mais ou fornicar excessivamente. Mas parece-me que há algo de errado num mundo onde estes comprimidos estão a circular, a flutuar na atmosfera como um vírus que se espalha, um boato ou a má-língua. Não tenho maneira de confirmar isto, mas o meu palpite é que a maior parte das pessoas que tomam Prozac não percorreram o mesmo caminho tortuoso até chegarem a esta substância como eu fiz. Muitos médicos de clínica geral receitam Prozac aos doentes sem pensarem muito no assunto. Num estudo de 1993, investigadores da Rand Corporation descobriram que metade dos médicos a quem tinham feito o inquérito pegavam no bloco das receitas depois de discutirem a depressão com o paciente por *menos* de três minutos. Por vezes, dou por mim a lamentar a facilidade com que os médicos agora fazem este passe de mágica farmacológica. Na altura em que me receitaram o Prozac, eu já tinha tentado todas as outras coisas possíveis e imaginárias, o meu cérebro já tinha sido frito e esvaziado por tantos outros medicamentos, eu já tinha passado mais de uma década num estado prolongado de desespero clínico. Hoje em dia, o Prozac parece ser a panaceia disponível a quem a solicita.

Ainda assim, não posso ignorar as provas convincentes apresentadas num artigo do *New York Times* que pareciam indicar que talvez a prescrição deste medicamento não seja uma resposta demasiado agressiva, mas sim uma reacção sã da parte dos médicos a toda uma nova gama de pessoas para quem a simples existência é acompanhada por uma intensa infelicidade. De acordo com um estudo levado a cabo pelo *Journal of Clinical Psychiatry*, só em 1990, 290 milhões de dias de trabalho foram perdidos devido à depressão. O mesmo relatório também afirma que a depressão custa a este país 43 700 milhões de dólares, um número que inclui o preço dos cuidados psiquiátricos bem como os prejuízos incorridos em virtude da produtividade prejudicada e das faltas dadas pelos trabalhadores. Se acrescentássemos a quantidade de dinheiro desperdiçada pelos médicos a pedirem exames laboratoriais desnecessários porque confundiram a depressão com outra doença qualquer — reabilitação de abuso de drogas, por exemplo — o número seria muito mais alto. Além disso, no Dia da Tomada de Consciência da Depressão, quando espalham por todo o país locais de despistagem para examinarem as pessoas a fim de descobrirem sintomas de grandes depressões, cinquenta por cento dos examinados (reconhecidamente um grupo auto-seleccionado) são casos clínicos. Com todas estas estatísticas a voarem de um lado para o outro, embora sejam subjectivas, quem é que pode dizer que há demasiado Prozac? Talvez até nem haja o suficiente. Talvez este mundo seja demasiado difícil para suportar sem alguma espécie de zona de amortecimento químico.

Enquanto a depressão é um problema para qualquer faixa etária, a sensação de que este é um estado de espírito normal, um momento do dia como outro qualquer, como quem diz que a vida é uma gaita e depois morremos, parece ser exclusiva das pessoas que estão agora na casa dos vinte e dos trinta. Há uma certa aura fatalista a pairar sobre a depressão constante em que os jovens se acham mergulhados hoje em dia, uma resignação que já se tornou parte da sua cultura e que faz que a depressão seja assustadoramente banal. Não admira que algo igualmente tão pouco inspirado como o Prozac, um comprimido que não nos deixa contentes mas que nos impede de ficar tristes, se tornasse o medicamento de eleição para este estado. Não há mais nenhuma substância que pareça ser assim tão segura.

Quando estava a ler o *Lear's* ao sol da praia de Miami, deparei por acaso com um artigo intitulado «A Trama Torna-se Doentia», no qual Fanny Howe, uma professora de técnicas de escrita universitária, diz que a natureza arrepiante e pessimista dos trabalhos dos seus alunos não é nada que ela já tivesse visto nos seus vinte e um anos de ensino. «Ao ler os trabalhos deles, somos levados a pensar que esta geração passou fome, foi espancada, violada, presa, viciada e vitimada pela guerra. Intrusões inexplicáveis de tragédia aleatória aparecem em personagens para quem a vida é, regra geral, agradável», escreve Howe. «As figuras nas suas ficções são vítimas de violência terrível por acidente; cometem crimes, mas apenas porque o querem fazer; odeiam, sem perceber por que motivo o fazem; são amados, abusados ou deprimidos e não sabem porquê... o aleatório reina.»

E Howe parece surpreendida com aquilo que tem vindo a ler. Para mim, e para toda a gente que eu conheço da minha idade, tais histórias parecem normais, peculiarmente vulgares. No mundo em que vivemos o aleatório, de facto, reina. A falta de ordem é algo debilitante e desestabilizante. Talvez o que tem vindo a ser colocado na categoria da depressão que tudo abarca é, na verdade, uma cautela, um nervosismo, uma suspeita da intimidade, qualquer uma das reacções perfeitamente naturais a um mundo ao qual parece perigosamente faltar as garantias básicas de que os nossos pais estavam à espera: um casamento duradouro, um emprego seguro, sexo que não colocava a vida em risco. É um cliché nesta altura fazer referência à insegurança económica e social que se diz caracterizar uma massa de pessoas que tem sido colectivamente denominada de Geração X ou «dos vinte e nada», mas, obviamente, há muita infelicidade neste grupo etário e eu não posso culpar jornalistas, sociólogos e outros observadores por tentarem dar algum sentido a isto, tentarem descobrir as causas.

O problema é que quando chegamos às soluções parecemos deparar sempre com o Prozac. Ou o Zoloft e o Paxil. A depressão clínica profunda é uma doença, uma doença que não só é passível de ser tratada com químicos, mas que é desejável que assim seja. Mas uma anomia menor terminal, um sentimento de alienação, repugnância ou indiferença, um horror colectivo por um mundo que parece ter corrido muito mal não é tarefa para nenhum antidepressivo. O problema é que os grandes problemas de que tantas pessoas padecem são mais ou menos insolúveis: enquanto as pessoas *puderem* divorciar-se elas *irão* fazê-lo; a economia americana em decadência não é reversível; não há cura para a SIDA. Por isso, começa a parecer bastante razoável anestesiarmo-nos da melhor forma possível. Gostaria muito de dizer que o Prozac está a impedir muita gente que não está clinicamente deprimida de encontrar antídotos reais para aquilo a que a Hillary Clinton chama «doença adormecida da alma», mas quais seriam, de facto, essas soluções? Quer dizer, uma segurança social a nível mundial e um plano de segurança social nacional seriam bons, mas nem uma coisa nem outra nos vai salvar de nós mesmos. Tal como os nossos pais nos silenciaram quando estávamos a fazer barulho colocando-nos em frente ao televisor, talvez nós agora estejamos a aprender a silenciar o nosso próprio barulho adulto com Prozac.

No entanto, não consigo libertar-me da sensação gelada que tenho de cada vez que estou num carro cheio de gente, no qual todos, excepto o condutor estão sob o efeito de Prozac. Não me consigo libertar da mesma sensação de que após anos a tentar fazer que as pessoas levassem a depressão a sério — de dizer, eu tenho uma *doença*, *preciso* de ajuda — agora já foi para além do reconhecimento de um problema real para se tornar algo que parece completamente trivial. Uns dos momentos mais aterradores para mim foi quando descobri que seis milhões de americanos já tinham tomado Prozac. Como judia, sempre tinha associado esse número em particular a outra coisa totalmente distinta. Como é que eu conseguiria reinterpretar *seis milhões* e associá-lo a algo completamente diferente, a uma estatística que devia ser assustadora mas que, em vez disso, começa a parecer tão ridícula?

De vez em quando, dou por mim com vontade de dizer às pessoas que não tomo apenas Prozac, que também tomo lítio, que sou mesmo louca, uma deprimida muito mais grave do que toda essa gente que engole comprimidos coloridos com baixo teor de tristeza. Ou talvez me sinta obrigada a relembrar as pessoas de que já tomo o Prozac desde que a FDA o aprovou, que já o tomo há mais tempo do que qualquer outra pessoa na terra, excepto alguns ratos em gaiolas, presos mas felizes. Não sei se me devia sentir mais derrotada com a minha necessidade de provar a minha vantagem em relação ao Prozac ou pelo facto de isso não ser totalmente descabido. Afinal, o fenómeno do Prozac nos *media* é tal que está a fazer que um problema sério se torne numa piada, numa altura em que isso não deveria estar a acontecer: diz-se que dois terços das pessoas que sofrem de depressão grave não estão a receber tratamento adequado. E são esses que mais facilmente se perderão na retórica.

À medida que o Prozac começa a ser visto como um medicamento tolo para chorões, um instrumento daquilo a que o Dr. Kramer chama «farmacologia cosmética», as pessoas a quem poderia realmente ajudar — aqueles que *precisam* mesmo dele — começarão a pensar que o Prozac não lhes pode valer. No debate acerca do surto de violações que actualmente enfurece muitas feministas, diz-se que a definição imprecisa de violação faz que a violação «real» não seja tomada a sério, enquanto outros defendem que qualquer pessoa que se sente violada *foi* violada e o que tende a perder-se no meio de toda a gritaria é que há toda uma série de pessoas reais que são violadas e estão a passar por um terrível sofrimento. Parece-me agora inteiramente possível, dado o tom de tantos artigos acerca do Prozac, que as pessoas esquecerão o quão séria, incapacitante e terrível a depressão verdadeiramente é.

Não sou a única pessoa que se preocupa com isto. A Eli Lilly and Company, a empresa que lucrou tanto com o excesso de Prozac, lançou recentemente uma campanha publicitária em publicações médicas especializadas que começam com o título «Trivializar Doenças Sérias». O primeiro anúncio apareceu no *Psychiatric News* chamando a atenção para a «cobertura improcedente dada nos meios de comunicação nos últimos tempos» ao Prozac e declara que «muita da atenção trivializou a grave natureza da doença para a qual o Prozac foi especificamente desenvolvido — a depressão clínica». Num artigo do *Wall Street Journal*, o Dr. Steven Paul, chefe da investigação sobre o sistema nervoso central na Eli Lilly, explica que o objectivo deste anúncio é simplesmente ajudar o Prozac a chegar àqueles que mais precisam. «Qualquer coisa que confunde o uso apropriado do Prozac ou de qualquer outro antidepressivo na mente do público pode afugentar as pessoas desse mesmo medicamento ou até coibir os médicos de o receitarem», sustenta o Dr. Paul. Ele acrescenta que todo o debate em torno da possibilidade de o Prozac ser usado para alterações de personalidade subtis «travou» os esforços para fazer este medicamento chegar a quem está verdadeira e profundamente deprimido.

Enquanto muitas das pessoas que teceram comentários ao artigo do *Journal* sugeriram que o anúncio era o resultado do medo de serem acusados em processos judiciais à medida que o Prozac é prescrito desta forma desenfreada ou mesmo porque a empresa está preocupada com a hipótese de o medicamento ser excluído do plano nacional de saúde por ser considerado demasiado frívolo, eu prefiro acreditar que o objectivo da companhia possa ser honesto. A dois ou três dólares por comprimido, a dois comprimidos por dia, durante um período de seis anos, sinto que já hipotequei a minha vida à Eli Lilly. Pelos 11 000 dólares que já dei à empresa, não me importo de acreditar que estão a fazer algum serviço público.

O segredo que, por vezes, penso que só eu sei é que o Prozac não é assim tão bom. Obviamente, consigo dizer isto e, ainda assim, acreditar que o Prozac foi o milagre que me salvou a vida e que me fez sair do meu estado de depressão a tempo inteiro — o que provavelmente parecerá à maioria das pessoas uma razão mais do que suficiente para considerar este medicamento como maná caído do céu. Mas após seis anos a tomar Prozac, sei que não se trata do fim, mas sim do princípio. A saúde mental é muito mais complicada do que qualquer comprimido que qualquer mortal poderia inventar. Uma substância química, quer seja o Prozac, a Thorazine, um remédio antigo como o láudano ou uma droga narcótica como a heroína podem funcionar apenas na medida em que o cérebro o permite. Após algum tempo, uma depressão forte, resistente e profundamente instalada conseguirá ultrapassar qualquer químico. Enquanto o Prozac me manteve bastante equilibrada durante os primeiros meses em que o tomei, em pouco tempo tive uma discussão com o meu namorado em Dallas acerca do Natal. Ingeri uma *overdose* de Desyrel, um antidepressivo que estou a tomar para complementar o Prozac e acabei por voltar às urgências de um hospital, tão familiares para mim. Não me intoxiquei gravemente (tomei cerca de dez comprimidos) e o hospital deu-me alta, entregando-me aos cuidados dos pais do meu namorado. Quando regressei a Cambridge, a Dr.ª Sterling receitou-me lítio, não só para aumentar os efeitos do Prozac mas também para equilibrar as minhas alterações extremas de humor. Independentemente de me ter sido diagnosticada depressão atípica, ela estava a começar a pensar que, afinal, eu podia ser ciclotímica ou maníaco-depressiva, passando da excitação total num dia para gestos suicidas no dia seguinte.

Parei de tomar o Desyrel assim que recomecei a tomar o lítio, mas todas as minhas tentativas de reduzir a dose do Prozac têm resultado num desencadear dos mesmos e velhos sintomas. Por vezes tenho tentado abandonar o lítio de todo, porque é uma substância esgotante e cansativa, mas essas tentativas de o retirar levam inevitavelmente a cenas como aquela em que me encontraram estendida no chão da casa de banho, lavada em lágrimas e em *chiffon* preto depois de termos dado uma grande festa em casa. Noutras alturas, mesmo a tomar tanto o lítio como o Prozac, já sofri sérios episódios de depressão, daqueles que mantêm os meus amigos numa petrificada vigília que dura a noite toda, enquanto eu me recuso a levantar do chão da cozinha, me recuso a parar de chorar, me recuso a entregar a pequena faca que tenho na mão apontada aos meus pulsos. Nestas cenas difíceis, quando finalmente chego ao ponto de procurar ajuda médica, o psicofarmacologista inevitavelmente decide pôr-me a tomar mais alguma substância como a desipramina ou então sugere que eu tente o Desyrel mais uma vez, ou então pergunta se o uso ocasional do Mellaril não poderia funcionar.

Tal como muitas bactérias já criaram resistência aos antibióticos de forma a que doenças, como a tuberculose, que antes se pensava estarem controladas reemergiram em novas e mais virulentas estirpes mutantes, também a depressão consegue reconfigurar-se de forma a já não ser apenas uma questão de falta de serotonina. Tal como Susanna Kaysen sublinha em *Vida Interrompida*[63], as suas memórias de uma estadia no Hospital McLean: «É um longo caminho a percorrer desde não termos serotonina suficiente até pensarmos que o mundo é "bafiento, insípido e inútil"; e até mesmo para escrevermos uma peça acerca de um homem que é dominado por esse pensamento. Isso deixa muito espaço para a mente. Há algo que está a interpretar o ruído da actividade neurobiológica». Claro

---

[63] Susanna Kaysen, *Vida Interrompida*, Gradiva, Lisboa, 2001. *(NT)*

está que estas interpretações podem muito bem ser elas próprias, por sua vez, o resultado da actividade neurológica, mas do género das que não respondem à intervenção científica externa. Acredito, talvez supersticiosamente embora a minha experiência o confirme totalmente, que as células do cérebro vão sempre ser mais inteligentes do que as moléculas médicas. Se estamos cronicamente em baixo, travamos uma luta que dura toda uma vida para não nos afundarmos.

No caso da minha própria depressão, passei de uma completa certeza de que as suas origens estavam numa má biologia para uma crença mais flexível de que após uma acumulação de acontecimentos de uma vida terem tornado a minha cabeça numa coisa terrível onde estar fechada, os químicos do meu cérebro começaram a concordar. Não há forma de saber se isto está certo neste momento. Não há qualquer análise ao sangue, semelhante às que se fazem para detectar mononucleose ou HIV, que possamos fazer para detectar um desequilíbrio mental. E todas as provas anedóticas conduzem-nos a uma série de perguntas do tipo do ovo e da galinha: afinal, a depressão está na minha família, mas isso pode simplesmente ser por estarmos todos sujeitos a sermos educados por outros deprimidos. No que diz respeito à minha depressão, o facto de o Prozac em combinação com outros medicamentos ter sido, na sua maioria, um antídoto bem-sucedido, leva-me a acreditar que independentemente da forma como me iniciei no caminho da infelicidade, na altura em que tive o tratamento o problema já era certamente químico. O que muitas pessoas não se apercebem é que a relação de causa e efeito nas desordens mentais é um vaivém: não se trata apenas de um desequilíbrio *a priori* que nos torna deprimidos. São anos e anos de depressão exógena (uma doença provocada por acontecimentos externos) que podem dar cabo da nossa química interna de tal forma que precisamos de um medicamento para a fazer funcionar novamente. Se eu tivesse sido tratada por um terapeuta competente no início da minha depressão, talvez a minha mera brincadeira com o lume não se tivesse tornado numa fogueira psíquica de pesadelo e talvez eu não tivesse chegado ao ponto em que, uma década mais tarde, precisasse de medicação só para conseguir sair da cama de manhã.

Com efeito, durante alguns anos depois de eu começar a tomar a medicação, depois de deixar Cambridge e regressar a Nova Iorque, mantive-me afastada da psicoterapia. Consultava um psicoterapeuta que era sobretudo um traficante com uma licenciatura em medicina, aviava as minhas receitas e acreditava que isso era o suficiente. Depois da Dr.ª Sterling nem sequer imaginava que seria possível encontrar um outro terapeuta que fosse suficientemente bom. Além disso, parecia que com lapsos ocasionais, as substâncias químicas eram mesmo a solução. Mas depois, quando dei por mim a dar cabo de relações, a alienar entidades empregadoras e outras pessoas com quem trabalhava e a cair com demasiada frequência em *blackouts* depressivos que duravam dias e dias e que me pareciam tão desolados e irredutíveis como o pânico da onda negra, da qual eu tinha passado muito da minha vida antes do Prozac a fugir, percebi que precisava de terapia. Anos e anos de maus hábitos, de me sentir atraída pelos homens errados, de responder a cada mau humor com um comportamento impulsivo (enganar o meu namorado ou ser relaxada no meu emprego) tinham-me tornado numa pessoa que não fazia a mínima ideia como funcionar dentro dos limites de um mundo normal e não depressivo. Precisava de um bom terapeuta que me ajudasse a aprender a ser uma adulta, que me mostrasse como viver num mundo onde a companhia dos telefones não se importa se estamos demasiado deprimidos para pagarmos as contas, que nos desliga a linha com uma indiferença total a tais nuances. Precisava de um psicólogo que me ensinasse a viver num mundo onde as pessoas, independentemente do número daquelas que tomam Prozac, e a grande maioria não toma, têm problemas, preocupações e interesses que muitas vezes entrarão em conflito com os meus.

Levei tanto tempo a aprender a viver uma vida na qual a depressão não seja um recurso constante, não seja o estado para o qual eu me precipito tão inevitavelmente quanto o bêbado regressa ao seu gim, um drogado, à sua agulha — mas estou a começar a chegar lá. Aos vinte e seis anos, sinto que finalmente estou a atravessar a adolescência.

A 8 de Abril de 1994, estava eu a finalizar este livro, Kurt Cobain dá um tiro na cabeça e é encontrado morto na sua casa em

Seattle. O seu suicídio foi rapidamente reduzido por grande parte dos meios de comunicação a um exemplo de uma doença geracional mais abrangente que estava totalmente desenfreada e fizeram-se referências à «bala que atravessou toda uma geração». O *grunge*, o estilo musical que os Nirvana inventaram e tudo fizeram para tornar popular, foi descrito na *Newsweek* como «aquilo que acontece quando filhos de pais separados têm acesso a uma guitarra». O suicídio de Cobain, apesar da natureza extremamente privada da sua decisão ou da compulsão para se esconder sozinho num quarto e estourar os miolos, começou rapidamente a ser visto como um acontecimento simbólico.

Parte de mim compreende porquê. Nos últimos anos, tantas pessoas começaram a ser colocadas numa versão da categoria distímica, que se tornou claro que a depressão já não é um assunto privado e psicológico. É antes, de facto, um problema social, e toda uma cultura de depressão tem vindo a desenvolver-se à sua volta. Um dos meus exemplos preferidos desta espécie de esforço artístico foi o filme *underground* de sucesso intitulado *Slacker*. Feito com apenas 23 000 dólares, o filme de estreia do realizador Richard Linklater mostrava jovens em Austin, no estado do Texas, todos ainda a estudar ou que tinham acabado de sair da escola, que preferiam gastar as suas horas a debater a diferença entre a cultura dos Estrunfes e a cultura do Scooby-Doo, vivendo com pouco dinheiro recebido em empregos menores que não necessitavam de uma licenciatura e que lhes deixavam muito tempo para ficarem deitados na cama, a ver televisão e vegetar. Uma das personagens, num momento de verdade, admite não ter um emprego, dizendo: «Posso viver mal, mas, pelo menos, não tenho de trabalhar para o fazer». Outro filme acerca do desespero é *Sexo, Mentiras e Vídeo*, que ganhou a Palma de Ouro no Festival de Cannes, e cujo argumento gira em torno das relações tensas e alienadas de quatro pessoas em Baton Rouge, no Louisiana, centradas num jovem tão desiludido com o amor que substituiu o acto sexual com gravações em vídeo de mulheres a descreverem as suas experiências e fantasias sexuais. Esta personagem usa apenas preto (a certa altura o seu amigo advogado diz-lhe que ele parece «um cangalheiro do mundo artístico») e a sua falta de afecto torna-se o símbolo para tantos jovens da impotência e do cansaço de lutar por estabelecer laços humanos.

Mas, claro está que o auge da cultura da depressão chegou com o tremendo sucesso dos Nirvana, cujo famoso *single* «Smells Like Teen Spirit» incitava à apatia. Esta canção delicia-se tanto com a própria passividade que a sua exigência central é, «Here we are now, entertain us»[64]. De facto, todo o álbum da banda, *Nevermind*, parece ser uma longa lista das coisas com as quais eles *não* se importavam. Claro está que o *rock and roll* tem uma longa e orgulhosa história de canções dedicadas à espiral descendente da vida, mas os Nirvana pareciam marcar a primeira vez que uma espécie de música *punk* chegava simultaneamente com um álbum e um single ao número um das tabelas (para analisarmos melhor a questão, o álbum dos Sex Pistols *Never Mind the Bollocks* precisou de *quinze* anos para vender um milhão de cópias). Muito embora o *Nevermind* fosse extremamente popular e melodioso de certa forma, era tão abrasivo, cínico e irritado que nunca se esperava que vendesse bem fora dos círculos de estilos de vida alternativos que tinham transformado *Geração X* e *Slacker* em filmes de culto. Quando o álbum começou a vender muitíssimo, Geffen, a companhia discográfica por detrás dos Nirvana, foi apanhada tão desprevenida que nem sequer tinha *stock* para dar vazão às encomendas e responder à procura.

Entretanto, as bandas britânicas *new wave* como os Cure, os Smiths e os Depeche Mode — antes consideradas demasiado deprimentes para agradar ao público em geral — estavam a esgotar os concertos em estádios de vinte mil pessoas e a encontrarem os seus maiores seguidores em frequentadores suburbanos de centros comerciais, e não os intelectuais artísticos a quem supostamente deveriam agradar. Os Nine Inch Nails, uma banda de ruído industrial de Cleveland, lançou o álbum justamente intitulado *Pretty Hate Machine* com uma pequena editora independente e com a ajuda de um single misantrópico e absolutamente mórbido intitulado «Head Like a Hole», acabaram com um disco de ouro. Os

---

[64] «Aqui estamos nós, divirtam-nos», em português. *(NT)*

Jane's Addiction chegaram à platina advogando o uso e abuso da heroína, e os Red Hot Chili Peppers ficaram agradavelmente surpreendidos quando «Under the Bridge», uma canção acerca do afastamento da droga e de tentativas de suicídio, chegou ao número um das tabelas de vendas.

A infelicidade chique atingiu uma apoteose retorcida e perversa quando o desejo de parecer lúgubre, espezinhado e niilista, quanto os fãs dos Nirvana fizeram que estilistas como Marc Jacobs da Perry Ellis dispensassem a alta costura e pusessem camisas de flanela sujas e calças de ganga rasgadas nas *passerelles* em Paris. O *grunge* foi aclamado como a nova afirmação da moda na *Vogue* e chegou à primeira página da secção «Estilo» do *New York Times*. Em Abril de 1994, Linda Wells, a editora da revista *Allure*, escreveu que enquanto via fotografias de «modelos extremamente magras, com expressões sinistras e infelizes» ou a parecerem «anorécticas, clinicamente deprimidas ou a caminho de um hospício» teve de concluir que «algo aconteceu à moda e à fotografia da moda no último ano. Era como se estivessem todos a precisar desesperadamente de Prozac». Os Nirvana, cujo sucesso tinha sido inicialmente posto de parte como uma anomalia do mundo da música, formavam, na verdade, parte de uma tendência mais vasta.

No auge da popularidade dos Nirvana, quando conseguiram chegar ao topo das tabelas e partir os seus instrumentos no programa televisivo *Saturday Night Live*, lembro-me de pensar que a juventude americana devia estar mesmo lixada para ter tornado algo como isto num êxito. Jonathan Poneman, um dos donos da Sub Pop Records, uma editora independente de Seattle que descobriu os Nirvana em primeiro lugar, pensou que o sucesso da banda era um sinal de que a «rebelião dos falhados» estava a caminho. Finalmente, todos os marginais, a maioria miserável, que não tinha nada a ver com a Paula Abdul, tinham entrado nas discotecas e exigido comprar música que falasse por eles. As *T-shirts* da marca Sub Pop com a palavra FALHADO impressa em maiúsculas no peito tornaram-se num peça de colecção. Eddie Vedder, o cantor de um grupo chamado Pearl Jam que alcançou vários discos de platina, usou a sua *T-shirt* com a palavra FALHADO várias vezes na televisão nacional. Depois, em 1994, outro artista da Geffen, um jovem que se auto-intitulava simplesmente Beck, surpreendeu a sua editora ao tornar uma canção popular tipo *rap* intitulada «Loser» num *single* número um que se tornou num hino ao desleixo. Se ser um falhado se podia tornar fixe — e se os Nirvana podiam vender dez milhões de cópias do *Nevermind*, ver uma colecção de músicas não incluídas no álbum e lados-B, chamada *Incesticide*, chegar a disco de ouro e ver o seguimento do álbum, *In Utero*, entrar directamente para o número um das tabelas — era claro que a cultura da depressão devia estar profundamente entrincheirada na população em geral.

Por isso, compreendo por que é que as pessoas podem ver a morte de Kurt Cobain como simbólica. Porque, afinal, estariam perfeitamente correctos por ver a sua vida e a música por ele criada nesse curto período como tremendamente simbólica. A popularidade dos Nirvana inaugurou ou coincidiu com momentos culturais definidos e marcantes. Ninguém pode ou deve pensar em retirar-lhe isso a ele ou à sua memória. Mas na altura em que ele estava sozinho no seu apartamento numa garagem com uma pistola na mão e com a intenção de se matar, as suas acções estavam muito para além de qualquer momento cultural que possamos associar aos tempos que correm. A Sylvia Plath matou-se em 1963, antes de existir a cultura dos falhados em larga escala e antes mesmo de existirem hippies. Ela matou-se porque estava deprimida, tal como Ernest Hemingway, Vince Foster e tantos outros anónimos. Ninguém se mata com um tiro na cabeça por não lhe ter corrido bem a época da pesca ou porque o editorial do *Wall Street Journal* diz mal de si. A depressão chega muito fundo. O facto de a depressão parecer estar «no ar» neste momento pode tanto ser a causa como o resultado de uma doença social que tantos sentem. Mas assim que alguém é um caso clínico, assim que alguém está numa cama de hospital ou numa maca em direcção à morgue, a sua história é absoluta e exclusivamente sua. Todos os que já passaram por uma grave depressão têm a sua própria triste e terrível história para contar, o seu próprio caos para viver. Infelizmente, Kurt Cobain nunca chegará tão longe. Todos os dias, agradeço a Deus por eu ter chegado.

Julho 1986-Maio 1994

POSFÁCIO
(1995)

Na altura em que a edição de capa rígida de *Nação Prozac* foi publicada no Outono de 1994, pensava *conhecer* a depressão. Após oito anos — com algumas interrupções — a tentar escrever este livro, parcialmente sobrepostos por pelo menos uma década de sofrimento da doença, estava a começar a parecer-me que a relação mais íntima que eu alguma vez teria seria com a depressão.

Todavia, assim que comecei a fazer leituras e a dar entrevistas depois da publicação de *Nação Prozac*, assim que comecei a receber cartas calorosas e inspiradoras e chamadas telefónicas curiosas e assustadas de pessoas que tinham efectivamente lido o livro, senti-me pouco importante e fiquei espantada com tudo aquilo que eu tinha para aprender. Não fazia ideia, apesar de todas as estatísticas, do número de pessoas que sofriam de depressão. Conhecia os números, mas não os tinha compreendido em termos humanos, sobretudo porque a depressão é um estado muito isolante. Embora organizações como os Deprimidos Anónimos existam para tentar remediar esta solidão, não têm tantos membros quando os Alcoólicos Anónimos e outras associações para os que sofrem de dependências químicas (um paradoxo típico da saúde mental: a natureza alienante da depressão tende a impedir os que dela padecem de encontrarem o caminho para os grupos de apoio que os poderiam ajudar). Assim, cada deprimido é uma ilha.

Com a publicação deste livro, não fazia ideia de que tipo de ligação eu seria capaz de criar entre mim e tantas pessoas similarmente afligidas pela dor, pelo pânico e pelo silêncio. Nunca esperei receber mais cartas nos últimos meses do que tinha cumulativamente recebido nos vinte e sete anos anteriores. Nunca imaginei o número de pessoas que viria às minhas sessões de leitura, alguns trazendo-me CDs, cassetes (muito obrigada por todas as óptimas gravações-pirata de Springsteen), amuletos, vitaminas, remédios naturais, livros de Rilke, batons para o cieiro, até mesmo os seus próprios diários. Nunca imaginei a quantidade de pessoas que me contactaria desta forma ou de outra: afinal, os escritores trabalham sozinhos num quarto, sem saberem bem se alguém alguma vez lerá o resultado do seu trabalho — pelo menos, era assim que eu me sentia — enquanto ainda esperam contra toda a esperança que *alguém* os leia. Mas quando, na verdade, alguém lê, apanha-nos sempre desprevenidos.

Certamente, eu sentia-me muito mal preparada para algumas das coisas que as pessoas queriam saber depois de lerem o *Nação Prozac*: sempre que me perguntavam a pergunta mais simples — por que é que decidiu escrever este livro? — dava por mim a esconder-me por detrás de uma série de disparates e a tentar improvisar uma resposta sensata. Dizia sempre que tinha escrito um relato na primeira pessoa das minhas experiências com a depressão para a *Mademoiselle* em 1990, que tinha recebido centenas de cartas, na sua maioria de jovens mulheres, de todo o país — de lugares tão estrangeiros para mim como Wilkes-Barre, na Pensilvânia, e Terre Haute, no Indiana — o que me tinha levado a pensar que este assunto valia a pena, que poderia ter uma ressonância disseminada em forma de livro. E continuava por esse caminho como se eu tivesse criado uma série de grupos de discussão e que todo o trabalho necessário para escrever o *Nação Prozac* fosse uma mísera e escassa resposta às forças do mercado.

Por vezes, também dizia que tinha tentado escrever outros livros acerca de temas muito diferentes, que tinha tentado ser uma jornalista comum, que tinha tentado ser crítica de arte, que tinha tentado muito fugir dos pensamentos ou dos sentimentos de depressão nos meus esforços profissionais, mas que o assunto se limitou a aparecer vezes e vezes sem conta, como um palimpsesto, um texto escondido sob qualquer outra coisa em que eu estivesse a trabalhar, que se recusava a permanecer submergido. Por fim, e penso que, inevitavelmente, cedi ao controlo obsessivo que as minhas experiências com a depressão pareciam ter sobre mim e decidi escrever um livro inteiro, que surgiu sozinho, acerca desse mesmo assunto e de mais nada. Levar a tarefa até ao fim e ficar despachada.

Até houve uma vez em que expliquei aos meus diversos interlocutores que achava que um dos meus motivos para escrever *Nação Prozac* tinha sido conseguir fazer vir ao de cima mais — e muito mais — da verdade escondida. Porque a pergunta seguinte seria quase sempre: *O que raio faz que uma mulher com vinte e poucos anos, até agora sem qualquer feito extraordinário em particular, tenha a audácia de escrever um livro de trezentas páginas acerca da sua própria vida e de nada mais, como se alguém se fosse importar minimamente com isso?*

Essa era a pergunta difícil — e, acho, a *verdadeira* pergunta, após uma precursora de apresentação educada — aquela que realmente me deixava nervosa, porque sugeria que eu tinha sido presunçosa e tresandava a acusações daquele pecado mortal chamado orgulho. Odiava isso. E odiava — por razões semelhantes — ser muitas vezes apresentada ou descrita como «a autora do controverso livro», porque *Nação Prozac* é, no que me diz respeito, um livro de memórias sem qualquer tese ou objectivo em particular, não advoga uma causa para que possa ser considerado «controverso», contando apenas um pequeno conto pessoal do inferno mental de uma rapariga. Ficava confusa — à falta de uma palavra melhor — com a forma como um adjectivo tão grande podia tantas vezes ser relacionado com o que sentia ser o meu pequeno livrinho. Mas, por fim, tive de admitir que o espírito de contradição que por vezes inspirava reduz-se ao simples facto de que qualquer pessoa da minha idade, saudável, confortável, que não esteja a passar forme, que não esteja a morrer, que não esteja a tentar salvar o mundo, que não esteja, na verdade, a fazer muita coisa, pareceria ser muito ousado ao atrever-se a publicar a história da sua vida, na qual ela, sem quaisquer justificações, afirma que os problemas que existem num local tão pouco importante quanto a sua mente merecem ser contados ao mundo.

Com efeito, se *Nação Prozac* tinha algum objectivo em particular, seria vir a público e afirmar que a depressão clínica é um problema real, que arruína a vida, que acaba com vidas, que quase acabou com a *minha*; que aflige muitas, muitas pessoas e muitas pessoas muito inteligentes, valorosas, atenciosas e carinhosas, pessoas que poderiam provavelmente salvar o mundo ou, pelo menos, fazer algo de bom, pessoas que estão demasiado atoladas no desespero para sequer começarem a libertar a fonte de vida do potencial que eles, muito provavelmente, terão no seu interior mais profundo. Queria que este livro se atrevesse a ser completamente comodista, não hesitante e directo na forma como conta aquilo que a depressão clínica nos faz sentir: queria muito escrever um livro capaz de transmitir um mal-estar tão grande, quanto o que se sente quando se está assim tão deprimida. Queria ser completamente verdadeira à experiência da depressão. À coisa em si e não ao alívio que o facto de a traduzir pode conferir. Queria retratar-me no meio desta crise mental precisamente como eu era: difícil, exigente, impossível, insatisfeita, egoísta, egocêntrica e, acima de tudo, comodista. Quando dei por mim a dizer a não poucas pessoas que me diziam que acharam o livro irritante e chato de se ler: «Bom. Muito Bom: isso significa que eu fiz aquilo que pretendia. Isso significa que sentiu uma frustração e uma fúria ao ler o livro que até pode ser semelhante à sensação de futilidade experimentada pela maior parte das pessoas que tentam lidar na vida real com um verdadeiro deprimido. A depressão é uma coisa muito narcisista, é um egoísmo que é tão profundo e tão intenso que significa que o sofredor não consegue sair da sua cabeça durante tempo suficiente para ver o bem verdadeiro, a beleza genuína que existe no mundo que o rodeia.»

No meu caso, a depressão criou uma atmosfera na qual eu estava demasiado presa dentro de mim mesma para apreciar a educação que estava a receber em Harvard, os bons amigos que sempre tive a sorte de encontrar, o amor verdadeiro que a minha mãe me tentou mostrar, a sorte que eu tinha nas perspectivas profissionais e num futuro promissor em geral.

Espero que eu, no meu livro, dê corpo ao que a depressão realmente parece: em muitas circunstâncias parece-se muitíssimo comigo.

* * *

Houve outras dificuldades com que esbarrei quando discutia o livro *Nação Prozac*. Afinal, com todos os problemas na Bósnia e no Ruanda, com todos os problemas que são uma praga nas cidades e nos ermos empobrecidos aqui mesmo na América, que lugar, na agenda das prioridades nacionais, tem uma doença de tantos privilégios como a depressão?

Não sei bem como responder a isso. Não estou encarregue de fazer política de saúde pública e não vejo nenhuma verdadeira razão para fazer campanha a favor dos direitos dos deprimidos; penso que grande parte da tecnologia (na forma de novos medicamentos) e dos cuidados (na forma da terapia) está bastante disponível àqueles que pretendem procurá-la, ou, em casos agudos, àqueles que têm a sorte de serem arrastados até ela por aqueles que os amam. Mas eu penso mesmo que a prevalência da depressão, algo que faz tanta gente sentir-se tão mal como a depressão, deveria dar a toda a gente uma razão para fazer uma pausa. Partiu-me o coração receber tantas cartas de adolescentes, por ver que tantas das minhas leituras e dos autógrafos que dou em livrarias são eventos cheios de gente nova, muitos dos quais tomam antidepressivos e muitos dos quais já passaram algum tempo num, dois, ou mais hospitais psiquiátricos. É realmente desencorajante conhecer jovens de treze anos que já tiveram vários psicólogos e psiquiatras, que têm nomes de diagnósticos com os quais nem sequer estou familiarizada — desordem de défice de atenção, desordem de personalidade múltipla, entre os mais comuns — e que falam sem grande presunção acerca de todos os tratamentos a que já foram submetidos. É petrificante conhecer pais, muitos dos quais mulheres solteiras, que estão tão nervosos, assustados e querem saber o que fazer com uma criança que ficou vazia, que não comunica, que se esconde no quarto com auscultadores nos ouvidos, uma aparelhagem e álbuns dos Metallica a tocar, que já não come, não faz desporto, não vê amigos e não vai às aulas de piano.

Não consigo compreender muito bem por que é que há tanta gente neste estado, mas posso seguramente ver por que é que as suas súplicas, bem como todas aquelas descaradamente expostas no meu livro, fazem que muita gente neste país, e muita gente que teceu comentários acerca do meu livro, se sentisse confortável ao declará-lo «controverso»: afinal, o que é a depressão se não o desafio psíquico mais marcante e pungente para o Sonho Americano? Nesse sentido, o que é o meu livro se não uma infeliz acusação formal da sociedade em que vivemos? Não querendo parecer um qualquer beatnik preso na era do Eisenhower, mas o grito do deprimido é uma exigência por mais e melhor do que os que estão no topo têm para oferecer ao país. É um grito muito alto que diz que a felicidade não tem a ver com estatuto, não tem a ver com uma garagem para dois carros, não tem a ver com dinheiro, uma casa em frente à praia, licenciaturas tiradas em faculdades de renome nem com pertencer a clubes de prestígio. Se tivesse a ver com qualquer dessas coisas, neste momento penso que *eu* seria feliz.

Mas a felicidade é algo de muito difícil — é, tal como Aristóteles anunciou na *Ética a Nicómaco*[65], uma actividade, está relacionada com o bom comportamento social e com o facto de se ser um cidadão sólido. A felicidade tem a ver com a comunidade, a intimidade, os relacionamentos, as raízes, a proximidade, a família, a estabilidade, uma sensação de paz, um sentimento de amor. E neste país, onde as pessoas se movem tanto de estado para estado e de cidade para cidade, onde ter raízes é quase uma virtude («anywhere I hang my hat... is someone else's home»[66]), onde as unidades familiares implodem com regularidade e deixam para trás os fragmentos do divórcio, onde a longa solidão da vida encontra o seu antídoto não na resistente cultura antiga (como faria na Europa), não em quaisquer rituais tribais de sangue (como faria nas poucas nações do Terceiro Mundo ainda saudáveis), mas no nosso vasto repositório de cultura popular, de bens de consumo, de algodão doce para todos — nesta América, a felicidade é difícil. Não sinto que esteja em posição de fazer generalizações abrangentes acerca do que está mal neste país, mas, pelo menos, da limitada perspectiva que já consegui obter no último ano quase parece que, por aqui, toda a gente *quer* a MTV, toda a gente *teve* a MTV e toda a gente teve também um milhão de outras coisas, imensas outras

---

[65] Aristóteles, *Ética a Nicómaco*, Livraria Alcalá, Lisboa, 2001. *(NT)*
[66] «Onde quer que eu pendure o meu chapéu... é a casa de outra pessoa qualquer», em português. *(NT)*

coisas — Meu Deus, até os miúdos que vivem em bairros sociais com pouquíssimos rendimentos conseguem arranjar dinheiro suficiente para comprarem uns ténis *Air Jordans* e videogravadores — mas a felicidade não tem nada a ver com essas coisas.

Quando, por fim, tenho de explicar os motivos que me levaram a escrever este livro, tudo se resume a pretender sentir-me menos sozinha neste sentimento de solidão, a querer largar a pele grossa, delicada e sufocante da depressão. Queria abrir e dizer: *Isto pode não interessar a mais ninguém, mas, no que a mim me diz respeito, em certas alturas pareceu-me que tive o Vietname no meu próprio cérebro.* E realmente estava à espera de chegar até às pessoas e de tocar um pouco na sua solidão. Nos piores momentos da minha depressão, encontrava conforto na música, no Bruce Springsteen, na Joni Mitchell, Bob Dylan e tantos outros pedaços efémeros de *rock and roll*, desde os Pink Floyd, a Flipper, a Joy of Cooking a Janis Joplin. Nem sequer podia alguma vez ter a esperança de que algo tão liso e bidimensional como as palavras numa página pudesse projectar para o exterior e para outra pessoa qualquer o poder e a exuberância que o *rock 'n' roll* sempre foi capaz de ter em mim, mas queria tentar. Incomodava-me o facto de a música *rock*, e não os livros, sempre parecerem a fonte óbvia de conforto para os jovens e deprimidos. Talvez fosse por isso que os grandes clássicos da literatura da depressão — *Uma Agulha no Palheiro*[67] e *The Bell Jar* — tivessem sido escritos há tanto tempo. E os livros mais recentes, como *Darkness Visible* de William Styron, sempre me pareceram falsos, sempre me pareceram demasiado educados, demasiado justificativos, demasiado cuidadosos — era frequentemente como se o Styron tivesse vergonha daquilo por que tinha passado. E não o culpo necessariamente, ele é bastante mais velho do que eu e a depressão para ele deve mesmo ter parecido algo embaraçoso, algo para esconder, para manter cá dentro. Mas eu queria rebentar. Queria que a escrita fosse como uma febre. Queria esquecer todas as convenções literárias, as hesi-

---

[67] J. D. Salinger, *Uma Agulha no Palheiro*, Livros do Brasil, Lisboa, 1983. *(NT)*

tações, os constrangimentos e as considerações sãs que sempre me tinham ensinado serem os marcos de uma boa escrita. Queria escrever como alguém que está preso nalgum sítio durante tanto tempo que, na altura em que é libertado, já nenhuma das regras lhe interessam. Queria escrever como o *rock 'n' roll*.

Queria, especialmente, escrever a *Nação Prozac* para os jovens. Talvez seja presunçoso da minha parte esperar que este livro lhes possa fazer companhia nas horas deprimidas, algo que eu simplesmente não tive. Assim espero. E talvez — e este é um talvez muito optimista — algures no caminho esta história obstinada possa dar a algumas pessoas alguma inspiração e até alguma esperança num futuro melhor, num futuro que as pessoas da minha idade e mais novas do que eu possam ansiar por construir. Encontrei tantos estudantes e recém-licenciados inteligentes e atenciosos quando andava a promover a *Nação Prozac* pelo país e todos estes encontros deram-me a possibilidade de imaginar grandes possibilidades de um mundo que está à espera de nascer.

Obviamente, ter tido a oportunidade de conhecer estes adultos em formação lembrou-me de que uma das coisas mais difíceis para os pais dos adolescentes deprimidos ou que parecem estar deprimidos é distinguir a diferença entre a depressão e a adolescência vulgar — afinal, têm sintomas muito semelhantes. É difícil saber se alguém que dorme até depois da hora de almoço, que pensa que o champô é usado pelos capitalistas da opressão empresarial, que cita liberalmente de Anton LeVay (Herman Hesse ou Friedrich Nietzsche), que já viu a versão cinematográfica do *The Wall* seis vezes e que tenta encenar a cena de rapar os mamilos em casa, pensa que Alice Cooper (Newt Gingrich ou Charles Manson) é o próprio Deus, ou que gosta de escarificação, *punk rock*, *piercings* ou qualquer combinação do acima descrito, está a passar por um sério episódio de depressão ou se está, simplesmente, a ser o pior pesadelo de qualquer mãe. Por vezes, é frustrante conhecer jovens de quinze e dezasseis anos que leram o meu livro, que já, com tão tenra idade, estiveram a tomar diferentes medicamentos e conseguem falar com uma sabedoria assustadora acerca dos ISRS e dos inibidores MAO e de coisas semelhantes; por vezes, eles quase me deixam a sentir satisfeita por ter tido mais alguns anos para brincar com a minha depressão em terapia e com outras formas, porque penso que isso é útil na juventude — a não ser que o suicídio ou as drogas sejam uma alternativa — para ter alguma fé na mente para se curar a si mesmo, não correr para os médicos e para os diagnósticos; por vezes, sinto-me sortuda pela inaptidão dos meus pais me ter deixado acreditar que esta luta fazia apenas parte do processo de crescimento. Não estou a dizer que uma depressão grave nos adolescentes não deva ser tratada com todos os recursos e medicamentos disponíveis, mas por vezes preocupo-me que parte do que causa a depressão nos jovens é a impaciência deles mesmos, dos seus pais e de todo o mundo em permitir que certas fases da vida sigam o seu curso. Provavelmente cedo estaremos a viver numa sociedade que confunde uma doença com a vida normal se o pânico e os julgamentos apressados e etiquetagens não abrandam um pouco. Algures entre a demora inacreditável de que a profissão médica foi culpada até me administrar o tratamento adequado e a ânsia com que cada médico prescreve o Ritalin para rapazes de oito anos e o Paxil a raparigas de catorze, há um caminho são para percorrer.

A depressão, como a adolescência, deriva em parte de um sentimento de não estar verdadeiramente ligado, de estar num estágio intermédio, de estar preso no meio, de não ser capaz de reclamar uma identidade. Imaginem o *Hamlet* sem fim, imaginem o Enforcado como a única carta num baralho de *tarot*. Aos vinte e sete anos, ainda me sinto tantas vezes como uma adolescente, ainda me interrogo se alguma vez serei capaz de fazer aquelas coisas que os adultos fazem — sabem, como apaixonar-me, manter-me apaixonada, ter uma relação suficientemente saudável para se poder transformar num lar, ter crédito suficiente para ser capaz de, eventualmente, comprar uma casa. Graças aos leitores que responderam a este livro, pelo menos acredito haver alguma utilidade naquilo a que me habituei a pensar como sendo a minha assim chamada vida. E devo muito mais do que alguma vez poderei fazer, por todo o bem que isso me fez sentir.

Abril de 1995
Nova Iorque

AGRADECIMENTOS

Sem a Betsy Lerner, este livro simplesmente não teria sido possível. Não é que pudesse ter aparecido numa forma diferente ou menor — simplesmente não teria acontecido de todo. Eu sei: este projecto começou e assumiu diversas outras formas em 1986; ao longo dos anos, muitos tentaram, mas nenhum teve sucesso — um ou dois até perderam o emprego por causa disso —, extrair-me o manuscrito. Apenas a Betsy o poderia ter feito. No que me diz respeito, ela é a melhor revisora do mundo. Também mostrou ser uma grande amiga, a irmã mais velha que eu nunca tive e a mais provável sucessora de Job em questões de paciência. Também é, por acaso, a trintona e tal mais fixe que eu conheço.

O dia mais feliz da minha vida foi o dia em que conheci Mort Janklow, que, no que me diz respeito, é um príncipe coroado, um tipo porreiro, um agente brilhante e um mestre a compor a carta injuriosa, mas ainda assim encorajadora (devia emoldurar algumas das suas cartas). Ele é a primeira pessoa que viu a porcaria que eu estava a fazer com a minha carreira e que me explicou que as coisas não tinham de ser assim. Mort é um homem que está do nosso lado quando diz estar do nosso lado. Tem uma forma fantástica de nos dizer que vai ficar tudo bem, mesmo quando é tão óbvio que não vai e depois, porque ele o diz, magicamente fica tudo bem. Como é que ele o faz? Não tenho palavras para lhe agradecer o suficiente. Também foi uma grande sorte minha ter a Lydia Wills como agente. A Lydia surpreende-me. Ela consegue fazer óptimos negócios (mesmo com pessoas que mal falam Inglês), oferece apoio editorial e dá bons conselhos, e ainda arranja tempo ao final do dia para a má-língua, sendo uma companheira muito divertida. Também tem sapatos lindíssimos. Mas o mais importante são a sua paciência e o seu entusiasmo, juntamente com uma disposição para atender as minhas chamadas histéricas a qualquer hora e mesmo para me emprestar a sua casa para escrever quando mais nada parecia estar a funcionar. Isso significou muito para mim.

Houghton Mifflin foi um editor maravilhoso, por isso tenho de agradecer a John Sterling por me ter feito parte do grupo; Jayne Yaffe por ser uma excelente revisora e por ter não um mas dois exemplares do *Physician's Desk Reference*; Robert Grover por ser o assistente de Betsy, por ser um amigo e por ter um conceito pouco vulgar da forma como as fracções funcionam; Ken Carpenter por ser um génio de *marketing* e um tipo bom em todas as ocasiões, o único nova-iorquino que eu conheço que tem uma câmara de vídeo com padrão de camuflagem; Peter Strupp pelas dores de cabeça que ainda estão para vir; Christina Coffin por ter permitido que este choque ocorresse; Becky Saikia-Wilson por produzir sob pressão; Melodie Wertlet por conceber este livro de uma forma tão bela; a Debbie Engel pelo seu carinho, interesse e entusiasmo; Hilary Liftin pela generosidade e graciosidade de me ter recebido já tão tarde; e as muitas outras pessoas na empresa que ainda tenho de conhecer bem, mas que já se mostraram ser simpáticas e úteis. Janklow e Nesbit também reafirmaram a minha fé no contacto com os agentes, por isso, para além do Mort e da Lydia, tenho de agradecer a Eric Simonoff, Maria Gallagher, Eileen Godlis, Bennet Ashley e a todas as outras pessoas que lá trabalham por fazerem daquele escritório o melhor e mais eficiente aliado que qualquer autor pode desejar. Muito obrigada a Amy Guip por fazer a capa deste livro tão incrível e a Marion Ettlinger (a quarentona mais fixe do planeta) por fazer que a rapariga da fotografia pareça alguém que eu gostasse de ser.

De acordo com ensinamentos rabínicos, sempre que Deus fica tão irritado que dá por Si a querer rebentar com o mundo e dar um fim a todos nós, há trinta e seis pessoas extremamente rectas neste planeta que Lhe dão motivos para nos dar mais uma oportunidade. Estou certa de que Gail e Stanley Robles são duas dessas pessoas.

Também são, com toda a certeza, os amigos mais fixes dos meus pais. Deixaram-me ficar em sua casa, na solarenga Florida, para eu poder trabalhar em paz e fizeram-no sem sequer me conhecerem antes. Ainda não consigo perceber o que terá inspirado tamanha bondade, mas sei que eles realmente ajudaram a fazer que o mundo parecesse um local mais feliz e mais parecido com um lar. O seu filho, Peter Robles, também mostrou ser um bom amigo e agradeço-lhe para sempre por me ter apresentado aos seus pais. Também lhe agradeço pelas muitas excelentes refeições, pelas boas conversas e pelos bons momentos, mesmo que eu sinta necessidade de sair da sala sempre que ele começa uma conversa com algo como «O que Stravinsky tem de especial...».

Em geral, se a nossa vida vai ser uma longa emergência, é uma boa ideia ter bons amigos. Tenho sido verdadeiramente abençoada neste sentido. Christine Fasano é uma óptima rapariga, uma amiga leal que me tem feito sentir frequentemente mais ou menos sã — mas, o que é mais importante, ela esteve sempre do meu lado quando precisei dela e mesmo quando não precisei. Também teve o bom senso de ganhar a vida para o resto de nós não precisar de o fazer. Jason Bagdade é um óptimo companheiro de quarto sempre atento a todos os pormenores, um fornecedor de palavras cruzadas do *New York Times* e o meu rapaz preferido no planeta. É uma pena não querermos casar um com o outro, mas simplesmente, não queremos. Mostrámos que a tese do filme *Um Amor Inevitável* — que os homens e as mulheres não podem ser simplesmente amigos — estava errada, após o que já parecem ser zilhões de anos de vida em conjunto. As minhas amigas ao longo dos anos têm sido a cola que me tem mantido inteira. Sharon Meers, Roberta Feldman, Jody Friedman, Heather Chase, Naomi Shechter, Rachel Brodie: estas mulheres são as minhas heroínas. Houve outras pessoas que entraram na minha vida mais recentemente, muitas das quais leram partes deste livro e deram-me sugestões e muitas abstiveram-se disso e foram simplesmente boas companheiras de copos (e eu nem sequer bebo). Aqui vai para todo esse grupo doentio: David Samuels, Elizabeth Acker(wo)man, Mark McGurl, Tom Campbell, Ronnie Drenger, Larissa Macfarquhar, Stefanie Syman, Joe Penachio, Emily Jenkins e David Lipsky. Um muito obrigada muito especial a Betsey Schmidt, que leu o manuscrito, encorajou-me e tornou-se uma grande amiga em todo este processo. Andy Lyman, agora na nova Europa, que diz que se parece muito com a velha Nova Jérsia, apoiou-me mesmo quando o banco o fez. J. C. Weiss foi óptimo a detectar gralhas, melhor ainda a beber uísque e um excelente companheiro.

Nathan Nichols merecia muito e melhor de mim. O meu amor e apreço estarão para sempre com ele, muito para além do que quaisquer palavras insignificantes poderiam alguma vez dizer.

Bob Gottlieb leu um rascunho deste livro numa fase muito inicial e deu-me bons conselhos. Fez isto no seu tempo livre, pela bondade do seu coração o que, realmente, fez toda a diferença. Também lhe tenho de agradecer por me ter trazido para o *The New Yorker* e por me dar o privilégio de ter o melhor emprego de sempre. Chip McGrath foi difícil de conhecer no início, mas tornou-se um editor muito perspicaz e, estou convicta, um bom amigo. Nancy Franklin, uma grande mulher e uma excelente revisora que ajudou a melhorar tanto a minha escrita. Steve Florio, que certamente tinha coisas muito melhores para fazer do que estar a aconselhar jovens escritores agitados, será sempre apreciado por ter disponibilizado o seu tempo. Abby McGanney na *Mirabella* e Ralph Novak na *People*, ambos foram grandes amigos e grandes companheiros de cinema ao longo dos anos. Ed Kosner e Laurie Jones, que a dada altura foram meus patrões no *New York*, provavelmente não fazem ideia do quanto apreciei a oportunidade que me deram. Mais que quaisquer palavras possam transmitir.

Há muitas pessoas que nas suas capacidades profissionais e muitas vezes pessoais me têm dado tantos conselhos e tanta ajuda ao longo dos anos. Alguns deles nem sequer têm consciência da gratidão que sinto, porque, infelizmente, eu tenho uma forma estranha de o demonstrar. Quero que estas pessoas saibam que o seu carinho sempre significou e ainda significa muito: Elaine Pfefferblit, Peter Herbst, Michael Hirschorn e Jan Miller vêm-me de imediato à ideia.

Estarei sempre grata à Dr.ª Andrea Hedin. O meu apreço também à Dr.ª Phyllis Zilkha por uma terapia que, realmente, funciona, e à Dr.ª Elizabeth Dane pelas ervas, acupuntura e palavras de sabedoria. A Dr.ª Jane Goldberg pode ser a única senhoria na terra não só a ficar aliviada, mas verdadeiramente grata, por encontrar a sua propriedade ainda em pé no final do mês e que os estragos feitos nos seus armários antigos e relíquias várias da Capela Sistina não são nada que alguns milhares de dólares e dois bons restauradores de Florença não possam reparar. Mas, a sério, que sorte é para mim pagar a renda ao fim do mês (bem, mais ou menos) a uma psicanalista que lida com qualquer estrago que encontra como uma indicação de alguma agressão que precisa de ser analisada na terapia. A Jane também se tornou numa óptima amiga, uma excelente conselheira em termos de homens e uma pessoa muito prestável e generosa que eu ainda não consigo acreditar que encontrei via uma listagem de classificados de apartamentos para alugar no *Village Voice*. Um dia, pagar-lhe-ei tudo o que está atrasado. Dolsie Somah é a razão pela qual ocasionalmente há um caminho para o meu quarto por entre toda a sujidade; ela é também, tanto quanto eu posso dizer, a pessoa mais bondosa e virtuosa deste mundo. Muito obrigada a Sherly Ip, Irina, toda a gente no salão Peter Coppola por serem tão simpáticos comigo como são com a Stephanie Seymour e por perceberem que é tão difícil escrever quando as raízes começam a aparecer como é pousar para um catálogo da *Victoria's Secret*.

Muito obrigada a John Lambros por ser uma metáfora caseira tão apta.

Muito obrigada ao Zap, o melhor gato do mundo, por ser tão boa companhia.

Obrigada a Beat Rodeo, Brendan, e a toda a gente no Ludlow Street Café por fazerem das noites de segunda-feira a melhor forma de começar a semana.

Obrigada a Amy Stein, Renata Miller e a toda a gente no Writer's Room.

Obrigada a Stephen Olson e Susan Litwack por terem sido as primeiras pessoas a encorajarem-me a escrever e por tornarem a escola secundária suportável. Obrigada, por fim, ao Bruce Springsteen, Bob Dylan, Joni Mitchell, Lou Reed e todos os outros grandes inventores de palavras e de música que fizeram que, contra todas as expectativas, eu conseguisse sobreviver à minha adolescência e à minha depressão.

In memoriam:
Richard Whitesell
25 de Fevereiro de 1962-13 de Junho de 1994
Russel Smith
11 de Novembro de 1956-16 de Fevereiro de 1995
Está morto apenas aquele que foi esquecido.

A *autora agradece a autorização para citar as seguintes obras:*

«Nothing», Letras e Música de Edie Brickell, Kenneth Withrow, John Houser e Alay Aly. © 1988 Geffen Music, Edie Brickell Songs, Withrow Publishing e Enlightened Kitty. Todos os direitos de Edie Brickell Songs, Withrow Publishing e Enlightened Kitty administrados e controlados por Geffen Music, uma empresa da MCA. TODOS OS DIREITOS RESERVADOS. DIREITOS INTERNACIONAIS RESERVADOS. USADO COM PERMISSÃO.

«Just Like Tom Thumb's Blues» de Bob Dylan. © 1965 Warner Brothers. Renovados em 1993 Special Rider Music.

«Uneasy Rider» de Diane Wakoski © 1971 by Diana Wakoski. Extraído de *Motorcycle Betrayal Poems* com a autorização de Black Sparrow Publishers.

«You're a Big Girl Now» de Bob Dylan © 1974, 1975 Ram's Horn Music.

«A Sweet Little Bullet from a Pretty Blue Gun» de Tom Waits © 1978 Fifth Avenue Music.

Quatro versos de «Elm» extraídos de *Ariel* de Sylvia Plath © 1963 by Ted Hughes. Direitos Renovados. Citado com a permissão de HarperCollins Publishers Inc.

GRANDES NARRATIVAS

1. O Mundo de Sofia,
   JOSTEIN GAARDER
2. Os Filhos do Graal,
   PETER BERLING
3. Outrora Agora,
   AUGUSTO ABELAIRA
4. O Riso de Deus,
   ANTÓNIO ALÇADA BAPTISTA
5. O Xangô de Baker Street,
   JÔ SOARES
6. Crónica Esquecida d'El Rei D. João II,
   SEOMARA DA VEIGA FERREIRA
7. Prisão Maior,
   GUILHERME PEREIRA
8. Vai Aonde Te Leva o Coração,
   SUSANNA TAMARO
9. O Mistério do Jogo das Paciências,
   JOSTEIN GAARDER
10. Os Nós e os Laços,
    ANTÓNIO ALÇADA BAPTISTA
11. Não É o Fim do Mundo,
    ANA NOBRE DE GUSMÃO
12. O Perfume,
    PATRICK SÜSKIND
13. Um Amor Feliz,
    DAVID MOURÃO-FERREIRA
14. A Desordem do Teu Nome,
    JUAN JOSÉ MILLÁS
15. Com a Cabeça nas Nuvens,
    SUSANNA TAMARO
16. Os Cem Sentidos Secretos,
    AMY TAN
17. A História Interminável,
    MICHAEL ENDE
18. A Pele do Tambor,
    ARTURO PÉREZ-REVERTE
19. Concerto no Fim da Viagem,
    ERIK FOSNES HANSEN
20. Persuasão,
    JANE AUSTEN
21. Neandertal,
    JOHN DARNTON
22. Cidadela,
    ANTOINE DE SAINT-EXUPÉRY
23. Gaivotas em Terra,
    DAVID MOURÃO-FERREIRA
24. A Voz de Lila,
    CHIMO
25. A Alma do Mundo,
    SUSANNA TAMARO
26. Higiene do Assassino,
    AMÉLIE NOTHOMB
27. Enseada Amena,
    AUGUSTO ABELAIRA
28. Mr. Vertigo,
    PAUL AUSTER
29. A República dos Sonhos,
    NÉLIDA PIÑON
30. Os Pioneiros,
    LUÍSA BELTRÃO
31. O Enigma e o Espelho,
    JOSTEIN GAARDER
32. Benjamim,
    CHICO BUARQUE
33. Os Impetuosos,
    LUÍSA BELTRÃO
34. Os Bem-Aventurados,
    LUÍSA BELTRÃO
35. Os Mal-Amados,
    LUÍSA BELTRÃO
36. Território Comanche,
    ARTURO PÉREZ-REVERTE
37. O Grande Gatsby,
    F. SCOTT FITZGERALD
38. A Música do Acaso,
    PAUL AUSTER
39. Para Uma Voz Só,
    SUSANNA TAMARO
40. A Homenagem a Vénus,
    AMADEU LOPES SABINO
41. Malena É Um Nome de Tango,
    ALMUDENA GRANDES
42. As Cinzas de Angela,
    FRANK McCOURT
43. O Sangue dos Reis,
    PETER BERLING
44. Peças em Fuga,
    ANNE MICHAELS
45. Crónicas de Um Portuense Arrependido,
    ALBANO ESTRELA
46. Leviathan,
    PAUL AUSTER
47. A Filha do Canibal,
    ROSA MONTERO
48. A Pesca à Linha – Algumas Memórias,
    ANTÓNIO ALÇADA BAPTISTA
49. O Fogo Interior,
    CARLOS CASTANEDA
50. Pedro e Paula,
    HELDER MACEDO
51. Dia da Independência,
    RICHARD FORD
52. A Memória das Pedras,
    CAROL SHIELDS
53. Querida Mathilda,
    SUSANNA TAMARO
54. Palácio da Lua,
    PAUL AUSTER
55. A Tragédia do Titanic,
    WALTER LORD
56. A Carta de Amor,
    CATHLEEN SCHINE
57. Profundo como o Mar,
    JACQUELYN MITCHARD
58. O Diário de Bridget Jones,
    HELEN FIELDING
59. As Filhas de Hanna,
    MARIANNE FREDRIKSSON
60. Leonor Teles ou o Canto da Salamandra,
    SEOMARA DA VEIGA FERREIRA
61. Uma Longa História,
    GÜNTER GRASS
62. Educação para a Tristeza,
    LUÍSA COSTA GOMES
63. Histórias do Paranormal – I Volume,
    Direcção de RIC ALEXANDER
64. Sete Mulheres,
    ALMUDENA GRANDES
65. O Anatomista,
    FEDERICO ANDAHAZI
66. A Vida É Breve,
    JOSTEIN GAARDER
67. Memórias de Uma Gueixa,
    ARTHUR GOLDEN
68. As Contadoras de Histórias,
    FERNANDA BOTELHO
69. O Diário da Nossa Paixão,
    NICHOLAS SPARKS
70. Histórias do Paranormal – II Volume,
    Direcção de RIC ALEXANDER
71. Peregrinação Interior – I Volume,
    ANTÓNIO ALÇADA BAPTISTA
72. O Jogo de Morte,
    PAOLO MAURENSIG
73. Amantes e Inimigos,
    ROSA MONTERO
74. As Palavras Que Nunca Te Direi,
    NICHOLAS SPARKS
75. Alexandre, O Grande – O Filho do Sonho,
    VALERIO MASSIMO MANFREDI
76. Peregrinação Interior – II Volume,
    ANTÓNIO ALÇADA BAPTISTA
77. Este É o Teu Reino,
    ABILIO ESTÉVEZ
78. O Homem Que Matou Getúlio Vargas,
    JÔ SOARES
79. As Piedosas,
    FEDERICO ANDAHAZI
80. A Evolução de Jane,
    CATHLEEN SCHINE
81. Alexandre, O Grande – O Segredo do Oráculo,
    VALERIO MASSIMO MANFREDI
82. Um Mês com Montalbano,
    ANDREA CAMILLERI
83. O Tecido do Outono,
    ANTÓNIO ALÇADA BAPTISTA
84. O Violinista,
    PAOLO MAURENSIG
85. As Visões de Simão,
    MARIANNE FREDRIKSSON
86. As Desventuras de Margaret,
    CATHLEEN SCHINE
87. Terra de Lobos,
    NICHOLAS EVANS
88. Manual de Caça e Pesca para Raparigas,
    MELISSA BANK
89. Alexandre, o Grande – No Fim do Mundo,
    VALERIO MASSIMO MANFREDI
90. Atlas de Geografia Humana,
    ALMUDENA GRANDES
91. Um Momento Inesquecível,
    NICHOLAS SPARKS
92. O Último Dia,
    GLENN KLEIER
93. O Círculo Mágico,
    KATHERINE NEVILLE
94. Receitas de Amor para Mulheres Tristes,
    HÉCTOR ABAD FACIOLINCE
95. Todos Vulneráveis,
    LUÍSA BELTRÃO
96. A Concessão do Telefone,
    ANDREA CAMILLERI
97. Doce Companhia,
    LAURA RESTREPO
98. A Namorada dos Meus Sonhos,
    MIKE GAYLE
99. A Mais Amada,
    JACQUELYN MITCHARD
100. Ricos, Famosos e Beneméritos,
     HELEN FIELDING
101. As Bailarinas Mortas,
     ANTONIO SOLER
102. Paixões,
     ROSA MONTERO
103. As Casas da Celeste,
     THERESA SCHEDEL
104. A Cidadela Branca,
     ORHAN PAMUK
105. Esta É a Minha Terra,
     FRANK McCOURT
106. Simplesmente Divina,
     WENDY HOLDEN
107. Uma Proposta de Casamento,
     MIKE GAYLE
108. O Novo Diário de Bridget Jones,
     HELEN FIELDING
109. Crazy – A História de Um Jovem,
     BENJAMIN LEBERT
110. Finalmente Juntos,
     JOSIE LLOYD E EMLYN REES
111. Os Pássaros da Morte,
     MO HAYDER

GRANDES NARRATIVAS

112. A Papisa Joana,
 DONNA WOOLFOLK CROSS
113. O Aloendro Branco,
 JANET FITCH
114. O Terceiro Servo,
 JOEL NETO
115. O Tempo nas Palavras,
 ANTÓNIO ALÇADA BAPTISTA
116. Vícios e Virtudes,
 HELDER MACEDO
117. Uma História de Família,
 SOFIA MARRECAS FERREIRA
118. Almas à Deriva,
 RICHARD MASON
119. Corações em Silêncio,
 NICHOLAS SPARKS
120. O Casamento de Amanda,
 JENNY COLGAN
121. Enquanto Estiveres Aí,
 MARC LEVY
122. Um Olhar Mil Abismos,
 MARIA TERESA LOUREIRO
123. A Marca do Anjo,
 NANCY HUSTON
124. O Quarto do Pólen,
 ZOË JENNY
125. Responde-me,
 SUSANNA TAMARO
126. O Convidado de Alberta,
 BIRGIT VANDERBEKE
127. A Outra Metade da Laranja,
 JOANA MIRANDA
128. Uma Viagem Espiritual,
 BILLY MILLS e NICHOLAS SPARKS
129. Fragmentos de Amor Furtivo,
 HÉCTOR ABAD FACIOLINCE
130. Os Homens São como Chocolate,
 TINA GRUBE
131. Para Ti, Uma Vida Nova,
 TIAGO REBELO
132. Manuela,
 PHILIPPE LABRO
133. A Ilha Décima,
 MARIA LUÍSA SOARES
134. Maya,
 JOSTEIN GAARDER
135. Amor É Uma Palavra de Quatro Letras,
 CLAIRE CALMAN
136. Em Memória de Mary,
 JULIE PARSONS
137. Lua-de-Mel,
 AMY JENKINS
138. Novamente Juntos,
 JOSIE LLOYD E EMLYN REES
139. Ao Virar dos Trinta,
 MIKE GAYLE
140. O Marido Infiel,
 BRIAN GALLAGHER
141. O Que Significa Amar,
 DAVID BADDIEL
142. A Casa da Loucura,
 PATRICK McGRATH
143. Quatro Amigos,
 DAVID TRUEBA
144. Estou-me nas Tintas para os Homens Bonitos,
 TINA GRUBE
145. Eu até Sei Voar,
 PAOLA MASTROCOLA
146. O Homem Que Sabia Contar,
 MALBA TAHAN
147. A Época da Caça,
 ANDREA CAMILLERI
148. Não Vou Chorar o Passado,
 TIAGO REBELO
149. Vida Amorosa de Uma Mulher,
 ZERUYA SHALEV
150. Danny Boy,
 JO-ANN GOODWIN
151. Uma Promessa para Toda a Vida,
 NICHOLAS SPARKS
152. O Romance de Nostradamus – O Presságio,
 VALERIO EVANGELISTI
153. Cenas da Vida de Um Pai Solteiro,
 TONY PARSONS
154. Aquele Momento,
 ANDREA DE CARLO
155. Renascimento Privado,
 MARIA BELLONCI
156. A Morte de Uma Senhora,
 THERESA SCHEDEL
157. O Leopardo ao Sol,
 LAURA RESTREPO
158. Os Rapazes da Minha Vida,
 BEVERLY DONOFRIO
159. O Romance de Nostradamus – O Engano,
 VALERIO EVANGELISTI
160. Uma Mulher Desobediente,
 JANE HAMILTON
161. Duas Mulheres, Um Destino,
 MARIANNE FREDRIKSSON
162. Sem Lágrimas Nem Risos,
 JOANA MIRANDA
163. Uma Promessa de Amor,
 TIAGO REBELO
164. O Jovem da Porta ao Lado,
 JOSIE LLOYD & EMLYN REES
165. € 14,99 – A Outra Face da Moeda,
 FRÉDÉRIC BEIGBEDER
166. Precisa-se de Homem Nu,
 TINA GRUBE
167. O Príncipe Siddharta – Fuga do Palácio,
 PATRICIA CHENDI
168. O Romance de Nostradamus – O Abismo,
 VALERIO EVANGELISTI
169. O Citroën Que Escrevia Novelas Mexicanas,
 JOEL NETO
170. António Vieira – O Fogo e a Rosa,
 SEOMARA DA VEIGA FERREIRA
171. Jantar a Dois,
 MIKE GAYLE
172. Um Bom Partido – I Volume,
 VIKRAM SETH
173. Um Encontro Inesperado,
 RAMIRO MARQUES
174. Não Me Esquecerei de Ti,
 TONY PARSONS
175. O Príncipe Siddharta – As Quatro Verdades,
 PATRICIA CHENDI
176. O Claustro do Silêncio,
 LUÍS ROSA
177. Um Bom Partido – II Volume,
 VIKRAM SETH
178. As Confissões de Uma Adolescente,
 CAMILLA GIBB
179. Bons na Cama,
 JENNIFER WEINER
180. Spider,
 PATRICK McGRATH
181. O Príncipe Siddharta – O Sorriso do Buda,
 PATRICIA CHENDI
182. O Palácio das Lágrimas,
 ALEV LYTLE CROUTIER
183. Apenas Amigos,
 ROBYN SISMAN
184. O Fogo e o Vento,
 SUSANNA TAMARO
185. Henry & June,
 ANAÏS NIN
186. Um Bom Partido – III Volume,
 VIKRAM SETH
187. Um Olhar à Nossa Volta,
 ANTÓNIO ALÇADA BAPTISTA
188. O Sorriso das Estrelas,
 NICHOLAS SPARKS
189. O Espelho da Lua,
 JOANA MIRANDA
190. Quatro Amigas e Um Par de Calças,
 ANN BRASHARES
191. O Pianista,
 WLADYSLAW SZPILMAN
192. A Rosa de Alexandria,
 MARIA LUCÍLIA MELEIRO
193. Um Pai muito Especial,
 JACQUELYN MITCHARD
194. A Filha do Curandeiro,
 AMY TAN
195. Começar de Novo,
 ANDREW MARK
196. A Casa das Velas,
 K. C. McKINNON
197. Últimas Notícias do Paraíso,
 CLARA SÁNCHEZ
198. O Coração do Tártaro,
 ROSA MONTERO
199. Um País para Lá do Azul do Céu,
 SUSANNA TAMARO
200. As Ligações Culinárias,
 ANDREAS STAÏKOS
201. De Mãos Dadas com a Perfeição,
 SOFIA BRAGANÇA BUCHHOLZ
202. O Vendedor de Histórias,
 JOSTEIN GAARDER
203. Diário de Uma Mãe,
 JAMES PATTERSON
204. Nação Prozac,
 ELIZABETH WURTZEL